春草

Harukusa

―道なき道を歩み続ける中国女性の半生記―

裘山山《チウシャンシャン》［著］

于暁飛［監修］　徳田好美・隅田和行［訳］

日本僑報社

春草の足跡

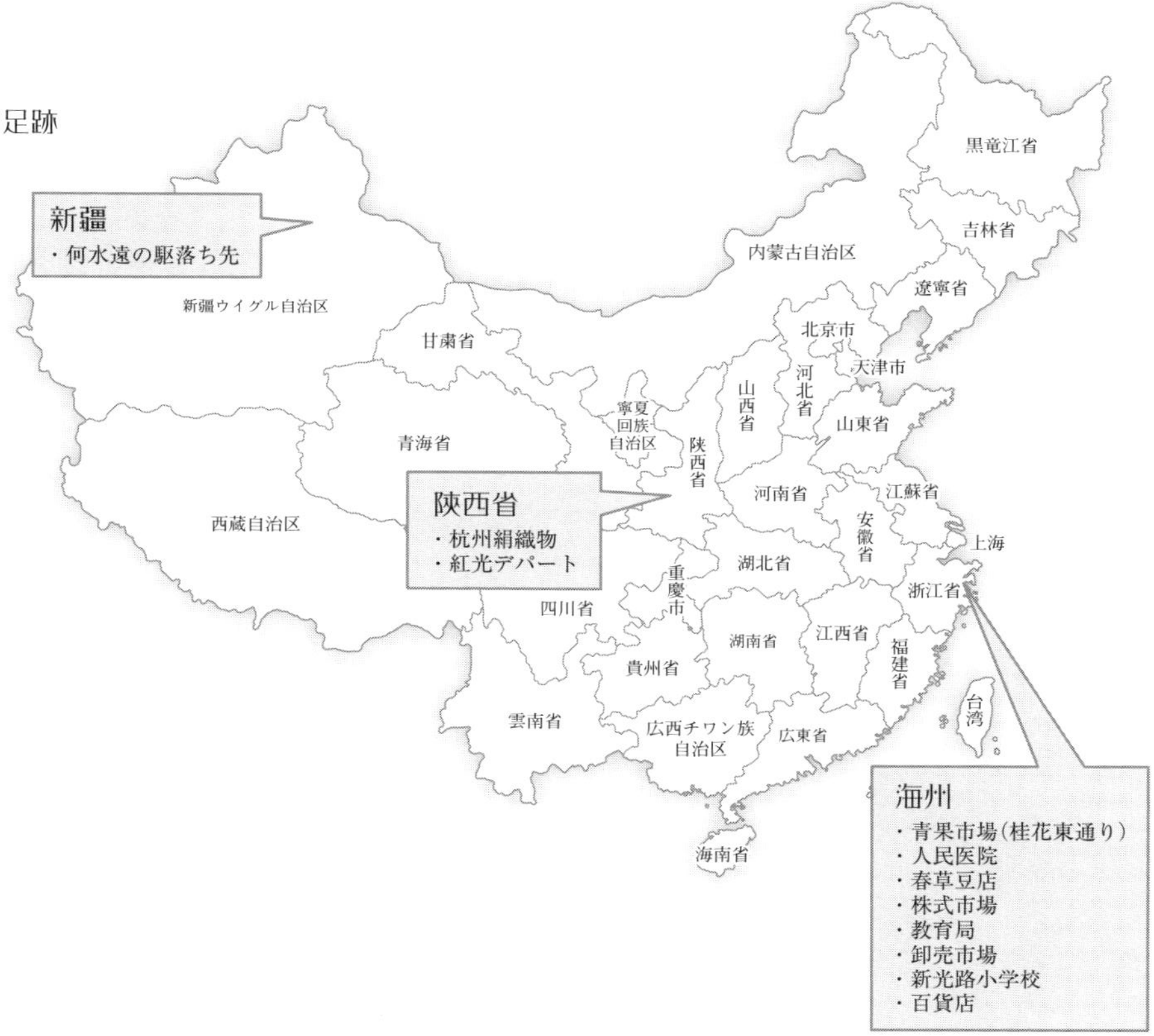
新疆
・何水遠の駆落ち先
陝西省
・杭州絹織物
・紅光デパート
海州
・青果市場(桂花東通り)
・人民医院
・春草豆店
・株式市場
・教育局
・卸売市場
・新光路小学校
・百貨店
黒竜江省
吉林省
内蒙古自治区
遼寧省
新疆ウイグル自治区
甘粛省
北京市
天津市
河北省
山西省
寧夏回族自治区
青海省
陝西省
山東省
河南省
江蘇省
西蔵自治区
安徽省
上海
湖北省
重慶市
浙江省
四川省
湖南省
江西省
福建省
貴州省
台湾
雲南省
広西チワン族自治区
広東省
海南省

「春草」推薦文

私は現在、日本の大学で中国語教育に携わっています。NHK・Eテレやラジオ講座でも、講師を担当したことがあります。

この度、私の年来の友人、于暁飛日本大学教授の生徒さんが、中国の長編小説『春草』を翻訳して日本僑報社から出版すると聞き、大変喜んでいます。

この小説は一九六一年から二〇〇一年まで激動の中国を舞台に、貧しい一農村女性の半生を描いたものです。主人公春草は、四人兄弟の中のただ一人の女子ということで、母親から厳しく育てられます。成人して伴侶を得、結婚して家を離れますが、火災を皮切りに夫の不祥事が招く災難など幾多の困難に遭遇します。小説は授かった双子を擁して苦難を乗り越え、けな気に生きる姿を感動的に描いています。

私は春草と世代は同じですが、大都市天津に生まれ、祖父母の愛のもと何不自由なく小中学時代を過ごしました。三年間の工場生活を経験後、大学制度の変更を機に天津外国語学院日本語学科に入学、卒業後日本留学の経験もあります。私の境遇は春草とは比較になりませんが、当時の中国は、都会でも衣食住は貧しく、私たちもつましく生きていました。

翻訳者が私の講座の視聴者であることも嬉しいことです。この小説を読むことにより中国社会の深層にも触れることができるでしょう。多くの日本の皆様に是非お読みいただきたいと念じています。講座視聴者の皆様には、原文と併せて読んでいただければ中国語の勉強にも役立つことでしょう。

二〇一五年　春

陳淑梅

《春草》日本語版に寄せて

裘山山《チウシャンシャン》

この度、私の長編小説《春草》の日本語版が出版されることはこの上もない喜びです。

私が二〇〇三年に創作した《春草》は二〇〇四年の初版を皮きりに、二〇〇九年には再版、その後第三期中国の女性文学賞を受賞するに至りました。その間、連続ドラマに改編され、中国国内ではいくつかのテレビ局で人気番組として放映されました。その後のあっという間の十余年を振り返ってみますと、春草があの七転八起の不撓不屈の日々を過ごしたことが、未だに多くの人に感動と励ましを与える力をもっていることをあらためて感じます。日本に渡った《春草》が日本の読者の皆さんにも広く受け入れられ、好感をもっていただけることを私は切に願います。

春草を執筆する時、私はいつもある一人の日本女性のイメージを浮かべていました。その女性は「おしん」です。私が若いころ、日本の連続ドラマ「おしん」を見て、とても深い感銘を受けました。彼女が幼いころ受けた苦しみ、少女時代の苦悩、辛い環境での不撓不屈の姿勢は、私が描く春草と多くの共通点があります。唯一の違いは、「おしん」がその後事業家として大きな成功を収めるのに対し、春草はいまだ日の目を見ず、苦節の渦中にある点でしょうか。それもそのはずで、私の小説は春草の前半生を描いているに過ぎず、その後の半生で彼女の夢が必ず実現することを信じているからです。

私は二〇〇八年の秋に訪日したことがあります。わずか十日の滞在でしたが、日本がとても素敵な国だという印象を持ちました。ここ数年、短編小説の分野では《中国文学季刊》に私の小説の日本語訳を数編、発表させていただきました。一方、長編小説の分野では今回が初めての日本語訳になります。それゆえに喜びもひとしおです。特に于暁飛先生とその同僚の皆様方のご苦労のお陰で、春草が日本の読者の目に触れる機会をいただけたことに、心より感謝いたします。春草が日本の地にも根付き、すくすくと育ち繁茂することを願ってやみません。

二〇一五年　春、中国四川省　成都にて

目次

第一章

泣き声が天を裂く—誕生

—一九六一年、春—

一九六一年の春、中国南部の月並な農家の第三子として春草は生まれた。初めての子ではないし、何代も一人っ子が続いていたわけでもない。春、足元をちょっと見ればこのような草はいくらでも生えてくる。そういう何千何万の中のごくありふれた誕生であった。

ただ、春草の誕生は、少しばかり周りを悩ませた。

少なくとも、春草母《かあ》さんにとってはそうだった。勿論、その頃はまだ春草母さんではなく春陽《しゅんよう》母さん、ついで春風《しゅんぷう》母さんとも呼ばれた。春陽は長男で、二番目が春風だ。もっと前は、夫が村の会計係だったから、会計の奥さんと呼ばれた。春草母さんの話し声はとても大きくて、誰それかまわず叱りつけていたが、たまに学のある言葉遣いが出ることがあった。例えば羞恥とか、品徳が下劣だとか、自業自得など、小学校を卒業しているのが分かる水準の言葉がぽろりとこぼれた。春草が生まれたとき、春草母さんは「泣きっ面に蜂だ」とため息をつき、この子を歓迎していないことがすぐ分かった。食い扶持が増えれば、食べさせていけないのだ。

春草母さんは大きなおなかを抱えながら、いつものように仕事に行った。妊婦だからといってのんびりとはできない。朝起きて、残り物の冷めたサツマイモを食べたら、すぐ豚のえさを取りにいく。それから僅か数十坪の野菜畑をならし、青菜を植える。赤ちゃんがもう直ぐ生まれる。今植えておけば臨月の頃には食べごろになるだろう。春草母さんの計算では、出産まであとひと月ばかりだった。

夫は竹かごを背負っていく妻を見て、空を見上げた。

「わかんないけど雨が降りそうだ。あんたの二人の息子はご飯食べなくても良いの？　あんたの姉さんは仙女になっちゃったの？」

「雨だって？　雨だったら、あんたの二人の息子はご飯食べなくても良いの？　あんたの姉さんは仙女になっちゃったの？　豚はただ寝っころがってれば肥るのかい？」

春草母さんには、話すとき一つの癖があった。家の中の生き物はみんな夫の持ち物になるのだ。夫の姉さん、二人の息子、三匹の豚、それに何匹かのアヒル。たとえば「ちょっとあんたの息子を見て」「ほら、あんたのアヒルたち」「あんたの姉さんの顔つきったら、何よ」などだ。逆に、家具なんかは全部自分のものだった。たとえば「私の大きな木のたらいはどこ？」と言う具合だ。といっても、生き物の餌やりなどは皆彼女が面倒をみている。三匹の豚だけでも一日に五十キロもの餌を食べる。家族の面倒も見なきゃならない。食べることはもちろん、服も着せなくちゃならない。布団も必要だ。靴も履きつぶす。彼らの村は貧しくて丘陵地の片隅に隠れていた。周りは坂や窪《くぼ》地ばかりで、平らなところは一つも無く、あったとしてもほんの僅かで、どれほどの食糧もとれなかった。周りの山坂にいくらかのお茶や棗《なつめ》の木はあったが、それらは全て国のもので、誰も世話をしなかった。毎年棗《なつめ》の実がなったのを少しばかり子供たちに採ってやるくらいが関の山だった。お茶の葉にいたっては、国に収めるのも不足した。春草の父は村の会計係と云われているが、一生懸命勤めても、自分一人が食べるので精一杯だ。だから一家の重荷はみんな春草母さんの肩にかかった。彼女は一年中めしをこしらえ、豚の餌やりをし、柴を刈り土地を耕し、休むことなくあくせくと忙しく、まるで独楽《こま》のようにくるくると働き続けた。

自分の身の丈ほどもある大きな竹かごを背負い、春草母さんは家を出て真っ直ぐ村はずれの池に行く。おなかが出ているので背中をそらすと、おぶった竹かごがふくらはぎにぱちんと当たる。五歳の長男春陽が後ろにいて、二本の竹竿を引きずる。同時に唇に垂れた鼻汁も吸い込む。竹竿は青い石を敷いた路上にかさかさとこすれ、それが鼻汁を吸う音と母親の声に交じり合って、親子二人の道行きが、早春の冷えた空気の中で協奏曲を奏でているようだ。男たちはしばしば心の中でささやいた。「会計の奥さん、ほんとに貰い得の嫁さんだ。何人分も働いている」

春になって、早くも水草が茂りだすと、池一面が濃い緑に覆われ、まだ冷たいのに蛙が跳びはねている。春草母さんは竹かごを置き、ひと息入れてから、二本の長い竹竿を伸ばして水の中に入れた。お箸を使うように竹竿を濃い緑の中に差し入れて、ぐっとはさむと、力を入れてぐるぐるかき混ぜ、大きなひとかたまりにして絡みつかせる。頃合いを見計らって、息を吸って力いっぱい引っ張り上げる。だが何せ身重《みおも》の体、おなかが邪魔になって、どんなに引っ張っても動かない。

「母さん、僕が水に入って押すよ」

「だめよ阿陽(一)、冷えて風邪ひくから」

早春の水はまだ身を切るように冷たい。

ちょっと思案して、息子が母さんの腰にすがって一緒に引っ張ることにした。ざぶっと水草が岸に上がった。と、二人は一緒に地面に倒れた。

春陽はキャッキャッと笑った。ところが、母さんは立ち上がれない。深く息を吸い、身体を起こそうとしたとたん、おなかに痛みが走った。早くもやって来たのだ。潜んでいた強盗が突然襲ってきたようなものだ。もうじき生まれる。急がなくっちゃ。

「どうしよう。予定を切り上げてこんなに早く出てくるなんて。野菜を植えるのもまだだ、豚の子もまだ生まれていない、どうやってお前を養うんだい。あーっ」

陣痛の第一波が去ると、痛いさ中に神様が駆けつけて来たように、雨がぽつんと落ちた。と思うとさーっと頭上に降ってきた。彼女は濡れそぼった顔を上げ大声で叫んだ。

「阿陽、早く役場へ行って父さんに弟が生まれると伝えてきておくれ！」

春陽はさっと立って、泥を跳ね上げながら、大慌てに走り出した。

春草母さんは息を吸い込んで、急いで立ち上がり、水草を放り投げ、帰路についた。そろそろ歩きながら、産婆さんのお金はどこで借りようか、紅卵（二）のお金はどうしよう。もともと仔豚を売って出産するつもりだったのに、こちらの方が先に生まれる。なんて罰当たりだ。前の春風の時は義姉さんがお金をくれた。あああ、あの人にはもう頼れない、今までさんざんいやみを言われてきた。もう今度はどうなったってあの人のあぶく銭なんか要らないわ。

自宅に戻ると、春草母さんは家のうしろのくぼ地に囲ってある七、八本の孟宗竹に目がとまった。雨に濡れて光っている。彼女は斧を持ち出し、一番太いのを選んで切り始めた。

雨はまだ降っている。細かい雨で着物にしみこむ。春草母さんは薪《まき》を覆ってある手ごろの油布を一束選んで、突き出たおなかに巻いた。雨をよける時間がなかった。三十分もすれば生まれるはずだ。のろまな旦那の帰りを待ってても間に合いっこない。

だが、なんぼも切らないうちに、陣痛がまたやってきた。今度は一層凶暴で、斧をほおって軒下へ駆け込み、腰をぐっとかがめて壁のへりにうずくまった。身体はびっしょりなので、家に入ってベッドに横たわるのがはばかられた。次男の春風が傍へ這ってきてママ、ママと呼び、義姉さんもやって来た。

義姉さんは彼女の様子をひと目見るなり、声を張り上げた。

「あれまあ、こんなに早く生まれるの。おったまげたわ。どうやって養うんだい。全く罰当たりだねえ。

「今度はあんたらが食いつぶす金なんてないよ」

わめきながら、それでも台所に行って湯を沸かした。

春草母さんは痛みをこらえながらぶつぶつ答えた。

「あんたのあぶく銭なんかいらないよ。ご安心を。ああ！　自分で何とかするよ！」

母さんは、まだ庭の竹を切りに行って金にしたいともがいた。だが、現実はそれどころではなかった。下半身が熱くなったと思ったら、羊水が流れ出てきた。部屋に戻ってベッドに横になるほかなかった。春陽がやっと父さんを連れて戻ってきた。二人ともはあはあと息をして、びしょぬれで部屋に入ってきた。春草父さんはベッドに倒れている女房を見るなり言った。

「まだ一ヶ月あると言ってたじゃないか。どうしてこんなに早くなの？」

「あんたの赤ん坊がせっかちだなんて、知ってるわけないでしょ」

「すぐ潘《はん》婆さんを呼んで来ようか？」

「呼ばないで。私、自分で出来る。お金節約しなくっちゃ。あーっ、私ってなんて運が悪いんだろう。嫁に来て苦労のしっぱなしだ」

春草父さんは言うにまかせていた。これが彼女の痛み止めなんだ。が、義姉さんはお構いなしに、庭に居てやり合った。

「私って馬鹿だったわ。こんなめす虎を、なんでこの家に連れてきたんだろう」

春草母さんは言い返した。

「あんたこそ、トラだ……あーっ、出てきたみたい！」

「ほんとだ、黒い頭が見える」

春草父さんは慌てて傍によって小さい頭を掌にのっけた。

「全くせっかちな赤ん坊だ。ほら、もっと力をいれて！　早く生まれる子は賢いんだ！」

とこうしていると、すとんと子供が生まれ落ちた。

小さな赤ん坊はねずみのようにやせて弱弱しかった。ひと声も泣かず、春草父さんは両手で抱えたままどうして良いか分からなかった。春草母さんは一息入れて、「叩くの、背中を叩くのよ」と言った。

「もっと強く」と春草母さんが言ったので、ポンと叩くと、赤ん坊はワーッと泣いた。

「はさみは？」と春草母さんが大きな声を出そうとした時、義姉さんが熱くて湯気が立つ洗面器を捧げるようにして入ってきた。中には煮沸したはさみがあった。義姉さんは洗面器を乱暴に置くと、水しぶきと罵声が同時に跳び跳ねた。

「この恩知らずが。ひとの金を使いながら、あぶく銭とはなんてことというんだい。いらないってのなら、使わなきゃいいんだ」

「あんたこそ恩知らずだ。年から年中ただ飯食っときながら、こんな嫌みを言うなんて」

やり返しながら、春草母さんは助産婦のやり方をまねて臍の緒を切り、下半身を拭いた。

義姉さんは春草父さんに向かって、言った。

「聞いたかい？　私をただ飯食いだと言ったの。あんた知らんふりなの？　こんな女！」

春草父さんは赤ん坊を抱えたまま何も言わなかった。この、行かず後家の姉さんに対しては、ただ辛抱あるのみだった。

義姉さんは袖をまくって春草母さんを拭き上げながら、わめきたてたので、春草母さんはとうとう口ごたえする気力がなくなった。雨と汗が髪や着物にしみとおり、ベッドにぐったりして、義姉さんが手を上げたり脚を触ったりするままに任せていた。義姉さんは彼女の服を取り替えてから、乱暴にドアを閉めて外に出、又罵り始めた。

春草父さんは、このせっかちな子をじっと眺め、嬉しそうに、「女の子だ」と言った。

「女の子で良かった、もう男の子は二人居るから」

「良かったですって、どっちみちよそへやるんだよ」

春草母さんが眉をしかめると、春草父さんは機嫌をとるように言った。

「お前の手助けにもなるしな」

「手助けなんて。面倒かけなきゃそれでいいのよ」

春草父さんはにこにこしていた。食い扶持は増えるけど、女の子が欲しかった。二男一女って、まあ満足だ。女の子に何かよい名前を考えよう。春月？　春水、春娟《しゅんけん》？　思いがけなく、どれも春草母さんの反対にあった。

「そんな、なよなよした名前でどうするの。ちゃんと育たないよ。竹子はどうかしら」

「ごつごつしてて聞こえが悪い、すくすく育つのは草が一番だ。よし、春草にしようよ」

春陽、春風と来たのだから、春草は自然で、筋が通っている。春草母さんも夫の提案に賛成した。彼女は手を前後に振って、弱弱しく夫に言った。

「行って、庭の竹を二本売って来て。もうあの人のお金は使わない。惜しそうだから」

「あの人」と言うのは勿論義姉さんのことだ。

「あの人と言い合うのはお止しよ。ひとこと言えばふた言返って来るんだから」

「あんたが行かないなら私が行く」

「わかった、わかった、僕が行くよ」

春草母さんはまだ機嫌が直らずに言った。

「あの人は私にとって閻魔大王だよ。今に私の命をとりに来る」

義姉さんは腰に手を当てたまま庭でわめいていた。罵るのは、毎日の食事のようなもので、彼女には退屈しのぎの遊びだった。よくまあ、あれで毎日過ごしているもんだ。

雨はますます強くなり、ざあざあと中庭の池や玄関や屋根や石段に打ちつけ、芝草、木々、豚小屋に降り注いだ。春草母さんはどうにも不思議に思った。春なのになんでこんな大雨が降るのだろう。この赤ん坊が生まれたので天の神様がびっくりしているのかしら。

でも、雨音と義姉さんの罵声を全部合わせても、春草一人の泣き声にはかなわなかった。春草はどうやら自分が歓迎されていないのを、無念に思っているようで、のどを引き裂いて大声で泣いた。ひ弱な嬰児が、こんなに大きな泣き声を出すなんて誰が想像できるだろう。剣《つるぎ》のように鋭い声が、烈しい雨のとばりを貫き、独りで天空の黒雲に立ち向かい、層雲を切り開き、泣き声で天をぶち破った。春草父さんが市場で竹を売って帰ってくると、裂けた空の果てに太陽の光がさし、金の縁取りをした丸い輪が黒雲を飾った。それでも、春草はお構いなしに泣き続けた。このように、泣きながら春草はこの世に現れたのだった。

春草父さんには、この子が前の二人よりずっと軽いことが分かった。

「泣いてばかりだが、隅におけない子だ。天もこの子の泣き声で破れてしまったようだ」

のちのち、彼はいつもこの話をした。

このひと茎の小さい草が生え出た時期は確かに悪かった。三年続いた天災の最後の年で、みんなの暮らし向きはまことに苦しい時期だった。春草の家の生活は逼迫していた。余計な人数が増えたから一膳分増やそう、なんてそう簡単ではなかった。春草母さんはそのために大変な思いをした。もし神様の記憶に間違いがなければ、春草誕生後母さんは一回だけ笑ったことがある。それは、三日後玄関を出て自分が切った竹の方を見た時だ。二つの筍がもう頭を出している。筍のてっぺんに新しい土がくっついているのを見て、珍しくにこっとした。このちびちゃんは竹から生まれたみたいだわ。

義姉さんは又辛辣な悪口を叩き始めた。二日間食事を作ったので我慢も限界に来たのだ。春草母さんは這い起きて、仕事を始めるしかなかった。この家で彼女が横になっていることは許されないのだ。幸いまだ丈夫なほうで、休まずに働いても何とか耐えられた。

彼女の眉間には又深いしわが入った。

結婚以来、春草母さんがしかめ面《つら》を和ませたことはついぞなかった。そこには沢山の苦労や、悩みや悲しみが詰まっており、その中味は彼女以外には誰にも分からなかった。彼女にはもともと才能があり、積極的な女性であった。かって青春のころは、活力があたりに満ち溢れ、いつも大声で笑っていたものだ。婦人部のリーダーとして働くかたわら、女性たちの手助けまでした。ようやく十九歳の頃だ。婚家先でいじめられている女性が居たら、訪ねて行って代わりに口を利いてやった。気性が強かったので、村では彼女を娶りたいという男性は居なかった。だから、春草父さんの村に嫁ぐことになったのだった。

彼ら孟家では、仕事ができる女性が欲しいと思っていた。春草母さんが承諾したのも、孟家には老人は居ないと仲人が言ったからだ。姑と一緒にはとても暮らしにくいというのを知っていた。ところが、なんと行かず後家の姉さんが居たのだ。かんしゃく持ちで怒りっぽく、姑より扱いにくかった。当地の習慣として、嫁に行かない女性は長男と一緒に暮らし、姑同様の取り扱いを受けるのが慣わしだった。つまり何もしなくて良く、ひたすらあら探しをしていた。春草母さんが気づいた時はもう遅かった。

　幸い春草父さんは温和な人柄で、大声で話している姿など見たことがなく、その上、村の男たちが染まっている悪い習慣、たとえば女性をからかったり賭博をやったり、大酒を飲んだりということはなかった。小学校卒業の彼と、他の連中とは少々違っていた。暇な時はいつも字の書いてあるものを探してきて読むのが好きだった。けれど春草母さんは夫に大いに不満があった。義姉さんの、横暴でわがままな行為に遭っても、逆らおうとしなかった。義姉さんはこの家で皆と一緒に暮らしているが、たまに彼女にお金を貰おうとすると、罵りが止まなかった。春草母さんは彼女とおおっぴらにやりあうことはできないので、夫にぶつぶつ言うしかなかった。実のところ、自分のように気が強い人間には、夫のようなおとなしい人が必要だということを考えたこともなかった。強情な二人が一つ屋根の下で暮らせばどうなるかは自明の理だった。春草の誕生で、対立は一段と激しくなった。二人は大いに張り切って罵り合い、地団太を踏んで口惜しがり、二人とも傷ついた。

　もともと義姉さんは、悪態はつくけどお金は出すつもりだった。一日中暇なのに、財布にはお金が入っていた。このお金があるから、腰を落着けていられるし口も達者だ。今まで家で必要な時は、自分の財布から少し取り出した。今回、春草母さんがおおっぴらにあんたの金は要らないと言った。これが、彼女のかんしゃく玉に火をつけた。そこで、彼女は憎しみを春草の方に押し付けた。生まれたばかりの赤ん坊が攻撃対象となった。毎日、顔を合わせるなり、「こんな醜い女の子、見たことない。このあばた！」煙草をすぱすぱふかしながら、春草母さんに負ぶわれている春草に、煙をフーッと吐きかけ、「ざまを見ろ、こんな子生んで、金を使うばっかりだ！」と言った。

　春草母さんは、雨に濡れたからか、一ヶ月の早産だからか、ともかく身体が弱っていたので、お乳は出ず、春草におかゆをやったが、おかゆではひもじさは収まらず、いつもわあわあと泣いていた。義姉さんの罵詈雑言《ばりぞうごん》に、赤ん坊が生まれたいらいらも重なって、春草母さんはつくづく泣きっ面に蜂だと思うのだった。

「泣いてばかりいて死にたいのかい？　お前、私を殺す気かい？　飢え死にして生まれ変わった化け物め」

つまり、春草はこんな罵声を浴びながらこの世に生まれ、肩身狭く大きくなった。

母さんには彼女を生んでから具合の悪いところが出た。雨になると腰がだるく、背中が痛んだ。その地方は雨が多かったが、怒鳴られていた頃はことのほか沢山降った。母さんは、「こんなにひどい目に遭うのは、みんなお前が生まれたからだ」と言った。これは、一番上品な言い方で、よその人の前で使う言葉だった。普通は「この死に損ないが、私を殺す気か、前世の借りを返さぬつもりか、くたばってしまえ！」

そんなわけで、春草は目が開いたその日から人の顔色を探るようになり、注意深く母さんの顔を見、伯母さんや神様の様子を覗うようになった。ただ、父さんと居る時だけは気が楽だった。

春草母さんはいつもこの子を罵っているが、一番必要なのもこの子だった。特にその後、3人目の男の子が生まれると心の中では女の子が居てくれて良かったと喜んだ。女の子は自分の仕事の半分を引き受けた。三歳で火をおこすのを手伝い、四歳で弟を抱っこし伯母さんの肩たたきをし、五歳で伯母さんの脚を洗い水を運び、ご飯の後片付けをし、六歳で豚の餌を採りあひるを追い、山で薪《まき》を拾い、七歳からは全面的に母さんの腕利きの助手となった。春草母さんは、いや村の母さんたちはみんな、女の子は他人《ひと》のために育てるんだ、他人《ひと》に渡す前にたっぷり使っておかないと馬鹿を見ちゃうよ、と思っていた。

七、八歳になっても春草は依然小さくてひ弱だった。けれど、両の目はこの上なくきらきらしていた。

ときに、人の顔を見るとき、あまりのきらめきに相手がたじろいだ。母さんはそれを見て、そんなにきつい目をしてどうするの、と叱った。

春草は下を向いた。

世に、「顔を上げる女性、頭を下げる男性」という。この二つの言葉はどちらも強いという例えだ。が、春草は下を向いていた。だから誰も彼女を気に止めなかった。彼女自身さえ、自分のことを少しも意に介さなかった。

裏庭の孟宗竹と全く同じように、あんなに痩せている土でも、雨が少なくても、すくすくと成長した。母親が彼女を、並みの親が娘に対するようにはやさしく扱わなかったことが——虐待といえばいささか言い過ぎかも知れぬが——春草の心に強烈な願望を植えつけた。きっと役に立つ人間になって、大きくなったら母親の元を去ろうと。

（一）**阿**：姓または名前の前に付け親しみを表す。ちゃん、さん…

（二）**紅卵**：親戚や友人への贈り物

第二章

初めての稼ぎ

——一九六八年、冬至（三）——

七歳の年に伯母さんが亡くなった。

これは、春草には大きな変化だった。三歳の時から寝起きを共にしたが、伯母さんは彼女に優しい顔をしたことはなかった。寝る前には伯母さんの背をたたき、脚湯を用意し、伯母さんの小言を聞き、いびきに眠りを妨げられた。とはいえ、そんな伯母さんが結局は自分にとって一番身近な人だった。時には彼女にいろんな話をしてくれた。昔自分はこうこうだった。これからお前はこれこれしなくちゃならないよ。話がよく分からなくても、伯母さんが自分を信用しているのは感じられた。そんな話は、父さんにも母さんにも話さなかった。勿論ぶたれたこともある。あるとき、部屋に入ると、伯母さんがいきなり彼女の耳たぶを掴んで言った。

「お前、私の玉簪《かんざし》を盗って何処へやった？　この盗人め」

春草は懸命に首を振った。

「お前の母さんがとって来いと言ったんだろう。前から欲しそうにしてたの知ってるんだ。さあ言え、あのめす虎のとこへ行ってかたをつけてやる」

春草は死に物狂いで首を振った。掴まれたまま涙が出てきた。伯母さんの物にどうして手をつけたりするものか。首を振りながら涙越しに戸棚と壁の隙間を見ると、光るものがあり、藁をもつかむ気持ちでそちらを指さした。伯母さんが行って見ると果たして戸棚の後ろにある玉簪《かんざし》を見つけた。

伯母さんはそれを拾って服の襟でちょっと拭うと、後ろ髷《まげ》に挿した。

「ふん、お前に盗る勇気はないと思ったよ」

伯母さんが外へ出ようとした時、突然春草が背後で大声を上げた——

「私は泥棒じゃない！」

それは、とてつもなく耳障りな声だった。

伯母さんはびっくりして振り返ると、春草が顔を上げ、唇をかんで自分の方を睨みつけている。目には涙と憎しみがあった。伯母さんはちょっと笑い、とっかえして彼女をつかまえ、頭を引き寄せた。

「なんてくさいの、ずっと洗ってないんだろう。豚とおんなじだ」

春草を庭に引っ張りだし、水を汲んだたらいに春草の頭を押さえつけ、洗い板の上でごしごしこすったので、春草は痛くて顔をゆがめた。伯母さんは髪の毛をぱらぱらとかきわけて洗いながら、不満そうに言った。

「ちびちゃん、どうしてつむじが二つあるんだい。強情っぱりなんだ。ゆくゆく母さんにたっぷり苦労かけるってことだな」

春草は何のことかよく分からなかったが、ただ早く洗い終わって伯母さんの魔手から逃れたかった。終わると伯母さんは春草を眺め、ないことににこりと笑った。

「小憎らしいけどとても可愛いね」

それからは、四、五日おきに髪を洗われた。春草はそれがいやでもあり嬉しくもあった。洗い終わったあと伯母さんが自分を見てにこにこするのが嬉しかった。しかも、母さんが彼女をぶったりしていると ころに出くわすと、伯母さんはすぐ立ってきて遮ぎった。

「私のちびちゃんを何叱ってるのよ」

その口ぶりは、どうやら何度も春草の頭を洗って、自分の子になったみたいだった。

「あんたのちびちゃんだって？　髪の毛一本も惜しいあんたが只で女の子を一人せしめようっていうの？」

「あんた、この子達を自分のものとでも思ってるんかい？　みんな孟家の人間だ。あんた、うちの孟家に来なけりゃ子供を持つことなんて出来やしなかったじゃないか」

「死ぬ思いで苦労して、あんたたち孟家の子供を生んで育ててるのにまだそんなこと言うの、恩知らずが。雷に打たれるぞ」

伯母さんはなるほどと思ったが、言い返した。

「恩知らずだって？　私って人間はそんなんじゃないよ、だいたいそんな字も書けやしない。ちびちゃん、そうだろう？」

思いがけなく、その伯母さんが突然死んだ。暑くも寒くもない十月、陽光が爽やかで美しい秋の日だった。その日を選んだような死だった。死ぬ前春草は少しも気づかなかった。伯母さんは彼女に何も言わなかった。普段はいつも、生きるのがいやだとか、早く死んで楽になりたいとか、言っていたが、死ぬ前の晩は何も言わずに、横になってすぐ眠った。翌日の朝、春草は暗いうちに起きてご飯を炊いたが、伯母さんはまだ寝ていた。炊けるのを待って起こしに行ったが動かなかったので、やっと亡くなっているのが分かった。

父親は黙って涙を流した。母親は相変わらず大きな声を上げていた。春草は母親の声を聞きながら、伯母の死が自分にとって、とてつもなく大事なことであるのを知った。伯母さんは遺言を残していた。もし自分が死んだら、残したお金と品物はみんな春草に上げる。母さんが大声を出しているのはこのことだった。

「お金を何で春草にやるの？　あんかと玉簪だけなら分かるけど。ずっと私が身の回りの世話をしてきたんだから。食べさせて、着せて、なのにお金まで春草に残すなんて。三人の甥に残すんなら分かるけど、どうせよそに出て行く女の子にわざわざやるなんて。あの人死ぬまで私を許さなかったんだ。まさか私をいじめるため孟家の門に入れたんじゃないのかい？」

春草父さんは小声でとめた。

「もう死んだ人だ。悪口言うのは止しなよ」

春草母さんは玉簪を自分の髷《まげ》にはすに挿し、手を腰に当てて言った。

「私だって言いたかないさ。でも言わなきゃ気がすまないわ。樹が皮を剥かれるのが嫌なように、人間も心が傷つくのはいやだ。私はすっかりあの人に傷つけられたんだ。だまってりゃこっちも死んじまうよ。私が死んだら、誰がみんなを養うのさ」

春草は聞いて初めて、自分が伯母さんの中でどんなに重要だったか、伯母さんの存在が自分にとってどんなに大事だったかが分かった。夜、伯母さんのいびきが聞こえないベッドで、伯母さんの煙草のにおいがしない部屋の中で、どうしたことか寝付けなかった。伯母さんの呼ぶ声を思った。ちびちゃぁん——その声は長く引っ張り、どこか勿体ぶったところがあった。この家でちびちゃんという呼び方をするのは伯母さんだけだった。それから、生前話してくれた時は分からなかったがその晩不意に分かったことがあった。

伯母さんは、昔はとても良い娘だったと言っていた。父母が早く世を去ったので、弟たちは彼女の世話で大きくなった。村の人々は、仕事が出来て優しい女性だ、器量も良いしと、競って仲人役を買って出た。伯母さんはあれこれより好みした挙句、家の暮らし向きもよく、教養もある男性を選んだ。が、その人が肺結核を患っているとは知らなかった。婚約をしたが正式には結婚しないうちにその人は亡くなった。当地の風習によれば、彼女は既にその家の嫁だった。もう一度結婚しようとすればその家の同意が要ったが、その家は、良いとは言わなかった。彼女は弟たちを養うため、嫁入り道具を返したくなかった。後々弟たちが一人ひとり結婚し、舅姑が前後して世を去った頃は、伯母さんは三十歳を過ぎた「後家《ごけ》さん」になっていた。また紹介する人もいたが、気に入る話は一つもなかった。そこで、もう結婚しないと心に決めた。自分のような女性には昔は碑を作ってくれたとも言った。村の西のはずれにある高い牌坊(四)は、ある女性のために建てられたものだ。その人は「冲喜」(五)の縁起を担いだ人のところへ嫁入りしたけど、男の人は彼女をひと目も見ないで死んでいった。そこでその女性は嫁ぎ先に居て、ずっと舅姑の世話をしたってわけ。でも私は碑は作られない方が良い、と伯母さんは言った。そんなことになったら不幸だ。死んだら石がのっかってて、寝返り出来ず来世もありゃしない。言ってみれば、この家の弟の嫁さん、つまり春草母さんも伯母さんが自分で選んだものだ。だがいざ嫁にもらってみると、どう見ても目障りだった。とりわけ春草母さんがあの大きな声で弟と話しているのを聞くと、すぐ腹が立った。自分の夫にはもっと優しく話をするもんだ。あの頃は只仕事が出来ればよいと、身体の丈夫な人ばかり探して、性格なんかどうでも良いと思っていた。だから、いつもぶっつかる度に、伯母さんは自分の見る目がなかったことを悔やんだ。

伯母さんはも一つ春草に分からせたことがある。つまり女性は自分のお金を持っていなくちゃならないということだ。伯母さんは繰り返し、もし自分にお金がなかったら、とっくに春草母さんの酒の肴になって食べられていたよ、と言っていた。ほんとに母さんが伯母さんを食べるとは思えなかったが、伯母さんが威張っているのもお金を持っているからだというのは分かった。伯母さんがお金を持ってるのは、嫁入り先の舅が亡くなった時に分けてもらったものだ。ずっと未婚のままで世話してくれた埋め合わせだった。

いったいどのくらいあるのか、春草には縁がないことだったのでとんとわからなかった。

春草母さんは、やはり伯母さんの遺言を実行しなかった。

冬の日、伯母さんが手から離さなかった銅あんかを春草にくれた以外は、一銭だって見せてもらえなかった。母の罵声を聞いているうちに、伯母さんが自分にお金を残してくれたことは分かっていた。お金で一体何ができるのかは良く分からなかったが、お金があれば、母さんにぶたれることはない、というのは間違いなさそうだ。お金はお守りだった。

でも、言ったり聞いたりする勇気はなかった。罵られるだけだ。暫くの間、母さんを見かけると、母さんから目を離さなかったが、母さんはこちらを見る暇がなかった。洗濯、炊事、豚の餌、鶏の餌、薪《まき》割り、肥担ぎ、菜漬け、棗《なつめ》干し、靴底の刺し子縫い、衣服のつくろい、忙しくて便所にいく時間さえなかった。春草はいつも母さんがかまどの付近で飛びまわっているのを見てきた。

春草も忙しい。母さんが大独楽《ごま》なら彼女は小独楽《ごま》だった。母さんの指図が次々に下った。阿草、茶碗を洗って、阿草、冬菜(六)をたらいで干してきて、阿草、薪《まき》を台所に運んで、阿草、糸を縒《よ》って来て、阿草、火をもっと燃やして、阿草、弟を探して連れ帰って。

そんなに手伝っても、母は娘にやさしい言葉一つかけなかった。夜、くたくたの身体《からだ》で、伯母さんのあんかを暖かくして掛け布団の中に入れようとしていると、母親が入ってきて、そのあんか弟に使わせな、と言いつけた。あんかは伯母さんが彼女に残してくれた、たった一つのものじゃないか。こんなに寒く両手がかじかんで曲げることも出来ないのに、もしあんかなしで寝たら夜明けには氷のように冷えきってしまう。母親は彼女をじろりと見て、彼女が身体で遮ろうとするのを押しのけ、あんかをひったくって行った。

春草はベッドに横たわっても、ますます冷えた。かじかんだ両手にはあーっと息を吹きかけるが、口

にどれほどの温かみがあろうか。眠れずに這い起きて、家の中にあった、竹ひごで土を編んだあんかを取り出して暖をとろうとした。ところが、あろうことか、持ったとたん土あんかがベッドにひっくり返り、炭火の固まりが丁度春草の腕に落ち、じーっといって青い煙が噴き出した。痛みが骨身にしみる中で、自分はいったい母さんの子ではないんじゃないか、といぶかしく思った。が、それなら、どうして母さんはいつも、お前みたいなのを生んだから、腰痛にかかってしまった、と言うんだろう。母さんは自分を生んだのが元で病気になったのを恨んでいるんだろうか。春草はそう思うと、心がうずき、悲しくて一晩眠れなかった。

翌日母親が春草のやけどを知ると、叱りながらなたね油を塗り、いつものようにああしろこうしろと指図した。腕の痛みで仕事がうまく行かず、抱えていた漬物の鉢をひっくり返したり、薪《まき》を焚くのに母屋に行ったりした。そのつど母親の罵声が響き、恨めしかった。

火をたきながら、かまどに舞い上がっている湯気をぼんやりと見ていると、熱い湯気の中に伯母さんの姿が見えた。にこにこ笑っている。何か言っているようだ。つむじ一つはいこじ、つむじ二つは強情っぱり、三つは命知らずの喧嘩好き。あんたのつむじが大きいから、母さんに苦労させるんだ。伯母さん、どうしてお金をそっとくれなかったの。まだぶたれてるのよ。ちびちゃん、自分で稼ぐのよ、大きくなっ

たら稼げる人になりなさい。……自分でどうやって稼ぐの……春草はかまどに薪《まき》をひと束、又一束とくべた。真っ赤な炎が、彼女の顔と心のうちの沢山の想いを照らし出した。

突然、薪《まき》が一本飛んできて、彼女の想念を吹きとばした。無意識に頭を下げたが間にあわず、薪《まき》が額に当たって痛みが走った。額を手で抑え目を上げると、母さんがこちらを指差して大声で怒鳴っている。

「死にたいのか、この間抜け鵞鳥《がちょう》、そんなに燃やして豚でも焼くのか？」

春草は焦《こ》げ臭いにおいにやっと気がついた。熱くたぎった白い蒸気はすでに黒い煙に変っていた。火が大きすぎて、鍋の中のサツマイモはすっかり焦げ付いていた。今日はどうしたのだろう。間違いばかりしている。とんでもないことをしてしまった。この鍋のサツマイモは、母さんが干し芋を作る準備をしていたもので、骨の折れる仕事をする時の大事な携帯食だ。そのことを彼女は良く知っていた。

母さんは一度ぶったくらいでは気が済まずに飛んできて、彼女の額から血が出ているのを見てやっとぶつのを止めた。

「こんなに焦げ付かせたものをどうしろっていうの。豚も食わぬわ。私を殺す気か。お前ほんとにでこぼこ頭の餓鬼野郎だ」

春草は土間に座ったままだ。血が額から流れ落ちている。痛いのは痛いけど、やけどほどではなかった。前にも母さんからぶたれたことはあるが、血が出たことはない。春草は血が流れているのを見て、これは大変だと思った。血だ。もうすぐ死ぬんだ。それも良いかも。伯母さんも死ぬっていいことよと言ってた。何もしなくていいし、わめき声も聞こえない。春草は血がしたたり落ちるのにかすかな快感を覚えた。どんどん流れたらいい。暫くして母さんがタオルを持ってきて拭こうとしたが、春草はさせまいと両手で遮った。怒った母さんは、タオルを肩に引っ掛けて言った。

「いいよ、死ねばいい。そしたら厄介払いになるよ。お前のような頭の固い強情な女の子、頑固屋敷の化け物の成り損ないめ」

「頑固屋敷」は春草の大事な名前となった。母親はこんな面倒な叱り方を、一字も省略せずにやった。ならば春草は頑固屋敷振りを母親に見せてやらねばならない。じっと精神を集中すると、細い血の流れがミミズのように這ってきた。暫くすると、ミミズの兄弟がもう一筋這い降りてきた。ふた筋が目じりまで降りてくると、春草の目じりはしっかりくっつき、世界が半分になった。春草は、事が大きくなって村中の人たちに知れ渡ると良いと思った。が、予想に反してふた筋のみみずは顔の上で固まって、もう流れなくなったので、少しばかり残念だった。

父親が帰ってきて春草の顔にあるふた筋の赤いミミズを見つけ、跳びあがるほど驚いた。彼はすぐに何があったのかを察したが、ため息をつくしかなかった。彼はこの家の裁判官ではない。婦人部主任に、いや担当にさえ及ばない。黙って春草の顔を拭いた。春草は父の手は押し返しはしなかった。でも身体を硬くしていた。血の跡はとっくに乾いて硬くなっており、父親はたっぷりの水で湿らせて、漸く取り除いた。

暗闇の中で、春草は両目を見開いてベッドに横たわっていた。やけどをし、その上ぶたれて血が出た。今夜はもしかしたら死ぬんじゃないか。だが、このまま無駄死は出来ない。みんなに自分がどんな仕打ちを受け、どんなに残念であるか、分かってもらわなくちゃ。でもどうやって？　こんなに寒けりゃ、村まで行って寝転がるわけにはいかない。良い考えが浮ばぬままぼんやりしてるうちに寝入ってしまって、目を覚ました時はすっかり明るかった。

春草は驚いて身震いすると起き上がった。母に起こされなかったのは前代未聞だ。その上くだんのあんかまで布団にかぶせてあった。まだ暖かい。いつもなら台所で忙しくしている時間だ。目覚めなかったら母さんから引き起こされたはずだ。おでこのかすかな痛みに、昨日のことが思い出された。やけどをしたっけ。それからサツマイモを焦がしてぶたれ、血を流した。血が流れたら死ぬかと思ったが、死ななかった。頭と腕が痛かったが、そのほかのところは特になんともない。春草は少しがっかりした。

春草は起きると、角《かど》が割れた鏡を庭の明るいところに持ち出し、髪をちょっと撫で付け、ご飯も食べずに外へ出た。

夜のうちに雨が降って、空はまだ湿っていた。この地方は雨が多く、春雨から梅雨へ、梅雨から秋の長雨へと続く。冬も曇りがちで雨が多く、地上のものは湿気で腐り、何か泥の生くさいにおいが漂う。春草は小さい頃からこのにおいには慣れていた。でも、雨は嫌いだった。雨が降ると母さんの腰が痛くなる。すると、かんしゃくがひどくなり、自分の仕事が増えるのだ。でも、好きとか嫌いとか言ってても、どうにもならない。天の神様が決めることで、春草は自分のことさえ何も決めることは出来ない。だが今日は、自分で一つ決めようと思った。彼女は、前を見ずにうつむいて歩いた。自分の両足だけ見ていた。はいている靴は両方とも、これ以上ないほどぼろぼろで、前はぽっかり穴が開いて親指が頭を出し、後ろはかかとが見えていた。かかとは凍えて赤く光っていたが、破れ靴の足取りはしっかりしていて、ちゃんとした行き先があるみたいに、飛ぶように進んで行く。村の人たちはその様子を見て、あの子、いよいよ母さんに似てきたね、と噂した。

何で私が母さんに似てるのよ。あんなめす虎に。伯母さんは言ってたわ。春草はめす虎じゃない。牛歳だから、苦労する牛だって。春草はわざと脚を緩めて、父さんのようにおっとりと歩いた。青石を敷いた路はぴかぴか光り、長年雨水にさらされて玉のように滑らかだった。緑の可愛い草が石畳の隙間から生え出て来て、生き生きとあどけなかった。もう冬至だというのに、草はぬくぬくと地下に隠れずに、遊びたくて頭を出して来たのだ。春草は踏まないように用心深く歩いた。そう、彼女も一本の草なのだ。降り続く雨でたまった水が、石畳の下でびしゃびしゃと音を立て、履いている靴をあっという間に濡らし、両足の親指は冷たく氷のようだった。

村の西にある例の牌坊の所へたどり着くと、彼女は立ち止まった。牌坊は、独りぽつんと立っていた。伯母さんは話していたっけ。

「牌坊に入れられる女性にはなっちゃ駄目よ。石に押しつぶされて大変つらい目に遭うよ。矢張り生きてる間に楽しんだがいいんだ」

春草は歩き続け速度が又早くなった。ほんとのところ、ゆっくりとは歩けないのだ。指をあらわにした両の足で跳ぶように市場の廃品回収所までやって来た。春草は入口のところに立ち止まったが、意を決して中へ入った。十数分後、鶏小屋のようなくしゃくしゃの頭で出てきた。髪の毛を売ってきたのだ。

私はお金を手に入れた。春草の手には、女の人から手渡された二枚の紙幣と三枚の硬貨がしっかり握られていた。いったいいくらもらったのか、春草は見ようともしなかった。今の彼女は伯母さんのように腰もぴんと伸びていた。私もお金を持ったのだ。お金があれば母さんが私をぶつこともない。以前母さんが毎日伯母さんを罵っても、伯母さんに手を上げたことはなかった。それは伯母さんにお金があったからだ。春草はそう思っていた。

でも春草は、お金を握るとなぜか落着かなかった。頭もふらつく。朝ごはんがまだなのを思い出した。その上、血が出たのだ。伯母さんは豆つぶくらいの血が出たら卵一個食べなさいと言ってたっけ。

春草は露天商が並んだ路を歩いた。サトウキビ売り、ナズナ売り、ミカン売りそれに生姜糖、豆菓子、ゴマ菓子など、それらはお腹に溜まらないので気に入らなかった。長揚げパン、ごまパン、うどん、肉マントウなどは高くて駄目だ。最後に米蒸しパンの店のところで立ち止まり、背伸びをして小父さんに米蒸しパンを指差した。

「買いたいの？」

「いくつ欲しい？」

春草は指を二本立てた。

「口が利けないの？」

おじさんが、米蒸しパンを二つ包んで手渡すと、春草は握っていた手を広げお金を見せた。おじさんはちょっとかき分けて、五分の硬貨を選んだ。

「はい、あとはちゃんと持って帰るんだよ、失くすと母さんに叱られるよ」

春草は突然口を開いた。

「これ、私のお金」

「なんだ、しゃべれるんかい」

春草はも一度しっかりと握りしめてから、米蒸しパンを食べ始め、市場を出る時には二個とも無くなっていた。まだおなかが空いていたが、これから使うことが沢山ある。早く帰らなくっちゃ。お日様はもう高かった。

門に入ると母さんのかんしゃく玉が破裂した。

「朝早くからいったい何処へ行ってたんだ」

春草は何も言わずとっとと母親の前に行き手を開いた。母親は手の方は構わず、目を見開いて彼女の頭を見つめた。

「なんとまあ、髪の毛はいったいどうしたの？」

手で春草の頭を掴んでゆさぶり、又ゆさぶり、春草は頭がくらくらした。春草は母さんの手から必死で抜け出し、も一度自分の掌を見せた。今度は母さんも分かった。

「お金どうしたんだい？」

春草は自分の頭を指して言った。

「私のものよ」

「ねえっ、あなた大変！　早く来て見てよ、このちび、とんでもないこと仕出かして、私の髪の毛を売っぱらっちまったわ。この次は何をやるか分かったもんじゃない。このでこぼこ頭の餓鬼、化け物のなりそこないが！」

春草は、母さんが私の髪の毛ってはっきり言った意味が良く分からなかった。どうして母さんのなの？　それにどうして私がお金持ってるのを見ても、気にも留めないの？　良く考える間もないうちに、母親は彼女からお金を引ったくり、厨房に入って熱々の卵を手一杯に持ってきた。

「食べな！」

ずーっと後になって、母親は人にこう話している。

「うちのあの娘《こ》、小さいけど計算が早いのよ。まだ背が箒《ほうき》ほどにもならない時から、お金を稼いで来たの。髪の毛がいい稼ぎになるって、私がまだ知らなかった時に、あの娘ったら私の髪の毛を持ち出して、売っぱらって来たのよ。三毛三分でね。塩一キロは買えないけど」

つまり春草はこれが生まれて始めて稼いだお金だった——三毛八分。

そのうち五分は、米蒸しパン二つ買ったものだ。それは母親は知らぬままだが。

（三）**冬至**：二十四節気の一つ、十二月二十二日ごろ
（四）**牌坊**：貞節を顕彰するために建てられた鳥居状の建物
（五）**冲喜**：重病人が式を挙げれば病が治るという風俗
（六）**冬菜**：白菜やからし菜に味をつけて乾かしたもの

第三章 母への反抗

―一九七〇年、初秋―

一九七〇年、春草は九歳半になった。彼らの地方ではおなかの中の十ヶ月も勘定に入れる。それだととっくに十歳を過ぎている。もう立秋、春草は春に生まれた。

春草はその年の秋が過ぎると、ことのほか落着かなかった。ひたすら仕事をし、わけもなく笑った。毎朝早く起き山で薪《まき》を取る。台所に置けないほど取っては、庭に積み上げる。池に行って豚の餌に水草を採る。それから菱の実を沢山採る。菱の実のとげで両手にやたら刺し傷を作っても、黙って持ち帰って弟に剥《む》いてあげる。弟が喜べば母さんも喜ぶ。昼間の仕事が終わり、夜になると母親の枕の刺繍を手伝う。春草の手は毎日の作業で荒れていて、図案の刺繍はうまく出来ないので、刺繍糸の仕分けを手伝うだけだが、時に絹糸が手の傷口に入りこんだ。

母親はその様子を見て、眉にしわを寄せ、もう良い、絹糸が駄目になるから自分でやる、と言うのだった。彼女は母親の気に入るように、笑いかけて、唾で手を湿らせ、できるだけ用心深く糸を分けた。枕の刺繍は勿論家用ではなく市場に持って行って売るためだ。

この一帯では、村の婦女子は皆それを副業として生計を立てている。夜になると春草は疲れで目を開けておれず、頭はテーブルにうとうとと垂れる。

「あー、今晩はもう駄目だね。行って寝な」

「大丈夫、母さん先に寝て、私はそれから」

母さんはもう何も言わない。

春草が、母親に気に入られようと、にこにこしているのにはわけがある。母親が生みの親であることはとっくに分かっている。生みの親に向かってこんなに愛想良くするなんて普通じゃない。今年の夏、いや、春節が過ぎたあたりから始まったのだが、母親の顔を見ると、待ってたように愛想良く笑った。母親の態度も変るんじゃないか。だが母親はなんとも思っていないようで、彼女の愛想には少しも応えなかった。たまに話があっても、ちょっと眉に皺を寄せるだけだった。春草は母親のしかめっ面《つら》が恐かった。それでも、母親が話を切り出す前に、そのしかめっ面を勇気を持って受け止め、機嫌をとろうとにこにこ笑った。別の部屋には、兄二人と弟がもうぐっすり眠っていた。

だが、九月が目の前になり入学の時期が間近になっても、母親は何も言わなかった。娘のにこにこ顔も無視していた。春草は焦った。八月の最後の日、春草はついに我慢できなくなった。朝の仕事をきちんとやり終えると、すぐに聞いた。

「母さん、私の入学の事……」

母親はそんなことは忘れていたように、うーん、と言うと、むいていたトウモロコシを下に置き、春草のところへやってきて、頬をぽんぽんと軽く叩いた。

「いい子だね」

途端に春草の心が沈んだ。良い子だなどと言われたことはついぞない。いつもはとても聞き苦しい言葉を使った。何々の餓鬼、何々の意固地なロバ、何々の怪物、それに例の頑固屋敷の化け物……。

「母さんはあんたが一番物分りが良いと思ってるのよ。弟なんか私にいろいろさせといて、ちっとも手伝おうとしない。あんたはこの家に居なくちゃならないんだよ。母さんは、あんたが少しでも家から離れたら、もう何も出来やしない……」

母親の話が終らぬうちに、春草は椅子にぺたりと座り込んだ。

「正直言って女の子が学校へ行っても何の足しにもならないよ。母さんを見な。小学校を出たけど、何かの役にたってるかい。どうせ一日朝から晩まで働くんだ。あんたはいいところに嫁に行くのが一番だ。母さんのように、父さんみたいな人と一緒になって貧乏するんじゃないよ」

春草はいよいよ沈み込んだ。頭を支えきれなくなり、椅子を壁の方に向けて、頭をもたせ掛けた。心中、大声で、「いや、私はいやだ」と叫んでいた。

母親はそばに寄って来てしゃがみこみ、穏やかに続けた。

「母さんもずっと考えてきたよ。あんたは物分りがいい子だ。これからはこうしよう。山に薪《まき》をとりに行くような荒仕事はもうしないでいいよ。家で刺繍を習うがいい。いいだろう？ 稼いだ金は母さんがお前のために貯めて、嫁入り道具にしよう。梅子を羨むことはないよ。梅子は家ではなんにもすることがないんだから。勉強するしかないんだよ」

母親がこのような調子で話をしたことはない。秋の雨のように穏やかな声だった。でも春草はますます悔しさが募るのだった。

又私をだました。いつものようにうまいことを言って、私のほんとの願いを聞き入れてくれないんだ。心中は煮えたぎって、今にも火がつきそうだった
母親は彼女が何も言わないのを見て、眉をひそめた。

「おや、私が言ってること分からないの？」

春草は、爆発するのを懸命にこらえていた。

「この分らず屋、もう二度と口にするんじゃない。お前が嫌だろうが何だろうが、決めたんだ。勉強したいだって？　どうやって四人の子供を学校に出すんだい。兄さん二人は中学にやらなきゃならん。弟も学校へ上がる。私がどうやって負担できるんだ」

母親が声を荒げてとうとう本音を言った。

父親が聞きつけて庭から入ってきた。春草は、悔しい思いが更に募った。

父親はとっくに母親の決定を承知していた。というより何も言わなかったのだ。二人とも私をだました。誰もほんとに私のことを考えてくれない。父親がまだ何も言わぬうちに母親が言った。

「いい加減にしてよ、春草にかまわないで。全く竹から生まれた子だ。ほんとに頑固なんだから。頑固屋敷の化け物。なんて罰当たりなんだ」

父親はため息をついて、春草の頭をなでると出て行った。この家は母親が言えばそれで終わりだ。母親がこの家の皇帝だ。

春草は壁に頭をつけたまま考えていた。どうして良いか分からず、ただ母親と顔を合わせまいとした。この自分を失望のどん底に落とす世界に顔を向けたくなかった。壁は少しデコボコしていて、時々石灰や土のくずが落ちてきた。暫く経って、母親が部屋を出て行ったのが分かった。多分弟を連れて、入学の申込みに行ったんだ。どうやら、春草にはもうかまうまいと決めたようだ。春草はぐっと泣きそうになったが、涙は出なかった。力をこめて壁に頭を押し付けた。まるで壁が母親であるかのように。どうして、どうして、私が女の子だからなの？

母親はなんで約束を守らないんだ。どうして言ったことを実行しないんだ。

おととしが春草の入学の年だった。その時母親は、お前がいないととても困るから一年待ってくれ、と言った。去年も又もう一年待てと言い、しぶしぶ従った。自分より一年下の梅子も入学した。

「お前はよく仕事ができる子だ、兄さんたちよりずっと出来る。あの梅子が一体何の役に立つ。学校に行かずに家にいても、何もすることがないんだ」

春草は言いくるめられた。母親は村では話上手で通っていた。嫁に行く前は婦人部の隊長をやったほどだ。春草はそれから一年間真面目に母親を手伝った。小さい独楽《こま》のように母親の周りをくるくる回った。家の仕事はほんとに沢山あった。農作業のほか、飯《めし》炊きだけでも母親独りではやりきれなかった。六人もの飯を作るとなると一回に大鍋一つ必要だ。毎日燃やす薪《まき》だけでも大変だ。それに何足もの靴、考えただけでも煩わしい。手作り靴一足もちゃんと仕上げぬうちに、次のがもう破れた。母親の手一つでは、いつまでたっても男四人の脚をまかなうことは出来なかった。母親が座って靴底を縫っているとき、春草が別の荒仕事をやってなくちゃならなかった。豚の草取り、あひるの餌やりなど。母親は春草のような優れた助手を手放したくなかった。

たまに手が空いた時に、春草は教室まで行って入口にはりついて梅子が勉強している様子を眺めていた。梅子はいつも何かしていて、先生の話は良く聴いていなかった。春草は見ていて気をもんだ。一度梅子が問題を当てられたが答えられなかった。とても簡単な問題なのに。家に八羽の鴨と七羽の鶏がいる。それがみんな毎日卵を産むと、一日の卵の数はいくつか。春草は我慢できなくて、教室の外から代わりに答えた。

「十五個」

先生がびっくりして、外に出て来た。

「君はどうして学校に来ないの?」

彼女ははにかんだように下を向いた。ほんとは先生にこう言いたかった。「鶏や鴨が全部毎日卵を産むことは出来ません。そんなに聞き分けがよくありません」でもきまりが悪かった。こんな年の娘がまだ学校に行っていないなんて。恥ずかしい。彼女は教室を離れた。そのことがあってから、もう学校へは行かなかった。母さんが申し込んでくれるまで待たなくっちゃ。正々堂々と教室で勉強したい。

弟は三つも年下なのに。梅子も二年生になった。学校が始まるこの日をどきどきしながらどんなに待ったことか。母親が何を言いつけてもすぐにとんで行った。どんなに叱られても、我慢した。いつも笑顔を絶やさなかった。それなのにあろうことか母さんは又心変わりしてしまった。弟が仕事が出来ないって？　もともとさせないだけじゃないか。まるでいいとこの坊ちゃんみたいに可愛がって。弟の背丈はもう春草より大きくなっていた。

今年は絶対に母親のいう通りにはなるまい。母親がどんなにうまいこと言っても聞くまい。勉強がしたい。梅子のようにかばんを背負って学校に行きたい。行けなかったら死んでやる。家に手伝いが必要だって？　どうして私だけが手伝うの？　二人の兄たちはなぜ何もしなくていいの？　兄たちは中学まで行くのに、どうして私は小学校にも行けないの。入学させないんなら、私なんか生まなきゃ良いんだ。

春草は頭を壁に押し付けながら、心の中で母親と言い争った。怒りが体からこみ上げてくるのを感じた。いっそ、壁の中へ入りこんでしまいたかった。もし母親が承知しなかったら、ずーっとこのまま座ってて、何もせずご飯もたべまい。抗議するんだ。頑固屋敷の化け物だと言うんなら何処までも頑固になってやる。春草は小さい時から母親に逆らったことはなかった。父親がこれまで母親に逆らったことがないのと同じだ。甘えることも出来ず、大声で泣くことすら出来なかった。だから、自分ひとりでくよくよする以外にどうしたら良いか分からなかった。

黒々とした土間に大小の穴があって、その中の一つが母親の大きくて長い目に似ていた。母親はきれいだった。春草は母親似ではなく父親に似ていた。村の潘小母さんが、父さんに似た女の子は幸せだって言ったじゃないの。どうして私は幸せじゃないの。何故私は男の子しか好きじゃない母さんの家に生まれたの？　春草は自分の学費が払えないほど家が困っているとは思わなかった。父親は村の生産隊の会計係だ。母親は仕事が出来ると評判だった。勿論お茶畑も野菜畑もあり、村の中で一番よく管理が行き届いていた。毎年あひるを飼い、稼ぐ金も少なくなかった。その上養わなくちゃいけない老人もいない。ただ一人いたひま人の伯母さんは世を去った。この辺の事情は春草には分かっている。母親がこんなに切り詰めているのは家を建てるためだ。母親はいつもその話題を口にする。気分の良い日は、私たちもっと大きい家が建てられるよ、と言い、気分の悪い日は、あんたたち、一生こんなぼろ家に住むがいい、と言う。それを聞くと春草はおかしいと思う。もう家はあるじゃないの。村で一番大きくはないけど住むには十分だ。なのにどうして家が要るのだろう。家を建てるために、母親はお金をけちり、春草さえも売ってお金に換えたくて仕方がないのだ。

どのくらい経ったか、ぎーっと戸の音がして人影が光を遮った。父親だ。こんな風に黙って立っているのは父親しか居ない。春草は太陽の光が差し込んでくる角度を見て、もう正午になったと思った。でもまだ頭を壁につけたままだ。

「阿草、ご飯だよ」

春草は動かなかった。父親はため息をついて出て行った。父親はため息をつくことしか知らない。私がもし父親なら、子供を学校にやらないと言う人がいたらぶってやるのに。暫くして今度は弟が来た。

「姉ちゃんご飯食べに行こうよ」

春草は矢張り動かない。

「姉ちゃん勉強が好きで学校へ行きたいんだろう。僕はあまり勉強したくない。姉ちゃんと代ってもいいよ」

このとき母親が母屋で怒鳴っているのが聞こえた。

「みんなかまうんじゃないよ。そうやっていつまで意地張ってんだか見てやろう。この頑固屋敷の化け物、妖怪のなりそこないめ！」

戸が閉まった。春草は頭のてっぺんが痛くなったので、少し頭を緩めた。首がこわばっている。だけどひもじさはない。多分おなかが憤りで一杯だからだろう。母さんもきっとすごく怒って罵っているに違いない。怒るなら怒れ。学校に行かせてくれないなら、飢え死にしてやる。私が死んだら、母さんたちどうするの、母さん誰を怒るの。

春草は自分が飢死にした後の模様を想像してみた。

父親はきっと泣く。私を可愛く思ってるから。弟も泣くだろう。小さい時から私にくっついて育ってるもの。二人の兄はどうだろう。町から戻ってみると妹が死んでいる。びっくりして叫ぶだろう。彼らは、母親がまちがってる、学校にやるべきだった、と必ず言うだろう。母親は泣くだろうか。春草には自信がない。母親が泣くのを見たことがない。一度豚が疫病にかかって、いっぺんに三頭死んだ時、父親は涙を落としたが、母親はまる三日、鍋を見れば鍋に、箒《ほうき》を見れば箒《ほうき》に当り散らした。が、泣きはしなかった。母親は美人だけれど性格は男みたいだ。父親は逆に女性みたいなところがある。

だいぶ時間が経った。春草はどうやら眠っていたようだ。目覚めた時部屋の中は暗かった。土間のくぼみはすっかり見えなくなり。母さんの目もなかった。家の中はえらい静かだ。どうして？　その時突然怒鳴り声が聞こえた。

「お前いったいどうするんだ。ほんとにあの子を餓死させたいんか」

神様、父親の声だ！　父親がこのように話すのを聞くのは始めてだった。父親にもあんな大声があったんだ。母親も驚いたのだろう。暫く何も言わなかったが、やっとひと言
「お金がないわ。四人の子供を学校に行かせて、そんな学費何処から出るの」

「姉さんが春草にお金を残しただろう」

「ああ、何年経ったと思うの。あなたまだあのお金のこと気にしてるの？　私が食べてしまったとでも？ずっとあなた達が飲んだり食ったりしてきたじゃないの」

「もうちょっとやり方を考えられないのかね？　あんただって小学校に行ったのに、娘は文盲《もんもう》にしてなんともないのか？」

「私が小学校に行ったのが、何か役に立った？一生牛や馬のように働くだけじゃないの？　私幸せなこと一日だってあった？　文字をいくつか知ってたって屁にもならないよ。それで食べたり着たり出来る？私自身がこうだから、あの子には同じ目を見させたくないの」

「あんたはまま母か。あの子のあの様子を見てなんともないのか。私も食べない。飢え死にしたいならみんな一緒にすれば良い！」

母親は黙った。

暫く経って、弟がかけて来た。

「姉ちゃん、母さんが学校へ行ってもいいって。早く来てご飯食べよう」

春草はそれを聞いて立ち上がろうとしたが、どうしたことか立てなかった。体がこわばってしまって

いた。弟は聞こえなかったのだと思って、耳の傍で大声を上げた。

「母さんが学校へ行ってもいいってよっ」

それでも動かなかったので、弟は春草を引っ張った。

弟に引っ張られて立ち上がると、少しふらつき、急にみぞおちの辺りが痛くなった。これは気だと思った。母さんがいつも言ってる。お前には腹が立つったらない。腹が立つとみぞおちが痛くなるって。

どうやら私も腹がたつとみぞおちが痛くなるんだ。そう思って、春草はほっとした。怒ったふりしたんじゃない。私も根っから怒りんぼなんだ。でないと、みぞおちが痛くなるはずがない。十歳になろうかというのに、大人の病気が起こったんだ、そう思って少し誇らしく感じた。

春草は弟に手を引かれて母屋に行った。こんなことは始めてだ。母親は暗い顔をして座っていた。それを見て、春草の入学に同意したのはほんとだと分かった。父親がお椀にご飯を盛って彼女にくれ、髪の毛の白い粉をはたいた。壁に押し付けたときに付いたものだ。春草はお椀をかかえて大急ぎでかきこみ始めた。母親の前に出ているご飯を見ると一口も食べていない。ちょっと済まないという気が起きたが、おなかが空いていてそれ以上は考えられなかった。ところが一杯食べ終わると、みぞおちの痛みはいっそうひどくなった――それが胃の痛みで、のちのちまで悩まされるとは、春草は知らなかった。

――食卓に突っ伏し、真っ青な顔色をして額には冷や汗がにじんでいた。父親はそれを見てすぐにベッドに寝かせ、煎じた砂糖水を飲ませた。が痛みはやまず、ベッドの上にちぢこまった。この時やっと、みぞおちの痛みはただごとではないということが分かった。母親がやってきて何も言わず戸棚から痛み止めを出し、春草の前に置いた。薬を飲んだが胃の痛みはまだ取れず、やがて意識が朦朧として眠った。

朦朧とした中で誰かが傍で話しているのが分かった。

「片意地な女、こんなに頑固一徹だとこれから苦労するだろう。全く頑固屋敷の化け物だ」

母親の声だと分かった。話し方が以前と少し違う。

「むかむかする？　そんなに腹立てることないじゃないか？　そんな鬱憤《うっぷん》をかかえていると、刀と同じように自分を突き殺すわよ？」

やはり母親の声だ。春草には何の話かよく分からなかった。見えない何かが体を傷つけるのだろうか？でも、母親が自分に話しかけているのだということは分かった。母親は話をしながらタオルで春草の髪の毛をごしごしこすっている。きっと壁の白い粉だ。

「お前、泣いて目が見えなくなった人を見たことがあるかい。いらいらして白髪になった人を見たことがあるかい？　悲しくて血を吐いた人は？　それはみんな我慢しすぎて気が閉じこもっているせいよ。その気は刀のようにお前の肉を抉《えぐ》り取るんだよ。ほんとに腹が立って仕方がないときは、大きな声を出しな。大声を出すとそれが無くなるんだ。このちびすけ、私はどうしてこんな頑固な子を生んだんだろうね」

春草は、豚が疫病でやられた時、母親が三日間わめき通したのは、無理もないと思った。私はもう怒れない。学校に行けさえすれば、腹が立つことなんてありはしない。そして、こんこんと眠りに付いた。

第四章　母の怪我

―一九七一年、冬月（七）―

春草はついに入学した。絶食が目的を果たしたのだ。この時以来胃痛に罹《かか》ったが、春草にとってはそれだけの価値があった。

春草はクラスで一番年上だった。数え年十一歳、背丈は弟より低いのに教室の一番後列の席になった。弟は一番前の列だ。かばんが無かったので、配られた書物はスカーフにくるんだ。髪が茅のように秋風にそよぐのも構わない。書物を包むのが先だ。彼女の本はいつも真新しくぴしっとしていた。しおれた菜っ葉のような弟の本とは大違いだった。毎日これらの本を枕元において眠った。

春草は毎朝まだ明けぬうちに起きて、水を運び、火をおこし、豚に餌をやるなど、やるべきことはぜんぶ終えて学校へ駆けて行った。学校が終ると急いで帰ってすぐに母親を手伝い、火を燃し豚用の草を始末し、晩飯を炊いた。夜弟が宿題をしているときも、まだ母親の針仕事を手伝い、弟が眠った頃やっと宿題に取り掛った。でも、こういう状況は春草の満ち足りた気持ちに何の影響も及ぼさなかった。彼女は帰り道を楽しげに、スキップをしながら帰った。

春草が普通に歩いて帰らないのは、勿論楽しいからだけじゃない。時間を節約するためでもあった。やらねばならぬることが沢山あった。だから、行きも帰りも、いつも飛ぶように走っている姿が、村の一つの光景となった。

さすがに春草という手伝いが居なくなって、父親も母親もめっきりやつれたのが春草にも分かった。とりわけ父親だ。もともと春草がやっていた仕事を父親が受け持った。暗いうちに山へ薪《まき》拾いに行った。もう一つの大きな変化は、家で肉料理を食べなくなったことだ。毎日青菜と大根ばかりだった。弟はおかずを見ると騒いだ。

「四人学校にやってご飯が食べられるっていうのは上等よ。お前、母さんを福の神と勘違いしちゃだめよ。私がお金を生み出せるとでも思ってるの」

春草は弟のことを怒らなかった。母親のことも怒らなかった。母親がわざとそうしているのを知っていた。みんなに、春草が学校に行くようになった結果がこうだと、分からせる為だ。でも、春草は見ていなし聞いてもいないふりをした。勉強さえしていればそれで良かった。この時期が春草にとってこの世でいちばん楽しい時期だった。とうとう村の子供たちと同じように陽の光を浴びることが出来たのだ。

春草は勉強がとても良く出来た。それは本人にも意外だった。先生は教室で何度も春草を褒めた。彼女のノートは赤丸ばかりで、その上きちんと整理されていた。ただ一つの問題は、手を挙げて発言をしないことだった。立つと顔が真っ赤になり言葉が出ないのだ。中間試験の時、春草はクラスの一番で、算数と国語が百点だった。先生が教室で発表した時、信じられないほど嬉しくて、顔が真っ赤になった。授業が終ると、担当の李先生の部屋へ走っていってほんとかどうか確かめた。

「間違いないよ、君は第一位だよ」

春草は興奮して、何も言わずに暫く突っ立っていた。

「春草、もっと努力して期末試験も一番になったら、賞状を上げよう」

春草は暫く口ごもっていたが、

「李先生、私の家に来て、母さんにこのことを言ってくれませんか」

「ちょっといそがしいのでね、こうしよう、今君に賞状を書いてあげるよ」

李先生は笑いながら引き出しを開け、ひと巻きの赤い紙を取り出し、筆で「孟春草　中間試験で全クラス中第一位の好成績を収めた。拠《よ》って特にこの証を示し激励するものである」と書き、署名した。

春草は李先生手書きの賞状を抱え、いつもとは違ってゆっくり歩き、道順も変えて村の中を蛇行して帰った。村は山坂が多く、町並みがひょろ長く、さつま芋のようだった。学校はさつまいものとがった所にあった。春草はまず北側の小道に沿って村に入り、半分まで来て南へ横切り、それから南側を流れる小川に沿って家に向かった。十一月はもう寒い。冬の風が春草の両の頬に吹き付け、赤くかさかさにした。それこそさつま芋のようだった。春草は袷《あわせ》を着ていた。黒っぽい伯母さんの古い服を作り変えたものだ。でも寒いとは思わなかった。彼女はわざとぐずぐずしているように見えた。なるべく誰かに出会いたいがためだ。自分がのろのろして帰った原因をもし母親が知っても、怒るはずがない。彼女は母さんの面目を施したのだ。二人の兄さんは今まで一番になったことはない。

春草は、村の人みんなに、あの子はやっぱり母親の娘だ。勉強がとても出来る娘だ、ということを知らせたかった。この賞状を見ると、母親の顔に笑みの花がこぼれると信じていた。春草は母親の顔に笑みが浮ぶ姿を知らない。ただ想像するだけだ。でも、そのような想像は楽しく、どんどん膨らんだ。

春草は蛇行して家への道を出来るだけ延ばしたばかりか、大いにおしゃべりをした。子供も大人も、春草のことを大声を出さない、口数の少ない子だと思っていた。ところがその日は、村の人に大きな声で話しかけた。「王《わん》小母さん、この賞状見て、私試験で一番になったよ」「明《みん》母さん私試験一番よ、この賞状李先生がくれたの」「梅子父さん李先生が言ったの、もしこの次も一番だったら、本物の賞状をくれるって」

夕方、村の殆どの人に彼女の喜びが知れ渡った頃、家に帰りついた。

玄関を入るとすぐ、母親は小言《こごと》を言った。

「こんな長い時間どこをふらついてたんだい！」

春草は、母親の言葉を別に気に留めなかった。事情を知らないんだ。弁解せず、両手で賞状を差し出した。母親はちらっと見た。ほんのひと目見ただけだ。（想像の中の母親とは、大違いだった）笑顔の花がこぼれるどころか、蕾《つぼみ》さえ現れなかった。相変わらず眉をしかめ、いつもと違うところと言えば声が少し小さいくらいだ。

「一番になったらおまんまがたべられるの？」

自分の想像とあんまりかけ離れていて驚いた。春草は考え直して、母親の不機嫌の原因は弟の試験が良くなかったからだと考えた。

「母さんこれから私、弟を手伝ってきっとあの子の成績を良くしてあげる」

母親は眉をしかめたままだ。

「早く豚の餌をきっておいで。しきりに啼いてるじゃないの」

「母さんは忙しくてトイレにも行けないというのに、お前たちときたら、帰って一つでも手伝おうとしないんだから。育てたって何の役にも立ちゃしない。夜中までてんてこまいしてるのは、誰のためだい。ぼけっとしてて、思いやりのかけらもない……」

母親の長広舌がまた始まった。春草は賞状を下において、豚の餌をきりに台所へ行った。だが、たとえ母親の顔に笑顔がこぼれなくても、春草の幸福な気持ちには何の影響もなかった。

母親がぶつくさ言っている間に、小庭は暗くなり、家族はみんな帰ってきた。

父親がこっそり台所に入ってきた。きっと村で、春草が一番になったことを聞いて知ったのだろう、ポケットからおやきを一個取り出した。

「さあ食べな」

春草は服で手をぬぐい、もらって食べた。このおやきは正月に食べたことがあるだけだ。これは彼女へのご褒美だと分かった。

「良い子だ、勉強できると思ってたよ。頑張って！」

春草は二口か三口でおやきを食べ終え、力強くうなずいた。

春草は思った。小学校を卒業したら兄さんのように私も町の中学校へ行きたい。そして村へ戻って小学校の先生になるんだ。李先生のように書物をかかえて村を歩く。髪はきちんと梳《と》き、身なりはきれいにして、優しく、笑顔を絶やさず授業するんだ。子供たちは一日中蜜蜂みたいにわたしの周りをとり囲んでいる。きっと自分はやさしいにこにこ先生になれると信じていた。この時が、春草にとって人生最高の境地だった。その上、先生は給料をもらえる。母親はやたらに彼女を叱ることもあるまい。

春草は、自分の一位の証明書を、ベッドの枕元に貼り付け、先生になる夢を見た。

夢の中の日々はとても早く過ぎ、瞬く間に冬になった。

ある日春草が学校から帰ると、何か様子がおかしかった。父親は庭にしゃがみこんで肥桶の修理をしていたが、春草を見てもぶすっとしていた。母親と喧嘩でもしたのかしら？　でも庭は静かだ。母親が怒ってたら、こんなに静かなはずはない。母親の怒り声は梅子の家にいても聞こえる。

春草は不安な面持《おも》ちで部屋に入ると、驚いたことに母親がベッドに横になっていた。

母親のそんな姿なんて見たことがない。いつも朝起きると母親はもうとうに起きていた。寝るときも母親はまだ寝なかった。春草が見る母親はいつも牛のように立っていた。

なんと今、母親は長々とベッドに横になっている。おまけにひと言もものを言わないので、春草はとても恐かった。

母親を見ると、顔に傷があり、シーツに血がついていた。

「母さんどうしたの？　一体何したの？」泣き声交じりに母親のベッドに走り寄った。この時始めて、自分も矢張り母親のことが気になるということが分かった。

母親は顔をそむけたまま何も言わなかった。父親が後ろで言った。

「母さんは転んで怪我をしたんだ。山へお茶の木に肥料をやりに行って、足を滑らせ、崖下に落ちて脚の骨を折ったんだ。腕も……」

どうして？　なぜあんな所で？　その茶園《さえん》はそんなに高所ではなく、傾斜も急ではない。私も行ったことがある。母さんはどのように滑ったんだろう。春草はじっと母親を見た。父親は春草の心中が分かったようだ。

「昨日雨が降って地面が滑りやすかったんだよ。それに母さんとても疲れていて、脚がふらついた……ああ！」

「阿明のお父さん診察に来てないの？」

阿明の父さんは彼らの地区の、いわゆるはだしの医者(八)だ。母親はやはり黙っていて、取り合わない。何だか春草が怪我をさせたみたいだ。父親が後ろで言った。

「診に来たよ。阿草、母さんの……」

母さんの怪我、大したことはないみたいだ、と言ってほしかった。だが父親は心配顔のままだった。春草は緊張して次の言葉を待った。

「母さんの怪我は重傷で、さっき明父さんは一ヶ月は安静にしろって言った。でないと、あとあと障害が残るって。家の用事がこんなにあるので、多分お前には……」

春草は父親が話し終わらぬうちに、立ちあがった。

「いや、いやよ、あと半月で期末試験よ、わたし一番になりたい。李先生が言ったわ、一番になれば大きな本物の賞状をくれるって。それに真っ赤な飾りのお花も…」

「分かってる。だが、母さんがこんな風だと……」

春草は怖気《おじけ》づいたように、少しずつ後ろへ下がった。

「春草どうしたんだ!」

それでも少しずつ下がった。天気は冷え込んでいた。が、春草の心は天気よりぐんと冷えた。出口にさしかかると、突然身をひるがえしてぱっと駆け出した。

「春草、何処へ行くんだ!」

春草は構わず全速力で駆け出した。ただ走ることだけが、この突然やってきた思わぬ災難から、恐ろしい現実から抜け出すことができるかのように。庭を突きぬけ、村を駆け抜け、池を過ぎ、牌坊を過ぎ、一気に学校のうしろにある山の斜面まで行った。春草は殆ど飛ぶように走った。そうすればこの不幸なめぐり合わせから飛び出すことが出来るかのように。とうとう山頂までかけて来た。いつも柴刈りで一休みするところまで来て、不意に止まった。

山頂に立ち止まると、はあはあと息をして、山の裾野の村落に向かい力をこめて大声を上げた。

「いやだー! いやだー! 行きたーい! 学校へ行きたーい! 学校へ行くんだー! いやっ!

いやだー！　私はいやっ！　どうしてー！　どうしてなのー！　私は勉強がしたーい！　みんな聞こえないのーっ！　私はー学校へー行きーたーい！」

春草の叫びに答えるのは、ただ顔いっぱいの涙だけだった。

もう日暮れ時で、村では飯を炊く煙があちこちに上り、空には薄い雲が紗をかぶせたように村を覆っていた。薄い霧の向こうにご飯を炊く淡い煙が揺らいでいる、それは春草が十分知り尽くしている光景だった。この時の村は丁度大海に浮ぶ船のようで、高い牌坊は船の帆のようだった。この船は何処へ行くのだろう。きっと春草が行きたくない方へ向かっている。この船には、春草の叫びが聞こえた人は誰も居ない。春草の涙を見た人も居ない。林の中の小鳥が知っているだけだ。鳥たちはみな春草を見知っているのだが、叫び声に驚いて、春草ひとりを残してさっと飛び立った。

どのくらい叫んでいたのか、涙で顔中がびっしょり濡れているのに気がついた。頬をつたってこぼれ落ちた涙は氷のように冷たかった。

春草生涯の学校生活はこれで終った。全部で百六日だった。春草ははっきり覚えていて、三月半だと言う。彼女は壁に貼っていた一番の賞状をそろそろとはがして、その時の教科書と一緒に、自分しか知らないところへ大事にしまった。彼女の短い学校生活の記念だった。

それはとても短かい期間だったが、春草の生涯の中で大変重要な位置を占めている。

（七）**冬月**：陰暦の十一月
（八）**はだしの医者**：一九六五年、毛沢東の政策で、農民の中から養成された医者

第五章

伯父さんの手

――一九七六年、仲夏(九)――

春草は退学と同時に先生になる夢も失った。

夢をなくしてしまった春草は、母親をいつも恨めしげな目つきで見るようになった。

ある日父親が彼女を外に連れ出した。母親の足の傷は、まだよくなっていなかった。

「阿草、お前、母さんにそんなじゃいけないよ」

「そんなって、どんな？」

「お前、いつも母さんを恨んでる」

「恨んでなんかいないよ」

「いや、恨んでる。父さんにはちゃんと分かるんだ。お前が学校へ行けないこと、ほんとは母さんだって辛いんだよ」

春草は「辛いことあるもんか！　母さん、私に勉強させたくないと思ってるんだ」と言いたかったが口にはせず、心にしまった。春草と母の間にあっては、父はいつも母親びいきとなる。母が転んで怪我してからは、ますます母親の言いなりだった。

お昼の日ざしが庭を明るく照らし、目を開けていられないほどだ。春草はうつむいていたが、父親にはやはり春草の心の中が分かっていた。

「お前を学校に行かせないため、母さんがわざとけがしたと思っているんだろう？」

春草は心の内で「そのとおりよ」と言った。

「母さんにどうしてそんな事できるんだい？　お前は母さんが生んだ子だ。わざわざ痛い目までしてお前を悲しませるなんて、万に一つもあるもんか」

春草は反発する。「でも私は女よ。母さんは私が男の子より立派になることを望んでないわ」そこで春草は眩暈《めまい》を覚えたが、さらに続ける。「でなければきっと私は貰い子ね。父さん母さんの子じゃないんだわ」勿論これはみんな心の中で自分に言い聞かせたものだ。春草がひと言も言わないので、父さんは重ねて言った。

「お前も母さんの子だよ、そんな風に考えちゃ駄目だぞ」

春草は顔をあげ、目を細めて何も見えない空を見つめる仕草をした。父の言葉への拒絶の意思だ。父親は溜め息をついた。

「お前はこの家でたった一人の女の子だ。ちょっとだけ思いやりを示してくれれば母さんはそれでいいんだ。女の子は母親に一番身近な、裏地のついた上着と言うじゃないか」

「違う、私の場合は違うわ」春草は心の中で言った。「母さんは私には優しくない！　とても母さんと打ち解けることできないわ！」

だが、父親とこの会話を交わしてからは、この点には気を付けて振る舞うことにした。父親の忠告はやはり聞くものだ。が、それでも春草は用心深かった。出来る限り母親と目を合わせないようにした。母親と話をする時、春草の目はたいていほかの所を見ている。例えば地面、窓あるいは机だ。もし庭ならば、高く木の枝に掛かっている干し紅棗《なつめ》、陰干しの茶葉の竹籠だ。塀の上に干してあるワラを見るときは、焚付けの用事を待っているように見える。要するに彼女は面倒が起きないように母親とは決して目を合わせようとしないのだった。

当然、母親は春草のこのような態度に不満だった。もっと沢山のあら捜しをして、春草を罵ること、それがが母親としての表現だった。足が少々不自由でも、喉だけは依然として衰えていなかった。

「お前一日中遅くまでふてくされた顔して、いったい誰に見せてるのかい？　こんなに長年養ってても、笑ってる顔を見たことない！　飼い犬だって尻尾を振るよ！」

母親が浴びせるこうした罵声に、父親は堪えかねて、二、三言忠告したが、母親はその父親まで一緒に罵るのだった。まるで春草は父親が生んだ子供で、自分とは関わりがないかのように。こんな時、いつも春草は飛ぶように外へ走り出て、真っ赤な顔して村はずれの雑貨屋でタバコを買って帰り、母親の面前で公然と父親に手渡した。お金の力はすばらしいと春草が思うのはこんな時だった。お金は鬱憤《うっぷん》を晴らす手助けをしてくれる。彼女は良く伯母さんの話を思い出した。伯母さんの言うとおりだ。お金さえあれば女はいじめらることはない。

春草のお金は、自分で稼いだものだ。

退学する時母親は、春草を慰めようとして、約束した。

「およそお前が稼ぐお金、ひしの実を売ったお金、なつめを売ったお金、きのこを売ったお金の端数はみんなお前に上げるよ」

端数とは分までは勘定するという事で、例えば一元五毛六分なら彼女は六分受け取る事が出来た。こうして、一年経つといくらかのお金が貯まった。母親は春草がいったいどれほど貯めたかは知らなかった。何度か急用があって借りようとしたが、春草はうんと言わなかった。たとえ父親が一緒に頼んでも承知しなかった。ただ、母親が彼女を怒鳴る時、特に母親が父親さえ一緒に怒鳴る時には、躊躇することなくお金を取り出して父親にタバコを買い、或いは弟におやつを買い与え、母親をさらに怒らせた。

春草はこれが一番良いお金の使い方だと考えた。

父親は、自分には母娘の対立を解く責任があると思った。でも彼はうやむやにすますしか解決する方法を思いつかなかった。春草の腹の中のもやもやを解決するには学校に行かせるしかないが、春草の年齢が増すにつれ、それはいよいよ現実的でなくなった。

春草はすでに数えの十六歳だ。そんな子が勉強できる所が何処にある？　だが春草の態度は変わらなかったし、母親の怒鳴り声が消える筈もなかった。所詮堂々巡りだ。

丁度そんな時、彼の父方の従兄《いとこ》に孫が突然ふたり増えた。春草の伯父さんの息子の嫁が双子を生んだのだ。一家はてんてこ舞いで、子供の面倒を見る人が欲しいとやってきた。伯父さんは姪の春草がたいそう有能であることを知っていた。それは村中の評判で、親戚の誰もがほめ讃えていた。春草の父親は二つ返事で承諾した。母と娘のためには都合が良いと考えたのだ。母親は月十五元払うと聞き、これも直ぐに承知した。

こうして春草は伯父さんの家に行き、生まれて初めての仕事を始めた。

春草には、子供の世話をする生まれつきの才能があるようだ。十五の年齢で、なんとも立派にやりこなした。四歳の時から弟の世話をし始めたのだから不思議ではないが、伯父さんの家では誰かがいつも春草の指示を仰ぐ声が聞こえてくる。

「春草、お粥の水加減はどのくらいなの？　春草、掛け布団何枚着せたらいい？　春草、赤んぼのうんちがゆるいけど大事ないかい？　春草、子供を外で日光浴させてもいいかね？」

彼女が指示をするのは双子の両親に祖父母たちだ。春草はいつも落ち着いて彼らに「いいです」もしくは「駄目です」とだけ答えた。それでも、何の手落ちもなかった。家中の者は彼女をしきりに褒めた。これは春草にますます自信を持たせ、いつも胸を張り顔を上げた。家でお褒めに預かったのは、いつ？怒鳴る母親がいないので、気分の好い日々だった。

春草はずっと伯父さんの家に居続けたいと心底思った。

ところが思いがけず二ヶ月目になって、意外な事が起きた。間違いは春草の身から出たのではない。が、責めは春草が負わされた。

この日伯父さんの息子と嫁は子供を連れて親戚の家に行った、春草は庭でおしめを干していた。おしめは大きな木のタライに入れてあり、二本の縄に通せば干し終わる。夏の白光りする太陽が庭を照らし、日陰のところは少しもなかった。一枚だけの服は、汗びっしょりだ。この時、伯父さんが来て干すのを手伝った。春草は恐縮した。

「私がやるから良いです。此処はとっても暑いですから」

「お前は一日遅くまで忙しくて、大層苦労している。伯父さんが手伝うよ」

その穏やかな言葉に、伯父さんはこんなに関心を持ってくれているのだと、暖かいものを感じた。伯父さんがおしめを縄にかけ、体の向きを変えてその手を彼女の体に触れた。彼が使ったのは手の指だけだが、春草の胸をかき分けて言った。

「ほら、ボタンが外れているよ」

春草はシャツの二番目のボタンが外れているのに気づいた。服が小さいのに、体の成長がとても早いのだ。伯父さんは咎めるような口調で言った。

「ほらお前、十五歳の子じゃないようだ。こんなにふっくらしていて、張り裂けそうだ」

伯父さんはたしなめながら、ボタンを留めるのを手伝った。そして両手で彼女の胸を鷲づかみした。春草は緊張のあまり動けなかった、伯父さんの口から酒の臭いがするのが分かった。丁度この時、伯母さんが畑から野菜を採って帰ってきた。春草は驚いて顔を真っ赤にしてしゃがみ込み、洗面器をやたらかき混ぜた。伯父さんも続いてしゃがんだ。伯母さんが変に思って近づくと、伯父さんは慌てておしめを伯母さんの前に差し出した。

「ほら、春草に洗わせたんだ。綺麗になっただろう」

だが、おどおどした気持がとうに語気から洩れ出ていた。伯母さんはふんと言って向こうへ行った。

夜、夫婦の部屋から喧嘩する声が聞こえてきた。

「お前さん、もう爺さんなんだよ。よくわきまえなさいな」

「わしは何もしていないよ。お前、何を騒いでるんだ?」

「分かっていないとでも思っているの? あんたがあの子に話をするの見てると尋常じゃないわよ。ふん、お前さんが何してるか、あばき立てる気にもならないわ!」

「お前、も一度でたらめ言ってみろ!」

伯父さんの怒り声に続いて、伯母さんの泣き声が聞こえてきた。

春草は長くこの家に居ることはできないと予感した。夜、ベッドに横たわって、そっと自分の胸を触った。確かに、胸はこんもりと盛り上がっている。春草自身ですら、いつこんなに膨らんだのか知らない。いくつもある服がどれも小さくなった。彼女は伯父さんのあの両手と、それから彼の目を思い出していた。いつも目を細めているが、細めた目の間からぎらぎらした光が通り抜けてくるのだ。

奇妙な事に春草は伯父さんを恨むことはなかったが、少しばかり怖かった。伯母さんの言うのは間違いではない、伯父さんは確かに良くしてくれる。息子の嫁に対するよりずっとだ。これから先どうしよう？　伯父さんがもし、も一度近づいてきたらどうしよう？　春草はぼんやり考えていたが、そのうちに、眠ってしまった。

それからというもの、春草は伯父さんを見るとわけもなく顔が赤くなった。伯父さんと話す時は、その方をなるべく見ないようにした。歩く時も下を向いて、十五歳に似つかわしくない胸を出来るだけ隠した。伯父さんも数日静かにしていた。

だが、ある晩、伯父さんは又近づいてきた。今度は直接彼女の部屋に入ってきた。夏の部屋の中は小虫が多く、薄暗い電灯の下でやたらとぶつかり合っている。扇子で小虫を追っ払い、二人の赤ん坊を寝かせつけていたところ、伯父さんがギーと音をたてて入って来た。顔を見ると酒を飲んでいるのがすぐ分る。真っ赤だ。伯父さんは部屋に入るなり春草に近づき、切れ目なくしゃべり続けた。怖がることないよ、いじめたりはしないから。わしはお前が好きなんだ。そう言いながら伯父さんは、大きな手を春草の胸に置き、触り始めた。

「お前、どうして十五歳なんかであるものか」

今度は春草は本当に驚いた。庭の中や明るい太陽の下のようなわけにはいかない。伯父さんが何をしようとしているか、見ることが出来る人は誰もいなかった。彼女は必死に顔をそむけ、熱っぽくてぷんぷん臭いのする口から逃げようと、震える声で叫んだ。

「伯父さん、私怖い」

「怖くない怖くない、お前をいじめたりはしないよ。伯父さんはお前が好きなんだ」

伯父さんはとうとう春草をベッドに押し倒すと、上からかぶさった。春草は息も出来ず、顔が真っ赤になった。丁度この時、ベッドに寝ていた双子が〝ワー〟と泣き始めた、一人が泣くと、続いてもう一人もそれに続き、ワーワーワーと騒ぎになった。伯父さんがはっと手を止め、すかさず春草は伯父さんを押しのけた。

伯父さんは其処に暫くぼんやりとつっ立っていたが、やっと意識が覚めたように、二人の赤ん坊を見てからふらふらと出て行った。

春草は暫くベッドに横になったままだった。心臓がどきどき動悸を打ったが、泣きはしなかった。ただ、驚いていた。少々悔しくもあり、訳の分からない興奮も残っていた。春草は誰かに聞きたかった。こんな事が起きたのは自分のせいなのか、それとも伯父さんが悪いのか？　十五歳の女の子がこのくらい大きい胸をしていちゃ駄目なのか？　伯父さんにあんなふうに触られたらもう娘ではないのか？　もしあの伯母さんが生きてたら、きっと相談するのに。

いずれにせよ、はっきりしている事が一つあった。自分はもうこの家に居続けられないという事だ。春草はひと晩考え、最終的に結論を出した。伯父さんが間違っている。伯父さんは私からうまい汁を吸おうとしている。そんなことさせるものか。母親はいつもよその男性の手をぶってたじゃないか。自分はまだ娘だから、なお更伯父さんのしたいままにはさせないわ。しかし伯父さんはどうしてこんな事をするのだろう？　伯母さんがいるじゃない？　私の父さんよりも年取ってて、もうお爺さんだ！　ただ思ったのは、家に帰るということだった。

次の日の朝、春草は伯母さんのところへ行った。

「おばさん、私、家に帰りたい。もう働きたくなくなった」

伯母さんは彼女を見て、溜め息をついた。

「お前は賢い娘だ。分かったわ」

伯母さんは彼女に二十五元渡して言った。

「まだ二ヶ月経ってないから、せいぜいこんなものでしょ」

伯母さんは、春草がこの家を出ていくにあたって、感謝の気持ちを示さなかった。春草は何も言わず、お金を受け取るとすぐ出掛けた。だが家を出ると、伯父さんが家の外で待っていた。伯父さんは又彼女に五元渡して、低い声で言った。

「母さんに言っちゃ駄目だよ」

何を言うなっていうの？　春草にはよく分からなかった。伯父さんが部屋の中に入って来たことか、それとも伯母さんが五元少なく渡した事だろうか？　春草は三十元を持って家に帰った。もし母さんに、どうして予定より早く戻ってきたかと聞かれたら、あんまり暑くて働きたくなくなった、と言おうと思った。家に戻っても、母親はまったく伯父さんの家の状況を聞かなかった。どうして二ヶ月も経たないのに帰って来たかも聞こうとしなかった。母親は、春草がお金を持って帰ったかどうかだけに関心があった。

春草は腹が立った。自分が伯父さんに虐められた事など、母さんは全く察しようともせず、只お金の事だけだった。私って母さんの何？　ただの下働きなの？　春草は腹が立ったので、ものも言わず貰ったお金も渡さなかった。こうして、二ヶ月止んでいた争いが、又新しく始まった。

母親は春草に、貰ったお金を渡すように言ったが、春草は渡そうとしなかった。

春草を伯父さんの家に派遣してお金を稼がせたのは自分たちだから、稼いだお金を渡さない道理なんてあるものか？　と思っている。母親にとっては人ですら自分のものだ。そこから生まれたお金なんて、言わずもがなであった。

自分のこのお金は簡単に稼げたものではない、と春草は思った。汗水ばかりでなく、不当な仕打ちにあった分も入っているのだ。一番肝心な点は、戻ってきた時にもし母親が関心を持って状況を聞いてくれていたなら、彼女は自分から渡しただろうということだ。全部渡した可能性だってあっただろう。しかし母親は、彼女がよその家でどう苦労したかなんて全く関心がなかった。自分が五日も早く繰り上げて帰ってきたのに、理由を聞きもしない。母が気になるのはお金だけだ！　自分を、お金を稼ぐ道具としか思っていないのだ。

激しい戦いが始まり、丸一日続いた。母親は品物をいくつか抛り投げた。春草の方はその間に父親にタバコを買いに出かけ、次に弟におやきを買ってきた。三度目に自分の生姜糖を買いに出掛けようとした時、父親が戻ってきた。父親は彼女を引留め部屋に引き入れた。

「どうして早く帰って来たの？　何があったのか言ってごらん？　伯父さんたちはお前が気にいらなかったの？」

春草は目を真っ赤にしたが、顔をそむけず、涙も流さなかった。

「何もなかったよ。あまり暑かったので、働きたくなかったの」

「もしそうなら、母さんにお金を渡さないのは好くないよ。考えてもご覧。母さんはずっとお前を育ててくれたんだ。お前は家で食べ家で生活してきただろう」

「この二ヶ月、私はひと口も家では食べていないわ。その分お金を節約出来たでしょ？」父親はびっくりした。春草がこんなに計算高いとは思ってもみなかった。

夜、食卓で父親が調停案を出した—母親に二十元納め、春草が十元取る。

父親の案を実行するのは、双方とも不満があった。春草は差し出すのが残念そうだったし、母親も悔しそうだった。

「私のこの金、まさか自分の為だとでも思ってるの？　私がいつ自分にお金を使った？　この家の、飲んだり食べたり、何するにもみんなお金がかかるのよ？」

春草も恨めしかった、たとえ母さんのためではないとしても、私とも関係ないわ。三人の息子たちの為じゃないの。なのに、どうして私のお金が必要なのよ？　母さんは私が死のうが生きようが、そんなこと関係なく私の金が欲しいのだ。本当に渡したくない。

春草はいつまでも不満を態度で表した。春草が不満を表すやり方は話をしないこと、母親を見ないことだった。人の出入りも彼女の目には入らなかった。

このようにして数ヶ月が過ぎた頃、突然ある出来事があり、春草と母親の関係に微妙な変化が起きた。

その日晩ご飯のとき、母親が自分から声を掛けた。

「町に行ったら百貨店に新しく更紗模様の布が入荷していて、とても綺麗だったよ。五元あれば春草に新しい服を一枚買ってあげられるわ。けど残念な事にお金が足りないのよ。油と塩を買ったら二元しか残らなかったの。でなけりゃきっと春草に服一枚作ってあげるのに」

母親の話は、内容から口調まで、春草には聞きなれない、そして意外な感じを与えたので、春草はいっとき反応を示せなかった。

母親はさらに心からのように言った。

「お前が着ている服はほんとに古いね。村では話題になってるよ。いい若い女性が、服はまるでなってないねって。母さん気分悪かったわ」

確かにそうだ。村の女の子と比較して、春草が着ている服はどれも古く、これ以上古いのはないというほどの代物だ。多くは母親の着古した服を仕立て直したもので、ほかのも二人の兄の余り物ばかりだ。彼女の為に誂《あつら》えたものは一枚もない。春草も村人が取沙汰しているのを耳にしたことがある。

とはいえ、母親の口から、自分のために新しい服を作ろうと言い出すなんて思ってもみなかった。春草は少し心を動かされた。母親の声を聞くとそれが本心であることが分かった。こんなに穏やかに、彼女に話しかけたことはなかった。きっと後悔したのだ。もしかしたら服のボタンがどれも止まらなくなっているのに気が付いたのかも知れない。春草はもう十六歳になっていた。

「私、自分で買うよ」

母親は春草のこの言葉を待っていたかのように、急いで言った。

「そうね。私が連れてって上げる。二、三日経ったら、売りきれちゃうかもしれない」

母親がすぐさま賛同するのを聞いて、春草は又少し後悔した。が、自分も新しい服が欲しくはあった。もしあの時、服のボタンがきちんと掛かっていたら、などの思いもあった。

母親は髪をきちんと梳いて、集めた数個の鶏卵をさげて門口に立ち、春草を待った。春草はついて行った。顔を上げてみると、湿った朝霧の中の母親の顔つきが柔和に変っている。彼女には見慣れないことだった。

二人は連れ立って町に行った。一緒に町に行ったのはこれが初めてだった。

春草は、母親を後ろの方に遠く置き去りにして、とっとっと前を歩いた。町の小さな百貨店に行ってみると、なるほど、陳列棚に何枚か新しく入った布があり、とても見栄えがよかった。デザインが色々だ、モヤシのように瑞々しく湾曲したもの、茶の樹のように綺麗に並んだもの、この上なく派手なもの、あっさりして上品なものなど。春草は其処にボーとつっ立って見ていた。

後ろから母親が追いついて来て、側で言った。

「あの赤色の格子模様のが一番綺麗だな」

「私は小さな白い花の柄の青い服」

「お前の年齢《とし》では、紅色の服の方が綺麗だと思うよ」

「いや、私、赤いのは好きじゃない」

「小さい白い花の青い服もなかなか爽やかでいいね。服を作った余り布で、スカーフも出来るわ」

母親は妥協した。ふと、春草は気がついた。なんだ、自分も母親と穏やかな気持で話し合うことができてるじゃないの。こんなこと、始めてだ。この発見は春草にとって全く不本意でいささか自分に腹が立った。やはり母親を許すわけにはいかない。彼女は気が変わって、店員が布を切断している時、突然、私新しい服作らないと言って、店を出て行った。

全くあっという間もなく、母親はただ呆然と、春草が外に出ていくのを見ていた。春草が何故こんな綺麗な花柄の布に心を動かされないのか分からなかった。店員は母娘の間で何が起きたかのか知るよしもなく、ただお金を払うように催促した。母親は切断を終えた花柄の布を見て、さすがに買わないとは言えず、お金を払うほかなかった。春草は母親が、お金を払って新しい布を買って帰るとは思いもしなかったし、帰ってからも春雷はならなかった。その上、人に頼んで裁断してもらった布を、二晩かけて仕上げた。

この様にして、小さな白い花柄がついた青い新しい服が出来た。母親が自分のお金で買った新しい服で、着るのは春草だ。この服は、春草が新調してもらった初めての服だった。母親はひと言も恨みごとを言わなかった。村の人たちはみんな、春草が新しい服を作った、しかもそれは、母さんが自分で縫ったものだ、ということを知った。

母親は新しい服を彼女に手渡す時、新しい服を着る者の心構えを諭して言った。普段は着ては駄目だよ、町にきのこを出荷する時に着るのだよ。だが春草はわざと聞かなかった。この頃、父親が家できのこを栽培し始めた。春草は毎朝早く暗いうちに起きて、出てきたきのこを摘み取って町の缶詰工場に出荷し、ひと月少なからずのお金を稼いだ。春草はきのこを出荷する時、依然として旧い服を着て行き、逆に村で仕事をする時に新しい服を着るのだった。

母親は父親に言った。

「どうやら私には分かったよ。お前さんのこの子は、何をやっても結局は私に反対したいんだ」

（九）**仲夏**：夏の二番目の月、陰暦5月

第六章

梅子の結婚式

―一九八二年、霜降(十)―

瞬く間に春草は二十歳の立派な娘に成長した。夢のない日々が飛ぶように去り、頑固な娘にも、一様に感受性豊かな青春があった。

二十歳を少しすぎた春草は、いくつかの事で村で有名になっていた。まず一つは仕事がよくできること。刺繍をさせても、お茶を摘ませても、荒仕事をさせても、手の込んだ仕事でも、誰も彼女にはかなわなかった。村の小母さんや母さんたちが娘や嫁にいつも言う言葉は、あの春草を見てごらん、だった。ところがそう言われる度に娘や嫁たちが反論する言葉は、あの学校へ行ってない子でしょ、どこかいいところへ嫁げるの？　だ。これが春草の第二の特徴、学歴がないという点だった。村の女の子たちの中で、春草に似た境遇の子も五、六人居たが、何人かを除いて、はやばやと世話する人がいて嫁いでいた。が、春草は逆に、村に残って皆の注目を浴びていたいと考えていた。それが第三の特徴で、簡単に結婚しようとしない事情だった。

春草の兄、春陽と春風は、二人とも早く妻を娶っていた。彼らは中学校を卒業すると、高校にも、専門学校などにも行けず、家に戻ってきた。母親が二人の馬鹿息子を怒らないのに腹が立った。お金を無駄遣いした上、春草の学業を台無しにしてしまったのだ。母親はただ、こう言うだけだった。

「学校に行かなくても良いよ、帰って家の手伝いをしておくれ」

春草は怒って、村はずれの雑貨店まで走って行き、父親に煙草一箱買って帰り、母親と兄の前をふさいで、大声で言った。

「父さん、これ最高の銘柄だよ、吸って」

父親は近づいてきて、恐るおそる母さんを見た。春草母さんはこの娘《こ》がなんでそんなことをするのか分からず、ぷいっとむこうを向いて部屋の中へ入った。

春陽と春風は、母親が彼らのために建てた新しい家に住んだ。母親は、二人が結婚するまでに、とうとう、懸案だった瓦葺きの大きな家を、庭の南側に建てた。モダンな三部屋の家で、二人とも、比較的良い家庭の娘を見つけた。長兄は隣村の村長の娘で、次兄は当村の裁縫士の娘だった。母親は得意満面で愉快そうな日々を送っていた。

瓦葺三部屋のうち、ひと間は弟春雨にとってあった。この瓦葺の家は春草の功績が大きかったのだが、春草の分は何も無かった。春雨はこの時すでに、この村では数少ない高校生で、街に住んでいた。部屋は不在の主のために空けてあった。春草は彼らが男子だからと事情は理解しており、そのことで母親に腹は立たなかった。春草はなるべく怒らないようにした。おなかが痛くなるのが心配だ。それは耐え難い痛みだった。

春雨は部屋のことには別にこだわりがなく、ひそかに春草に言った。

「僕、街の大学に行くつもりだ。そしたらここに帰ることはないよ。あの部屋姉さんに住んで欲しいな」

「そんなこと出来るわけないでしょ。姉さんには柴や草葺の家だってくれやしないわ」

「どうして」

「私、女の子だから」

春雨は納得がいった。なるほど、母さんが姉さんにいつも仕事ばかりさせるのは、嫁に行く前に働かせて、元《もと》を取ろうとしてるんだ。小さい時からいつも姐さんには可愛がってもらっていた春雨は大人ぶって姉さんの肩をぽんぽんと叩いた。

「僕が大学に行ったら待っててよ、迎えに来るからね」

春草はびっくりして弟の顔を見た。自分にこんな優しいことを言ってくれた人はついぞ居なかった。さっとポケットからハンカチにくるんだお金を五元取り出し、弟にあげた。

「あんたの勉強に使いなさいな」

二人の兄たちは、結婚後も同じ屋根に住んで、母親の厄介になっていた。つまり、そのご飯は春草が作るのだ。春草の負担はぐんと増えた。

春草にも、十七、八歳の頃から、結婚の世話をしたいと言ってくる人は居た。が、それはみんな春草に断られた。有無を言わせぬという風だった。父母や世話する人がどんなに言っても、春草の返事はただひと言だった。

「私、嫁に行かない」

あるとき引き合わされた家庭はとても裕福で、若者は大工仕事が出来、とてもきれいな彫刻を施したベッドなど作ることが出来た。ベッド一つ彫刻するのに三ヶ月はかかるが、出来上がれば高く売れるので、生活の心配はなかった。その若者は、下には弟妹がおり、上には老人がいるので、仕事ができる春草が気に入った。母親は嬉しくて、卵を全部持ち出して世話してくれた人をもてなした。だが、相手に引き合わせの日に、春草はどこかへ隠れてしまった。母親は怒って、三日間罵った。

「お前は自分が美人だとでも思ってるのかい。お前みたいにえり好みばかりしていると、よその家の娘だったらみんな皇帝様に嫁がせなくちゃならないよ！」

春草は別に腹は立たなかった。もう、気持ちははっきり決まっていた。結婚しないと決めていたわけではない。結婚するなら遠くの人としたい。最低五十キロ以上離れているところ、この村から嫁ぎ先まで遠いところ。母親の罵声から離れたところへ行きたい。夫となる人については、先生が一番良い、とっても勉強した人、自分の分まで全部勉強した人。母親が知ったら、妄想に耽っているとしか思わないだろう。だから春草は決して母親には言わなかった。ただ、自分の考えに合わない人はきっぱりと断った。

その上、春草にはもう一つの原則があった。それは、この村の男性とふざけたりは決してしないということだった。もともと、村の青年男女がお互いにふざけあったりするのはごく普通のことだ。会合の場であろうが作業中であろうが、だれかれ構わずきゃあきゃあじゃれ合うのが好きで、誰もとがめなかった。が春草はその仲間には加わらなかった。男の人がよだれを垂らすような目つきで彼女の胸を見ると、春草はじかに見据え、両刃の菜っきり庖丁よろしく迎え撃つので、男の人はばつが悪そうに笑って、それ以上逆らおうとはしなかった。

これは、春草の第四の特徴に挙げるべきだろう。人の気持ちが理解できない娘だと、村人たちは言った。もっとひどい者は、彼女は石女《うまずめ》だ、と噂した。春草には石女《うまずめ》がどういう意味だか分からなかった。母親は怒って、体つきを見てごらん、春草は、胸はあんなに立派で、お尻はぐっとあがってるだろう。子供が生まれないなんて絶対にあるもんか。当然だが、これが、母親が焦って春草を嫁に出そうとした原因の一つだった。

だが、春草は他人《ひと》がどう言おうと、自分のやり方を変えなかった。このような状態は、仲良しの梅子が結婚する年までずっと続いた。

それは一九八二年の秋のことだ。春草二十一歳、梅子二十歳。梅子は高校へは進学できず、中学卒業後家へ戻った。

梅子は、顔立ちは整っていたが、利口な子ではなかったので、高校受験に失敗しても周りはそれほど不思議とは思わなかった。だが春草はなんとも勿体無いと思った。

梅子は家で布団表《おもて》を織った。二年前から、村が国から耕地を引き受けて以来(十一)村人たちの頭の回転が速くなって、いろいろな細かい商いにも雨後の筍のように活気が出てきた。養鶏、養蚕、あひるや魚の養殖、お茶やきのこの栽培に加え、刺繍や編み物などだ。春草たちの孟村でも、自家でシルクの布団表を編む商売がはやった。条件が備わっている家では、街の絹織物工場から不要になった機械を買い、材料も買って家庭内に仕事場を作った。手作業でやる刺繍は逆にあまりはやらなかった。だが春草の家では違った。春草母さんはそういうことでお金を稼ぐよりは、きのこの経営をする方がまだ確かだと信じていた。

梅子の相手は、町の高校を卒業した若者だった。みな、二人はよく似合っていると言った。若者は色白で、町役場の秘書課に勤め、いつも目を細めてにこにこしていた。梅子が春草の意見を求めた時、質問には答えず、言った。

「その人どうして先生にならなかったのかしら」

「先生の給料、今の給料程多くないってよ」

「もし私だったら先生がいいわ」

梅子は心の中で、釣り合いが取れないと思ったが、春草に冗談めいたことは言えない。自分の願望を梅子に訴えているのが分かるからだ。二人はほんとに仲の良い友達だった。

梅子は結婚する時春草に介添え役を頼んだ。春草は始めは渋った。

「私、字が読めないもの、あなたの新郎が笑いものにされるわ」

「何が笑いものよ、私言ってあげるわ、春草がもし学校へ行ってたら、村でかなう者なんかいないって。あの子ならまっすぐ大学生になってるって」

梅子の言葉は春草の心を動かし、承諾した。

春草は、きれいな身なりをして、梅子の顔を立てなくっちゃ、と思った。そこで一大決心をして、薄い藍色の新しい服を一着作った。それにボタンをかける黒い布靴を一足買った。白いビニールの周りを黒で囲ったもので、とてもきれいだった。あとは梅子の結婚の日がくるのを待つだけだった。

結婚式の日、春草は朝早く起きた。気が高ぶってもいたが、それ以外にも大事な仕事があった。それは、母親を手伝ってきのこを採る事だった。母親もずっと早く起きていた。春草がきのこの出荷に行かなかったら、母親が行かねばならない。きのこは一日も遅らせることが出来なかった。一日どころか、一時間でも遅れるともう売値がぐっと下がった——缶詰工場の仕入れ所の機械には、多数の丸い穴が開いており、買付け時には採れたすべてのきのこを横にして機械に通す。規定より大きくて穴に落ちないものは一律に不合格だ。きのこは一時間前と後では大きさが違う。傘は開き出すと早い。傘が開いて大きくなったきのこは、持ち帰って自分で食べるしかない。ある時春草はほんの少し遅れ、規格に外れたきのこが沢山残った。食卓の上を見た母親は一時間ほどぶつぶつ言った。だから毎朝春草は五時に起き、五時半には町へ急いだ。

きのこを出荷して帰ると、化粧をし、水で髪をきれいにすいて、伯母さんが残してくれた銀色のヘアピンをさした。それから新しく用意した服と靴を身に着けた。

春草は準備していたお祝いを持って、慌しく梅子の家に急いだ。彼女の役目は梅子に付き添って新郎が運転するトラクターに乗り、式が終るまで梅子の介添え役を勤めることだった。婚礼は新郎の家で行なわれる。

家を出たところで、新しい靴が脚に合わないのに気がついた。小指のあたりがきつくて痛かった。が、母親に遭いたくないので、履き替えに帰るのを我慢した。

春草はほんとはおしゃべりだったが、それは自分しか知らなかった。いろんなことについて自分の意見を言いたかった。だけど、声には出さず、心の中で言った。勿論、声に出すこともある。が、その大半は山の上でだ。梅子の今回のことでも、春草は山上まで走って来た。そこに立って、以前からそうしている数本のアカマツに向かって、梅子、あなたが私に介添え役をやってねって来た時、私とっても嬉しかったよ。小さい頃から一緒に大きくなった仲好しだもの。あなたはずっと私より幸せで、学校にも九年行った。私は三ヵ月。でも、心から、あなたがますます幸せな毎日をおくることを祈ってるよ。

春草はこのようなことを、も一度心の中で繰り返して、梅子の家に着いた。

梅子は春草を見て意外な顔をした。

「こんなに早くどうしたの？」

そう言った途端、梅子ははっとした様子で、あらっ、しまったと口ごもり、あわてて春草の袖を引いて玄関の外に連れ出した。

なんと、梅子の嫁ぎ先が、春草が介添え役をすることに反対したのだ。聞くところによると、春草はいささか風変わりな偏屈者《へんくつもの》で、二十一歳になってまだ結婚していないという。その上どうも石女《うまずめ》らしい。介添え役にするのは縁起が悪い。そこで予定を変更したのだが、梅子が忙しくて、春草に伝えるのを忘れていたのだ。

「ごめん、春草、先方ではどうしても阿明の妹に介添え役をさせたいと言うものだから」

到底ほんとのいきさつは言えず、結果だけを言った。

「あちらの家で挙式するものだから、私強く言えないの」

春草はぽかんと立っていた。思いもよらないことだったが、なんとなく事情が分かった。

「春草、怒ってる？　私が悪かったわ、早くあなたに言わなくちゃならなかったのに」

春草は首を振った。準備をしてきた口上は全部役に立たなくなって、何と言ったら良いのか分からなかった。

「あなた、私のことを怒ってないなら、結婚式には出てくれるでしょ？」

春草がうなずいたので、梅子はほっとした。

「春草、あなたの服とっても素敵、新調したんでしょう？」

「あなたの服こそ素敵だわ、色もきれい」

「面倒くさくって疲れちゃった。私もう結婚したくなくなったわ」

「何言ってるの、あなたの嫁ぎ先とってもいいじゃないの。こんな嬉しいことないわ」

この時梅子の母親が呼ぶ声がした。梅子は、はい只今、と言って、も一度「あなたほんとに怒ってない？」と聞いた。春草がうなずくと、急いで家の中に駆け込んだ。

梅子が去ったあと、春草はお祝いの品を渡し忘れているのに気がついた。梅子につづいて庭に入った時、丁度梅子母さんが話しているのが聞こえた。

「誰と話してたの？」

「春草よ、ちょっと彼女に済まないと思って」

「何が済まないのよ。変わった女の子、丸太のように黙ってて面白くない人」

「とっても賢い子で、心の中ではちゃんと自分の考えを持ってるのよ」

「賢いのが何だって言うの。嫁に行けない子は行けないのよ」

春草は愕然としてぱっと外へ跳び出した。

彼女は下を向いてのろのろと歩いた。何処へ行ったらいいのか、分からなかった。家へは帰りたくない。母親に遭うのがいやだった。母親がこのことを知ったら、又聞き苦しい言葉を吐くに違いない。空はすっかり明るかった。春草は家の庭の後方にある野菜畑まで来て方向を変えた。誰かが来た時はしゃがみこんで青菜を採る振りをした。春草は、今、母親でなく父親が青菜を取りに来ればいいのに、と思った。果たせるかな、父親がやって来て、春草を見るとなんとも意外そうな顔をした。

「梅子の家にまだ行かないのかい。こんな所で何してるんだ」

春草は何も言い訳せず、ただ、用事があって梅子のところに行かなかったこと、父親にお祝いを持って梅子のところへ行ってほしいこと、を告げてすぐ歩き出した。父親は「何処へ行くの、いつ帰るの？」と大声で聞いたが答えなかった。自分にも分からないのだ。

父親は家に帰って、何かあったのかと母親に聞いた。

「何かあった訳でもなかろうさ、自分より年下の梅子が嫁入りすると言うのできっと悩んでいるのよ。あの化け物、何も言うことないわ。言うだけ無駄よ」

母親が悪態をついている頃、春草はもう学校のうしろの坂、いつも来ているあの山の斜面に来ていた。ひとりそこに立って、はるか下に見える稲田と、その傍の山寄りにある村落を眺めた。稲は収穫の直前で、陽光を浴び黄色になっていた。だが、うすら寒い季節がすぐそこまでやって来ているので、この黄色はいくらかひ弱に見えた。村落は船のように朝霧の中に漂っていた。梅子が以前笑いながら、早く結婚してこんないやな季節から逃げ出したいわ、と言ったが、春草は逃げ出せないし、逃げようとも思わない。まだ心安らかに身を任せられる島を見つけ出していないうちは、気ままにこの船から逃げ出すことは出来ないのだ。でも、遅かれ早かれ離れなくちゃ。

春草は陽が坂の上を照らすころまで、ぼんやりしていた。それまでそこで何をしていたのかは、木々だけが知っている。これも又春草の不思議の一つだが、仮にも春草を見張っているわけではないので、人々にはほんとのところは分からない。春草が時に村のはずれの坂の上に走っていって、或いは棗林《なつめ》の向こうの山に駆け上って、滅多やたらに叫ぶ。その目で見たという人も居るし、あの声は春草ではないという人も居る。物好きな人がじかに春草に聞くと、春草は、あなたが何言ってるのか、私には分からないと言った。みんなの印象では、春草という娘は少し普通の子とは違うと思われていたが、端的に言えば変てこな風がわり娘だった。梅子は式の間ずっと気になり、しょっちゅう外に眼をやっていたが春草は現れなかった。やがて春草の父親が、代わりにお祝いの品を持参した。それは春草が刺繍した枕一対で、図案は梅子が描いたものだ。梅子は春草がやはり来ないのだと知って辛かった。が、身は一つしかなく、やきもきしながら参会者の相手をした。

春草は坂道でしばらく時を過ごし、村の人たちが皆婚礼に参加している頃だと思って、山を下りた。村の出口まで来た時春草は阿明《みん》にぱったり出会った。気がつかない振りをしようと思ったが、阿明の方から声を掛けた。

「春草、まだ梅子の家に行かないの？　君、梅子の介添え役じゃないの？」

春草は黙っていた。涙が出そうになったが、こらえた。

「どうしたの？　母さんに又叱られたの？」

春草は首を横にふったが、阿明が自分に話しかけてくれて、嬉しかった。ある時彼女が豚の餌を採りに行ったとき、阿明と夏休みの子供たち一群が桑の実を採っているところに出くわしたことがあった。阿明が木に登り、子供たちが下で受け取っている。わあわあと愉快そうにはしゃぎまわっていた。春草は誰かが自分にとり合うなんて考えもしなかった。ところが阿明がさっと木から滑り下りて桑の実を一掴み彼女に押し付けた。それを思い出すと、いつも心が温まるのだ。それは、彼女が十一歳の時だった。

春草は突然口を開いた。

「阿明、私ってぶす？」

「誰がそんなこと言ったの？　君、きれいだよ。笑うとね、特別可愛いよ」

「ほんとに、そう？　ほんと？」

「本当だとも」

春草は、ならば、どうしてみんな私を嫌うの？　と聞きたかった。が、口には出さなかった。阿明は前から彼女には好意的だった。春草はつま先立って、生涯やったことがない事―阿明の頬にちょっと口づけをして、ぱっと走り出した。

阿明はぽかんと突っ立っていた。これが村の別の女の子だったら、ありふれたことだが、それが春草だなんてまさに奇跡だ。阿明は驚いて興奮するのさえ忘れていた。

私にも出来た、男の子と親しく出来た、と春草は考えながら走った。もし私が好きな男性と巡りあって望まれたら、なんでもしてあげられるわ。だけど、この村の男性はいやだ。遠い所の人と結婚したい。

梅子の介添え役事件が村中に伝わってから、みんなの春草を見る目がいっそう意味ありげになった。だが不思議なことに、春草はむしろ以前に比べ愛想がよかった。村人が打ち興じている場に出会うと自分も一緒に笑った。それればかりか、いくつか冗談まで言った。彼女が笑うところは、なかなか可愛いかった。そこで、又、縁談を持ち込む人が現れた。

それらの縁談の中で、春草の心が動いたのは阿明との話だった。

以前春草に来た縁談は全て村の外からだった。この村の人たちは一様に、春草は頑固者で少し変わり者だ、娘としてこれは欠点だと感じていた。あの、どちらかといえば如才のない阿明が、そんなことはお構いなしに、春草を妻にしたいというのは驚きだった。彼の仲介人（彼の伯母さんだが）が言うには、阿明は春草がよく仕事ができるところ、苦労してそれに耐えているところが気に入っている。将来大いに事業を発展させたいが、それには有能な助手が是非必要だ。見掛け倒しの人は要らない。

春草の母親はその話を聞いて、まるで自分の縁談のように顔を紅潮させた。阿明の家が裕福で、なんの足手まといもないことを知っていた。しかも村の人間だ。嫁にやっても会うことができる。その上、阿明という若者は小さい時から賢く、口当たりも良い。阿明が中学に上がった時、学校で、ベルを自作し、授業の始めと終わりにそれを鳴らしたりした。惜しいことに学業に偏りがあり、高校には受からなかった。だが村人の目には、相変わらず数少ない聡明な男の一人だった。

母親は阿明の伯母さんに言った。

「阿明なら良く知ってます。わざわざ来てくださって。あの子なら小さい時からずっと見てます。彼が私の娘婿になってくれるなんて、まるで夢を見ているようですわ」

だが、春草の父親は少し冷静だった。母親が承諾しそうなのを遮って言った。

「お前の気持ちは分かるが、まず春草に聞こう。あの子の考えは分からないんだから」

「あの子がもし気が進まなければ、こんな良い話は無いって言い聞かせるだけだよ」

案の定春草は「これ以上ない良い話」に同意しなかった。しかも、きっぱりした態度だった。阿明の申し出は心中嬉しく思った。更に阿明の申込みの理由にも心を打たれた。阿明こそほんとの私を分かってくれていると、心から感激した。だが、それでもこの申し出に対し、少しの躊躇も無く、「行かない」と言った
阿明がもし遠いところの人だったら、すぐにでもお嫁に行くのに。彼女の理想は遠いところに嫁に行くことだった。

もう一つ阿明に気になるところがあった。それは、村の女性たちと戯れるのが好きだということだった。口がうまい上に手や足を使うのが得意だった。春草は、彼が乳飲み子をかかえた女性の体に触っているのを何度か見た。彼女の理想は、父のように字が読めて、人を叱らない人、その上お金を稼いで家族を養える人。

母親は諦めきれず始めのうちは優しく説いた。かって婦人部長だったころの得意の弁舌を遺憾なく発揮した。父親もそれに心を動かされ、一緒になって口説いた。けれど、春草の返事は変わらなかった。母親はとうとう我慢できなくて大声で怒鳴り始めた。母親がどんなにわめいても、口説き落とすことが出来なかった。春草の心は小さい時から決まっていた。

このような状態が半月ほど続き、母親はとうとう説得するのを止めた。

「見たでしょうあの子、遅かれ早かれあんたの姉さんみたいな、お化け年増になるわ。あんたがあの子をあのようにしたんだ。一生花が咲かないようにね」

母親はぷんぷん怒って、春草父さんも仕方がないと思うほかなかった。

（十）**霜降**：二十四節気の一つ、十月二十三日、二十四日頃
（十一）一九七九年までは生産隊と言う勤務単位で仕事をしていたが、効率向上のため一九七九年以降何年かかけて、土地の使用権を個人に割り当てる政策が広まった

第七章

長距離バスの出会い

―一九八四年、春分（十二）―

大きな事件が起こった。それまでは、そんな兆候は全くなかった。

その年の春、春草は満二十三歳になり、相変わらず村で一番仕事が出来たが、変人だというので結婚話はもう来なかった。春草は焦っている様子もなく、きのこ栽培に専心していた。毎日売りに出すきのこは、村で最も多く、又一番上等だった。

母親との約束で、きのこを売ったお金の二割を貰うことになっていて、そのお金が二百元になった。彼女は、二十五歳になってもいい人に出会わなかったら、お金を持って遠いところへ行こう、と考えを決めていた。

大きな転換を迎えた日はごく普通の日だった。しいて言えば、それは春で、若い娘が少しぼんやりするような日和だった。

春草はきのこを売り終えると、急に家に帰りたくなくなった。まるでどこかで誰かが自分を待っているように、空になったかごを下げて、目的も無く町の中を歩いていた。と、街へ行く長距離バスが目に止まった。とっさに、街に居る弟のところにでも行こうかと思った。弟は今年は大学入試の年だった。彼女はそのままバスに乗った。ドアがうしろでバシャッと閉まった時彼女の心が少し揺らいだ。この一瞬に自分の運命が変わったことを知る由もなかった。

全ては長距離バスから始まった。

バスは大変混み合っていた。座席はふさがっていて、めいめい風呂敷包みや手提げかごを抱え、あるいは乳飲み子を抱いていた。彼女は降りようかとためらったが、もう出来なかった。その時ぽんぽんと彼女を叩いて、さあ、僕のところにお座り、と言う人がいた。振り向くと、細身の青年だ。首を振ったが、青年は立ち上がって傍に置いてあったバケツを逆さにし、僕はここに座るからいいよ、と座席を空けた。

春草は感激して座った。座席は暖かく、青年が相当な時間座っていたことが分かる。バスは発車した。ありがとうと言いたかったが、声にならなかった。村人以外の人と話をしたことがなく、ちょっと笑っただけだった。青年は礼儀正しく、ニイハオ、と言った。この「ニイハオ」を聞いて、春草は何か悪いことをしたかのように顔が赤くなった。他人《ひと》の席に自分が座っているのに、逆にハオ(好いね)、と言わせるなんて。そこで、一大決心をして口を開いた。

「あなたこそ、ニイハオ」

青年は聞いた途端、こらえきれずに笑い出した。あまり笑うので、春草はどうして良いか分からなかった。春草は笑われたので少し気分を害した。

「何かおかしい?」

「ごめんごめん、君を笑ったわけじゃないんだ。とても初心《うぶ》なものだから。君、まだ子供っぽいところがあるんだね」

春草は「うぶ」という意味が良く分からなかった。ずうずうしいとは違うのか。彼女にとっては外国語みたいな響きの言葉で、聞いても分からなかった。

「当てようか、君、長距離バスに乗るの初めてだろう? それに街に行くのも初めて」

春草はあまりのことに驚いた顔をした。

「僕は手相が分かるんだ。手を貸してごらん」

青年は得意げに言ったが、春草は応じなかった。

「だったら君の顔で見てあげよう。そうだね……君、今日家へ帰りたくないいんだ。家で喧嘩して、母さんの小言を聞きたくないいんだろう？」

これには春草も参って、一瞬ぽかんと口をあけた。だが、思わず否定して言った。

「いいえ、でたらめよ、私、街に居る弟のところへ行くのよ」

「君ってほんとに初心《うぶ》なんだね。あなたのご尊名は何とおっしゃるの？」

春草は黙っていた。自分の驚きを悟られたくなかったし、きざな言い方にも抵抗があった。この青年がおしゃべりのところは、同じ村の阿明に似ている。知り合ってやっと二分しか経たないのに、名前まで聞こうとし、おまけに手まで差し出せという。ただ、話の中身は阿明とは全く違った。青年の話は、春草にとって不案内なことが多かった。青年は、春草が手を出さなかったことなど少しも意に介さず、自分から積極的に雑談をした。自分の家は街の中にあって、叔母の家が崇義町にあること。去年大学の試験に六点足りなくて落ちたこと。父親はもう一度受験しろと言っているので、町にある叔母の家に来て、受験勉強をしていること。更には、自分は別に大学を受けたいとは思わない。そんなに勉強しても大して役に立たない。商売した方がましだと思うこと。同じ村に村を出て商売している人が居て、年は若いのに二階建ての家を建てていること。だが、父親には反対できないこと、などなど。

青年がいろいろ話しているうち、その中のひと言が春草を直撃し、俄然春草の興味をそそった。

青年は言った。

「父親は先生で、僕にも先生になれと言ってるんだ」

春草は急に熱くなって、羨望と敬意のまなざしを注ぎ。何か話したくなった。

「それなら、どうしてお父さんに勉強を教わらないの？」

「おやじは仕事第一で、構ってくれないんだ。僕もうるさく言われるのがいやなんでね」

青年はちょっと間をおいて言った。春草はすぐ母親を思い出した。

「だから、お父さんのうるさい声が届かないように、こんな遠いところへ来てるのね？」

「それは大したことではないよ、僕、将来はもっと遠くへ行きたいんだ」

この言葉に春草の心はもう一度熱くなった。自分が考えていることとどうして同じなんだろう。私も遠いところへ行きたい。遠いところへ行くのが私の切なる夢だ。

この二度の興奮が春草の青年に対する警戒心を解いた。

青年は雄弁で、ユーモアがあり、阿明とは違う感じがあった。阿明は饒舌だが真実味に欠け、下品なところもある。が、青年はそうではなかった。彼は小さい時は腕白小僧だったというところから話し始めた。話は面白く、しかも上品で、いつも四文字熟語で表現した。春草には四文字の意味が全く分からなかったが、青年の話を喜んで聞いた。勉強の面でも違いがあった。いっときの間彼の話に笑わせられ、なんだかぼうっとなっていた。私ってなんでこんなに笑えるんだろう。

春草は、あなたは矢張り大学を受けるべきだわ、私、教養のある人を一番尊敬するの、と繰り返し勧めた。青年は、今年もう一度試験を受ける。背水の陣だよ。受かれば、書山に路有り道の為にいそしみ、学海に涯《はて》無し苦作の舟（万巻の書に挑んで道を究め、学問の海に飛び込んで懸命に成果を挙げる）だよ。もし受からなかったら、銅鑼《どら》を鳴らして兵を収め金のたらいで手を洗うだ、僕は父親の世話になりたくないので、自立しなくちゃならない。春草は何度もうなずいた。少なくとも自分の二人の兄たちより分別がある。

こんな風に、二時間あまりの長距離バスは、春草と青年をすっかり友達にしてしまった。

青年の名は、何《か》水遠《すいえん》といった。父親がつけた名前で、河水は遠くに流れるほど澄み渡るという意だ。教養のある人は違うなと思った。何水遠《かすいえん》も、君の名前もとてもいいね、と言って、春草のために四行詩を読んだ——離離原上草、一歳一枯榮。野火焼不尽、春風吹又生(十三)。この詩に春草は満足した。初めて、母親を嬉しく思った。名前は母親がつけたものだ。

何水遠はしゃべり疲れた様子で、何も言わなくなり、うとうととし出したかと思うと春草にもたれかかった。始め春草は窮屈で、彼の頭を振り払おうと思ったが、自分のためにバケツなんかに座らせた、と思うと何だか忍びなくなって、何水遠がめざめないように、じっとしていた。

何水遠は気持よく寝ていて、バスが揺れても目覚めなかった。きっと夕べ受験勉強で疲れたんだ。春草は優しい母親の愛の気分を味わっていた。

バスは長い旅を終えて駅に到着した。

春草は少し残念でもあり心地よくもあった。

何水遠は春に現れた。これから、春草は春が好きになった。春は万物が蘇《よみがえ》り人の心をゆさぶり、希望に溢れさせる。見渡せばすべてが緑だ。茶山、麦畑、野草、菜園、木々の緑をすかして見ると、空も青々としている。春の三月に生まれて自分は幸せだと思った。

街に着くと、目の前には知らない場所が広がり、足を向ける先も分からなかった。何水遠が彼女を案内した。ひと眠りして元気を取り戻したようで、街で一番という繁華街に彼女を連れて行った。そこで売っている服はみなモダンで、女性たちがみんな買いに来るという。春草は人ごみの中で、少しめまいを覚えた。通りの両側にはずらりと屋台が並んでおり、狭くて通れない。沢山の人がいて、まるで甕《かめ》の中の漬物みたいだ。春草は何水遠を見失わないかと、後ろにぴったりくっついて歩いた。

「押し合いへし合いで、水も漏れないね」

何水遠は振り返り、笑いながら四文字を並べたてて、春草の手をとった。

その動作が自然だったので、かえって地震にでも遭ったように周りの喧騒がすっと遠のき、春草はただ、引き引かれている二つの手だけの世界に入ってしまった。心臓がどきどきと緊張し、まるで人形のように引かれるままだった。そのとき突然伯父さんの大きな手を思い出した。なんでこんな時に？　伯父さんは私を好きでもないのに欲に駆られただけじゃないの。伯父さんの手を追い出したくて、力いっぱい何水遠の手を握ったので、何水遠の気持ちも高ぶった。

二人は反物を売る店の前に立った。そこにはいろいろな花柄の更紗があり、お花畑のようにあでやかで美しかった。春草の目はその更紗にとまって動かなかった。

「どうです、ひとつ買いませんか、とてもきれいな布《きれ》ですよ」

主人に勧められて春草は布きれに触っていたが、ふと口を開いた。

「今日はもしかしたら私の誕生日かも」

「もしかしたらって？　自分の誕生日を覚えてないなんてないだろ?」

「私じゃなくって、母さんがはっきり覚えていないの」

何水遠には良く理解出来なかったようだが、構わずに続けた。

「私更紗がとっても好きなの。いつも更紗を夢に見るのよ」

「どうして？更紗は白馬の王子様じゃないだろう？」

春草は、母親と一緒に更紗を見た時のこと、十五歳の時新しい服がとても欲しかったことを話し始めた。

「その日が私の誕生日だって、母さんが言ったの。ほんとは母さん、私にお金を出させて自分で買わせようと思って、勝手にそう言ったのよ」

「じゃ君買ったの？」

「どうせ私にとってはただの誕生日で、新しい服なんてどうでも良かったの。ただ、母さんの様子を見てると、私より欲しそうで、買った後いったい誰が着ることになるんだろう？　なんて考えてたの、そしたら店員が布を裁り始めたんで、私つい逃げ出しちゃったのよ。だから母さんがお金を払う羽目になって。私、別にお金が惜しくて、駆け出したんじゃないの。だけど母さんは父さんに、あの娘とてもずるくて、わざと駆け出したって言ったの。母さんいつも私のこと悪い方にとるのよ」

春草は話しているうちに、つい話の小箱を開けてしまった。

更紗の話が終ると、母親に叱られた時父親に煙草を買ったことを話した。その次は三ヵ月半だけしか学校に行かなかったのはどうしてか、次は弟が瓦葺の家の部屋を自分に譲りたいと言った事、次は梅子の結婚式に何故出席しなかったか、次は村人たちは自分のことをなんと言ってるか、それから、それから、およそ思い出せることは全て話した。終るまで、よどみなく、止めようとしても止まることなく。彼女が生れ落ちてから体験したことのすべてを、何水遠に聞かせようとするようだった。

ただ、伯父さんのことと、自分がひとりで山に行っては叫んでいることは話さなかった。この二つは、奥深くに仕舞ってあって、取り出すのは苦痛だった。

何水遠は真面目に聞いていた。話の内容はどれも愉快な話ではなかったが、終始笑みを浮かべて聞いた。まじめに聞くだけでなく楽しんで聞いてくれた。彼のその様子を見て、春草は話してよかったと思った。彼が一度だけ口を挟んだのは、君学校に行ったことがないとは思えない、というひと言だった。

二人は夢中で話し、大通りや横丁を歩いているうちに、映画館の前に出た。何水遠が、映画を奢《おご》るよと言った。学問がある人は違うんだな。明君は映画を奢ったりするかしら。春草は以前隣村の土手で映画を見たことがある。だから、真っ暗な劇場に一歩脚を踏み入れると、ひどく緊張し、思わず何水遠の手を握った。何水遠もすぐ子供の手を引くようにしっかり握り返したので、心が安らいだ。

映画の題名は、《盧山(十四)の恋》という、恋愛ものだったが、春草には分からないところもあった。この二人はどうして山に出かけて恋を語るんだろう? 街のほうがずっと良く、賑やかなのに。その男女が愛し合うくだりになると、少し気恥ずかしかった。何水遠は熱心に見入っていた。ぐっと春草の手を握って、彼女の耳元に口を寄せ、小声で、君好きかい? と聞いた。春草は、好きよ、あなたは? と聞くと、何水遠は、勿論好きだよ、とっても好きだよ、と言った。

何水遠は映画のことを聞いたのだが、春草の答えは自分たちのことだった。春草の心は映画から完全に離れて、早く終わればいいとばかり思っていた。彼女は、私たちもこの映画のように恋愛中と思っていいのかしら、私と結婚できる? と聞こうと思った。でも、とっても好きだと何水遠が言った言葉に、つい気持ちが高ぶり、

「私、あなたと暮らしたい」

何水遠がびっくりして顔を向けると、暗闇の中にきらきら光る双眸がはっきり見えた。その時、うしろからしーっという声が聞こえた。何水遠は何も言わず春草の手をとってさすり、それから自分のひざに強く押し付けた。彼も興奮している、彼もきっと一緒に暮らしたいんだ。春草は甘ったるい気分に浸

り、頭の中は空っぽだった。

　映画が終っても、何水遠は彼女の問いかけに何も答えなかった―自分と一緒に過ごしたいのかどうか、春草も恥ずかしく、二度は言えなかった。こんな明るい日ざしの中で、平気でそんなことが聞けるものか。自分は、何故こんなに大胆になったのだろうか、もしかして映画のせいかしら、それとも暗闇のせいか。何水遠には確かにはっきりと聞こえている、でなければあんなに興奮して手を握ってくるはずがない。おそらくあれが答えだと思われる。教養のある人は直接的な表現を好まないものだ。

とあるビーフン店でビーフンを食べている時、春草が聞いた。

「私たちいつ又会える?」

答えがなかったので、もう一度尋ねると、何水遠は言った。

「僕たち暫く会わないほうが良いと思う」

「どうして?」

「僕、受験勉強に専念したい。大学の入試が終ったら君を訪ねるよ」

その途端、春草の目の前に現実がつきつけられた。彼は高校生だった。その上大学生になろうとしている。なのに自分は字も読めない女だ。距離がありすぎる。

「では、もしあなたが大学に受かったら?」

「受かりっこないよ」

「もしも受かったら?　私を訪ねてきてくれる?」

何水遠はちょっと考えて言った。

「その時は君を訪ねるよ」

春草はたちまち意気消沈した。この人、もともと私と結婚する気なんてない。大学に受かったら訪ねてくるわけはない。映画に出てきた女優みたいな人を探したいんだ。彼女は気がふさいだように下を向き、ビーフンを一本づつ選《よ》ってはおき、選ってはおきした。まるで、数を数えているように見えた。

「どうしたの、怒ったの？」

私に怒る権利なんてないわ。何か約束をしたわけでもないし。が心の中では確かに怒っていた。会わないなら会わなくても良い。今日はただ夢を見たのだと思えば良い。茶碗の中のビーフンは半分以上残っていた。

春草はつらくて仕方がなかった。学校へ行かせてもらえなかった時や、梅子の介添え役をやれなかった時などでも味わったことがない辛さだった。特にもう二度と会えないこともあるんだと思うと、心の中が空っぽになるような辛さだった。何水遠と一緒に居ると彼女の心は満たされ、全てが喜びと希望に溢れ、楽しくて幸福だった。この幸福感は生まれて始めてだ。何水遠でなければ与えてくれない。世の中の誰に対するより思いは勝《まさ》った。

やっと半日が過ぎたところだ、というのに自分でも不思議な気分だった。

しかし、暫くは会えないと言った何水遠の言葉を思い出すと、又気が滅入った。この人、どうしてこうなんだろう。私に希望を呉れたと思ったら、すぐ又それを取り上げてしまう。何水遠は彼女がしょげているのを見ると、話題を探すように、彼女の手をとった。

「指紋を見ると、一つは貧乏、二つは金持ち、三つ四つは質屋を開くだね。ははは」

「私質屋はやらないわよ」

春草は無理に笑った。何水遠は彼女の指にある長い傷跡を見て、聞いた。

「あれ、これどうしたの？」

「鏡が割れて怪我したの」

春草は鏡を持っていないのが恥ずかしく、捨ててあった洋服箪笥の鏡を持ち帰り、自分の鏡にしていたが、不注意で手を怪我したのだった。

何水遠がバスの切符を買いに行った時に、思いがけなく春草に鏡を買ってきてくれた。丸くてきれいな、ピンク色のプラスチック製だ。後ろには、革命模範劇の女主人公鉄梅の写真があった。鉄梅の辮髪は太くてつやつやしていた。

「これ、僕からの誕生日プレゼント、毎朝この鏡を見たとき思い出しておくれ」

春草は又優しい気分になった。あなたそのものが誕生日プレゼントよ、と言いたかったが、口には出せなかった。鏡を受け取って、辛い気持ちの中に、甘ったるい希望がわいてきた。今から今日を自分の誕生日にしよう、この人のこと怒ってなんかいない。今後どんなことがあっても、怒ったりはすまい。だから、何水遠が彼女の家の住所を聞いたとき、すぐさま詳しく、いささかくどいほど教えた。何水遠は、何かあったら手紙で知らせるよと言った。春草は自分が字が読めないことを忘れていた。

長距離バスは発車した。春草は窓の外に目をやりながら、木々の葉が新緑に映えている様を眺めていた。今までどうして気づかなかったのか。春の樹ってとてもきれいだ。

バスが動き出してはっとした。弟のところへ行くのをすっかり忘れていた！　もともと高校に通っている彼に会いに行くつもりだったのだ。弟は家族の中で一番自分を理解してくれている。しまったと気がとがめたが、もしほんとに何水遠と友達になれたら、いつでも街に出られる。何水遠の家は街にあると言ってたもの。そしたら弟と会える機会はたくさんある。神様、私はバスの中で一人の男性にめぐり合い、手をとり合って街を歩いた。母親が知ったら、卒倒するかもしれない。どうぞお好きなように叱って頂戴。どうせ私は遠い遠いところへ嫁に行き、聞こえやしないんだから。春草は長距離バスの中で顔を赤らめ、窓外の景色を眺めながらひとり微笑んだ。これが生まれて初めて自分から出た微笑だった。

（十二）**春分**：二十四節気の一つ、三月二十一日ごろ。太陽は真東から出て真西に入り、昼夜の長さがほぼ等しい

（十三）**白居易十六歳の詩**：遥かなる草原の草、年に一度枯れては栄える。野火に焼かれても尽きず、春風吹いて又蘇る

（十四）**廬山**：江西・九江、中国有数の避暑景勝地

第八章

失意

―一九八四年、小暑（十五）―


春草は何食わぬ顔をして家に帰った。こんなに澄ましていられるとは自分でも驚きだった。家に入ると、母親の怒鳴り声が飛んできた。

「お前って奴は、一日中どこをほっつき歩いてた？　結構なご身分だね！」

春草は口答えもせず、自分の小部屋にはいった。父親がそっと付いてきた。

「お前何処に行ってたの？」

「街に行ってぶらぶらしたの」

「街に行ったって？　弟に会いにかい？」

「本当はそう思って行ったんけど、会えなかったわ」

父親はいよいよ分からなくて何か言おうとしたが、結局何も言わずに出て行った。

　春草はばたんとベッドに横になり、天井を眺めて一人微笑んだ。と、ふとある問題に思い至った。何水遠は手紙を書くと言ったが自分は字を知らない。もし一、二年でも勉強していれば、こんな辛い目に会う事はないのだ。この辛さは、何水遠こそお嫁に行く人だという思いをもう一度確かなものにした。私は必ず自分が思い描いてきた日々、いい暮らしの毎日を過ごすのだ。

春草の日常に又夢が戻ってきた。夢に描いていた人がついに見つかったのだ。街は此処から五十キロも離れていないけれど、街は街だ。村人が知ると口をあんぐりするだろう。あの偏屈女大したもんだ。街の人間、しかも学歴のある男を見つけてきたよ。考えるだけで嬉しくて、すぐにでも父親と母親に打ち明けたくてたまらなかった。春草は以前どおりの生活を続けた。だが心の中は全く違った。無意識に畑に、棗《なつめ》の樹に、豚にも話かけた。

「お前たち知らないだろうけど、私って結構大胆なんだよ。嫁入り先を自分で見つけてきたのよ。お芝居ではこれを、自分の身の振り方は自分でするというんだ」

春草は指折り日々を数え始めた。日が経つのは実にのろく、例の雑貨店に出掛ける回数は明らかに増えた。村への手紙はみなそこに送られてくる。自分の名前は読める。

一週間が過ぎても、音信はなかった。一ヶ月過ぎてもなかった。

春草は焦《じ》れた。毎日期待して雑貨店に出掛けたが、行くのが怖くもあった。ある時、まだ店に入らぬうちに、店の王《わん》小母さんが彼女に言った、

「まだ手紙は来ていないよ」

春草はとても恥ずかしかった。

二週間が過ぎた、街から帰った時のほんのりした赤色が、春草の顔からだんだん消えていった。興奮が、焦りと不安に変わっていった。彼は病気にでもなったのだろうか？　それとも勉強に打ち込んでいて、手紙を書く余裕がないのだろうか？

一ヶ月が過ぎた。焦りと不安が高じて卑屈になった。きっと冗談だったのだ。私を嫁にするつもりなんてないのだ。早晩大学生となる身、話すのはいつも四文字熟語だが、こちらは教養の無い農村の娘、そういう彼がどうして私を気に入るだろうか？

春草は自分がいやになった。おまえはなんでそれを真に受けてるんだ？

春草は自分に命じた。彼のことを考えるな！　彼に何かを望むな！　何もなかったと思えば良い。あの日のことは夢だったと思え。

しかし駄目だった。失望と、辛さと、傷心の淵にはまり込んで、どうやら自分をコントロールすることが出来なくなった。

母親にもそれが分かった。

「偏屈者、お前、腑抜けになっちまったのかい？」

眠れない夜、春草は小さな丸い鏡を握り締めて、あの日何水遠と一緒に居た時の事、彼が言った言葉や些細な仕草まで細かく思い出していた。間違いは無い筈だ、私を見る目つき、私にしてくれた話、手を引いてもくれたし、自分から私の住所も聞いた。もっと大事な事がある。鏡をプレゼントしてくれたことだ。鏡は現実にここにある。二人が知り合った何よりの証拠だ。鏡を見るたびに、いつも何水遠の姿が現れる。何水遠はあの時言った。君が鏡を見るときは、僕を思い出すよと。春草は鏡を見ないときでも同じように彼の事を想っている。何時でも何処でも。

失意のどん底にいる時、何水遠の手紙が届いた。

春草が雑貨店の王《わん》小母さんから手紙を受け取ったとき、何水遠本人に会ったとき以上に嬉しかった。

彼女は、今までになく、王《わん》小母さんと世間話をした。王《わん》小母さんはびっくりしながらも喜んで付き合ってくれた。というのも、春草の無口は村でも有名だったからだ。王《わん》小母さんは、この娘はほんとは話好きであることを発見した。春草が始めに話題にしたのは、「今年の苗はよかったですね。天気は穏やかだったし、雨も丁度好かった」続けて、「畑仕事は小母さんの雑貨店には関係ないことですけどね」

そして最後に、

「ほら、この手紙。何処をうろついていたのか知らないけど、やっと着いた」

「そうよね、こんなに手間取ったんじゃ、じれったいよね」

一番話したい事を話し終えると、手紙を宝物のように手にして、春草は店を離れた。

春草は一人自分の小部屋に入り、手紙を慎重に開封した。中にはうすい便箋が一枚入っていた。開くと、上の方に〝春草〟の二字を見つけた。確かに自分宛のものだ。下のほうには短い一言があったが、これは読めなかった。いくつかは見たことがある字だし、知っているようでもあったが、今はそれらの字も彼女に意地悪するように、自分の真相を隠してしまっていた。春草は繰り返し見て、ついに〝我〟と〝你《にい》〟の二字を見分けた。昔学校に行ったとき、李先生から〝你《にい》(十六)、我、他〟を習った時のことを思い出したのだ。〝我〟の字が丸っこくて書きにくかったのを覚えている。

你《にい》、我以外には、アラビヤ数字の七があった。その他の字はすべて知らなかった。

彼が書いているのは「僕、なになに」じゃないだろうか？　僕君に会いたい？　いや、そうじゃない。最初の字は我ではない、しかも六字ではなくて、十二字だ。暫く繰り返し考えてみたが、それらしい言葉が見つからなかった。彼女は弟のドアをノックして紙と鉛筆を借りた。弟は農繁期休暇で家に戻っていて、丁度勉強中だったが、姉が紙と鉛筆が欲しいというので、怪訝に思いながらも手渡した。

夜、家族が皆眠ると、時間をかけて何水遠の手紙の知らない文字を、一枚の紙に二字づつ書いた。書き終わっても、眠気は無く、夜が明けるのが待ちどうしかった。次の日朝早く父親がドアを開けると、春草はすぐ一枚の紙を取り出し小声で聞いた、この二字は何と読むの？　父親は紙に書いている二字を見て、答えた。

「これは〝月考〟と読むんだ」

「どう言う意味なの？」

「僕にも不思議だよ、お前、何を写したんだ」

「いいや、一寸聞いてみただけ」

春草は考えた、〝月考〟って何？　ふと、前の7の字に思い至った。そうだ七月だ！　昼ごはんの時、春草は又父親に二つの字、〝完試〟を尋ねた、父親が説明すると、春草はすばやく心の中で前の字と一緒にした。〝私は七月試験を終えた〟。春草は嬉しくてたまらなかった。父親は秘かに、誰かから手紙が来たのでは、と思った。

　晩ご飯のあと、父親は春草の部屋に来て言った。

「阿草、まだ何か分からない字はないかな？」

春草はすぐに三番目の紙を取り出した。〝再来〟とあった。父親は教えてから尋ねた。

「まだあるの？」

「もうないよ」

春草は細かいところまで気を回した。この幾つかの字から自分の秘密が父親に知れるのを心配した。それで、一字を弟に残しておいた。それは〝等〟(十七)の字だった。

夜が更け皆が寝静まった時、春草は教えてもらった字を一つ一つ何水遠の手紙の上に復元して、とうとうはっきり読むことが出来た。何水遠が手紙で言っていることは、「私は七月試験が終わったら君を訪ねるから待ってて」だった。

　こんな簡単な一言が、春草を苦しめてきた。だが今はどうやら落ち着いた。この数日、限りなく落ちこんでいたのが、今ついに〝どん〟と底に着いたのだ。前に弟が、七月に大学の入試があると言っていたのを聞いていた。何水遠が大学を受験するというのは本当なんだ。春草は誇りで胸がいっぱいになったが、やはり父母には懸命に隠した。受験までまだ二ヶ月あるし、弟も受けるからだ。両家とも今は平静を必要としている。

ともかく、春草は気が楽になった。待つのだ。彼女は手紙を宝箱の中に仕舞い込んだ。

春草の箪笥の中には一つの紙の箱があって、中に彼女の一番大切な物が入っていた。あの、学校に通った時初めて貰った李先生手書きの賞状、初めてきのこを売って買ったハンカチ――当時彼女は心に決めていた、将来は、自分で沢山お金を稼いで、家を出るんだ。それから、花嫁の付き添いをする為に買った足にきちきちの靴――そして今は、何水遠がくれた鏡とこの手紙が入っている。

春草は何水遠の夢を見た。夢の中の彼女はなんとも穏やかで、目覚めると将来の自分の可能性がはっきりと大きくなった。この為彼女は彼のセーターを編み始めた。再会した時に贈るのだ。彼を想って眠れない夜に、ひそかにセーターを編むのが一番の慰めとなった。棗《なつめ》色の毛糸を選び、何水遠が、きりりと格好良く着ている姿を想像した。その上ダイヤ柄を選んだ。綺麗だし、上品だ。自分がどんなに腕がよいかということ、村人が彼女を褒めるのは嘘ではないことを、知って欲しかった。

ついに七月になった。

七月は春草が祈っている最中に来た。朝家を出て仕事に行く時は、いつも希望溢れる太陽に言う。

「何水遠が大学に合格できますように！　彼は生まれつき大学に行く運命なのです！　彼がきっと成功できますように！」

夜一人ベッドに横たわり、あるいは灯火でセーターを編んでいる時も、又黙々と祈った。

「天の神様、彼を絶対に大学に行かせて下さい」

ともかく、何水遠が合格しようがしまいが、入試が終わらないことには始まらない。

二人が別れてから試験まで、三ヶ月と十日があった。百日だ。春草は一日過ぎる毎に、壁に一本線を描いた。

終に百本になった――試験が始まったのだ！

百二本なった――何水遠は最終日の試験を受けている筈だ！

何水遠を待つのはもどかしく、自分から訪ねて行って、驚かせようと思った。夕飯を食べている時、春草は父親に言った。

「明日、弟の試験がどうなっているか、街に行ってみようと思う」

「いいよ、お前見に行ってよ」

母親は不審そうに春草を見た。春草は母親の目を見なかった。自分が怖気《おじけ》ずくのを恐れた。

春草が急いで学校に駆けつけたとき、日は既に高くなっていた。

学校の門の入口には多くの人がいたが、二つの木の門はぴったりと閉まっていた。割り込んで行くには容易でない。門の隙間から中を覗いたが何も見えない。彼女が門をたたくと、誰かがすぐに注意した。

「あなた何たたいているのよ？　試験の邪魔じゃないの」

「人を探しているんです。学校の先生に用事があるのです」

「今、先生たち駄目だよ。皆、試験監督の最中だ」

仕方なく春草は門の入口で待った。彼女を見つけた何水遠がどんな顔をするか、春草は想像できなかった。ふたりは三ヶ月余り会っていない。話す事がたくさんあった。真っ先に話したいのは、昨日見た夢のことだ。昨夜、思いがけなく彼を夢で見た、夢の中の彼は、彼女を連れて町をぶらぶら歩き、花柄の衣服を買ってくれたが、それは小さくてボタンも止まらない……一番恥ずかしいのは、彼ら二人の子供を夢見たことだ、女の子だった。ふたりは、一人づつ子供の片手を引いている……。

そんなことを考えているうちに、強い陽射しに照りつけられて眩暈《めまい》がし、口の中は苦くて喉はからからだった。外の木陰は、父兄でいっぱいだった。春草はつま先立って中を覗き、何水遠が最初に出て来て、連れだって家に帰ることを望んだ。

お昼になって、校門が開き、学生がどっとあふれ出た。父兄が出迎え、校門付近はたちまち粥《かゆ》が鍋の中で煮えたぎっているようになった。沸き立つ人の群れにもみくちゃにされ、春草は立っているのがやっとだった。目を大きく開いて、学生を一人ひとりふるいにかけるように見たが、何水遠の姿はなかった。逆に弟春雨を見つけた。

春草は慌ててそちらへ行って春雨を呼んだ。思いがけない姉の姿に、

「姉さん、何故来たの？」

「あなたの様子を見に来たのよ。どうだった、試験は上手くいった？」

春雨は自信ありげに言った。

「問題ないよ」

「難しかった？」

「当然。でも大丈夫だよ」

話をする間、春草の目はずっと春雨の後方を見ていた。

「姉さん、誰か探しているの？」

「誰も。あなたに会いに来たのよ」

「僕、友人が待っているんだ」

弟の困ったような顔つきを見て、春草は急いで言った
「あなた、行きなさいな、私にかまわないで」

弟はいぶかしげに姉を見て、同級生達と去った。

春草は引き続き校門のあたりを探しながら思った。もしかしたら此処にはいないのではないか？　いや、そんなことはない。彼が示したのは、間違いなくこの学校だ。誰かと話をしているのかもしれない。

急いで中に入って行くと校舎の前で眼鏡をかけた男の人にぱったり出会った。あきらかに教師だ。

「誰かを探しているの？」

「何《か》という姓の学生を探しているのです」

「何《か》という学生は沢山居るよ。名前は？」

「何水遠です」

書類を取り出してめくろうとしていた眼鏡の教師が、名前を聞いた途端に言った。

「彼ならとっくに此処にはいないよ」

「まさか、先生の間違いではないですか？」

「どうして間違えるものですか？　ここの学生は全部知っている。この学期が始まってからずっと彼は来ていない。ほかのところで商売をやっているそうだよ」

太陽がいきなり頭をたたいたようだった。あの何水遠が、私を騙したのだろうか？　騙す必要がどうしてある？　私が教養のないことを知って、もてあそぼうとしたのではないか？　あれだけくそ真面目に待ち望んでいたのに、待った結果がこんなことになるとは！

突然ひとつの事を思いついて、眼鏡の教師を追いかけた。

「先生、何水遠の父親がこの学校の先生ではなかったですか？」

眼鏡の教師は笑った。少し皮肉っぽかったが、顔をかしげて言った。

「その生徒、そう言ったの？　どうして嘘をついたんだろう」

教師が去ったあと、春草の頭は真っ白となり、ぼんやりと学校を離れた。

街から帰った夜、天の神様は大雨を降らせた。蒸し暑い天気が続いたあと、漸く降ってきた大雨だ。雨は雷鳴を伴い、一切かまわずざあざあと春草をめがけて降って来た。

でたらめだ！　彼の話は全部嘘っぱちだ……あんなに彼が好きだったのに。彼を信じ、あこがれ、待ちに待っていたのに、逆に私をばか者扱いした……春草はしばらくぼーっとして、どうして良いか分からず、この雨の中で死にたいと思った。これは彼女が死ぬことを考えた二度目だった。小さい頃、母親に殴られて出血した時は、母親に死んで見せようと思ったのだが、今は誰に死んで見せれば好いのか。彼女の心を傷つけた人は影も形も見えなかった。

春草は家では泣きたくなかった。大雨を冒して家を出た。天の神様は彼女の心を知ってか、彼女の鬱憤《うっぷん》を晴らすように猛烈に雨を降らせた。山道は雨で洗い流されて泥水となり、滑って倒れては、這い上がった。春草は急いで駆け上がり、自分の心の中に溜め込んできたことを大声で叫んだ。

といっても、それはただ、一字の〝不〟であった。

〝不〟何々？　こんなものいらない？　こんなことしちゃいけない？こうじゃない？　何故いつも私が思っているとおりに生きていけないの？　どうしていつも私を困らせる？

春草はこれでもかと懸命に叫んだ―不――！　不――！

開いた口に雨水が流れ込んだが、それを呑み込んで、又叫んだ。あたかも雷雨と競争しているようで、最後には、雷雨が降参し、雨はあがった。

雨が上がって太陽が顔を出した。水がしたたって、真っ赤になった春草の眼のようだった。次の日春草が口を開いた時、家の者は皆驚いた。声がかすれ、苦労をなめつくした老人のようだった。そのうえ彼女の顔つきは、家の中の古壁のように、白くて黄色くなっていた。

父親はひそかに、春草はただごとではない目に遭ったのだと思った。母親は半ば辛そうに、半ば人の不幸を喜ぶように言った。

「あの、嫁にも行けない年増が。いつも人が皮肉ってるように、自業自得だよ！」

「僕はそう思わない。あの子、何か人に言いたいことがあるんだ」

「あの子はこざかしいんだよ。学校に行かせなかったと言って、今だに私を恨んでるんだ」

「恐らく別の、何か大きな事件があったと思うよ」

弟の春雨が手掛かりになる話をした。

「試験が終った日、姉さん学校に来ていたけど、誰かを探しているみたいだったよ」

それを聞いて父親は思い出した。春草はあの日自分から進んで学校に行きたいと言った。まさかだが、彼女には外で知り合った人がいるのではないか？

夜父親は生姜湯を持ってそっと春草の部屋に入ってきた。

「母さんがつくってくれた生姜湯だ、母さん、お前が風邪を引いたんだといってる」

実際は父親が作ったのだとは分かっていた。父親はいつもこうだ。母娘の関係を和らげる為だ。

「阿草、何があったのか、私に言えないかね？」

春草は首を振った。

「つらい事があれば、少しでも話すがいいよ。ひとりでくよくよしてちゃ駄目だよ」

春草はそれでも頭を振った。

「誰か外で知り合った人がいるんじゃないか？　だれか相手を見つけたのか？」

春草は驚いてぶるっと身震いしたが、それでも黙っていた。

どう言おうか？　何から言おうか？

春草の日々に皆既日食が現れた。真っ暗で、自分自身さえ見えなかった。皆既日食と違うのは、暗黒の日々がほぼ一週間も続いたことだ。勿論その間中、ベッドに横になっていたわけではない。逆に毎朝早く起き、手足を休めることなく働いた。畑で、山で、家で、自分に少しの休みも与えなかった。暗くなると、庭で薪《まき》を割った。両足が上がらなくなるまで、両目が開かなくなるまで働いて、始めて部屋に戻った。

家の皆が知らない事がまだあった。一夜のうちに髪の毛が大きく抜け落ちたのだ。春草は、朝起きて枕元でそれを見つけた。すばやく鏡で抜け落ちた場所を探すと、額の左上の一部であった。鶏卵ほどの大きさの頭皮が白くむき出しになっている。春草は鋏で前髪を切り露出した頭皮の所を覆い隠した。それから、この頭髪をきちんと包んで、秘密の紙箱に入れた。

この頃の春草について、父親はこのように形容した。

「新芽の茶葉が春の嵐に襲われたようだ」

母親の形容は、もっと端的だった。

「腑抜けになっちまった」

弟はこう言った。

「姉さんは以前の姉さんではなくなった」

だが、家の者はその理由を聞こうとしなかった。

たとえ聞いたとしても、答えてはくれない。

（十五）**小暑**：二十四節気の一つ、七月七日ごろ。この頃から暑気が強くなる
（十六）**你**：第二人称—あなた、君
（十七）**等**：「待つ」の意

第九章

再会

―一九八四年、冬季―

秋になると、春草の家はお目出度で賑わった。弟が大学に受かったのだ。しかも北京の有名な北方工業大学だ。飛行機を作る先端技術を学ぶという。村の人にとっては、飛行機に乗ることさえ考えにくいのに、作るなんてとんでもないことだ。だから、春雨は皆の尊敬の的となり、代わるがわる来てお祝いを言った。この吉事は孟家に止まらず全村挙げてのおめでただった。春雨はこの村で始めての北京の大学生となった。

父さん母さんは、喜びのあまり口は開けっぱなしで、耳に入るのはおめでとうばかりだった。が、春草は毎日人目を避けて外へ出た。来る人来る人みんな春草の結婚に話が及び、熱心な人は仲人を買って出たがったからだ。仲人の口上として、この女性はかの北京の大学生の姉さんだ、ということが出来る。春雨の光栄に浴せるというわけだ。だが、春草はそんな光栄にあずかろうとは思わなかった。以前の彼女だったら、あれこれ選り好みして、なお理由をつけるのだが、今は向こうが彼女を選ぶ立場だ。二十四歳になった年増女性の値打ちが下がっている上、失恋後の顔立ちは憔悴している。こんな自分を見て心を惹かれる人がいるだろうか。人が帰るまでひたすら隠れていた。弟が行った後、春草はまた母さんの話の餌になった。母さんはある時父親と大声で話をしていた。その実春草に聞かせようというのだ。

「あんたの娘を見てると、いよいよあんたの死んだ姉さんに似てきたよ。嫁に行かぬまま年取ってお化けになっちゃう。孟家の家系はどうしてこんなのばかり出るのよ？　私、八世にわたって運が悪いのね。

この剛情娘、頭が固くてとんでもなく頑固だ。犬だって、長年飼ってりゃ尻尾の一つも振ってくれるのに、たいした娘だ。ああ、一日中笑顔一つ見せず、しけた顔をして、わたしあの子に何か借りがあるってわけ？　え？　ほんとに罰当たりが。私、あの娘《こ》のせいで、今に死んじまうよ」

春草は少々捨て鉢な気持ちになった。誰でも良いから結婚してしまおうかしら。そこである日仲人の話が来た時、かつてないことに会っても良いと言った。母さんの悪口はぴたりとやみ、沢山の春草の仕事を代わってやり、春草に自分の身じまいをさせようとした。が、春草はどうでもよく、おしゃれする気にもなれなかった。それで嫌なら、駄目で結構だ。

最初は奥さんを亡くした男性で、言うには、すでに男の子と女の子が一人づつおり、子供の世話をしてくれれば助かる。もう子供は要らない。そのほか婆さんが一人居る。先妻とは折り合いが悪かったので、あなたには婆さんをうまく扱って仲良くして欲しい。

春草は、いやな虱《しらみ》をつまんで私に押し付けるようなものだ、と思った。

二番目は独り者でもうすぐ三十歳になる人だった。誠実そうで暮らし向きも悪くなかった。代々、漆工芸を営んでいて、お金には困らない。こんなに条件が揃ってて、なぜまだ独身なんだろう。春草が玄関に入った時、彼は既に座っていて、かなり良い感じだった。が、帰りがけに立ち上がった姿を見て、あれ、と驚いた。何だか床《ゆか》が急にへこんだように見えるほど背が低かった。少なくとも頭半分くらい彼女より低かった。

春草の心の中は、草が生えたように索漠な気持ちになった。私ってこの程度の男の相手としか見られていないんだ。

こんな状態に甘んじてちゃいけない、という気持ちがまた湧いてきて、一大決心をした。何水遠を探しに行こう。ほんとに騙したのかどうか彼の口からはっきり言ってもらおう。憶測では駄目だ。直接会ってはっきりしてから、今後どうするかを決めよう。相手が鶏でも犬でも、何だってかまわない。

それでも、心の中には淡い希望があった。もし彼がほんとに騙したのなら、どうして手紙をくれたのだろうか。しかも、そもそもは彼のほうが積極的だったじゃないか。何かわけがあるのではないだろうか。苦しい心の内があるのではないか。そういうことをうやむやにはしたくなかった。春草にとって、何水遠を断念することは、わが身の将来を断念することだ。自分の行く道を、今後送れるかもしれぬ幸福な生活を断念することだ。

でも、どうやって探すのか。春草は何水遠の家が何処にあるのか全く知らなかった。所詮一緒にいたのは僅か一日だし、その時は夢中になっていて彼の家の住所なんか聞きもしなかった。彼女に呉れた手紙の封筒にも内詳(十八)とだけ書いてあった。

だが、春草は彼が言った一言一句を心をこめて聞きとめていた。その中から、二つの手がかりがつかめた。一つは崇義《すうぎ》町に叔母さんが居て、郵便局に勤めているということ——二つ目は父親は先生だと言っていたこと。もし中学でなかったら小学校だろう。この二つの有力な手がかりがあれば、探し出せると信じた。

話があった五人の男性を続けさまに断ったので、母さんは又罵りだした。

「お前は何を選ぶつもりかい？　自分が選り好みできるような美人だとでも思ってるのかい、鏡をようく見てごらんな。大した顔もしてないくせに、相手にはやれ美しい山を持って来い、水もきれいなのが欲しいと言うのかい？　夢ばかりみて！」

春草は相手にしなかった。そう、彼女は、正に夢を見たかったのだ。

春草は前に編んでいた棗《なつめ》色のセーターと、例のピンク色の丸い手鏡をポケットに入れて家を出た。ほんとのところ、この鏡がなかったら、とっくに何水遠に出遭ったことは夢だったとしか思えなかっただろう。

彼女は、まず手近なところから探すことにした。

崇義町の郵便局はすぐ見つかった。仲通りにあり入口の窓が緑色で、よく目立つ建物だった。だが、中へ入ってはたと困った。どの人が彼の叔母さんだろう。叔母さんの姓は当然何《か》であるはずだ。だったら、何《か》さんはどの方ですか？と尋ねればよい。

春草は、切手を買う振りをし、一毛銭を手にカウンターの前まで行った。カウンターの中には三人の女性がいた。何か聞こうと口を開いたが言葉が出なかった。その中の一人が春草が手にしている一毛銭を見て、話しかけてきた。

「切手ですか?」

春草は頷《うなず》いた。緊張で手のひらが汗ばんでいた。春草は尋ねようとしても声が出ず、切手とおつりの二分をつまんで、一旦出口のところまで離れ、気を静めた。今度はどの人が何水遠に似ているか見てみよう。そこで又一毛銭を握って近寄った。さっきの女性が怪訝そうに、もう一枚要るの？　と聞いた。春草は頷《うなず》きながら見ると、なんと三人とも似ているじゃないか。切手を受け取ったとき、やっと勇気を出して尋ねた。

「ちょっとお尋ねしますが、皆さんの中でどなたが何《か》さんですか?」

さっきの女性がてきぱきした口調で答えた。

「ここには何《か》という姓は居ませんよ」

春草は一瞬ぽかんとした。実のところ、そんな答えが返ってくるとは考えていなかった。予想した答えは三通りだった。一つは、私です、二つ目はあの人です、三つ目は、今日はお休みよ。もし始めの二つなら、こう聞くことが出来る—あなたは何水遠の叔母さんでしょうか？私は何水遠の同級生で用事があって彼を探しているんです。もし三番目の答えだったら、その方の住んでる家はどちらでしょうか、と。だが具合悪いことに、四番目の答えに春草の頭はまっ白になった。

郵便局を出た春草は、失望というより怒りと憤慨で一杯だった。彼はほんとに騙したんだ！言ったことはみんな偽りだ。どうしてこんな嘘をついたんだろう。私を、騙しやすい女だ、いじめてやれ、とでも思ったのか。学校に行っていないのをばかにしたのか？ 許せない、どうしても探し出す。面と向きあってはっきりと説明させよう。恨みの一つも言わなきゃ気が済まない。

春草は恨みたらたらで街へ行く長距離バスに乗った。

長旅の車中で又、何水遠が彼女に示した好意をいろいろと思い出していた。考えてもご覧、彼の方から積極的に私を傍へ呼びよせたんだ、席を譲って面白いことを言って笑わせ、楽しませたのも彼だ。映画も奢ってくれたし、それに、美人でもなくお金もない私を騙してどうしようって言うの？ 私からうまい汁を吸い取ろうなんてこともしなかった。ただ手を引いてくれただけだ。彼の方から、結婚したいとか付き合いたいとかも言わなかったし、何も私に答えなかった。騙したなんて言えるのか？ 春草は絶え間なく自分に言い聞かせた。怒るな、怒っちゃ駄目、でないとお腹が痛くなるぞ、痛くなっても誰も構っちゃくれないぞ。

城関小学校に来てみて、春草はもう一度失望した。城関小学校に何《か》先生は居たが、女性だった。どうやら、偽りは叔母さんのことだけじゃない、父親のことも嘘だ。春草は怒る気にもなれなかった。

県の中学に回ったとき、何水遠が商売をやっていると教えてくれた眼鏡の先生に出会った。その先生は何水遠の親戚に当たるという。急用があるので、何水遠の家を教えてくださいと尋ねた。眼鏡の先生は、自分もはっきり知らないのでちょっと聞いてあげると言って一人の女子生徒を呼び止めた。

「君、何水遠の家知らないか？」

「知ってます」

「ちょっとこのひとを案内してくれないかね」

女子生徒は物珍しそうに春草を見た。春草が何水遠の親戚だと言ったのを真に受けたようだった。女子生徒は自転車の後ろの荷台をぽんぽんと叩いた。

「さ、どうぞ、わたしが乗っけていきます」

何水遠の家は始めっから街なんかにはなかった。女子生徒の自転車は春草を乗せて長い小道を走り抜け、やっと街からはずれた何家村落に着いた。着くまでに、女子生徒は、何水遠がなぜか今学期は休んでいると言った。どうやら一つだけ、せめて高校に通ってるというのだけはほんとらしい。何家に着くと、女子生徒は家に向かって叫んだ。

「阿遠の父さん、お客さんですよ！」

女子生徒が帰って行ったが、庭には入らなかった。中まで入るのは少し気まずかった。父親が出てきて春草を見ると、見知らぬ娘なので怪訝そうな顔をした。

「何水遠のお父さんですか？」

老人がうなずいた。

「ああ良かった、小父さんわたし彼に用事があって来ました。どちらに居ますか？」

老人は疑わしそうに、じろじろと彼女を見た。

「あんた、誰？」

「私、彼の友達です」

「あの子に女友達が居るなんて、聞いていないな」

「ほんとです。私たち、お付き合いしてるんです」

家の人には何も話していないんだ。彼女は手に持った鏡を老人に出して見せた。

「ほら、彼が買ってくれたものです。数ヶ月前に知り合いました」

春草は、自分にこんな勇気があるとは意外だったが、かまわない、こうなったら必死だ。

老人は疑わしげに、ちょっと間を置いた。

「そんな大事な事を何も言わないで。さ、中に入って。今外出していて、居ないんだよ」

春草が入るのをためらって、ふと振り向くと、あの、日夜思いをめぐらせていた人が、不意に視線に飛び込んできた。

何水遠！

春草は声を失った。十メートルの向こうに何水遠が立っているではないか。たった今帰ってきたばかりのようで、埃《ほこり》だらけの顔をして、リュックを背負ったままぼんやり春草を見ていた。

春草の突然の出現に、何水遠は驚き、喜び、恥じ入った。春草は、貧しいぼろ家を目の当たりにして、すっかりのぼせていた。庭は荒れ果て、母親は病床に横たわっており、未成年の妹が二人いた。何もかも想像していた家とは違っていた。

何水遠が何故去って行ったのか、すぐに分かり、探しに来たことを後悔した。このところ、何水遠は商売で外を駆けずり回っていた。それも儲けはなく赤字だった。

何水遠は緊張気味に春草を自分の部屋に案内した。机の上に書物があり、壁には地図が貼ってある。自分が探していたこの男《ひと》が勉強したことがあるのは間違いなさそうだ。春草は部屋に一つだけあった木の椅子に腰掛けて、ぼんやりしていた。道々考えていた言葉はひと言も思い出せず、うつむいて足の先で床に円を描いた。一つ、又一つ。

長いこと経って何水遠が口を開いた。

「君どうやってここが分かったの？　どうしてそんなに痩せてるの？　どこか悪いの？」

「よくも平気でそんなことが言えるのね。あの時なんて言った？　どうして私を騙したの？この数ヶ月、私がどんな気持ちで過ごしたか、分かってる？　私もう死んでしまいたい！」

春草が髪をかき上げると、頭皮が露《あらわ》になった。

何水遠は恐れ入った様子で、下を向いた。

「ごめん、春草、僕の釈明を聞いてくれるかい？」

釈明がどういう意味なのか、春草には分からなかったが、きっと何かを言うのだろう。たとえば彼と自分の二人に関すること、幸福なひと時のあとに却ってそれが心配の種になった、あの出会いに関すること。何水遠は話し始めた。とても低い声だった。笑いはなく、四文字もなかった。以前の話のある部分はそのとおりで、ある部分は嘘、ある部分は始めてだった。

本当の部分は——名前——大学受験に失敗したあと、父親がもう一度受験させたこと——父親は先生であること——叔母さんが崇義町にいること。

偽りの部分—父親は町の中学の先生ではないこと（村の小学校の先生）—叔母さんは郵便局に勤めていないこと（仕事をしていない）—大学入試には既に二度失敗しており、不足の点数は六点ではなく一度目は二十六点、二度目は三十七点だったこと—更に、家は都市にはなく農村にあること。

初めて聞く部分—年齢（二十一歳、春草より三歳下）—母親は家に居て、重いリュウマチであること—家には二人の妹がおり、生活は非常に貧窮していること。彼は連続して二年浪人しているので少なくない借金をかかえていること。春草と出遭ったあの日は父親の命で叔母さんに学費を借りに行ったところだった。

春草は何水遠の説明を聞き終わった後、ずっと黙ったままでいた。そういうことだったのか。私が一途に思いつめていた人は、こんなにひどい境遇だったのだ。幸福な日々が私を待っているなんて、はなから無かったことなんだ。

「許してくれ、僕ほんとのことを言ってなかった」

「許してくれるかい？」

春草はやはり黙っていた。

「何か言ってよ、話をしてよ、どんなに罵られても僕は構わない。黙ってないでさ」

春草は立ち上がった。

「私、帰る」

「分かった、僕送るよ」

何水遠は錆だらけの自転車を押してきた。母親がその様子を聞きつけ、病気を推して入口のところまで這い出てきて、機嫌をとるように笑みを浮かべた。

「何処へ行くの？　ご飯たべて行けば。野菜のベーコン炒《いた》めを作ってあげる」

皺だらけの顔で取り入ろうとする様子を見るに耐えず、春草は無理に笑いかけた。

「結構です、私帰ります」

母親はがっかりしたように両手を下ろし、目を落とした。

母さんはこんな風に話してくれたことはないと、春草は少しやる瀬なかった。にこにこと笑いかけて、

「又来ますよ」と付け加えながら、また来ることがあるかしら、と思った。

「きっと又おいでな、阿遠、とても好い青年だよ」

何水遠はうつむいて家を出た。

ひどく古いぼろ自転車は、悩みを抱えた二人を乗せて舗装していない路をよろけながら走った。春草はうしろの荷台に乗って、路の両側の樹やその向こうの田畑を眺めていた。

見たところ、冬の大地は衰え果て、山の斜面のお茶の樹は暗くて重々しい。だが春草は、地面の下は淋しくはないことを知っている。種子たちは、頭を外へ突き出そうと、力をためているところだ。一ヶ月も経たぬうちに、大地は又緑を取り戻し、沸々と生気が沸きあがってくるのだ。

春草の胸はふさがり、やりきれなさで一杯だった。その原因は、何水遠の家が貧しいからではなく、また、病に臥せっている母親や幼い妹の存在でもない。それは、自分の全ての夢と希望を何水遠に預け、その人を信頼していたのに、結局は自分をあざむいて間抜け娘にしてしまったことにあった。

何水遠は重い足取りでペダルを踏んでいた。生まれつき朴訥《ぼくとつ》な車夫のようだった。初めて会った時の、あの生き生きした雰囲気は何処へ行ってしまったのだ。春草にはその様子が少し可哀想だった。だけど、と春草は想った。私は許すことが出来ない。今私を騙したということは、将来もあり得るという事では

ないか。嘘を言う人は許せない。

けれど、街の長距離バス停車場に着き、あの懐かしくさえあるガソリンのにおいを嗅いだ時、春草の心は少しもろくなった。この停車場にまるで愛情の磁場でもあるように、知らず知らず何水遠にひきつけられた、始めての時の情景が目の前に広がった。何水遠が車の窓から手鏡をくれ、家の住所を尋ね、心から再会を告げたこと。あの時春草は喜びと希望で一杯になり、まだ味わったことのない幸福感に浸ったものだ。あんな幸福感を味合わせてくれる人が他に居るなんて想像できなかった。

今、何水遠がもう一度自分の手をひいてくれたら、彼を許してあげても良い。

何水遠が何か言おうと口を開いたので、一瞬希望に胸が膨らんだが、出てきた言葉は、「僕、切符を買ってきてあげる」だった。この人どうしたの？　どうして私を引き止めないの？　何水遠の後姿を見ながら、春草の中に、激しく言い争っている二人が居た。

一人が言う、帰るな、絶対に帰るな、帰ったら永遠に彼を失い、もうあんな良い人は探し出せないぞ

一人が言う、帰りなさい、彼は頼りにならない。それに、あんな貧乏な家に我慢できるのか。お前の母さんより苦労するぞ

一人が言う、だけどあの家の人、みんなお前に親切だった。お前を叱ったりするような人たちじゃない

一人が言う、お前より三歳も年下だ、心変わりしないとは限らないよ──

一人が言う、でも教養があり、お前に字を教えてくれる。それに道理をわきまえているので、やたらなことはしないよ

一人が言う、もしそうだとしても、彼がどう思ってるのか分かってないじゃないか

何水遠が切符を買って戻ってきたとき、ふと考えた。最後にもう一度聞いてみよう。

「一体、あなたは私が好きなの、嫌いなの？」

何水遠は一瞬何の反応も示さず突っ立っていた。春草がバスの方を向いて乗ろうとした時、何水遠が彼女の腕をつかんだ。

「勿論」

「勿論何よ？」

バスの運転手が大声を上げげた。

「おい、君たち、乗るのかね、乗らんのかね」

「降りてよ、言うから」

「先に言ってよ」

「勿論君と一緒に居たい、君が好きだ」

「又騙すのね」

「もしまた君を騙したら、雷に打たれて死んでも良い」

春草は急いで飛び降り、彼の口をふさいだ。運転手はたまりかねて、せわしくバスのエンジンをかけ、後ろでドアがガシャンと閉まった。二人の前に希望が広がった瞬間だった。

「始めて会ったときから君が好きだった。今日言ったことは絶対に本当のことだ。君、この半年辛かったと言ったが、僕も君のことばかり想って辛かったよ」

春草は心を動かしたが目は伏せたままだった。

「僕もどうして良いか分からなかった。君に会ったら、ずっと一緒に居たい、君と話をしていたいと思った。僕たち前世から結ばれていたみたいだ」

春草は小声で「信じられない」と言った。

「前の時僕が「ニイハオ」と言ったら、君は「あなたこそニイハオ」って言ったよね。その時、内心とても純粋で可愛い女《ひと》だ、クラスの女性たちとは違うな、と思ったんだ。特に君がいろんな体験を語ってくれ、様々な苦労をしたと聞いて、生易しいことじゃなかっただろう、もっと幸せにしてあげなくっちゃ、と思った」

この最後のひと言が、春草の心を大きく揺さぶり、何水遠を心の底から信じた。彼女はたまらなくなって、「私もよ」と言った。

「ひと目あなたを見て、この人好きって……」

「それこそ一目ぼれって言うんだね」

「あなたは私の何が気に入ったの？　きれいでもないし」

「きれいじゃないって誰が言ったの、君とても美人だってこと自分で知らないんだ」

春草は顔の向け場所に困り笑いをこらえて言った。

「じゃ、七月に試験が終ったら会いに来るって言ってたのに、どうして嘘ついたの？」

「もともと父親はも一度受験しろって言ったんだが、家が大変困ってるのが分かってたので、断念したんだ。僕たちの村からも北京航空学院に受かった人が居る。有名な大学で、一家をあげて四年間、大変な借金をして彼を支えた。ところが田舎にある研究所へ就職して、給料は月にただの百元くらい。自分ひとりの生活が精一杯、借金を返すなんてとんでもない有様なんだ。だから、僕はなるべく早く出てお金を稼ぎたかった。大学に行くだけが人生じゃないさ」

春草は、この人も大変なんだと、心が痛んだ。

「特に君に会ったあの日は、お金を稼ぎたいってつくづく思った。お金があれば君と結婚できるからね。僕、叔母さんに借りた学費で少し商品を仕入れたんだけど、いっぱい食わされて、一銭も稼げなかった。父親は怒って、長い間僕と話をしなかった。ずっと、僕が大学に行くのを望んでるんだ」

春草はもう一度、この人も苦労してると思ったが、真面目な顔で別の話を持ち出した。

「私あなたより三歳年上よ。知ってる？」

「知ってる。でも見た目は僕の妹と同じだ。余計なことだが、三つ上の女性は金塊を抱いてくるって言うじゃないか」

「それから、私学校に行ってないし、字が読めない。あなたは高校生なのに」

「僕が君に字を教えてあげる。学校に行ってても君ほど賢い人はいないよ」

春草の笑いは三月の蕾《つぼみ》のようで、咲くと言ったらすぐに咲き始めた。

折を見て何水遠が言った。

「僕のことを好きなのかどうか、君はまだ言ってないよ。君、僕の何処が好きなの？」

春草はうなずいて、恥ずかしそうに顔を片方に傾けた。

「言っても笑わないでね」

「うん、笑わないよ」

「私、あなたが四文字四文字でお話するのが好き」

何水遠はたまらず笑って、春草の手をつかみ、ぐっと握った。このひと握りは、春草にあの時の感覚をまた呼び覚ました。

「私と結婚してくれる？」

何水遠はぽかんとした。春草の目はきっと彼を見つめていた。

「そうしたい。だけど君の足手まといにならないかと心配だ。僕の家はほんとに貧乏で、母さんの治療のためまだ借金を抱えているし、二人の妹も養わなくっちゃならない。父さんはもうすぐ定年だ。君には沈思熟考して欲しい」

「何が熟すのよ、こんなに何日もたったのに、もう何もかも熟してるわ」

春草が沈思熟考していたのは勿論だが、言葉の意味が分かっていなかった。彼女の熟考の中身は次の三つだ。第一、何水遠は確かに教養がある。彼は高校に通った。第二、彼の家は貧しいが、春草には気が休まるところがある—父親は勿論ずっと先生だったので、道理をわきまえた人だろう。凶神のような母親から逃れたあと、悪霊のような姑に出会うなんて出来ない。その上自分は長男の嫁になり、家を切り回すことになるのだ。第三、遂に実家から遠く離れることができ、もう母親の耳障りな怒鳴り声を聞かずに済む。これらはみんな夢見てきたことだ。貧乏なんて変えることが出来る。

「借金なんて怖くないよ。私とあなたで一緒になって返せばいい。私、村では仕事が出来るって言われてるの。それに私、お金に恵まれる運命だって」

「君、それを信じてるの?」

何水遠は笑うと、春草は袋から自分が編んだ棗色のセーターと例の小鏡を取り出した。

「あなたにと思って編んだセーターなの。ほら、もし私と結婚したいなら、このセーターを持って行ってちょうだい。結婚したくなかったら、鏡の方を持って帰るのよ。あなたを責めはしない。私たち、そこで切れるのよ」

何水遠はセーターを手に取った。なかなかきれいで、斬新だった。秋の陽に紅く映え、よく陽が当たって干しあがった棗《なつめ》のようだ。こんないいセーターを着たことがない。目の縁をあからめ、暫く撫でていた。

「春草、君は僕に本当に優しい。これからずっと君を大事にしてあげるよ」

「そんなこと言わなくても、あなたが私の家に結婚を申し込みに来れば良いのよ。私すぐにでも家を出たいの、あなたと一緒に」

春草の心の中の帆は、もう何水遠によって巻き上げられていた。すぐにでも出帆だ。行く手に暗礁があろうがなかろうが、航行する河に標識の灯がともっていてもいなくても、私はもうすぐ出帆だ。馬力は十分だ。そうと決まったらきっと前へ進んでいく。彼女は、自分の持てる全てを、来るべき二人の新家庭建設に注ぎこむつもりだった。

（十八）**内詳**：封筒に差出人の名、住所の代わりに書く言葉

第十章 結婚 ―一九八五年、穀雨(十九)―

何水遠が春草の家に来た。何水遠の来訪は春草の家に大地震をもたらした。

一番強烈にやられたのは母親だった。

彼女は興奮して庭を行ったり来たりし、叫ぶように何水遠に話をぶつけた。

「あんた誰？　どうやって知り合ったの？　何しようって言うのよ？　結納の金あるの？」

母親の目にうつった何水遠は、一介の見知らぬ男だった。

それも、あまり冴えない顔つきで、頼りになりそうもなかった。

「私は何水遠《かすいえん》と言います。何《か》家村落の人間です。春草とは長距離バスで知り合いました。私は彼女が好きで、彼女も私を好きです。私の家は貧乏です。まだ仕事をしていませんが、自信があります。それに、ちゃんとした計画も持っています。春草と一緒に、きっと幸せになれると信じています。春草を下さい」

何水遠は緊張気味にだが、未来の義母の問にきちんと答えた。汗をかきながら、でも時々四文字を入れるのを忘れなかった。例えば情投意合や同甘共苦（苦楽を共にする）や生死与共（死ぬも生きるも一緒）などだ。春草の父親はじっと聞いていて、顔に笑みが浮んでいた。最近娘の様子がおかしかったわけが分かった。字を聞きに来た意味が分かった。それに結婚の話を全部断ったわけも分かった。この娘《こ》、しっかりと自分の考えを持っている。それは良いことだと思った。

だが、母親はいつまでも怒っていた。あとで何水遠は義母のことを気急敗壊（怒って前後の見境がなくなる）の四文字で表現して見せた。こんな大事なことを、全く相談しなかったことが我慢ならなかったのだ。苦労を重ねて一年間稲を育てたのに、誰かが挨拶もなしに全部引っこ抜いていったようなもので、辛らつな皮肉を言って彼を困らせた。

何水遠はいささか持て余した。春草から聞いていた範囲では、母親がかんしゃく持ちだということは分かっていなかった。こうなったら、春草に助けを求めるしかなかった。

始めのうち春草は黙っていた。彼女は、母親の驚く顔を見てみたいと思っていた。母親に、自分ひとりで、気に入った人を見つけることが出来た、ということを見せたかった。仲人の小母さんなんて必要ない。自分が選んだこの人は、高校生で、しかも眉目秀麗なちゃんとした人だ。母親が怒っている様子を見て発言しようと構えていた。もう一度母親が「あんたにあの娘《こ》は上げない」と言ったとき、春草は何水遠の傍に行った。

「私、この人のお嫁さんになりたいの」

母親は彼女の顔をいっとき見ていたが、ついと向こうへ行ってしまった。

村人たちは、春草が自分で嫁入り先を探して来たというニュースを知ったとき、母親ほどは驚かず、興奮しなかった。やっぱり春草らしい出来事だ、阿明の言を借りれば、やはり春草のやりかただ、と噂した。中には、敬意をこめて、春草は小学校にも行ってないのに、意外にも相手は高校生で、才能がある男だと言う人もいた。あるいは又皮肉っぽく、男性の家はとても貧乏なんだよ、でなけりゃ、あの娘《こ》を欲しがるはずがないじゃないか、とも言った。

皆が何と噂しようと、春草は陰口には慣れていて、ただの世間話と同じように聞いた。

何水遠が結婚の申込みに来てから、春草の顔色は日に日に明るく、血色が良くなった。心の奥まで肥やしが行きわたった様に頬は真っ赤で、ついこの前までの憔悴した姿は影も形もなかった。村人たちは、春草がなかなかの美人だということを発見して驚いた。

春草は何水遠から貰った鏡を取り出してこっそり眺め、自分がほんとに美しくなったことを発見した。三月に、きれいな春草が嫁に行くことになった。日どりは自分で三月十六日と決めた。人には、この日は自分の誕生日だと言っていたが、その日がどんな日かは、彼女と何水遠の二人だけが知っていた。

前の日、春草は用事をすべて終え、一人で又山に登った。

山はいつもの山で、丘もあの丘だが、人はいつもの春草ではなかった。棗林《なつめ》の向こうの丘に、ぼんやりと立って、全く知覚を失った人のようだった。実際のところ、彼女は自分の魂を風の中に放り込んで漂わせていた。棗林《なつめ》は一面に淡緑色に覆われている。丁度新緑に染まったばかりだ。それは丁度春草の今の気分のように、清新で安らかだった。春草は随分ここに来なかった。この前来たときは大雨が降っていて、春草の舌にはその時の雨水の味が今も残っている。苦く、すっぱく、冷たく、辛《から》かった。もしかしたら、あの時むちゃくちゃに叫んだので、神様が何水遠を授けてくれたのかも知れない。今日はあんなに叫ぶことは出来ない。明日は嫁入りの日だ。新婦が喉を嗄《か》らすなんて出来っこない。でも、心の内にはふつふつとたぎっているものがある。豪雨か？　大潮《うしお》か？　狂風か？　こんなにじっと、黙って、静かに立っていても良いのか。心の内の暴風が荒れ狂い、潮が沸き返り、彼女をぐいぐい揺さぶった。

彼女の心がはじけたのだ。

春草はとうとう大声を上げ始めた。

「おおい――おおい――！」

「もうすぐ行くよ――！」

「私は行くぞ――――！」

心の中の豪雨と潮《うしお》はついに涙となって心房を貫き、ざあざあと目から溢れ出した。心の中で沸騰した涙は、熱くたぎっていた。

春草は心いくまで叫んで山を下り、灰色の少女時代に別れを告げた。

嫁入りの当日、春草の嫁入り道具が多くて手厚いのに皆は目を見張った。他の娘に揃っているものは全部揃っていた。布団、シーツ、枕カバー、木桶、木のたらい、楠の箱。そして他の娘にないものも春草にはあった。たとえばミシンや大箪笥《だんす》。箪笥の中には沢山物が詰まっていた。母親はこの結婚にあまり賛成ではないのに、春草のために少しもけちったりはしていない。やっぱり実の母さんだ。やっぱり自分の娘なんだ、と皆は思った。

だがほかの母親と違ったところは、春草母さんが泣かなかったことだ。梅子が嫁入りした日、梅子の母さんは声を嗄らすほど泣いた。この地方の言い方で言えば、泣く嫁女は幸福な日々を送ることが出来、もう引き返して来ることはない。嫁に行った娘がもし実家に戻ってきたら縁起が悪いことだ。みんなは、春草母さんはやっぱり変だ、泣かないじゃないか。娘が戻ってくるのを望んでいるわけでもなかろうに、と思った。

春草母さんは、誰がどんな目で見ていようと、落着いていた。それに比べて、父親は春草が部屋から出てくると、顔をそむけて涙を拭った。でも、春草には母親の気持ちは分かっていた。どの母親よりも、春草が戻ってくるのを心配しているのだ。誰よりも、春草が幸せになることを望んでいるのだ。春草のためというより自分自身のために、この子を放ってはおけないのだ。

新婦を迎えるため、何水遠が運転するトラクターが到着し、春草の長兄が新調の服を着て出てきた。習慣によって、兄さんは春草を送って何家まで付き添うのだ。春草は家族一人ひとりに別れを告げ、父親母親には深々とお辞儀をした。頭を上げると、母親が少し近寄るようにと目配せしているのが分かったので、素直に傍に寄った。母親は別れに臨んでひとこと言いたいのだ。

「もし彼とうまくいかない日があったら、戻っておいでよ。いつでも入れてあげる」

母さんは聞こえの良い言葉は言えないんだと、すぐに覚った。

「私、彼とうまく行かないなんて事はありません。うまくやれます。だから母さんのところへ戻ってくることはありません」

「意地っ張りはお止し、助けが欲しくて戻って来たくなる時があるはずだ。でもようく覚えておき、もしそんなことでもあったら、母さん、びんたを食らわせるからね」

やっと、母さん本来の話し方になった。春草は真面目にじっと母親の目を見たあと、長兄と一緒にトラクターに乗った。

トラクターが、タッタッタッと動き出すと春草はふーっと息を吐いた。

彼女はもう振り返らなかった。

トラクターが牌坊の下を通り過ぎ、孟家村落を出た。春草は心の中で伯母さんに言った。

「私、きっと幸せになります。誓います」

（十九）**穀雨**：二十四節気の一つ、穀物を育てる雨の意。四月二十日頃

第十一章
灰燼
―一九八五年、秋分（二十）―

春草の新生活は、何《か》家村落で始まった。

二人の結婚にとっての最大の難関は、実は春草母さんではなく、何水遠の父親、何先生だった。村の人はだれかれ問わずみんな彼のことを何《か》先生と呼んだ。生涯教師をしてきたこの老人は、今回の息子の結婚という現実に直面して、この世における自分の最大の理想――息子を大学に進ませて教師にすること、を放棄せざるを得なかった。そのため彼は春草に腹を立てた。もし春草に会わなければ何水遠は大学受験をあんなにきっぱりと諦めることはなかっただろう。何水遠が二年連続して受験に失敗し、家は赤貧洗うがごとき状態であったにも関わらずだ。

だが、春草の結婚は、この家に大変な変化をもたらし、何先生は怒りの持って行き場をなくしてしまった。今まで散らかっていた家がきちんと整理され、他人《ひと》様に出せるような代物でなかった食事が立派になり、笑ったことがなかった老妻さえ顔を綻《ほころ》ばした。先生はひそかにため息をつき、運命だと諦めた。自分は大学生の息子を持つ運命にはないのだろう。

何先生が運命に従うやり方は、まず、僅か三部屋しかない中で一番良い部屋を息子たちの新居に与え、次に少ない蓄えをはたいて二人のために家具一式を作らせた。それから二人に、お願いがある。それは水亮《ずいりょう》を大学にやることだ。我が家から、何が何でも一人は大学生を出したいのだ、と丁重に頼んだ。何水遠と春草は真剣な顔をしてうなずいた。

下の妹の水亮は聡明で、成績は兄よりもずっと良かった。上の妹の水清《すいしん》は、母親が体が弱く、家の仕事を引き受けざるを得なかったので、小学校卒業後は進学を諦め、既に一家の主婦だった。

春草はぐっと踏ん張って新生活を開始した。自分の母親に、自分で探した婚家先が間違ってなかったところを見せたかったし、舅には、嫁に貰って良かったと最終的に認めて欲しかったのだ。三歳年上の女性を貰えば金塊を抱えるという。自分は何水遠よりだてに三歳年取ってるわけじゃない。金塊は持っていけないが、砂金くらいならすくってみせる。

春の日の春草は繁茂するはずだ。

だが、春草の新生活は、依然として苦労が多く、働きづめで、貧乏だった。主婦になって始めて母親の苦労が分かった。前の家で母親が一年中苦労しなかったら、何家と同じように貧しかっただろう。何水遠の母親は優しかったが、仕事は出来なかった。彼女は病気のために生まれてきたようなもので、咳が治まれば胃が痛み、胃痛が治れば関節が痛みだす。この様子を見て春草には分かったことがある。人には両方とも良いということはない。母さんの言葉を借りれば、サトウキビは、両端とも甘いということはない。

春草と何水遠の二人は力を合わせて、金持ちになろうと努力した。まずお蚕《かいこ》さんを飼った。だが、この地方は桑の木が少なく、その上何家の部屋も小さかったので、飼える蚕の量は少なかった。春、蚕がごま大の黒い種から這い出してきて、一回、二回、三回目の休眠をとる。するとお箸くらいの太さに成長し、餌を食べず白く太って腹の辺りが光りだす。それから蔟《まぶし》（二十二）に上がって繭《まゆ》を作り始める。

養蚕《ようさん》の合間に二人はきのこ小屋を作った。春草は家で、父親と一緒に何年か携わったので、きのこ作りの収益は悪くないと思っていたし、少しは栽培の経験もあった。朝早くから夜遅くまで世話をすると、一ヶ月も経たぬうちに白く円いきのこが出てくる。春草は毎朝早く五時に起き出し、注意深くきのこを採る。それから水清を起こし、街の缶詰工場に自転車で送り出す。一度で三十五元の稼ぎとなった。向こうに行き着く前に気が早く傘が開いたきのこは、水清が持ち帰り、春草がニンニクで炒めて、家の食卓のご馳走となった。

春蚕が糸を吐いて出来上がった繭を売っても、十元少々にしかならない。これではとうてい足りないけれど、家にはこれ以上飼う余地はなかった。夏蚕と秋蚕は世話が大変なので、飼うのを止した。でも、きのこ小屋一つの収入はたかが知れている。その時姑の提案で竹で編んだ器具を作って売ることにした。姑は、他の仕事はやれなかったが、竹編みの腕利きで、色々な竹かごや竹椅子など、何でも作れた。彼女の実家がある安吉は竹林が多く、竹細工が盛んで有名なところだった。春草は頭が良くて手先も器用だったので、すぐにやり方を覚え、手早さも姑を追い越すほどだった。だが、所詮は手仕事なので、水清と姑との三人が、夜遅くまで休みなしに編み、舅まで動員して竹を削ったりしても、仕事はいくらもはかどらなかった。

そんな風に皆が忙しくしている間、何水遠は、まるで縄で引っ張られでもしているように、遅くまで外を徘徊していた。本人に尋ねると、対策を講じるために行った、とか情報を集めに行ったとか、相談に行った、などいつも答えは決まっていた。

「それでなくても働き手が足りないっていうのに、あなたはいつもぶらぶらしているのね」

「ぶらぶらだって？　どこがだい？」

まるで自分が一番気を遣い、一番疲れているような物言いだった。春草は、そういう彼が、実際は無駄話で時間をつぶし、時には麻雀に興じていることを知っていた。不平がましく姑に言うと、

「行かせておけば良いよ、家にいても何も出来ないんだから」

「兄さん、小さい時から仕事をしたことがないのよ、習慣なの」

と妹も言う。春草はその様子をみて、もう二度とこの話はしなかった。あの人、沢山勉強しているので、苦労しても儲けが少ないこんな仕事はしたくないんだ。

小さい竹篭一つが三毛、大きなものでも五毛。春草の頭の中には四六時中足し算があった。三毛と三毛は、五毛と三毛は…いくら足しても十元札一枚にもならない。お金持ちになるなんて夢のまた夢だ。

春草は死に物狂いで、毎日深夜まで働いた。時には家のみんなが眠り、何水遠さえ寝ている時に、一人で竹かごを編んだ。暗い灯の光の下で、彼女の両手は竹で引っかいた傷で血がにじみ、十本の指でまともな指は一本もなかった。ざらざらしていて二十歳の女姓の手にはとても見えなかった。何水遠はその様子がいとおしくて、言った。

「こんなんじゃやってられないね、君が毎日寝ずに働いても、大した稼ぎにはならないし」

「やらないより増しよ。私たち、これをやらなくて、一体何が出来るの?」

「人が言ってたけど、街に行って仕事をすると、いいことがあるそうだ。一ヶ月でこちらの一年分稼げるって。僕らも街に出るのはどうだろう」

「街に出るだって?私、字が読めないのよ。街に出たら能無しだわ」

「僕がいるじゃないか。今街に出ている者のうち、何人が学校を出てると思う?」

正直言って、何水遠にも、外の様子は分かっていなかったが、いずれにせよ、外から戻ってきた連中は、みんなお金を稼いで帰ってきた。(本当は、稼げなかった者は戻って来なかっただけなのだが)心の中では行きたくてむずむずしていた。今やっているような、一毛づつ小金を寄せ集めるようなやり方は面白くなかった。

　春草も、この村でお金を稼ぐのは大変だと感じていた。だが、故郷を離れて外に出るのはためらわれた。ともかく、家で真面目に一毛づつこつこつと稼いできたおかげで、家の中は少しばかり好転しているように思われた。少なくとも下の妹の学費は期日通り納められたし、姑の薬も確保できた。食卓には何日かに一回は肉料理が載った。満足とは言えぬが、よそへ出て行く決心はつかなかった。いわんやおなかに子供が出来たのがわかると、外へ出て行くなんて考えられなかった。

　もし春草に後々のことが予見できていたら、すぐに何水遠の意見を入れて街に出て行ったかもしれない。だが、死ぬほどの目に会うなんて思い至るわけがない。あのような事件は、ぶっつかって見ないと分からない。それはただちっぽけな春草だけでなく、大きな山や川のような偉い人にだって予想出来るものではなかった。

　夜、春草は一人庭に座って竹かごを編んでいた。

　もうすぐ中秋だ。月がきれいで、雲ひとつなかった。月光は庭を白々と照らし、灯がなくても手仕事ははっきり見えた。灯をともせば油を消費する上に虫たちが集まってくる。細く割った竹は春草の手にかかってしなやかに舞い、次々と素直にかごに編みこまれていく。小屋のあちこちで蛙が鳴いたりやんだり、まるで代わるがわる春草のお相手を務めているようでせわしなかった。

　最後のかごを編み終えた時はもう真夜中で、家の中は物音一つしなかった。何水遠は明日街へ品物を届けにいくので、とっくに休んでいた。春草は、出来上がったかごを持って、品物を積んである台所に行き、この半月にこしらえた製品を調べた。数えてみると、先月より二十個増えていた。二十個と言っても、お金にすれば大した額ではなかった。

気が滅入り寝る気になれなかったので、手入れをやり掛けていた靴底を持ち出し、灯をともして刺し子縫いを始めた。疲れていたからか、手が少し震えてうっかり人差し指を刺し、燭光に映えて赤い宝石のような鮮血がにじみ出、口で軽く吸った。

春草は灯の明かりであちこちに傷跡がある自分の両手を眺めながら思わずため息をついた。この両の手を見てよ、どんなことでもやって来たわ。芝刈り、豚の草取り、飯炊き、靴底の修理、茶摘み、きのこ栽培、竹かご編み。荒仕事から手の込んだ仕事まで何でもこなし、しかもまる一年休みなく働いて、それでどうして稼ぎにならないんだろう。

春草は困惑の果てに、くたびれて眠っていた。

どのようにして火が出たのか、春草は全く知らない。多分彼女の頭が灯を倒し、芝草に火がついたんだろう。彼女は灼熱にあぶられて目を覚まし、目の前が真っ赤になっているのを見た。芝草一面、明るく火に照らし出されていた。驚きあきれて、にわかに恐怖の泥沼に足を踏み入れた。正にその瞬間はっきりと事の重大さに気づき、必死に部屋の入口まで駆けていって力いっぱい戸を叩き大声で叫んだ。

阿遠！　阿遠！　火事！　火事だ！

何水遠はすぐに跳んできた。舅と上の妹も続いた。姑と下の妹も跳んできて、みんな条件反射のように、或る者はバケツを、或る者は洗面器を取ってきた。誰が指揮するわけでもない。みんな水がめに突進し、一致してバケツを順送りし、台所の大火に向けて力の限り水をかけた。春草がおろおろしている時、何水遠はも一度家へ引き返して素早くシーツを持ち出し、水に浸して自分が引っかぶると、水をかけに火に突き進んだ。

春草自身は両足が萎え、夢の中を漂っていた。彼女の夢は燃えた。火は彼女が実現を切に望んでいた一切を燃えつくそうとしている。春草は始めて火の恐ろしさを知った。とてつもなく熱く、ばちばちと猛《たけ》り狂い、猛獣のように彼女の血と汗を呑み込んでしまった。彼女の頭の中では繰り返し一つの文字が駆け巡った。終りだ、終った、終った、終った…彼らが編んだ竹の器が終っただけではなく、家まで全部焼け落ちる。何でこんなに運が悪いんだ。彼女の新生活、彼女の夢、彼女のへこたれない気骨、彼女の証《あかし》にしたい全て…それらが全部終ってしまった。

彼女はふいに、さっき刺し子を終えてかまどで乾かしていた何足かの靴底を思い出した。そこには広い靴の皮も置いてある。家人が冬に履かなくっちゃならないのだ。彼女は焦って、すぐにエプロンを脱ぎ、水に浸して頭にかぶると火の中に飛び込んでいった。

何水遠が後ろで、「何をする気だ、死にたいのか」と叫んだ。

春草はそれに構わずかまどに向かって突進した。周りは何も見えない中を、彼女は直感を頼りに靴を置いた場所にたどり着き、大きな平笊《ざる》を捧げもって外に飛び出した。戸のところまで来て、煙にむせってよろめいた。運よくとびこんできた何水遠に助けられて外に出た途端、戸の框《かまち》が突然倒れ、二人の上に落ちてきた。春草は手ひどく地面に倒され、手に持った平笊は遠くへ抛り出されて、靴底は地面にちらばった。

何水遠はすぐに彼女を起こそうとしたが、彼女は大声で、私には構わないで、早く火を消して、とせかした。その様子は全く女英雄そのものだった。

やがて隣近所の人たちが駆けつけ、寄ってたかって消火にあたり、すっかり火を消し止めた。何よりだったのは、住居の方に火が燃え移らなかったことだ。だが、一ヶ月間苦労して編んだ竹かごの類や椅子など、一つ残らずまっ黒な灰燼に帰してしまった。

おまけにまだ手を付けていない材料もすっかり焼けた。かまども焼け落ち、黒々とした大きな傷跡がむき出しに横たわっている。庭全体を煙が覆いむせ返った。

春草はぺたんと地面に座っていた。下半身がじっとり濡れていたが、どうするでもなく只ぐったりとしていた。手はやけどの水ぶくれで痛かったが、心の方がもっと痛んだ。

舅は顔のすすを拭いながら怒ったように言った。

「一体どうしたんだ？　どうして火がついたんだ？　お前たち何をやったんだ？」

何水遠は顔をすすけさせたままぼんやりしていた。はおっていたシーツは焼けてぼろぼろだ。妹たちは棒切れのように庭の真ん中につっ立っていた。髪は焼けこげ着物もめちゃくちゃだった。姑は涙を拭きながら消火に来てくれた隣近所の人たちにお礼の言葉をかけていた。先ほど火がまだ燃えていた時に泣いていたが、今は黙々とバケツや洗面器などを片付けていた。

誰も、舅に答える者はいなかった。庭には今なお煙のにおいが立ちこめ、悲しみに溢れていた。暫くして春草は地面から這い起きた。

「みんな燃えてしまった。原因が分かっても今更どうしようもない。もしかしたら神様が、お前たちは出て行け、と言ってるのかも知れない」

言い終わると、よろけて地面に倒れた。

春草は流産した。懐妊して四ヶ月過ぎの子だった。

来年の春節に産まれる予定だったが、いきなり駄目になった。春草は悲しくてたまらなかった。彼女は母親になるために全ての準備を整えていた。小さな掛け布団と着物をとっくにこしらえていた。おなかの中で育っている子が亡くなるなんて考えたこともなかった。もし何水遠が地面に落ちた血を見落として、すぐに病院に連れて行かなかったら、彼女の命さえなかっただろう。医者は、このような突然の流産は大変危険だと言った。

　出血はかなり多く、顔色は真っ青だった。何水遠は彼女を見て、会うことも出来ずにあの世へ行った赤んぼのことを思い、先ほどの火事の悲しさが重なって、座ったまま涙がどっと出てきた。夫が涙を流すなんて春草には思いもよらぬことだ。本来ならば彼女が何水遠の胸にすがって泣きたいところなのだが、今はあべこべだ。

　春草は逆に何水遠を慰めた。

「大丈夫よ。どうせ私たち、こんな状況では赤ん坊をうまく育てられないわ。お金が出来たら今度は安心して生みましょう」

　何水遠はひと目をはばからず涙を拭いたあと、ぼんやりしてため息をついた。

「このくらいでくよくよしちゃ駄目よ。男はもっとしっかりしなくちゃ」

　木の梁が落ちてきた時、何水遠が背中に、春草は肩にやけどを負った。

「これでいいのよ。夫婦がいやになっても、印が付けられて別れられなくなったね」

「君まだ冗談が言えるんだね」

「泣いてても何にもならないよ」

　夫の家の人たちと一緒なのは幸いだった。舅は何も言わなかったが彼女のために鶏を絞めて煮しめてくれた。上の妹はいろいろと春草の世話をした。姑は座ったまま慰めた。

「大したことではないよ。あなたはまだ若いんだ。チャンスはあるさ」それから、

「胎児は随分ひ弱だったんだよ。それで、ちょっとつまずいた拍子に流れたんだ。少し養生して健康を

取り戻すのが先だね」

このような時に自分を慰め、気遣ってくれるなんて、春草は姑と家の人たちに心から感謝した。もしこれが自分の母さんだったら、いきなり頭ごなしに面罵するだろう。心ひそかに、将来お金がたまったら、必ず義父さん義母さんに報いなくっちゃと思った。

忌々しい火事は、彼らの竹器具を焼き尽くし、収入の道をなくし、子供を奪い、さらには多くのデマをまき散らした。分銅があやまって鍋に飛びこみ、水が飛び散り、なべ底が抜けて漸く火が消えるように、次々に悪いことが重なった。

春草は、上の義妹と姑がひそひそと話しているのを聞いた。村人たちが、春草には不吉な相があるようだ、だから彼女が嫁に来てからというもの、何家は良いことがあるどころか、火事が起こり流産までした、と言っているというのだ。姑は、あの人たちのでたらめ話は聞いちゃ駄目よ、と口では言ったものの思わずため息をもらした。

春草は、腹が立った。だからと言って何か言えるだろうか。今はただじっと我慢するしかない。実家にいるときは、口さがない連中が、子供が生めない女だなど言う者がいたが、今度のことがもし実家に伝わったら、もっと具合の悪いことになるだろう。他人《ひと》が言ってることはでたらめだ、が、私は悪運の持ち主じゃないと、どう証明すればよいのか。子供を作るのは後にして、まず、どんなにして家を裕福に出来るか、大火の損失をどうやったら取り戻せるか、が大事だ。

春草はあれこれ思案した挙句、外に出て働くしかないかと思った。だが、何水遠は、青菜に塩のように、何を言ってもしおたれていた。そんな時、村の若い者何人かが、仕事を探しに海州へ行くという話を聞いた。春草は子供をあやすように言った。

「あなたも一緒に行って見てきたら」

何水遠は連中にくっついて海州に行った。

何水遠たちが海州駅につくと、村の連中はてんでに散らばってしまった。彼は高校生といっても世の中のことは何も知らないし、またこんなに沢山の人や車も見たことがなかった。商売をするどころか、話すことさえままならず、すっかりまごついた。見る間に外は暗くなり、焦れば焦るほどおなかが空く。仕方なくバス停近くの小さな食堂に入った。ともあれ陽春麺《かけうどん》を食べ腹ごしらえをしてからの話だ。

うどんをたべながら、何水遠は傍のテーブルで自棄《やけ》酒を飲んでいる男性が気になった。野菜炒め二皿と白酒二本を、ひとりで手酌で飲んでいる。何水遠が食べ終わり帰ろうとしてふと見ると、男は飲みつぶれて倒れていた。レバーのような顔を、がばとばかりにテーブルに伏せて動かなかった。

店の主人がやってきて男をつつくが、男は身動き一つせずぐうぐう鼾をかいている。主人は店員に命じ、男性を外塀の角まで引きずり出して放《ほう》った。何水遠は見ていて気の毒に思った。ともかく十一月の気候だ。こんな恰好で一夜を過ごせば凍えてしまう。男性を助け起こし、一軒の小さい宿屋に泊まらせた。

次の日の朝、男性は目を覚まし、前の晩のいきさつを知って何水遠に感謝した。彼は自分のことを東北から来た者で或る貿易会社の社長だと言った。海州に来たのは、売買したチョウセン人参の集金が目的だが、会うはずの人が見つからなくて集金出来なかった。騙されたのだ。だからむしゃくしゃしていたのだと言う。何水遠はその話を聞きながら少々がっかりした。街というのはどうやら彼が考えているよりずっと複雑怪奇のようだ。

社長が何水遠に、ここに何をしに来たのかと聞いたので、何水遠は自分が出遭った災難を話した。社長はそれを黙って聞いてから言った。

「私に一つ良い考えがある。あなたが住んでる浙江省は、絹織物の産地でしょう？　我々の地方では絹織物が一番不足していて、私はこの地に来るたびに、人に頼まれて、絹の布団表や絹の洋服生地を買って帰るんですよ。あなた、ここで絹地を買い付けて我々の北方に持って来て売ったらどう？　儲かること、請け合いです」

北方で絹地を売る？　何水遠は思いもかけないことを聞いた。

「別におかしなことじゃありません。北方には桑や麻はありません。絹は間違いなく不足しています。不足しているところには市場があるんです！」

このひと言で悟りを開いたように何水遠ははっとした。需要があるところに市場がある、という話は以前から聞いたことがある。郷里には絹織物は豊富にある。多くの家では自分の所で紡績し、品物は良くて安い。もし郷里の絹織物を買い付けて北方で売ったらきっと儲かるに違いない。確かに良い考えだ。だが、彼は郷里を離れたことは一度もない。いきなり北方に行って大丈夫だろうか？　知人もいなければ土地にも不案内だ。この東北の社長と同じように自分も騙されたりするんじゃないだろうか。社長は彼の決意を促すように言った。

「お金を儲けるためには危険も覚悟しなくっちゃ」

何水遠の心はにわかに騒いだ。

何水遠はもう村の連中を探すのは止め、そのまま家に引き返した。家に帰ると春草と話し合った。春草には、別に思案はなかった。彼女の視野は実家と嫁ぎ先に限られていた。

何水遠は父親に相談した。父親はさすがにある程度の見識があった。それも一つの道だろう、やらないと道は出来ない。やってみる価値はあると。何水遠は家族の中に、北方で仕事をしている人がいないかどうか尋ねた。初めて家を出るので、誰か知った人がいれば心強い。父親には思い当たる人はいなかったが、母親は、従弟が大学を卒業後陝西《せんせい》省の小都市で仕事をしていることを覚えていた。

春草は、何水遠がそんなに遠いところに行って商売をしたがっていることが、少し不安だった。心配というほどではないが気にかかるのだ。だが今回の何水遠は腹が決まったようで、決意は堅かった。

「僕たち兎を待ってじっと株を見張っていてもだめだよ。銃を抱えて山に登らなくっちゃ」

「だったらわたしも行きます。虎に出っくわした時は、一人より二人の方が強いから」

家人総出でお金を工面し、四方八方から絹織物を買い付け、ひと通りの準備を終えたのち、若い二人は出稼ぎのために故郷を離れた。

遠くへ行って小さな商売みたいなことをするそうだ、と噂する者もいた。

(二十) **秋分**：二十四節気の一つ、九月二十三日ごろ。太陽の中心が秋分点を通過し、昼夜の長さが等しくなる

(二十一) **蔟**：蚕具の一つ、繭を作らせるための道具

第十二章

再出発―街へ

―一九八六年、啓蟄(二十二)―

春草は何水遠の背にぴったりくっついて汽車に乗っていた。汗が頬を伝って流れ腋の下を濡らした。まだ三月初めだというのにどこからこんなに汗が出るのか。それは暑さのせいではない。不安と焦りで、いら立っているからだ。

つまり生まれて始めての遠出で、初めて汽車に乗るのだった。

旅に出る日は何水遠が決めた。啓蟄は万物がよみがえる季節の意味だという。

「それは、私、春草が萌《も》え出てくるという意味でもあるのね」

「そうだそうだ、一年の始めは春にあるんだ」

この二年の間、春草はずっと心の休まらない日々を過ごしてきた。二年間に遭遇したのは人生の中でも大きな出来事ばかりで、その密度は前の二十五年を濃縮したものより大きかった。恋愛、結婚、その後の火災、流産、今又汽車に乗っての遠出、どれをとっても人生の大事件ばかりではないか？　生まれてから今までに行った場所で、一番大きな所は街で、一番遠い所は何水遠の家だった。乗り物に至っては、バスと帆船くらいだ。汽車で遠出するなんて、間違いなく重大事件であった。

始発駅ではないので、座席を買えなかった。二人が大小の包みを背負って押し合いへし合いしている時、車両内の席はとっくになかった。二人はそこにぼんやりつっ立って、自分たちの包みをしっかりつかまえていた。この大小の包みは買い付けた布団の表地以外に、自分たちの寝具と着替えの服だ。

何水遠は、春草に品物の見張りをさせて車内に分け入り、座れる所を探しに行った。大汗をかいてなんの収穫も無く出てくると、春草はもう、大小の包みを隅に並べ、地面にはビニールの布を敷いて、車両の連結の所に落ち着いていた。

「席はなくてもよいよ、さあここに座りなさいな」

「君にこんな能力があるとは思わなかったよ」

何水遠はほっと一息つき、春草は、得意そうに笑った。

だが汽車が動き出し、轟音が響くと、春草から笑いが消えた、プラットホームにふり落とされでもするようだった。春草の鼻の上にさっそく汗が細かく噴き出ているのを見て、暑いせいだと思ったが、手を握ると氷のように冷たい。何水遠は彼女がたいそう緊張していることが分った。自分だって汽車に乗るのは始めてで緊張していたが、こういう時こそ男たるものこうあるべし、とばかりに、春草を慰めた。春草を落ち着かせる最も好い方法は、ふたりの素晴らしい未来を語ってやる事だ。彼は地べたに座って、春草の手を握った。

「僕達、最初の表地百枚を売りつくしたら、次に二百枚の表地を買えるのでそれを売り、次に三百枚となり、それから一千枚となり、それから…お金は雪だるま式に増えていくんだよ。そしてある規模までいったら、僕たち、シルクの店が持てるんだ」

何水遠の夢を聞いているうちにも、春草の汗は更にひどくなり、やけに苦しそうな表情になった。

「どうした」

「小用に行きたくてたまらない」

「じゃ、早く行きなよ」

「女便所はあるの？」

近くにある便所に入って行くのは皆男ばかりに見えた。

「汽車の便所には男女の区別はないよ」

「家と同じ？」

「入ってドアに鍵を掛ければいいんだよ」

春草は恐る恐る入って行ったが、鍵はこわれていた。片手でドアを押さえ、片手でズボンのベルトを解いた。用を足そうとすると、突然足元にレールに向かう穴が見えた。穴の底では枕木や石が後ろに飛ぶように下がり、今にも巻きぞえを食いそうだ。驚きのあまり、ズボンをあげて中から逃げ出してきた。何水遠は慌てた。

「駄目だよ、時間はまだ長いんだ」

「私、我慢するわ」

「そんなことしたら、病気になるよ」

「それじゃ、どうしよう？」

幸いにもこの時小さな駅に着いた。

「早く降りて便所に行きな。すばやくやるんだよ。ベルが鳴ったらすぐに乗るんだ」

春草は無我夢中で駆け降りた。何水遠は落ち着かず、首を伸ばしてプラットホームを見ていた。ベルが鳴った、春草はまだ出て来ない。何水遠はドアから大声で叫んだ。

「春草！　春草！」

春草はやっとのことで便所から駈け出てきた、汽車はゆっくりと動き始めていた、何水遠はドアの縁に立って彼女を引き上げた。顔は恐怖で真っ青だった。

「小便じゃなかったの？　どうしてあんなに時間が長かったの？」

「私にも、分からない。なかなか出なかったの」

何水遠は我慢したせいだと思い、それ以上言わず、春草が落ち着くのを待った。

「君、荷物を見てて、僕便所に行くから」

何水遠が便所に行ってすぐ、汽車はトンネルに入り、車内は真っ暗になった。と、彼の耳に驚くような、あーという声が聞こえてきた。春草だ！　彼はとんで出てきて、春草を見ると顔を覆って荷物に伏せていた、ある客は怪訝そうに彼女を見、ある人は笑い出した。何水遠は急いでしゃがんで彼女を慰めた。

「なんとも無いなんとも無い、すぐに終るよ」

暫くして、春草はようやく頭を挙げたが、真っ青だった。何水遠は始めに言っておかなかった事を反省した。汽車はトンネルというものを通り抜けるのだ。彼はその理由を簡単に説明した。トンネルを通らねばならないし、大橋も渡らなくちゃならない。

春草は分るには分ったが、たまげて気が動転していた。

汽車が汽笛を長く鳴らし、あの真っ暗なトンネルに入るたびに、何水遠の手を握りしめるので、何水遠は痛かった。

夜になって、車中の人たちが皆夢の世界に入ると、何水遠も荷物に腹ばいになって眠った。春草に気を使わされてひどく疲れたのだ。春草は相変わらず眼を大きく見開いて漆黒の窓の外を眺めていた。あたかも闇の中から何かを見つけようとしているようだった。夜になったので、トンネルを通っても昼間のように怖くは無かった。春草は安心すると、緊張もほぐれて、いろいろと物事を考える事ができた。

真っ暗な闇夜は彼女に自分の過去を思い出させた。不愉快な過去ばかりだ。どれも母親と関係があった。自分が家を出た後の母親がどうしているかは知らない。が、寂しいのは間違いないだろう。一年の間に子供が二人彼女の元を離れたのだから。とりわけ春草との別れほど、突然で自分の意に添わぬものはなかった。叱る相手が居なくなった。

母親を思いながら、春草の気持ちは複雑だった。懐かしさからでもないし、恨みからでもない。彼女は傍らの夫を見た。この、長距離バスで知り合い、とうとう自分の夫となった男性。これは、一生で初めて自分の意思でなし遂げた事なのだ。彼女は満足だった。これからの日々も、自分の思いに添って生きていこう。

やがて空が明るくなってきた。二人は交代で荷物を見る約束をしていたが、何水遠が子供のように熟睡しているので忍びなく、そのままにしていたら、自分も眠ってしまった。

騒ぎ声に眼を覚ましたら、とうに朝だった。乗務員が彼らを起こして、車掌がまもなく車内の衛生状態を検査してまわると言った。通路で不体裁な様子の二人は、車内に入るように注意された。この時車内には一二の座席があいていたが、二人の荷物が置ける場所は無かった。荷物と離れるわけにはいかない。何水遠はすぐに乗務員に謝った。

「僕達が通路にいれば、空いている座席には他の人が座れるでしょう」

「座席を節約する必要はありませんよ。あんた達がここに座ってると、掃除ができないじゃない。それに、こんなに沢山の荷物、切符を一枚追加しなくちゃいけないね」

何水遠は慌てた。

「ほかの人もみんな、たくさん荷物を持っているじゃない？　僕達、座ってもいないのに、だのに追加の切符を買えって言うの？　それ、理屈に合わないんじゃない？」

乗務員は何水遠が理屈に合わないと言うのを聞くと、眼をむいて言い争おうとした。

「おねえさん、怒らないで。私があなたの代わりに掃除しましょう。あなた、疲れてるようね。私は座ってたから大丈夫。さあ私に貸して。あなたは休んでてちょうだいな」

春草はあわてて乗務員から箒《ほうき》を受け取った。乗務員は不意を突かれて曖昧に承知した。

春草は乗務員に代わって掃除を始めた、その上皆にお湯を注いだり、忙しく汗だくになって、なんだか春草が乗務員のようだった。実のところ、乗客たちは一目見て、彼女と乗務員との大きな違いが分かった。それは、春草が始終にこにこしていたことだ。何水遠は可哀想にと思い、少し休ませようとしたが、春草は小声で言った。

「ほんとを言えば、これのほうが気持が落ち着くのよ。時間も早くたつしね」

「お前は全く苦労性だねえ」

汽車が駅に着いた時、その乗務員は追加の切符を要求することはなく、逆に二人の荷物をプラットフォームに運んでくれた。春草と乗務員は心のこもった別れを交わし、まるで旧知の間柄のようだった。

「僕には、まだ君の才能がわかっていないな」

「これも才能なの？」

「そうだよ。商売にはこの才能がすごく大事なんだ、和気生財（和は財を生む）だ」

下車すると、何水遠は先ず地図を買い、高校出の智恵を示した。それから二人は母親がくれた手ががりを頼って、遠縁の叔父を訪ねた。

何水遠は陝西省については、教科書の範囲でしか知らなかった。この地が黄土高原で、秦嶺《しんれい》（二十三）があり、秦腔(二十四)があり、好んでそばを食べる。他に心に残っているものはない。が、今この土地に足を踏み入れて初めて、故郷と違ってどでかいことを知った。人も違う。言葉も違う、空気の香りも違うことを知った。

春草は荷物を担いで、何水遠の後ろにくっついて歩き、興奮し緊張していた。二人の様子はまるで避難民のようだったので、多くの人の目を引いた。が、二人とも他人《ひと》の視線を気にする余裕なんてなかった。太陽がまぶしく照っていたが、風は依然として冷たく吹き付け、頬が凍りつくようだった。道の両側の木は、まだ丸裸で立っていた。二人の郷里では、もう木の葉が緑色に染まり始めていて、すっかり春らしくなっている。

何水遠は歩きながら春草をいたわった。

「叔父さんさえ探せたら万事ＯＫだ。叔父さんは僕の母親と祖父が同じだ。母親の家で、始めて大学に受かり、外で仕事をしているんだ。聞くところによると技師だそうだ」

夜になって、彼らは終に紡績工場の宿舎で叔父さんの家を探し出した。

叔父さんは驚いた。甥夫婦が二人でこんな風に自分を訪ねて来るなんて考えもしなかったので、暫く経って頷いた。

「私が叔父だ。中に入りなよ」

ところが一日中陝西の言葉を聞いた後に突然濃いお国訛りを聞いた春草は、感動のあまり声を上げた。

「叔父さん、私達やっとの事で叔父さんを探し当てましたよ！」

その話しぶりは、なんだか叔父さんを小さい頃から知っていて、大きくなって出会って懐かしがるようだった。

叔父さんは嬉しくもあったが、緊張がほぐれたとは言えず、顔にはまだ不安の色があった。このとき奥さんが入ってきた。奥さんが口を開くと、春草を再び街へ引き戻した。

「おや、こんなに遅く、お客さんなの？」

その声はやはり当地の人だ。叔父さんは慌ててそれぞれに紹介した。

「こちらは私の家内だ。こちらは私の姉の子だ」

叔母さんは二人を上から下までじろじろ眺めた。

「あなたから聞いたことないわね」

「あ、親戚が多くてね、言い切れなかったんだよ」

春草はすぐに持っていた荷物の中から、準備していた南の棗《なつめ》とお茶の葉を取り出した。

「叔母さん、つまらぬ物ですが、これは故郷の特産です」

「さあさあ、よく来たね。お土産まで持って、お座りなさいよ。お茶をいれるわ」

叔母さんはようやく笑いを見せた。ぽかんと見ていた何水遠が口を開いた。

「叔父さん、お邪魔してすみません、申し訳ありません」

「他人行儀はお止し。遠慮する事はない。ただ突然だったんでね。二人とも肝っ玉が大きいな、こんな遠くまで来るんだから。君たち何処に泊まるつもりだい？」

何水遠は暫く叔父の家に泊まれると思っていた。彼が想像していた技師は、洋館住いで映画の中のような暮らしぶりだった。しかし家に入ってがっかりした。彼らの家と比べて物が込み合っていた。見たところ二人を受け入れる余裕なんかなさそうだ。

「お宅はこの二部屋だけですか？」

「うん、全部で二部屋だよ。それに小さな客間がある。町では我々の田舎と比べるわけにはいかないんでね。この二部屋でさえ去年やっと分けてもらったものだよ」

「それじゃ、それまではどうやって過ごしていたんですか？」

「前は一部屋だったので、中にカーテンを下げ、私と家内は中、娘は外側で過ごしたんだ」

叔母さんが、お湯を沸かして来てお茶を入れた。

「あなたたち何処に泊まるの？」

「私達すぐに旅館を探しに行きます」何水遠が慌てた。

「すっかり暗くなったのに、何処に行くんだい？　こんなに沢山の荷物を持ってさ。とりあえず今晩は客間に泊まって、明日探しに行くことにしたらどう？」

叔母さんは目を見開いた。

「客間で寝るの？　二人とも子供じゃないし、不便でしょう？」

「大丈夫です。平気です」と春草
「暫くしたら晶《しょう》が帰ってくるわ」と叔母さん
「一晩我慢するだけだよ」と叔父さん
叔母さんは明らかに不機嫌な顔になったが、もう何も言わなかった。

この時、女の子が入ってきた。ひと目見てこれが晶《しょう》、何水遠の従妹だと分った。同級生と映画を見て帰ってきたのだ。晶は二人を見て、笑顔も見せずしぶしぶ挨拶すると、すぐに自分の部屋に入ったきり、もう出て来なかった。

「やっぱり僕たち、探しに出掛けようか？」

「叔母さんはもう準備しているよ。そんなことを言わないで」

叔母さんは床に何水遠の寝床をこしらえ、春草にはソファーを用意した。

寝る準備が整うと、叔父さんは何水遠に何をしに来たんだと聞いた。

「自分の考えですが、地元産の絹の表地を売るつもりです」

「買主とよいコネでもあるのかい？」

「ありません。ただ北方ではよく売れると聞いたので、来ました」

「君たちなんの見通しも無いのに来たのかい？」

「私達、明日町に売りに行くんです」と春草が言った。

「君たち、本気なの、売りたければなんでも売れると思っているの？　物を売るには営業許可証が必要なのに」

「営業許可証って何ですか？」と春草が言い、何水遠も言った。

「私達は店を開くわけでもないのに、どうして営業許可証が必要なんですか？」

「君たちに話しても簡単には分らないけどね、要するに君たちが考えているようなわけにはいかないよ。勝手に街で物を売ると没収されるし、その上罰金を取られるんだ」

「それじゃどうしよう？　また表地を背負って帰らなくっちゃならないのかな？」

「明日また話そう」と叔父さんも持て余すように言った。

「ご面倒かけます叔父さん、本当にご面倒かけます」

叔父が出て行くと、何水遠はすぐに言った。

「春草、お前口が上手だね」

「口の上手にはお金が要らないわ」

大変疲れていたからだろう、春草は横になるとすぐ眠り、たちまち夢の世界に入りこんだ……横になるとすぐ母さんが起こす。薪《まき》が無くなったと言っている。豚の餌はまだか、弟に、そろそろ帰るように言えと言っている。ご飯の仕度をしなくっちゃ。春草は動きたくなかった。とても疲れていた。母さんが怒って怠け者と罵り、仕方なく起きた。目を閉じたままで台所仕事が出来るかしら？　と聞くと、お前は盲人ではない、そんなこと出来るものか、と言う。春草は突然薪《まき》に火をつけて、遠くに投げた……。ドンという音、あの音はなんだろう？　何かぶつかったのか？　春草は、起き上がって眼を覚まし、やっと自分が夢を見ていたのに気がついた。母さんはそこにはいない。春草はとたんに身が軽くなった。今は、はるか遠い北方にいて、不案内な叔父の家のソファーにいるのだ。確かに何か音がする、良く聞くと、ゴウゴウと、人を驚かす音だ。手を伸ばして、地べたで寝ている何水遠を手の平で軽く叩いた。

「ちょっと、阿遠、起きて！」

「君、どうしたの？　早く寝なさいよ」

何水遠は、うわごとのように言って、あちらを向いてまた眠った。

春草は、逆に眠れなくなった。少し眠ったので、もう元気を回復したようだった。頭が冴え、夜が明けてからの計画を考え始めた。叔父はいろいろ困難があると言ったけれど、春草は大きな希望を持っていた。自分たちの表地が売れないとは思わなかった。もしかしたら出すとすぐに売り切れるかも。それで一度に出さずに、最初は少しだけ持っていこう。更に表地を幾つかに区分けし、値段の安いもの、高いものに分けようと考えた。

もしよく売れるようなら、値段は上げても良い。他の人には自分たちが買い付けた値段は分らないのだ。考えれば考えるほど興奮し、心臓が動悸を打つのさえ分かった。

ソファーは確かに寝心地が良くなかった。傾いている上、背中にはスプリングの凸凹が当たった。春草は顔を外側に向け、背中をソファーに寄りかかっても、しばらくは眠れずに疲れた。草を敷いた家の堅いベッドの方がずっと好い。ゴーゴーという音が夜っぴて響いたので、春草は起き上がり、窓の前に立った。外を見て、ここの夜が明るいことに驚いた。いたる所に灯がともっている。あの人達は寝ないのだろうか？　真夜中に何をしているんだろう？　故郷だったら、夜は青蛙が鳴くだけでなんの音もしない。月の光の外はどんな明かりもないのに。

早春の冷たい風が窓からスースーと吹き込んで来た。いっとき春草は夢か現《うつつ》か分からなくなった。振返って一年、母さんから離れて自分がこんなに遠くに来る事が出来るなんて考えもつかなかった。疲れたので、春草はまたソファーに戻った。今度はソファーが少しばかり快適に思え、横になって、夜が明けるのを待ち望んだ。

何水遠に起こされて、いつの間にか自分が又眠ってしまったことを知った。

春草は大変嬉しかった。意外にも私は二度寝ができたのだ。

(二十二) **啓蟄**：二十四節気の一つ、冬籠りの虫が池中から這い出る頃。三月六日ごろ
(二十三) **秦嶺**：秦嶺山脈、中国地理上の南北分界線、主峰は太白山３７６７m
(二十四) **秦腔**：陝西省で行なわれる伝統劇の一種

第十三章

小さな第一歩

―一九八六年、立夏（二十五）―

叔父はわざわざ休みをとって、二人の住む所を探してくれた。だが一番安い旅館で一日五元だ。二人が二百元しかもっていないと聞いて、しきりに頭を振った。

「だったらも少し私の家でどうだい。始めないうちから、無駄金使わないが良いよ」

何水遠は叔母の表情を思い浮かべると、気後れして、春草を見た。

「それはありがたいです。何日かお世話になります。ご迷惑をお掛けしますわ」

叔父は出勤した。何水遠は訝《いぶか》しげに春草に聞いた。

「お前どうしてまた、世話になるなんて言ったんだ。叔母さんの顔つき恐くないのかい？」

「私、顔色をみて育ったのよ。顔つきが厳しいたって、母さんにはかないっこないよ」

当面の急務は、仕入れて来た品物を早く売りさばくことだ。まず商売を何処で始めるかだ。何水遠は、繁華街だと考え、地図で市の中心を探した。春草は単純に、住んでいる所に一番近い場所からが良いという。品物を並べさえすれば、欲しい人が買いにくるはずだ。場所は二の次だと考えた。

一方何水遠は、叔父が言うとおり、営業許可証が無ければ勝手に商売が出来ないので、市場に持って行って売るしかないと考えていた。お互いに自分の意見を譲らない。春草は、本来の頑固さが顔を出し、結局ふた手に分かれて状況を探る事に決めた。

お昼になって二人は顔を合わせた。何水遠はすっかり意気消沈していた。何の進展もなかったのだ。彼が言うには、商店を訪ねても、すらすらと言葉が出ず、真っ赤な顔をして来訪のわけを説明すると、どの店でも話し終わるのを待たずに、自分の店では決まった購入先がある、あんたの品物は受け取れない、と言われた。相談の余地もなかった。

「彼らは品物を見もせず、値段の話すら出来なかった」

何水遠が怒って言うと、春草は逆に、笑みをこぼしながら言った。

「私、売る場所も見つけたし、もう少しで一面売れそうだったよ」

「どこで？」

「ほら、私達が住んでいる家の左側の小さな通りよ。あそこ、物売りが沢山地面に座って露店を出しているの。布団の表地を地面に置くと、すぐに人が寄ってきたよ。ただ、言葉が通じないの、あなたがいれば良かったのにね」

お昼が過ぎるとすぐ、春草は何水遠を連れてその通りに行った。なるほど、通りに沿って沢山の行商人がいる。話がうますぎると、直感的に思って、すぐに傍の人に尋ねた。

「ここで店を出しても取り締まりはないんですか？」

その人はじろっと彼を見て答えなかった。

「取り締まりがあるんなら、こんなに人が多いはずがない。みんな平気なんだから大丈夫よ。私、さっきここで半日並べていたけど何も無かった」

二人は注意深く商品を取り出し、地べたに広げた。いくらもたたないうちに、多くの人が寄ってきた。残念なことに、当地の話は二人には骨が折れた。何水遠の〝標準語〟でも、一字一句解釈せねばならず、厄介だった。

「あなた戻ってどの表地がいくらかプレートに書いてきてよ。ひと目で分かるよ」

何水遠は良いアイデアだと思い、早速書きに戻った。何水遠が行ってすぐ、通りでがやがや騒ぐ声が聞こえ、周りの人たちが荷物を片付け始めた。雨でも降るのかな？　そうではなさそうだ。何事かと分かりかけたときにはもう、数人の制帽を被った人が、彼女の前に立ち、大声で何か言った。春草には聞き取れなかったが、叔父が品物を没収されると言ったのを思い出し、慌てて表地を抱きかかえた。果たして、相手は彼女から品物を奪い取ろうとしたので、必死に抱いて離さなかった。相手は怒って、彼女もろとも連れて行こうとした。

この時、何水遠が戻って来て、慌てて彼女の手を放させ、愛想笑いをして謝ると、その人は春草を自由にした。が、没収を免れた何枚かを残し、表地は全部持っていかれた。

叔父の家への帰り道、春草は一言もしゃべらなかった。何水遠も元気をなくして、慰める言葉が出なかった。初日に出鼻をくじかれたのだ。彼は溜め息をついた。

「出師不利だ」（出兵が失敗する＝初手からうまく行かない）

いつもの春草なら、すぐどんな意味？　と聞くはずだが、今は口も利けなかった。

ところが、叔父の家へ帰り着くや、春草は笑顔を浮かべ、一息入れる間もなく台所に入り、叔母を手伝って米をとぎ野菜を洗い、その上叔母としゃべったり笑いかけたりして、何水遠を驚かせた。夕飯どきには、叔母の表情は随分好くなっていた。ご飯を食べ終わると春草はまた奪うように碗を洗いに行った。何水遠の気持ちも穏やかになり、叔父に今日の出来事を話した。

「私がとっくに注意してたじゃないか。君たち、これだから駄目なんだ」

「あなたたち、表地、どのくらい持って来たの？」

叔母の問に何水遠が百枚と言おうとしたら、春草が急いで台所から顔を出して遮った。

「多くないわ、数十枚です」

「なんなら、私が工場で欲しい人がいないか、ちょっと聞いてあげようか？」

叔母は紡績工場で働いていた。

春草は叔母の話を聞くなり、濡れた両手を広げ、台所から駆け出してきた。

「阿遠、早く表地を持って来て叔母さんに見せなさいよ」

叔母はこの表地を一目見て、目を光らせ、綺麗だと何度も言った。

「叔母さん、先ず一枚選んでくださいな。私達プレゼントしますわ」

叔母は左を見て、これ良いね。右を見てこれも素敵、と、どちらも手放したくない様子。何水遠はこの様子を見て、

「叔母さん、二枚お取りなさいな」

春草は心ではしぶったが、努めて笑いながら言った。

「そうですとも、二枚さしあげますよ」

叔母に上げたのは無駄ではなかった。次の日のお昼、叔母さんは紡績工場の女性を四、五人連れて来た。ここ北方の女性たちは、艶やかで美しく光沢のあるこの表地を見て、すぐに心が動いた。こちらの人は一枚欲しい、あちらは二枚と、いっぺんに五枚売れた。ただ叔母さんの面子もあって、値段をむげには高く出来なかったので、お客が帰った後勘定してみると、稼ぎは少ししかなかった。

「阿遠、これじゃ駄目ね。全部売れたとしても、なんぼにもならない」

「僕達、宿泊費払ってると思えば」

「宿泊費はもう払ったじゃない？　ただで表地二枚上げたし」

「そんな風に考えちゃ駄目だよ」

「じゃ、どういう風に考えれば良いの？　私、沢山家事を手伝ったし、叔母さんのいやな顔にも付き合ったのよ。そんなの何にもならなかったわけ？」

「始めたばっかりだろ。まず基礎を固めなくちゃ」

「駄目よ。私達借金しているのよ。それに旅費も使ったし、早く稼いで戻らないことには、よく眠れはしないよ」

「お前なあ、知ってるのはただ金、金、金かい」

「仕方ないよ。私、字を知らないけど、お金という字だけはよく知っている」

何水遠がうとうとと眠っている時、春草が外から帰って来て、彼を起こした。

「私、お店のカウンターを借りてきたよ。隣の紅光デパートにあったの」

何水遠は途端に眼が覚め、驚いて口が塞がらなかった。

「カウンターだって？　あそこがどうしてお前なんかに貸したの？」

「最初は私、デパートに表地を出せないかって考えたのよ。デパートで私達に代わって売ってもらおうと思って。あそこでは許可証があるのよ。だから、品物を買うふりをして中に入ったの。そしたら分かったのよ。そこの店員が怠け者で、立ったまま無駄話ばかりしてるってこと。私が来たのを見ても、私が呼んでも、知らぬ顔なの。村の王小母《わん》さんとは大違いだわ」更に話を続けた。「店員たちに品物を触らせてみたけどが、そっけなくてちっとも関心がないの。あの人たちに預けても上手く売れない、やはりカウンターを借りて自分で売るほうがずっと良い。だからすぐ支配人を訪ねて、話をしたのよ」

「支配人は男の人かい？」

春草は何水遠がそう尋ねた意味が分かったが、当たり障りのない調子で言った。

「そうよ。始めのうちは乗り気じゃなかったの。空いた場所なんてひとつもないって。ところが実際は陳列棚は空《あ》きだらけなの。私、前もって見てたから。そこで、支配人のポケットに五十元忍び込ませちゃった。そして言ったの。一番隅っこのカウンターを貸してくださいな、ご商売の邪魔はしませんって」

「借り賃幾ら？」

「一ヶ月百元よ」

「月百元？　随分高いんじゃない？」

「あなた、ほら、ちゃんと売れればいいのよ。売ってしまったら、また仕入れに行くのよ。ひょっとしたら一ヶ月数百元売れるかも知れない。場所さえあれば何もびくびくして売ることないでしょ？」小声になって「叔母さんに安く売られるより好いかもよ」

何水遠はぽかんとして春草を見た。こんな事を春草はどこで教わったのだろう。支配人にお金を握らせるなんてどうして知ってるんだ？　カウンターを借りて自分で売るなんて、しかも売ってしまったら仕入れに行くなんて、どこで学んだんだ？

「お前、商売に天賦の才能があるってことが分かったよ。ずばり、無師自通だね」

「無師自通」ってどんな意味？

「人から習った事もないのに、どうすべきかちゃんと知ってるってことさ。つまり僕たち二人が夫婦ですることなんか……」

何水遠は嬉しそうに言いながら、にじり寄って春草を抱きしめた。春草は彼を押しのけた。

「間もなくあなたの従妹が帰ってくるわ、駄目よ」

「僕達やはり外に家を借りようよ。何日も君を抱いてないんだ」

「辛抱辛抱。表地二枚をプレゼントしたのよ、何十元分だよ。たった二晩ではねえ?」

次の日の朝、明るくなる前に春草は起き、紅光デパートへ一緒に行こうと言った。何水遠はぼんやりとした頭で言った。

「まだ七時にもなってないよ。デパートは九時にやっと門が開くんだ」

「門が開いてからじゃ遅いの。私たちのカウンターはまだ掃除もしていないし、商品も並べてないでしょ。焦っちゃって全然眠れないのよ」

何水遠は起きて一緒に出掛けた。

デパートに着いて門をたたくと、守衛は不平をこぼしたが、春草はお追従笑いももどかしく、すぐさま忙しく掃除を始めた、それから持ってきた表地を一枚一枚並べた。並べ終えてからあれこれ眺めたが、今ひとつ満足がいかず、カウンターの上に縄を張り、一番艶やかな表地三枚を選んでその上に掛けた。

整理が終わり、興奮で期待を膨らませているところに開門の時間がやってきた。

開門が定刻より十数分遅れてじりじりしたが、支配人たちは皆平気な顔をしている。

ともかく、門がようやく開いた。興奮して広い入口を見つめていた春草は、開店後最初に入ってきたお客を見ると、すぐさま迎えに行き、顔中ににこにこしながら言った。

「いらっしゃいませ、何かご入用のものありますか?」

その客ははっとして、手に持った醤油ビンを挙げたまましばらく声も出なかった。春草の言葉が田舎なまりだと感じたからか、こんな丁寧な応対に慣れていなかったからか。この様子を見た他の店員は傍でくすく笑ったが、春草は意に介せず、二番目の客が入って来た時も、またにこにこと「いらっしゃいませ、ご用をうけたまわります」

三番目の客が来た時に、春草の商売が始まった。五十過ぎのおばさんで、何枚かの表地を見て飛びついてきた。おばさんが言うには、実は娘がもうすぐ結婚するので、どうしても上海まで表地を買いに行くって言うんだよ。あんなに遠いところでしょう、本当に心配なのよ。ここにあるんじゃないかしら？

「そうですね。これ、あなたが欲しいものばかりとは限りませんが、遠さん、おばさんに一寸説明しておくれ」

「よし、やりましょう」

彼は先ず一枚を取り出して薦めた。

「この種類は最も好い富錦で、百パーセントのシルクです。お値段は少し高いですが、品物は確かですよ。こちらは混紡です。顧名思義（読んで字の如し）です。これには人絹が入っていて、本物の絹と混ぜて織ったものです。ただこれは非常に丈夫で、かつ安くて、物美価廉（品がよくて値段も安い）です」

何水遠は十分に高校生の学歴水準を見せたものの、じれた春草は、急いで話をつないだ。

「やはり富錦がよいと思いますよ。ほら綺麗だし、しっかりしていますよ。何十年も使えるし、花嫁道具には一番です。私の母が結婚の時の一枚、今でもまだ丈夫です。こういうお目出度は一生に一度のことですから、丈夫なほど好いですよ。そうでしょう？」

「好いのは分かるけど、随分高いわ」

「三十元でも高いですか。おばさん、上海で買うと、きっと四十元以上しますよ、ほんと。私達、自分の所で織ったものだから、安いんです。私のしゃべり方、ここの人間じゃないこと、分かるでしょ、ね？

遠い所から持って来たんで、旅費も随分かかったんです。なんだったら、こうしましょう。一元おまけしますが、いかが？」

おばさんはそれでも渋った。

春草は別の一枚を取りだした。

「じゃ、こっちの混紡のは如何です。値段も半分と安くて、実用的ですよ。おばさん、二枚買えますよ。取り換えて使うと新鮮です。もっと安いのもあります。この織物、たったの一枚十元です。ただ正直に言うと、この中の本物の絹は少なく、ほとんど人絹と木綿ですが、丈夫なことは丈夫です。綺麗だし、分からない人には分かりません」

何水遠は全く信じられなかった、春草がどうして一晩のうちに能弁になったのか？　周りの店員たちも聞きに来て、皆眼を丸くして眺めていた。おばさんは、あれこれ見ていたが、最後に、娘と相談したいと言ってそのまま帰った。

おばさんが帰った後、そばの店員が言った。

「一枚売るのにあんなにしゃべって、あなた疲れない？」

「関係ありません。言葉はしゃべるものでしょ。残しておいても意味ないもの」

別の店員が言った。

「あなたの態度は立派だけど、買わない人は、ほら、買わないでしょ」

春草はにこりと笑った。

「あのおばさん、きっと来る。私、賭けてもいい」

何水遠も聞いた。

「君、どうして分かるの？」

「おばさん、きっと買えるだけのお金を持ってなかったのよ」

「君ったら、いつの間にお喋りになったんだい？」

小声で聞くと、春草も小声で言った。

「あなたが四文字使うのを聞いてて焦ったの。おばさん分からないんじゃないかと思って」

夫婦二人一緒に笑い出した。

春草が言ったとおり、おばさんは午後になるとすぐやって来た。しかも、案の定、娘を連れて来た。二人は富錦を一枚買い、さらに混紡も一枚買った。春草は嬉しくてたまらなかった。おばさんは帰りぎわに、春草を褒めさえした。「この娘《こ》、心痛人ね」。春草はその意味が分からなかった。ただ品物を売っただけなのに、心が無いからおばさんを痛めたのだろうか。後になってやっと〝心痛人〟は可愛いという意味だと分かった。

春草は大いに自信が湧いた。母さんのところでは頑固な化け物呼ばわりされていたけど、ここでは可愛い娘と言われた。北方に来てよかった。

商売はこの時に幕を開けた。

叔父の家にはもう泊まることは出来なくなった。

叔母はあれから又、安い表地を買わせようと、人を連れて来たが、春草はやむを得ず、此処にはなく、全部紅光デパートに持っていったと言い逃れた。叔母の知人がデパートに買いに来て、何元か高い買い物をして帰り、叔母は苦情を漏らした。もう随分サービスしたのに、叔母さんもきりがない人だ。そこで何水遠に住むところを探すよう、せかした。

何水遠はこの地に不案内なので、何処を探したら好いか戸惑ったが、最後はやはり紅光デパートの孫支配人の助けで、会社の小さな寮を見つけた。その寮は塀の一面を利用して作ったバラックで、床はアスファルト、壁はむき出しのレンガだった。故郷のあばら家となんら変わるところはなかったが、安くて一日たったの三元だった。

二人はその日叔父の家を出た。出るとき、叔母は不愛想に言った。

「あんたたち、一人前に羽が伸びたわね。商売が順調に行って大儲けするのが一番だよ。もう我が家には来ないでね。それが私には一番嬉しいの」

春草は聞こえない振りをして、荷物を片付けるとすぐに出た。それまでは、別れ際に一枚表地をプレゼントしようと考えていたが、叔母の冷たい言葉に、やめにした。

四方から隙間風がはいる部屋の真ん中に立って、春草はへこたれた様子もなく、逆に大変興奮した様子だった。私たちとうとう世間に打って出ようとしている。完全に、頼れるのは自分だけの世界になったのだ。

紅光デパートは国営で、百貨店というだけに、ほとんどの商品が置いてあった。油、塩、醤油、酢から半袖の服、半ズボン、それに針金、糸、味噌から自転車、豆炭、こんろまで、一応なんでも揃っている。ただ商品がでたらめに並べられているので、少しも豊富には見えなかった。もっと悪いのは店員たちだ。一日中面白くない表情をしていて、お客に不愉快な感じを与えていたので、春草のカウンターの出現はまったく奇跡的だった。お客たちはデパートの中に未だかってない新しい風を感じた。春草のカウンターは隅っこだったが、お客は足を踏み入れた途端、その隅っこの新鮮さを感じとる事ができた。春草は美しい表地を見せると同時に、自分自身の熱意と笑顔を、まさに〝心痛人〃の魅力を見せた。

春草はいつも大声と満面の笑顔で、入って来る一人ひとりに挨拶し、心地よい南方なまりで話しかけた。いらっしゃいませ、何かご入用のものありますか？　他の商品のお客にも、一様にこう挨拶して親しみ深く微笑んだ。何水遠の言葉を借りると、一視同仁（全てのものを平等に見る）だった。

お客達は先ず身に余るもてなしに驚き、それから、満面の笑みを浮かべるこの南方の女性がいるのを喜んだ。お客は春草の笑顔が好きで、話を聞くのも好きだった。更に彼女が運び込んだ綺麗で安い絹の表地も気に入った。紅光デパートに今度来た女の子は、ひどく可愛いと評判が立った。品物を買わない時でも、お客の何人かは彼女のカウンターの前にしばらく立ち、あれこれと話をしていくのだった。春草は表地を売りながら彼らとお喋りするのだ。トイレに行く暇もないのはしょっちゅうだ。家にいた時、母親がいつも口にしていたひと言は、忙しくてトイレに行く暇さえない！

春草は我慢できずに笑い出した。

「何笑ってるの？」

「母さんを思い出したの」

「君、母さんを恨んでたんじゃないの？」

「もう恨んではないよ」

何水遠は春草の助手になった。お金を受け取ったり釣銭を渡したり、表地を包んだりだ。勿論彼は春草の助手を喜んで勤めた。春草がにこにこしてお客と会話を交わし、一枚又一枚と表地が売れていくのを見ながら、心浮き浮きした。自分の運気はすごくいいぞ、こんな有能な妻に出会ったんだ。彼も注意深く観察していた。一番売れたのは人絹と綿との混紡だ。安くて、大衆の需要に適っている。彼は次の仕入れを考えねばならなかった。

彼らの表地は日に日に反響を呼び、販売量は伸びていった。ほとんど毎日、ひいきのお客を増やした。店の店員すら少なからず買いに来たのだ。春草は上手だった。店員に売るときは一律に九掛けとした、僅か一二元安いだけだが店員たちは満足した。

売れ行きを見て、何水遠は手を打った。急いで家の父親と妹に混紡を主にした多量の表地を仕入れさせ、すばやく出荷してもらった。自分で仕入れた物よりちょっと高かったが、それは仕方がなかった。春草は価格が高いのを見て、売値も上げようと考えたが、何水遠は反対した。今はお客にとっては評判が大事で、多く売れればそれで好い。薄利多売だ、

何水遠の施政大方針に、春草は従った。ただお客との交渉の時はいつも、「実をいうと、故郷《くに》の表地の価格が上がったので、一枚売って儲けは少ないのです」と言った。

毎日夜、店から戻ると、春草はひどく疲れていた。

一日中立ちっぱなしだったし、その上一日中喋っていた。話をするのも精力を消耗する。だが、お金を数えれば、疲れはすっかりとれるのだった。何水遠は春草がベッドに座って、一元一元、一心にお金を数えているのを見て、可愛く思い、彼女を抱きしめて言った。

「数えることないよ。せいぜい二千元だよ。僕、大体分かってるよ」

「でも、何度数えても、二千元ないんだけど、どうしてだろう？」

何水遠は、もう気分が出ていて、遠慮会釈なく春草を押し倒し、服を脱がした。春草はするに任せていたが、手はしっかりとお金を握り、ぶつぶつ言うのをやめなかった。二千元あると思ってたのに、なぜだろう？

何水遠は一気に突き進みながら言った。

「阿草、心配するなよ。僕たちきっとお金を沢山稼げるんだ。二千元なんて大したことない。万元戸になるんだ。二階建ての家を建てなくちゃ、テレビも買わなくちゃ……」

何水遠はリズムよく話をしながら、動作もそれに合わせた。ベッドが揺れてギイギイなった。汗がぽとぽと春草の顔に落ちた。まさに天に昇ろうとした時、春草が叫んだ。

「あっ、思い出した。お金、別の所に置いていたわ」

言いながら体を起こそうとした。何水遠は、自由にさせてなるものか、とばかり力を入れ、揺らし続けた。春草はじれながら彼を押した。

「あなたまだ終らないの？　随分長いのね？」

これで何水遠はがっくりとなえて、横に倒れこんだ。春草はお構いなく起き上がって、すぐ隅っこに行き米櫃を開けた。暫く探していたが、やがてビニール袋を持ってベッドに戻った。ビニール袋の中にある新聞紙の包みを開けると、果たして札束があった。数えると二百元だった。春草は興奮して言った。

「ほら、言ったでしょう。これ新札よ。だから私、別にしてたの。やあ阿遠、私達二千元持ってるわ！二千百元だ！」

それでも何水遠は、不機嫌に横になったままだった。春草は彼の上に覆いかぶさり

「ねえ、聞いていないの。私たち、あと一年もたつと万元戸になれちゃうよ！」

何水遠はやはり黙っていた。春草は思いを馳せるように言った。

「来年春節に戻ったら、問題なく家が建てられるね」

何水遠は首を捻じ曲げ、向こうをむいた。

春草は何故彼がそうしたかが分かり、何水遠の上に腹ばいになって嬉しそうに言った。

「何万元の金持ちになったら、気前良くやらなくちゃ」

これは何水遠を笑わせた。

「ねえ、私たちいつ戻って家を建てるの？」

「今すぐだよ」

彼は身を翻して、また春草の体の上に飛び乗った。

春草は今度はもう気を散らさなかった。夫に合わせようと努め、高ぶった何水遠は前にも増して力み、大汗をかいた。

「もしかして今晩子供が出来るかも」

「そりゃ良い」

「もし男の子なら、何《か》万元と呼ぼうよ」

「俗不可耐、俗不可耐（俗っぽくて話にならない）だ」

「俗不可耐ってどんな意味？」

「どっちみち良くないことだよ。子供にそんな呼び方、僕出来ないよ」

「私は良いと思うけど、縁起がいいわよ」

「生まれてから考えよう、まだ男か女か分からないんだよ」

「男の子なら何万元、もし女の子なら……それじゃ何千元、あなたどう？　良くない？」

「良いよ！　良いよ！」何水遠は大きな声で叫んだ。

戦いが終わると、何水遠はすぐに鼾をかき始めた。すっかり満ち足りて、汗まみれで眠りについた。春草は笑いながら彼を指でつつき、お金の箱を抱きしめ、電灯を消した。

（二十五）**立夏**：二十四節気の一つ、五月六日ごろ。暦の上で夏の始まる日

第十四章

模範従業員

―一九八六年、大雪(二十六)―

二千元あったので、何水遠にはやったという達成感があった。その頃二千元あれば白黒テレビと冷蔵庫が一台ずつ買えた。二つとも何水遠が欲しかったものだ。とりわけテレビは、友達の家で見かけてからずっと気になっていた。

だが、春草にはしっかりした考えがあった。

「まだお金を使う時ではないよ。もっと稼いでから、安心して買えるまで待ちましょう」

何水遠にも、勿論その道理は分かるが、自分自身をねぎらうため、なんとか夢を一つでも実現させたかったのだ。でないと、元気が出ない。

「じゃ、先ず自転車を買おう。それなら大した金じゃない。お金を稼ぐのは良い暮らしをするためだろう。同じ楽しむなら早い方が良い。自転車があれば満員バスに乗る必要はなくなる。子供が出来たら、学校に送れるし、商品も運べる」

なるほどと思った。特に子供のことを言われた時だ。街の人たちが、後ろに子供を乗せているのをよく見かける。子供も幸せそうだ。彼女は自転車を買うのに同意した。

その日、自転車を買って帰ってきた何水遠の顔は、お酒を飲んだように真っ赤だった。二人一緒に乗れるように、二十六寸の鳩マーク（有名ブランド）だった。

「僕んちにあったのは、転勤した先生が父親にくれたもので、始めっからぎしぎしいってた。どれもそんなものかと思ってた。ある日友達の新車に乗ってみて、自転車ってこんなにすいすい走るのかと始めて知ったよ。それからずっと、乗ってみたかったんだ」

何水遠は、すぐ春草を乗せて、気が狂ったように道路を走った。

春草は、後ろで緊張しながらも楽しく、大声で言った。

「覚えてる？　始めてあなたの家に行ったときバスの駅まで自転車で送ってくれたこと」

「覚えてるよ。あの時はきつくて死にそうだったよ」

「あの時のあんたって、老いぼれ牛みたいになかなかこげなかったわね」

「今ならすいすい行って見せるよ」

何水遠は力を入れてぐんぐんこいだ。両輪は地面に触れていないみたいだった。

「この自転車を持って実家に帰りたい。乗って帰って母さんに見せたい！」

春草が愉快そうに大声を上げると、何水遠も大声で言った。

「自転車なんて、物の数じゃないよ。今に僕たち、自動車を買うんだ！　大きなトラックを買って荷物を乗っけるんだ！」

「その時は子供はどうするの？」

「運転席に座らせるんだよ」

「今の私たちの暮らしぶりはどうなの、阿遠？」

「まだまだだーっ」

今の暮らし向きが良いかどうかは別として、春草はとても楽しかった。なぜなら、彼女にはすでに豊かな生活へ向かう道が見え始めていたからだ。タタタッと何歩か前へ進めば、村へ戻る道筋がすぐそこに見えてくる。

二人の意見が合わないことがあった。何水遠は、叔父さんの家に何か買って行かなくちゃねと言い、春草は口ではそうねというが、いざ行くとなるといつも何か用事があると言う。何水遠は彼女が行きたくないのが分かっていた。叔母さんが嫌いなのだ。家を出るとき、叔母さんに嫌な事を言われ、その家で一生懸命働いたのが、無駄骨に終ったと感じているのだ。何水遠も、無理じいはせず、一人で手土産の果物を買って叔父さんのところへ行き、「春草はお店を見ているので来られない」と、言い訳するのだった。叔父さんも叔母さんも分かっていて、口には出さなかったが、嫌な顔をした。

春草はそれにはあまり構わなかった。お金があれば、そんなことどうだって良い。

春草が意気込んで働いたので、一番喜んだのは紅光デパートの孫支配人だ。彼は、労働者の模範をただで手に入れたと考えた。最初春草がカウンターを借りたいと来たときは、わずらわしいとしか考えなかった。ところが、春草は面倒をかけるどころか、彼のためにとても良い役割を果たしてくれた。それまでは毎日従業員に対し、服務態度はきちんとしろ、熱意を持て、積極性が足りぬなどといってきたが、効き目はなかった。講習を受けさせても、評価で競わせても、少しの間効果が有るだけだった。ところが、春草は来たときからすでに、一流の服務態度を身につけていた。

デパートの会議の時、孫支配人は感慨無量の様子で言った。

「諸君、孟春草君を見たまえ。彼女の服務態度はみんなのお手本だ。諸君は彼女の半分でも良いから見習いたまえ」

春草を見て、デパートの連中は半ば冗談に、半ばはねたみで、

「孟さん、あんたの経験をちょっと聞かせてよ」

春草にとって、孟さんと呼ばれるのはとても新鮮だった。とりわけ、ご当地言葉で言われるので、自分のことではなく別の人のことのように思われた。孫支配人はどうしてそんなことをわざわざ言うのだろう。みんな自分のためじゃないか。自分がお金を稼ぎたい一心でやってることだ。なんで褒められるんだろう。何水遠も変に思った。

「まさか孫社長はお前を好きになったんじゃあるまい？」

「ばかなこと言わないで。奥さんがいるし、私だって結婚してるじゃないの。好きになったってしょうがないわよ」

「みんなに比べて君がきれいだからだよ」

何水遠の〝みんな〟というのはデパートで働く女性たちのことだ。彼はいつも、彼女らは蝋のように冴えない顔してて、にこりともしない、木偶《でく》の坊のようだね、と言っていた。

「人はみんな自分の奥さんが良いんじゃないの」

「そうとは限らないんだ。街の男たちが、子供は自分のが良いけど家内は他人《ひと》のが良いと言ってるのを聞いたよ。みんな他人《ひと》の奥さんが好きなんだ」

「でたらめ言わないでよ、私のような野暮ったい田舎女を、誰が好きになるもんか。自分でも自分が好きじゃないんだから」

でも、何水遠に少し警戒の気持ちが起こった。

年の暮に何水遠が、実家に一度帰ろうかと相談をもちかけた。

「父親が仕入れた商品の質が前より落ちた。一度帰って、どういう状況か見て来たい」

「じゃあなた一人で帰ったら、私はここで留守番してるわ」

「お前一人で大丈夫かい?」
「なんでもない、大丈夫、私は立派な大人よ」

何水遠が行くと、春草は戦士のように奮い立った。まず最初に宿屋の部屋をひき払い、店の店員に代わって夜勤を引き受けることから始めた。これは早くから目を付けていたことだ。店の夜勤はずっとみんなの悩みの種だった。店員の多くは女性で、外で夜を過ごしたくないし家族も嫌がった。でも月に二回は仕方なく当番に当たった。春草が、自分がやっても良いと提案すると、みんな歓迎した。誰もが、春草はみなのご機嫌をとっているんだと思っていたが、ほんとはそうではなかった。春草は宿賃を節約したかったのだ。宿賃は一日三元だったが、それもお金だ。

次にやったことは、機会を見つけて孫支配人の奥さんに布団表地をプレゼントすることだった。奥さんもデパートで働いていた。比較的楽な文具売り場だ。一度挨拶を交わしたときは無愛想だった。お店の連中の話で、孫支配人が一番怖いのは奥さんだという。そこで、その奥さんと良い関係をつくるのが大事だと考えた。売り場の花模様の布団表地を、地味で売れないことを口実にして、お二人でどうぞ、と贈った。春草は冗談口調で、

「どうせお二人はご新婚ではないので、そんなに派手でなくてもいいでしょう」

孫支配人の奥さんは案の定大喜びで、親切にも自分の家に食事を誘った。

「夫の遠が帰ってきたら又参ります。以前からお伺いしたかったんです」

何水遠が行ってから間もなく、残りの布団表地も完売した。でも、春草はいち日も休む間がなかった。彼女は店の別の商品を手伝った。ある時は副食物のカウンターで醤油を手伝ったし、ある時は文具のカウンターで鉛筆やノートを、また商品の荷下ろしを手伝うなど、ひどく忙しかった。そして一銭だっ

とだった。


て貰おうとしなかった。全く、座ったまま立ち上がろうともしない店員たちにとっては理解できないこ
「あんた何考えてるの？」

「別に私、お金を受け取る感覚が好きなの」

春草のくそ真面目な答えに、みんなは、「田舎者だね」と陰で笑った。

彼らは田舎者としての春草を知らなかった。小さい時からの理想は、王《わん》小母さんのような雑貨店を持つのが夢だった。毎日誰かに物を売ってお金を貰う、どんなに気持ちよいことだろう。その感覚を楽しむために毎日お店に寝泊りし、毎朝暗いうちに起き開店の時間までに、店の中をきれいに掃除した。彼女は相変わらずどのお客にも熱心に応対した。来る客来る客、皆自分の顔なじみででもあるように、或いは売上げたお金は全部自分のものになるかのようだった。彼女の影響で、紅光デパート全体の評判がぐんと上がった。

その日は大雪だった。雪は夜中に降り始め、翌日の昼まで降り続いた。道路は早くから歩きづらくなっており、道行く人は少なかった。車の運転も用心してゆっくりだった。デパートの客も殆どない。孫支配人が、みんなに言った。

「店をさっさと閉めて集まってくれ、年末の締めくくりの会議を開く」

春草が離れようとすると、孫支配人が呼び止めた。

「今のところ君も店員の一人だ。一緒に参加してくれ」

春草は隅っこの方に腰掛けた。

みんなは集まって談笑していた。セーターを編んでいる人も居る。村の会合とあまり変わりはない。孫

支配人はテーブルに座って、しきりに水を飲んでいる。会議って何をするんだろう。春草は、一日店を閉めたらどのくらい儲けが減るのかなどと考えていた。

部屋の中は暖房で、窓ガラス一面がもやで曇っていた。春草にはもう北方の冬の寒さが良く分かってきていたが、南方よりはましだと思った。外は大変寒いが、家の中はほかほかと暖かく、家が恋しくなる。だから北方の人たちが他所へ仕事をしに行く人が少ないのも無理はない。春草は暖かい部屋の中で、眠くなった。毎朝早く起き、夜は宿直でぐっすり眠れない。つい壁にもたれて目を閉じた。

春草がぼんやりしていると、急にある男性従業員の声が聞こえた。

「みんな黙っているので私が提案しましょう。私は孟春草を推薦します」

突然自分の名前が聞こえたので、まだぼうとした中で何事かと思っていると、みんながわっと笑い出したのが聞こえた。

「何を笑うんだ？　僕たち、模範的な従業員を選ぶんじゃないのかい？　僕は孟春草の仕事ぶりは僕たちの誰よりも立派だと思うがね」

ある女性従業員が言った。

「あなたどういうつもりなの？　職場の人を選ばないで外部の人を推薦するなんて、もしかして、惚れたんじゃないの？」

みんなは又どっと笑った。その男性は顔を真っ赤にした。

「黙りなさい。彼女があんたたちに代わって当直を引き受けたとき、あんたたちは、職場の人じゃないなんてひと言も言わなかったじゃないか」

「ようよう、ごひいきなこと」

と女性が言った。この時支配人の奥さんが言った。

「私は駄目だとは思わない。彼女の仕事ぶり確かに模範的よ。こんな人、見たことないわ」

別の女性が言った。

「そうですよね、正規職員ではないというだけで、ほかに文句の付けようがないですよ」

がやがやと騒々しくなったが、春草はまだちんぷんかんぷんだった。この時孫支配人が咳払いをして言った。

「僕は孟春草君を模範従業員とするのに、問題はないと思う。第一、彼女は店の中で働き出して結構月日が経っており、店の中に住み、店を家としている。第二、彼女の仕事ぶりは店の中で確かに最高で、誰も比べものにならない。お客の投書からも分かることだ。彼女はここの臨時員とみなすことが出来る。本部からも正規従業員からだけ選べという指示はない。そこで、僕は彼女を候補者として提案する。みんなの挙手で採決したい」

これを聞いて、支配人の奥さんが真っ先に手を挙げた。支配人も手を挙げ、続いて次々に、自ら進んで、中にはしぶしぶの者も居たが、全員が挙手をした。

引き続き孫支配人は、春草に自分の経歴をみんなに紹介するよう言った。

春草は暫く考えていたが、

「私、経歴は何もありません。ただ、品物を早く売ってすぐに仕入れて、又売って、沢山お金を稼いだら自分の家を建てて、そのあと自分のお店を持ちたいと考えています」

みんな一斉に笑った。

春草は思っているそのままを言ったまでで、それこそが彼女の力になっているのだ。

春草は働く者の手本になった。一枚の賞状のほかに、賞品も貰った—タオル一枚と白いコップ。コップには真っ赤な字で大きく、模範従業員と書かれていた。

これは春草にとって望外の喜びだった。この喜びをどう表したら良いか分からなかった。何水遠は居ない。叔父さんのところには行きたくない。誰にも喜びを言えないというのでは納まりがつかなかった。伯母さんが王様の耳は豚の耳というお話をしてくれたのを思い出した。王様の耳が、長くて豚の耳のようだと知ったあの床屋は、笑っちゃいけないと思ったが、我慢できなくて、穴を掘って中へ向かい叫んだじゃないか。

夜、閉店後、綿入れの上着にくるまって店を出た。ここに住んでだいぶ長くなるが、この街をまだじっくりと見たことがなかった。自分たちが住んでいる場所以外は行ったことがないのだ。街の中心といわれる所も知らなかった。春草は大道りに沿って真っ直ぐ歩いた。ずっと曲がらずに歩くことに決めていた。そうすれば路に迷うことはない。

雪が降ったあとの街は静かなたたずまいだった。車はのろのろ走り、人もゆっくり歩いていた。にぎやかな喧騒も全て消え、静かだった。春草は自分の靴音がさくさくとなるのを聞いた。靴が雪に触れる音だ。雪も、彼女のことを喜んでくれている。路は気持ちよいほど白く、目がかすんだ。実家でも、ある年雪が降った。だが地面に落ちるとすぐ溶けて、どろどろになった。白いどころか黒くなって、泥水がはねた。実際あの辺は雪が少なかった。降っても雨交じりの雪で、そのような日はとても寒かった。

春草の手はそのような天気の時はしもやけで、人参のように一本一本赤くはれ上がった。家の者みんなもそうだった。だが、ここではしもやけの代わりに乾燥してひび割れし、手の甲に長いのや短い傷口ができて痛かった。

春草はずっと真っ直ぐ、白い道を、白い世界を歩いた。と、白い世界が目の前から忽然と消えた。どういうことだろう。さらに進むと、そこは河辺だった。河は、凍っているのか、何の音も立てずに春草の目の前にあった。

春草は河の土手の上に立ち止まって、ひとり、澄んだ夜空の下に立っていた。この時刻では、自分がこの世界の主人だとはっきりと感じられた。今は自分が物語の主役なのだ。いつも私は埋もれている。周囲の人に、車や騒音に、デパートのビルに、何水遠に、絹布団表に、お金に、ひいては自分自身の思案にさえ埋もれているが、今はそういうもの一切が消え失せ、じかに天と地の間に立っているのだ。

春草は暫くそこに立って、小声で言った。

「私、模範従業員になったわ。知ってる？　街の人が選んだの。こんな遠いところへ来て、商売に成功して、お金儲けて、模範従業員になったわ。街のみんなも認めてるのよ」

言い終わって、自分で笑った。こんな小さな声でも、誰かに聞かせるつもり？　床屋でさえ大声で土地の神様に聞かせたのにね。

彼女は大声で河の水に聞かせたかった。山河は、何水遠であり、母親であり、舅姑であり、村人であり、阿明であり、叔父さん叔母さんだった……が、何べんか叫ぼうとしたけど声が出なかった。その代り、たっぷり時間をかけて歩くことが出来たじゃないか。それでお祝いを済ませたことにしよう。

春草は満ち足りた気持ちで引き返した。

（二十六）**大雪**：二十四節気の一つ、十二月七日ごろ

第十五章

杭州絹織物

―一九八七年、清明（二十七）―

何水遠が帰ってきた。デパートの諒解を得たので、仕入量を増やしたばかりでなく品種も豊富で、しかも当初より安く仕入れてきた。蓄えを全部つぎ込んで、大がかりにやる構えだ。

春草は荷を運ぶのを手伝いながら、うきうきした様子で言った。

「私、良い報せがあるのよ」

「どんなニュースだい？」

「模範従業員になったの」

何水遠はびっくりして、手を休めた。

「何の模範従業員？」

「紅光デパートの模範従業員」

「どうして君が選ばれるの？　君、内部の人間じゃないじゃないか」

「孫支配人が言ったの。私このデパートへ来て何ヶ月にもなるし、ずっと住み込んでるし、私のせいで、お店にも褒める投書が沢山来たので、店の評判も上がったって」

春草は貰ったタオルとコップを見せた。

何水遠はコップに書いてある字を見て、ほんとだと信じたが、そんなに嬉しそうでもなく、作り笑いをしながら言った。

「おやまあ、棚からぼたもちってわけだ」

「私みたいに仕事が好きな人、見たことないってみんな言うの。生まれつき仕事の模範だって。笑っちゃうわね。私だって毎日寝ていたいわ。だけど私、それができる運命にはないのよ。私は苦労する運命に生まれたの。苦労して初めてお金が稼げる、それでいいの」

何水遠はふうんと鼻を鳴らした。

「昼飯をただで食わせるところがないのは、君も知ってるだろう。支配人は君を模範従業員にしておいて、そのあとで何か要求するつもりなんだ」

「私がいつ昼めしをただで食べた？　どんなことを要求するっていうの？」

「君と話してても、埒《らち》があかない。先に勘定しようよ」

そこで春草は、指で数えながら、何水遠が留守中の売買状況を報告し始めた。売った布団地の一枚一枚について話した。その記憶力は驚くほどで、記帳もないのに、一枚ごとにどういう風に売ったか、幾らだったか、更には、どんな人に売ったかまで、全てはっきりと頭の中にしまわれていた。だが最後になって、どうしても帳尻が合わなかった。お金が足りない。きらびやかな布団表地、富錦一枚分のお金が不足している。春草はもう一度説明を繰り返し、何水遠が計算し直したが、矢張り合わない。

はたと春草はひざを叩いた。

「忘れてたわ、孫支配人の奥さんに上等の富錦一枚あげたの」

「なんで孫支配人に上げたの？」

「支配人にじゃなくて奥さんによ」

「それ、同じことじゃないか」

「頭が固いのね、どうして同じなの？　孫支配人は奥さんが怖いの。私と奥さんが友達になれば、支配人は私に何も出来ないでしょ？」

「道理で、君を模範従業員にしたわけだ。君にお返しがしたかったんだろう」

「どうしてそんなに度量が小さいの？　あなたのためを思ってやってるのよ。奥さんは私に、ご飯食べにお出でと言ってくれたので、主人が帰ってきたら行きますと言っておいた」

何水遠は黙って、算盤の玉をぱちぱち鳴らしていた。春草は話を変えた。

「ああ、私他人《ひと》が話しているのを聞いたけど、今計算機ってのがあるのよ。頭を使わずに、難しい計算でも、とっても早くできるそうよ」

何水遠はそれには答えず、暫くしてから急に言った。

「僕たち、地元に戻るのはどうだろう。この生地を売り終わったら地元に帰って店を開くんだ。今後子供が出来たあとも、ずっと外で、行ったり来たりというのもどうかな」

春草は、彼が何を考え出したのかよく分からなかった。

「地元に戻るって？　北方に行けば南方の品が売れると言い出したのはあなたよ。地元に帰って、私たちの商売、ここよりも良くなるの？」

彼女は、何故ここへやって来たのかを彼がすっかり忘れたのだと思った。

「君の夢は、王《わん》小母さんのように村で自分の店を持つことじゃなかったかい？」

「今はそうじゃないわ。まだやっと幾らか出来たところよ」

「まあ、手持ちの品を売り終わって、また相談しよう」

夫婦はもうお互いにこの話を持ち出さなかった。

春草は引き続き真面目に店の仕事に精を出した。朝早くから遅くまで、手も休めず口も忙しく、カウンターの前に十時間以上立っていた。何水遠は、昼飯と晩飯のあといつもひとりで自転車に乗って出かけた。春草も、彼が外で何をしているのか知らなかった。彼女は、彼が地元に帰ると言い出しさえしなければ、したいままにさせておこうと思っていた。男というものは社交的で、家でじっとしている動物じゃないのだ。

何水遠が言っていたとおり、何日も経たぬある日、孫支配人が春草に言った。

「君たちの仕事がうまく行っているんで、何人かの従業員の親戚もカウンターを出させてくれと言ってる。だが、君たちの賃料を基準にしてちゃ、デパートは損するんだ」

春草はどきっとした。

「ええっ、孫支配人、私たちみたいなちっぽけな商売、良いといっても大したことありませんよ。出張したり仕入れたり、旅費も運送費もみんな自分持ちで、出費がとても多いんです。それに家賃もあるし。手元に残るお金は殆どありません」

「これは僕の意思じゃないんだ。従業員たちの意見なんだ。君の場所の貸し賃がとても安いので、別の場所も断るわけにいかないんだよ」

春草はかわせぬと見てとった。

「どのくらい足せば良いんですか？」

「丁度だよ。それならみんなの口を塞ぐことができる」

「二百元ということですか？」

孫支配人はうなずいた。なんてあくどいの。あのタオルとコップが幾らするというのよ。それで百元も値上げしようなんて。だがにこにこ顔は崩さなかった。

「孫支配人、それ高すぎますよ、五十でどうですか。私、ほかにもデパートのお手伝いをたく山やってるじゃありませんか」

春草と孫支配人は暫く押し問答して、結局月八十元増えることになった。

何水遠はそれを聞くと、とっくに分ってたよという顔をした。

「どうだい、言ったとおりだろう。好意だけで模範従業員にするなんてありっこないよ。これからも、僕たちの商売がうまく行ってると見ると、又値上げを言ってくるだろうよ。ここには長くは居れないな」

「じゃどうしたら良い？」

何水遠はちょっと考えて言った。

「だいたい僕たち幾らお金があるのか勘定してみようよ」

春草は大事にしている小箱を抱えてきた。それは彼女がデパートで選んだ、飴を入れる箱で、鉄製だった。それをいつも身近に持っていた。昼間は店に持っていくし、夜は枕元に置いた。何水遠が何度も銀行に預けようと言ったが、安心できないと応じなかった。

「銀行のほうが、自分のところで持つよりずっと安全だよ。まず、盗りに来る人はいないし、第二に利息がつくんだ。一万元預ければ翌年は一万一千元になるんだよ」

春草は、預けに行くことに同意して言った。

「私たち、一万元たまったら預けに行こう」

二人とも、黙々と一緒にお札を数え、丁度五千元あった。

「春草、僕に考えがある」

「どんな？」

「この前、地元に帰って店を開こうといったら君は反対したね。考えてみると、君のほうが正しいよ。南方に帰って絹地を売っても、ここみたいにうまくは行かない。そこで考えたんだが、僕たちここでお店を開こうよ」

春草はびっくりした。

「ここでって、何処に持つのよ？」

「借りるんだよ！　今僕たちの売り上げは月々増えているだろう。自分の店なら経営はもっと良くなるよ。いつもデパートの連中と付き合ったり、借り賃払った上に愛想笑いしたり、まるでデパートの臨時員みたいに気兼ねしなくてすむしさ」

春草は心配そうに言った。

「自分で店を借りるの？　沢山お金がかかるんでしょう？」

「ここ何日か外を走ってみて、状況が少し分かったよ。最近小《こ》店を開く人がかなり多いようだ。そこの前の筋にも、もともとは住居だけど、今は貸し出してる小さな店がある。僕たちも一軒借りて、絹織物専門店が開けるよ。絹織物の店、あまり見当たらないよね」

「じゃ、私たち明日店を探しに行きましょう」

「とりあえず君はお店の番をしなさい。僕が状況を確かめに行って、また相談しよう」

「もし大きい家なら、道路に面した方に店をかまえて、奥のほうを住居にすれば、宿のお金が節約できるね」

何水遠は春草が同意したのを見て、嬉しそうに言った。

「阿草、君って商売の素質があるんだね」

「ほんと？　どうしてそう思うの？」

「原価を下げることを知っているから」

灯りを消して、何水遠はぐっすり眠ったが、春草は寝付けなかった。

何水遠の言ったことが、次第に興奮を呼び覚ました。自分で店を持つなんて。考えてもみなかった。でも、男って勇気があるのね。もし自分の店を持ったら、私はおかみさん？　そしたら、もっと大きく出来るかしら？　興奮してあれこれ想像した。行き着くところは、紅光デパートのような大きな店だった。

空が明るくなった頃、何水遠が起き出すのを春草はぼんやり聞いていた。彼は家を出て店構えを見に行くのだ。と、突然なんだか怖気づいて、何水遠を呼び止めた。

「阿遠、も一度考えてみない？　今の収入は少ないけど、安定してるわ。自分で独立すると、先のことは分からないわよ。どの道私たちよそ者だし冒険過ぎないかしら」

「危険を冒さないで大事は成し遂げられないよ」

春草はそう言われて止められず、行くに任せるほかなかった。

何水遠は自転車で、大通りや路地に入って、あちこちで尋ねてまわり、とうとう一軒の家を探しだした。十平方米しかなく、表通りも紅光デパートのようには広くない小路だが、とても賑やかで、周りはみんな店を出し、商売気分が溢れていた。家主は老人二人で、子供たちは皆仕事に出ており、表通りの部屋は貸したいと考えていた。春草の見込みどおり、貸し賃はひと月三百元と言った。何水遠はあれこれ交渉し、最初の半年分を前払いすると言うと、老人はすぐ毎月二百元にまけると答えた。何水遠は嬉しくなり、すぐさま千二百元の家賃を払うと老人は大変喜んだ。

春草は名残を惜しみながらも、半年以上過ごした紅光デパートに別れを告げた。孫支配人は、二人が賃料が増えたためデパートを出ていくなんて考えていなかったので、後悔している様子だった。別れる日に、彼は二人を見送りに来て、いろいろと感謝の言葉を述べた後、贈り物として電卓をくれた。

春草は、孫支配人の誠意ある様子を見て、少しすまないと思った。自分たちが陰で彼のことをとやかく言ったことなど、知らないままで居てほしい。本当は好い人なのだ。もし彼に出会わなかったら、自分たちはきっとこの街に定着することは出来なかっただろう。

ざっと改修し、春節が終ってすぐ店を開いた。

彼らは、部屋を仕切って、前面を店、後ろを住居とした。住居の方はこれ以上ないほど狭く、ベッド一つ置くのが精一杯だったが、春草にとっては立派という感じだった。春草は大家の老夫婦に絹織物の布団表地を贈った。二人は大喜びで、とりわけ小母さんは嬉しく、自分の家の台所を一緒に使っても良いと言ってくれた。

「小母さん、今後何か力仕事があったら、うちの阿遠が手伝うし、細かい仕事だったら私に言ってくださいな」それから小母さんの手をとって、言った。「私たち若いから、走り使いでも何でも、自転車もありますし、ご遠慮なく」

一緒に住んでいる家人のような口調に、小母さんは嬉しそうに何度もうなずいた。

春草は自分でも驚いていた。私って、どうして小母さんと話す時こんな風にすらすらと親しげに話せるんだろう。母親に話すよりずっと易しいんだもの。しかも、小母さんの手をとったとき、ほんとに親しい気持ちになる。小母さんがきれいな柔らかい枕のように、彼女のするままになって、まるで肉親のようだ。母親とではこうはならない。ハリネズミのように、近寄ったらすぐ刺してくる。私もハリネズミ、二匹のハリネズミが抱き合うなんてありっこない。

二発の連発式爆竹を鳴らし、門出を祝って開店した。

何水遠は自分で看板を書いて表に掛けた—杭州絹織物。看板は人の目を引いた。

なにせ慣れない土地で、全てがゼロからのスタートだ。春草は、すでに千弐百元の借り賃を支払ったことを思うと、石が上に乗っかっているような気分だった。早く儲けて取り戻さなくちゃ。毎日暗いうちに起き、真っ暗になって店を閉めた。北方の人は、寝るのが早いので、夜になれば客はないのだが、夜に品物を買いに来る人が居るのが分かった。例えば煙草やマッチ、醤油や酢、それに蝋燭などだ。それにヒントをえて、思い切ってそれらの品物の代行を引き受けた。何水遠は、「そんなの利潤は低いし面倒じゃないか」と言ったが、春草は、「儲けが多いか少ないかは二の次よ。人に便利だと思わせ、喜んでもらうことが大事なの。人に関心を持ってもらうのよ」と言った。

果たせるかな、一、二ヶ月経ち、春草特有の笑顔と熱心さ、それに南方訛りの標準語のおかげで、この小さい店は人気が出、布団表の売れ行きも悪くなかった。毎月の家賃や水道、電気、食費などなど、生活費を差引いても、なお利潤が少なくなかった。春草は、重くのしかかっていた石をやっと取り除いた。紅光デパートから離れたことをもう後悔しなかった。一番の特記事項は、ある人が来て、卸売りをしてくれと言ってきたことだった。春草は卸売りの意味が分からず、あとで何水遠に聞いた。

「卸というのは僕たちが元売りの店主になることで、向こうは小売り店主ということだ。こちらは一回に百点売れれば、向こうはそれを一点づつ売ることになるんだよ」

「何夢見たいなこと言ってるの。私たち、小売り店主にさえなれないのに、元売店主なんてやれるの?」

「夢見ちゃいけないかい？　人間誰でも夢見る権利があるんだよ。ソ連の宇宙飛行士ガガーリンがいいことといってる。友達よ、夢を持とうってね！」

春草は何水遠の笑顔を見つめていた。そこには愛が溢れていた。いつも何水遠が彼女の前で学の有るところを見せ、堂々と話すたびに、尊敬の念で一杯になるのだった。

何水遠は、春草に卸売りの意味を講釈した後、自分にもふと浮ぶものがあった。

「それも一つのやり方じゃないか。自分で一枚一枚売るより間違いなく早くさばけるな」

「私は一つ一つ売るのが好きだわ。その方が落着くし楽しい」

「やり始めさえすれば、卸売りの良いところが分かり、一つ一つ売るより楽しいよ、ほんとだよ。ただ、卸売りをやるならば、父さんのところで布団表地を買い付けてもらわなければ出来ないし、僕一人で行ったり来たりもできない。誰か雇わなくちゃ」

春草は、何水遠の目がきらきらと、まだ見たこともないように輝やいているのを見た。何水遠は、ここにちっぽけな店を開く程度では満足できないのだ。早くから、彼の野心は感じていたが、こんなに気が早いとは思わなかった。一歩を踏みしめない内にもう二歩目を考えている。好きなようにさせよう。彼も二人が早く好い暮らしが出来るようになりたいのだ。それに自分だって心のどこかで、そう思っているじゃないか。

「わかった、手伝ってくれる人を探しましょう。私、できれば身内の人がいいと思うわ」

「じゃ、君の兄さんに来てもらったら？」

「駄目よ。小さい時から何かしてくれたことなんかない。あなたの従弟の阿根《こん》、どうかしら。あの人若いし聞き分けも良さそうだし」

「そうだね。今度帰ったら彼を連れてきて、僕と一緒にやってもらおう」

何水遠は感情を高ぶらせて、言った。

「見てろよ一丁やってやるぞ」

春草はその様子を見て、自分にも素敵な未来が見えるように思えた。

ずっと後になってこの頃を思い出すと、春草は、一番意気盛んな毎日だったなとしきりに感嘆するのだった。お金が入る速度は怖いほどで、開店から二年目の正月に家に帰ったときは、一年近くの間に一万元以上を稼いでいた。彼らは夢にも見た万元長者になった。春草はいつも落着かず、大きな声で笑い、甘ったるく話をし、せかせかと歩いて、自分が持っている財産と釣り合わせた。

時は、風車が回るように早く過ぎていく。

（二十七）**清明**：二十四節気の一つ、四月五日ごろ。このころ天地がすがすがしく明るい空気に満ちるという。

第十六章 万万と元元

——一九八八年、春節(二十八)——

再び春節を迎えた。故郷を出て二回目の春節だ。最初の春節は商売が忙しいやら、旅費が惜しいやらで、帰らずに三百元送った。新年の挨拶と、この一年家を不在にしたお詫びの印でもあった。勿論何家の親へだ。

この春節には春草は必ず帰らねばならなかった。何水遠の家だけでなく、自分の生家にもだ。父親にも会いたいが、大事な事は春草が、自分は帰ることが出来ると思ったことだ。自分たちはもう万元戸になった！　正確に言うと、一万八千元の預金があった。これは小さな数字ではない。春草には、村ではまだ誰も万元戸はないという確信があった。

そう思うと夢をみているようだ。堂々と顔をあげて実家に戻ることができる。母親はどんな話し方をするだろう。家を出る時は、永久に帰るまいと考えていた。何水遠に嫁にいったのは、彼のところが遠く離れていたからだ。でも家を離れて始めてそれは出来ない事だと分かった。毎日口喧嘩する仲でも、長く一緒に暮らしていれば愛情が湧いてくるものだ、それが本来の姿だと悟った。両親は言うに及ばず、家の竈、水桶、米櫃、それから棗《なつめ》の木。彼らはまさか私を忘れはしまい？　春草はますます、帰りたいと強く望んだ。

帰る日の晩、春草は夢を見た。家に戻って、私たち万元戸になったよと言っても、母親は信じなかった。預金通帳を見せると母親は「これがお金だって、ただの紙切れだ。これで、王《わん》小母さんとこで物が買えるかね？」と言い、気をもむところで目が覚めた。

目が覚めるとすぐに何水遠に尋ねた。

「私達本当にあんなにお金あるの？　間違っていない？」

「二万二万は問題じゃないよ。やっと始まったばかりだよ」

春草は落ち着かなかった。あれだけ沢山のお金を預けたのに、預金通帳のこんな紙切れ一枚だ。銀行が使い込むなんてないかしら。彼女は何水遠にせがんだ。

「だったらあなた、お金を一度全部引き出して私に見せてよ。あの紙切れで取り戻せるのをこの目で見れば、安心するわ。でなければ眠れない」

何水遠は彼女にはかなわず、全部のお金を引き出してきて、春草の前に並べた。

春草はドアの鍵をかけ、カーテンを閉めてお金をベッドに広げ、一枚一枚数えた。確かに一万八千元あった。手元にある小銭を加えると、一万八千三百元だ！

彼女は、ベッドに積み重ねたお金を見て、口に出せぬほど嬉しく、お金を枕の下に敷いて眠り、次の日何水遠に銀行に預け戻しに行かせた。

「僕も預けっぱなしにはすまいと思う。、来年は下ろして、家を建て、子供を作るんだ」

そういう何水遠の口調は誇りに満ち、まるで皇帝のようだった。勿論春草は賛成だ。何のためにお金を稼ぐ？　家を建てたり、子供を養うためだ。でないと自分たちがお金を貯めたのが証明できないじゃないか。いつもみんなの前でお金を数えて見せるわけにはいかない。春草は早くから、きっと母親の瓦屋根の家を超えた大きな家を作り、母親に見せたいと思っていた。母親が口をへの字に曲げた不機嫌な様が見えるようだ。

「僕たち、今回は衣錦還郷だ」

「その言葉、説明してくれなくても、どんな意味か想像できる。つまり新しい衣服を着て喜び勇んで家に帰ることじゃない。違う?」

「そうだそうだ、大体そんな意味だ」何水遠は大笑いした。

「でも私、衣錦還郷だけじゃなく、もう一つこれがあるのよ」

彼女は得意そうに自分の膨れたお腹をたたいた。、

「お金があるって、本当にいいことね。ハエが甘いものにはりついて動かぬように、金持ちには幸運もしっかりついてくるのね」

何水遠は笑って言った。

「君もだ、ハエよりもずっと好いんじゃないのかい。僕たち今は、錦、上、添、花というべきだな!」

春草の二回目の妊娠は既に六七ヶ月になっていた。何万元(男)なのかそれとも何千元(女)なのかは分からないが、カンガルーのようなお腹の子は健やかに成長していた。見通しでは春節が過ぎる頃、母親と同じ陽ざしの明るい三月に生まれる予定だ。正直に言うと、身ごもっていなければ、この春節に帰ろうとは必ずしも思わなかっただろう。前の流産の後彼女はずっと妊娠せず、内心焦っていた。彼女以上に何水遠が焦って、毎日一杯の蜂蜜水を飲ませた。ようやく去年の六月に身ごもった。病院から帰ったその日、かつてないことに何水遠は小さなレストランで野菜料理を奢った。二人とも幸せが顔に出ていた。昔、口さがない連中が、あの女は子供を生めないと噂した。だいたいそんなことは事実を見てから言ってほしいものだ。今、このお腹を抱えて村をひと歩きしさえすれば、一切がはっきりするだろう。大家の小母さんは、彼女のお腹が尖って前にそっているのを見て、「きっと男の子だ」と言う。春草は大

笑いした。

「男の子でも女の子でもよいの。私、どちらも好き」

「あんた、でたらめ言っちゃだめよ。気にしないようなこと言ってるけど、あんたの嫁ぎ先でも多分男の子を欲しがってるよ」

勿論春草は知っていた。彼らの地方では、嫁ぎ先での嫁の地位は、男の子を生むか生まないかにかかっている。だが自分がひどい差別を受けたので、自分の子供がまだ世間に出ないうちにあの苦しみに会わせたくなかった。

「いちばん好いのは男の子と女の子の双子よね」

「あらまあ、あんた、欲張りね」

春草は嬉しくてたまらなかった、彼女は小母さんと、このような会話を交わすのが好きだった。嫁に行く時の母親の言葉が忘れられない。もしいつかお前が上手くいかずに戻って来たら、びんたを食らわすよ。でも母親は、いつか暮らしが良くなって戻ったときはどうする、とは言わなかった。言い忘れたのか、それとも根っから暮らしが良くなるのを望んでいないのか？　今母親がどんな顔をするのか、見たくて仕方がなかった。

聞く所によると、弟の春雨も春節は家で過ごすそうだ。弟には三年も会っていない。父親を除けば、家では春雨が一番親しかった。帰ったら弟に本代を沢山あげよう。今はお金があるのだ。春草は考えるだけで嬉しかった。

里帰りの汽車の旅は、感慨ひとしおだった。二年前初めて汽車に乗った情景が目の前に浮かんだ。「昔とは比べようもないな」という何水遠の言葉も、感慨に浸っている春草には聞こえなかった。お腹の子供のために、何水遠は寝台券を買った。夜は彼女が寝て、昼は何水遠が寝た。片方が眠っている内に、駅に着いた。汽車を降りると、故郷の陽光が春草の目の前に懐かしく広がっていた。それはよい香りのする冬の陽光であった。

何水遠の家に着いた時はもう夜だった。春草はさすがに身重で、少し疲れていた。何水遠の父母は息子と嫁が、お金を稼いだばかりでなく、お腹を脹らませて帰ってきたので、顔中しわくちゃにして喜んだ。恐らく、こんなに嬉しいことは生まれて初めてに違いない。次の日の朝、春草達が起きる前に、父親は既に豚肉を買ってきていて、庭には幸せな匂いが充満していた。妹も義姉に優しくした。何もかも春草を満足させた。

春草は起床後、何水遠につれられて村に行き、親戚をまわり、お年賀を渡した。春草は自分が作った赤い緞子《どんす》の上着を着て、満面笑顔で、お腹はふっくらとしていた。何家村落の人たちはもの珍しそうに、彼女の背後であれこれ品定めをした。街を出るとき春草は、わざわざ銀行で二元紙幣を100枚用意しており、親戚の子供に会うと一枚渡した。多くの笑い声とお世辞に包まれ、すっかり満ち足りた気持ちになった。

これこそ自分が目指した日々だ。馳走を食べ、暖かい服を着、人前でも恥ずかしくない暮らしだ。

正月三日になって、二人は連れ立って春草の実家に行った。

実家に用意したプレゼントは—富錦布団表一枚、氷砂糖の餅菓子二箱、キンシコウ煙草二カートン、それから母親にセーター一枚、父親に靴一足を取り出してテーブルに並べた。兄たちには、二人の姪に一人二十元の小遣いを与え、気前の良い所を見せた。弟の春雨は結局戻らなかった。休みを利用して授業を復習し、大学院を受験するとの事だ。

こうして、家族全員、春草の帰郷に喜びがあふれた。

父親は自分の靴を試しに履きながら、母親に「セーターを着てみたら」と言った。

「無駄使いして分別のないことだ。少しばかりお金があれば、うずうずして使いたがる。こんな物を買ってどうするんだよ?」

春草は、母親が本当に叱っているのでない事は分かっていた。少なくとも腹は立てていない。お金があれば度量も大きくなるようだ。母親の話が聞こえない振りをして言った。

「私たち、新しく家を建てるの。正月八日には工事を始めるつもりよ。その時は父さんに門の対聯を書いてほしいの」

「その新しい家、誰が住むの? まさか、向こうで商売するのを止めるわけ?」と春陽、

「勿論向こうで商売やるわよ。稼いだお金がまあまあになったら、又戻って来るよ。街には自分の家が無いんだから、いつか帰らないわけにはいかないわ」

「街の商売はそんなにうまく行っているの?」と春風、
何水遠が道士みたいな口ぶりで言った。

「うまくいっているといえば、いってる、難しいといえば難しい。僕達はいろいろ模索して、ようやく少しばかりやり方が分かって来たところです。これからの発展は大きいでしょう。義兄さんたちがお望みなら、僕たちと一緒に出稼ぎに行きませんか?」

春風は何度も頷き、興奮して「好いな好いな」と言ったが、春陽は黙っていた。

春草は心づもりはなかったが、自分も前からそう思っていた振りをして、続いた。

「そうよ、この人の従弟の阿根はもう私達を手伝って一年になるわ。まだ手助けしてくれる人が欲しい

のよ。赤の他人より身内のほうが良いと思っているの」

春草はこの手助けのところを強調した。

母親が、ぶすっと言った。

「みんな出て行ってしまったら、どうするんだい？　家の仕事は誰がする？私は阿明の所で仕事するが好いと思う。家の面倒も見られるからね」

「阿明、何しているの？」と春草は急いで尋ねた。

「阿明は工場を経営している。もっぱら村の刺繍の品を買って加工し、街に持って行って売るんだ。テーブル掛けとか、カーテンなんか。もうけは好いようだよ」

と父親が言うと、母親が後を受けた。

「阿明の嫁さん、皆のお気に入りだよ。いつも会うとにこにこして、弥勒仏みたいに人を喜ばせるんだよ。仏頂面ばかりしてては駄目だよ」

春草はとたんに落ち込んだ。自分がどんなにお金を持ってても、母親の前では、依然として恰好がつかないんだ。やはり父親が中を取り持って言った。

「行きたきゃ行けば。家族を手助けするのは、他人《ひと》のところで働くよりは良い」

「そうですそうです。僕達きっと、阿明の所より給料は多く出せます」

話のあと、何水遠は春陽、春風と隅に行き話しこんだ。

春草は思いがけなく一人になって父母と向かい合ったが、どうにも居心地が悪かった。父親が黒砂糖湯をついでくれて言った。

「顔色が悪いよ」

「大きなお腹をかかえて、あちこち出歩く者が何処にいるかね」と母親が言った。

私がおなかにいる時、母さんいつものように仕事していたんでしょ？　と聞き覚えの事を言おうと思った。だが母親は自分のことを思って言ってるんだと考え、少し我慢した。

「お正月でしょ、ずーっとみんなに会いたかったのよ」

「お前、二年くらい帰って来なくったって、母さんたち大丈夫だよ。心配さえさせなきゃそれでいいんだよ。それが何よりもの望みなんだ」

「母さん、お前に体に気をつけろと言ってるんだ。あまり体を動かすなって」

春草は頷いた。もし母親が、最初の子が流産したって知ったら、どんなに聞き苦しい事を言われるか分かったものじゃない。

又、父親は言った。

「梅子の子は四歳になったよ。男の子だ。暇を見て会いに行ったら」

「行ってどうするんだい？　何か好い事でもあるの？　梅子を得意がらせるだけじゃないか」

春草は母親の言う意味が分からず、父親を見た。

「梅子の夫は今課長になってるんだ」

なんだ、そうだったのか。以前はあのおとなしいマシュマロのようだった人がお役人になったんだ。春草は心中梅子の為に嬉しかった。大変おめでたいことだ。だが、口にはしなかった。ひと言言うと、又母親の皮肉が飛んでくる。母親と言い争うことはない。どの道、今の自分はとても好い暮らしが出来ている。夫もいるし、子供もできた。欲しいものは何でもある。この上なく愉快なんだ、と自分に慰めの言葉をかけた。

春草は父親にあちらに行ってからのことを説明し始めた。自分が始めて汽車に乗った時便所でどんなに驚き「肝をつぶした」か。道端に並べた品物を商工局に没収された時の様子、二人がどんな経緯で叔父の家を出て表地を売り始めたかも話した。自分が意外にも模範従業員に選ばれたときは、何もかもが愉快になったことなどなど、楽しそうに話した。話しながら興奮したのか顔を赤くしていた。

父親は黙って聞いていた。娘のこの変りようはどうだ。話す口振りも変わった。幾つか北方訛りも交えている。語尾に「わ」を愛用した、例えば「うれしいわ」、「この子よう肥っているわ」更に、野菜を炒めるは「野菜をば炒める」と言うし、子供と言うのも、簡単に「子」と言う。これらはみんなよそよそしく聞こえた。その上口数が少なかった彼女が今では進んで話すようになった。父親は、初めて見るこの変り様を喜んだ。もう昔の虐められっ子ではなく自信に満ち世慣れた女性になった証《あかし》だからだ。

母親は言い返しはしなかったが、熱心に聞くわけでもなく、暫くすると、さっさとご飯を炊きに出て行った。

母親が行くと、春草も話す興趣が大いに薄れ、立ち上がって外に出た。庭の孟宗竹は健在だった。母親が昔何度も言ってたが、春草が生まれた時に、孟宗竹二本を、内祝いに配る紅卵に換えたそうだ。それを聞いて彼女は竹に特別な感じを持っていた。竹は冬を越しても緑色にはならないが、彼らの内部は、自分と同じで既に青々としている。竹は本当に可愛い植物で、肥料も要らず害虫退治の必要もなく、剪定も不要でそのまま役に立つ。

母親が厨房から顔を出して、大声で尋ねた。

「お前、病院に行って、お腹の状態を見てもらったのかい？」

「行っていないわ」

「街に住んでもう二年だ。赤んぼは始めてだから、病院に行って診てもらうがいいよ」

「私、大丈夫です。病院に行ってもすることないわ」

「何が大丈夫だよ。お前のような大きなお腹をかかえている人が何処にいるかね。あと一月もすれば生まれそうだよ。病院に着く前にお腹が破れちゃうかもよ」

突然母親が「お前双子じゃないかい」とすっとんきょうな声を上げた。

春草はびっくりして、反射的に叫んだ。

「阿遠！　阿遠！」

「こんな事で旦那を呼んで、どうするんだい？」

何水遠が部屋から飛び出してきた。

「母さんが、私、双子じゃないかって」

何水遠はそれを聞いて驚いた。春草のお腹を暫く見て、言った。

「本当に大きいようだな。町の病院に行って診てもらったら？」

「一人でも二人でも、生まれたら面倒見るわよ。大晦日よ、病院に行って何するの？」

母親が自分を驚かせようとしたのかもしれないと思ったが、双子だったら願ってもないとも思った。双子でも自分たちには養う力がある。しかも、十五歳の時伯父の家で双子の世話をしたことがあるので、問題はない。と、そう考えていると、急に体が重く感じられる。腰がだるくてたまらなくなったので、すぐに部屋に戻って寝た。

実家での最後の日、春草は梅子の家に行こうと思った。何水遠と一緒に行きたかったが、彼は義兄たちと明け方まで麻雀をしてやっと眠ったところなので、一人で行った。

道々、春草はすこし大きなお腹を突き出して歩き、何度も人と心のこもった挨拶をした。一人であろうと二人であろうと、もうすぐ生まれるんだ。彼女は誇らしかった。うまず女《め》なんて陰口たたいてた者を見返してやるんだ。

途中王《わん》小母さんの雑貨屋に立ち寄り、梅子へのお年賀にお菓子を買った。

「春草、あなた随分綺麗になったね」

「そんな事ありませんよ。肥って格好悪くなったわ」

「昔から言ってるじゃない。女が子供を生むというのは、自分を生むのだって。産後のひと月をちゃんと養生すると、年を重ねるごとに若くなるんだってよ」

「ほんとですか？」

王《わん》小母さんは熱心に、どのように養生するのか、自分の経験を話してくれた。春草は真面目に聞いて、一つ一つを心に刻んだ。

雑貨屋を出て、数歩も行かない中に阿明に会った。前の日阿明の家に行ったものかどうか考えていたが、ぱったり会ったのだ。なんとも都合が良い事だと嬉しくなって、熱意溢れる挨拶を交わした。阿明も大変喜び、早速自分の家に来るようにと誘った。

阿明は、結婚後父母の家から引越し、村の東の学校のすぐ傍に、瓦葺の二階家を新築した。近くに行ってみると、貼ってある目出度い喜の字が残っていて、対聯もぼんやりと見ることができた。春草はとぎれとぎれに「新年好」（新年おめでとう）という字を読んだ。

「春草、君、字が読めるようになったんだ？」

「読めるって言っても、一かごにもならないわ」

恥ずかしそうに笑いながら喜の字をくぐって中に入ると、庭に赤ん坊を抱いた女性が居た。きっと阿明の奥さんだ。すぐに自分から声を掛けた。

「奥さんですか？　私あなたに会いに来ました」

梅子に買ってきたお菓子を手渡すと、奥さんは少々怪訝そうだった。

「この人が春草だよ。話した事があるだろう」

阿明は奥さんに私のことを話してるんだ。何と言ったんだろう？

「あ、春草さんなの、まあまあ、ようこそ、何かお菓子まで戴いて」

奥さんは子供を阿明に渡して、春草にお茶をもてなした。

「阿明はいつもあなたの話をするのよ。仕事ができるって。街で沢山稼いだんでしょう？」

「まあまあですよ」

「私たちには出来っこないよ。村で働くしかない」

「そんな事ないですわ。あなたたちとてもうまくやっているって母さんが言ってたわ」

阿明が話に割り込んだ。

「僕たちのは小さな仕事だよ。君の所とは比較にならない。でもね、子供が少し大きくなったら僕の母さんに見させ、加工工場は家内の姉さんに任せて、山の棗《なつめ》の樹を引き受けるんだ。今、あの樹は誰もかまっていない。惜しいよ」

「そうね、私は今動けないけど、半年待ってよ」と、奥さんは言った。

春草は奥さんが入れてくれたお茶を受け取りながら、奥さんがそれほど綺麗でも、肉感的でもないと思った。なのに阿明はずいぶん彼女を気づかっているようで、いつもにこにこして、たいへん執着がある風だった。春草は少し羨ましい気持ちが胸をかすめたが、すぐ、私には阿遠がいると思った。

彼女は唾を飲み込み、努めて自分の気持を高ぶらせながら、言った。

「さあ、いよいよ私も忙しくなるわ。後一ヶ月で生まれるの」

阿明の奥さんは、経験者の目つきで春草を見た。

「私の時と、お腹の大きさが違う。女の子見たいね。あなた、食べ物の好みはなに？」

「甘いものが好きよ。甘酒だんご一回で十五個食べられるわ」

「ほら、私が言ったでしょ、あなたきっと女の子よ。私の時は酸っぱいものが好きだったのよ」

春草は負けず嫌いの口調で言った。

「酸っぱいのが男で、辛いのは女って言わない？　私、辛いのはきらいだわ。甘いのは何だろう？まさか男も女も両方あるって事？」

「それって、悪くないじゃない」

阿明は妻の話の途中で言った。

「どちらも正しくないね。君、高校出たくせにそんな事信じてるのかい？」

それで、阿明の奥さんは高校卒だとわかり、急に元気が無くなった。綺麗でなくても沢山勉強してきたんだ。道理で阿明がでれでれしているわけだ。こちらは字をなんぼも知らない。だけど、阿明は始め私が好きだった。私がうんと言わなかったから、高校卒を選んだわ。そう思うとまた嬉しくなってきた。

「春草、君ずいぶん変わったね」

「老けたでしょうよ」

「違うよ、以前の君より朗らかで、よく笑うよ」

「本当？　あちらの人は皆朗らかなの。話声が大きくて勇ましいの、すごく響くのよ」

春草は陝西のことを話したくて、うずうずしていた。つまり自分がこの村を出て始めて行った遠いところ、彼女が視界を拡げたところのことをだ。だが、話を始めようとした時、奥さんが口を挟んだ。

「阿明、老酒《らおちゅう》を買いに行ってくれない？　午後、私の母さんたちが、晩ご飯を食べに来るの。春草さんあなたもご一緒にいかが？」

春草は何度も断わりを言って、帰った。

阿明の家を出てから、春草はまっすぐあの山麓に行った。七ヶ月の身重であり、母親が、お前のお腹は話にならないほど大きいね、と言ったほどだけれど、順調に山麓の頂上に着いた。そんなに疲れを感じず頂に上った時、何だか今学校帰りの路上にいるような懐かしさを感じた。

山麓の頂には大きな変化は見られなかった。樹はやはりあの樹だし、窪みはやはりあの窪みだった。そこに立って息を弾ませ、少しばかり感傷的になった。

早春の日の光が静かに山麓を照らし、暖かい香りを放つ。棗林《なつめ》にはまだカラスがいた。春節が過ぎてようやく緑になり始めている。阿明がこの棗林《なつめ》を請け負おうとしているのか？　もし自分があの年阿明の嫁にいってたなら、私も一緒にこの山麓で生活することになるのだ。それも素敵じゃないか？　春草の心は乱れた。多くのことが行ったり来たりして、訳が分からなくなり、暫くぼうと立っていた。昔からよくなじんだ匂いが漂っている。土の匂いなのか、それとも陽光の匂いか、見分けはつかなかったが、とにかく久しぶりにたっぷり懐かしんだ。彼女は樹に寄りかかって、はるか下の村を見渡した。

村は依然として船のようだが、昔より混み合っていた。船上には新しい家がぞくぞくと建ちあがり、船全体が重々しくなった。牌坊は相変わらず船の帆のようだが、以前のようには目立たなかった。前途に絶望して傷心のあまり泣き叫んだのは、僅か三年前だ。

あの頃は、今の自分があるなんて思いもしなかった。あのとても長かった灰色の少女時代はとうとう過ぎ去った。今ようやく自分が望んだ生活を持ったのだ。

春草は大声で、自分は幸せだということ、終に楽しい生活になったということを、ここの世界に知らせようと思った。だが、いつまでたっても、ひと言も出なかった。いつかの雪の河辺の時のように、木偶《でく》の坊みたいに立っているだけだった。彼女はひとりで笑った。愉快なのに喚き叫ぶ必要はない。心底から穏やかな気持ちでぼうっとしていられるじゃないか。これこそが安らかなひと時だ。いつまでもこうしていたい。

早春の風は何といっても少し冷たい。いつまでもそうしてはおれず、春草は山を降りた。

一切が春草の予想通りに進んだ。

春節の後、彼らの新居は何家一族の敷地に出来上がっていった。一日一日高くなった。阿明の家に行った後、春草は自分たちの家は三階建てに変えたいと阿遠にせがんだ。その上、てっぺんを高くしたい。阿明の家を超えたいのだ。何水遠は不思議に思ったが、家を大きくする事は自分も願うところだ。お金なんて、使えば又稼げば好いのだ。

春草のお腹も日に日に大きくなった。よく食べよく寝て、すこぶる元気だった。

唯一春草を心配させたのは、何水遠の麻雀遊びが前よりひどくなったことだった。いつも一晩中遊び、その上お金を賭けるのだ。何水遠の変化は春草よりずっと大きかった。彼は酒を飲むのが好きな上、派手に振舞うのが好きだった。村の人が彼が身に着けている物を褒めると、すぐに取り外して与えた。家でじっとしている時間はだんだん少なくなり、いつも他の人の家で遊ぶのを好んだ。

別に麻雀が悪いとはいわない。男が外で麻雀をして金を賭けるのは普通だろう、と思っていた。村の男は大体そうだ。二人は自由恋愛ではあったが、村の他の女性と同じように夫に寛容であり放任していた。

とは言っても春草は、彼が仕事をおろそかにするのは心配だった。もともと八日には仕事に戻ると言っていたのに、ぼやぼやしているうちに元宵節(二十九)となった。元宵節の日彼は結局徹夜で遊び、朝帰りして寝てしまった。春草は何も言わず、午後何水遠が起きると、彼女は荷物を片付け始めた。

「君、何しているの?」

「あなた、まだ行きたくないようだから、私が先に行くわ」

「何急いでる? 一日二日くらいどうってことないよ。あれこれ言わずに、お前は、生まれた赤ん坊を養生してから行けよ」

「あんたがこんな様子じゃ、安心して赤ん坊を育ててなんかいられないわ。阿明の加工工場では春節はたった二日休んだだけよ」

「どうしていつも彼と比べるんだ?」

「誰もすき好んで比べたりはしないわよ」

何水遠は黙った。春草は彼がやきもちをやくのを心配して、付け加えた。

「私、考えるんだけど、私たち街でやってるくせに、村でやってるあの人に、いつまで経っても追いつけないわよ」

「そんなことがあるもんか。僕たち、きっとあいつらを追い越してやる」

「空論なら誰でも言えるわ」

「君、他の男を信じて僕を信じないと言うんかね」

「そうね、あなたのこんな様子みてて、どう信じろというのよ」

夫婦二人は少し気まずくなった。

だが、暫くして何水遠が、機嫌をとるように口を開いた。

「分かったよ。お腹の子どもに、かんしゃくはいけない。僕は明日発つよ、いいだろう?」

春草も語気を緩めた。

「私もあなたに家にいて欲しいけど、お店が心配なの。あそこ、商売しなくても家賃は払わなくっちゃならないのよ。考えると頭が痛いわ」

「分かった、すぐに行くよ。安心しな、ちゃんとやるから。それに大仕事をやってやる」

「大仕事って、なに?」

「その時になったら言うよ。僕には考えがあるんだ。胸有成竹(わが胸に成算あり)だよ」

「私たちの商売、もう大きくなったんじゃないの?　卸売りになったんだよ」

「そんなんじゃ大きいとは言わないよ」

春草は黙ったが、目には不信が一杯で、心配そうだった。

何水遠は話題をそらして言った。

「胸有成竹」の意味が分かってるの?昔ある人が竹を描くために、毎日眺めに行き、目を閉じても竹が心に浮かんでくるようになって、ようやく描き始めた、というのだ。今はね、その比喩のように、胸の中ではある事を考えに考えて、既に熟してきてるんだ」

春草は自分のお腹をたたいた。

「私もやっと胸有成竹だよ」

何水遠は春草がようやく笑顔を見せたので、ほっと一息ついた。

何水遠は春草に促され、ぼんやりとはできなくなり、二日後春草の次兄春風と自分の妹水清を連れ、小親方のような顔をして故郷を離れた。

何水遠が行ってまもなく、春草は順調に彼女の〝成竹〟を産んだ――なんと母親が予言したように、双子だった。しかも龍風胎（男女の双子）で、当地のニュースとなった。春草自身も驚ろいた。冗談が適中したのだ。彼女は自分の主張で、二人に何万万、何元元と名付けた。新しい家も順調に完成した、高くて綺麗だったので、当地の一つの景観となった。春草は万万と元元を連れて、義父母や義妹たちと新居に引っ越した。

男女の双子と新築の家のおかげで、春草は人々の羨望を浴びることになった。

彼女の母親さえ、見に来て、めったに見せない笑顔を見せた。

ただ母親は、笑った後すぐに言った。

「苦労しなくてもお金は貯まるもんだと勘違いするなよ。これからは節約しなくちゃね」

それからの日々は水のように静かだった。何水遠は時々お金を二百三百と送ってきた。彼は春草に、お金は主として商売に投じているので、家には多く送金できないと言ってきた。春草は分かっており、満足していた。将来のために、今は気ままには使えないのだ。普段の生活には、彼からのお金は必要ないので、送ってきたお金は全部銀行に預金した。預金が千元貯まると定期預金に移し変え今後の子供の学資にした。

この幸せな日々は非常に早く過ぎ、油を引くように、すっと一年が滑って行った。

（二十八）**春節**：旧暦の元旦。新暦では、一月末から二月上旬頃

（二十九）**元宵節**：春節から数えて十五日目で最初の満月の日にあたる

第十七章 借金取り ―一九九十年、小寒(三十)―

いつしか又冬が来た。

その年の冬は早く来て、とても寒かったことで春草の記憶に残った。この浙江省の東でも珍しく、十一月にはもう小雪が舞い、庭には氷が張った。新築といっても寒いのに変わりはない。二人の子供にはなお更で、そろって鼻水をたらし、咳をした。春草は姑にならって、生姜糖湯を飲ませたり、菜種油を背中に塗ったりした。息子、万万は随分好くなったが、娘、元元が良くならず、熱も出た。彼女は仕方なく、村の病院に行った。

この頃の春草は、子供たちの面倒を見るかたわら、畑仕事もやらねばならず、いつも気持ちがいらついていて、口元におできが出来た。

だが、寒さ以上に何水遠の事が気にかかった。ここ暫く彼から消息がなかった。義妹も長い間自分の父母に手紙をよこさなかった。自動車事故にあったとか、何かあったのではないか。街で一番危ないのは車だ。でなければ、何だろう。村へ薬を買いに行った時、実家に立ち寄った。阿遠と一緒の筈の次兄春風の様子を聞けば何か分かるかもしれない。母親に会うと、不機嫌そうに意外なことを口にした。

「二人は仲が悪くて、とっくに別れたよ。春風は西安駅で暫く客の荷物運びをやってたが、あんまり寒くなったので戻ってきて、今は阿明の工場で働いているよ」

春草は不安になり、帰郷しているという次兄春風のところへ行った。

「君んとこの阿遠は勝手気ままだよ。僕なんかあのての人とは一緒にやっていけない」

「あの人、いったいどうしたの？」

「彼、僕らは相手にせず、麻雀で知り合った陝《せん》さんの言う事なら何でも聞くんだ」

「それで、あの人、今何処にいるの？」

「僕にもよく分からない。別れてそろそろ一ヶ月になるが、どうやらあの陝さんが阿遠と組んで石炭の商売をやりたいようだった」

　春草は聞きながら、かすかな不安を覚えた。どうして絹を売らずに石炭に手を出すんだろう？それが彼の言ってた〝胸有成竹〟の大仕事なのだろうか？　これまで、何水遠が連絡してこなかったことはなかったのに、何処を探せば良いのだろう。舅や姑にも心配かけるので言うのがはばかられた。ただ待つしかなかった。以前だったらこちらから探しに行けたが、今は上には老人下には子供がいる。動きが取れず、じっと待つほかなかった。

　じたばたしてもしょうがない。春節にはきっと戻って来るはずだ。

　その夜、二人の子供を寝かし付けたあと、自分も早々と寝床に潜り込んだ。冷え込みが厳しく、布団の中に座って針仕事をしながら、何水遠の事を考えると、頭が混乱した。と、その時、玄関のドアを激しく叩く音が聞こえた。こんな寒い晩に、一体誰だろう？　悪い知らせでもあるんだろうか。義父がドアをあけたのが分かった。急いで服をはおって客間に行くと、驚いた事に義妹の何水清だった。

「義姉さん、兄さんが大変！」

「どうしたの？　車にでもはねられたの？」

「そうじゃないの。兄さん騙されて、お金を全部すった上に、借金までしてるの」

春草はそれを聞くと、逆に語気を緩めた。

「体に何事もなくて良かった。どうして騙されたの？」

「私にも詳しくは分からないけど、借金取りが毎日金を返せって追いかけていて、兄さん、隠れちゃったのよ。借金取りは兄さんが見つからないものだから、こちらへ来たの」

「あの人、騙された方なんでしょう？　それがどうして金を返せって追われるの？」

「どうやら陝さんに儲かると言われて、こちらに石炭を持ってきて転売しようとしたらしいの。元手が足りないので人に四万元程高利で借りたの。全部で七八万つぎ込んだようよ。石炭を発注したあと、こちらで買い手は見つからないし、石炭も届かず、その上陝さんも消えちゃったの。それで兄さん、元手の三万元と借りた四万元が全部水の泡よ。きっととんでもない詐欺師に引っかかったのよ」

「神様、七万だって！　なんてことなの！　私たちの絹織物のお店は？」

「義姉さんまだ知らないの？　兄さん、とっくにお店を手放したのよ。でないとそんな大金がどこから出る？　義姉さん、すぐに子供を連れて逃げたがいいわよ。借金取りが二人、今晩村に着いたようだから、明日にはここにやってくるわ。兄さんが見付からないので、えらい怒ってるようで、何するか分ったもんじゃないわ。で私、知らせようと思って、夜中だけど駆け戻って来たのよ」

「それで阿遠は？」

「隠れたわ。あなたに合わせる顔がないと言ってるわ」

春草は暫くぼんやりしていた。阿遠がお金をすってしまっただけなら、大したことはない。元の生活に戻れさえすれば、借りたお金はそれから少しづつ返していけば良い。ところが、平穏な日々さえ送れなくなるなんて！　逃げるって？　何処へ？　老人はいるし、子供は幼い。この冬の真っ只中に、外へ逃げ出すのは、死ぬのと同じじゃないか？

義父母は、この突然の出来事に呆然となっていた。春草は、家のものはみんなお前が頼りなんだ、落着け、と自分に言い聞かせた。

「お義父さんお義母さん、水清と二人でちょっと相談するから先にお休み。なんでもないですよ、大丈夫です」

春草は気持ちが震えてくるのが分かった。ひどく寒い夜で、二人は体を寄せ合って寝床にもぐり込んだ。しばらくして、春草が口を開いた。

「水清、あなたの兄さん、ほかに何か言ってなかった？」

「先ず家に残ってるお金を彼奴《あやつ》らにやって、当面うまく処理してくれって」

「何処にお金が残ってる？　水亮は県の学校で、学費は高いし、義母さんの薬代や治療費も毎月馬鹿にならない。その上二人の子どもも養わなきゃならないでしょ」

春草は全てを話してはいなかったが、こっそり実家にもお金を渡していた。春雨が大学に上がってからは両親の負担が重く、信用組合からお金を借りていた。もともと春雨が大学卒業後仕事につけば返せるとあてにしていたが、あいにく、卒業後は山間の軍需工場に配属された。毎月の給料は百元そこそこで、自分が所帯を持つにも足りず、借金返済なんてできなかった。その頃春草は状況が好く、貯めた五千元を父母の借金に役立てた。だから二千元の預金しかなかった。しかしこれぽっちでは、問題の解決にはなりはしない。

「じゃ義姉さん、ひとまず子供を連れて実家に二日ほど戻ったら？　私が彼らの相手をして帰してから、又考えましょう？」

「あなた、女手ひとつで、どうやって相手するのよ？」

春草は、そこに横になったまま、ぼんやり考えた。水清は疲れがひどくて、眠ってしまったので、自分で方策を練るしかなかった。ひとつだけはっきりしているのは、逃げ出す訳にはいかないということだ。二人の子供はまだ幼い。こんなに寒いのに、どこへ逃げる？　実家に戻るのも出来ない相談だ。両親に面倒は持ち込みたくない。

突然工場を経営している阿明を思い出した。彼ならお金を貸してくれる筈だ。状況が良くなり次第返す。きっと返せる。勿論三万元がはした金とは思っていない。だが、阿明なら貸してくれるだろう。

春草はマフラーを巻き、ギシギシいうぼろ自転車に乗って、夜だというのに里へと急いだ。月はなく、氷のように冷たい風が骨身に浸みる。山道で彼女は何度も転げそうになった。登りは力を入れてペダルを踏んだ。踏みながら考えた。阿明は助けてくれる筈だ。

春草ははっきりと、子供が〝百日の祝〟の日の出来事を覚えている。

その日、家には親戚や近所の人が大勢来ていた。皆、おめでたい何家にあやかろうと縁起物をもらいに来た。舅と姑は大ざるに棗《なつめ》の紅マントウを蒸して振る舞った。たそがれ時になり、ほとんどの人が帰って、春草は庭の入口に座り子供に乳を含ませていた。

春草はそうするのが好きだった。傍に、小さな竹のベッドを置き、一人を抱きかかえて乳をやり、次にもう一人を抱く。二人の子に飲ませるにはだいぶ時間がかかった。人が通ると、自分の誇りを皆と分かち合うため、大きな声で話した。

「この二人の子ったら、手間がかかるのよ。お乳をやるのに随分時間がかかるわ」

もう六月で、すごく暑い日だった。彼女は薄いシャツの前をはだけて、乳房を含ませていた。先に元元に飲ませる。元元はすぐにお腹いっぱいになる。元元が暫くして口を離すと、お乳が赤く丸々とした赤ん坊の顔に噴き出る。慌てて元元を下におき、万万を抱きかかえる。万万がむさぼり飲む様子を眺めながら、言いようのない幸せで一杯だった。

うっとりしている時、「やあ、阿草」という、聞き覚えのある声が聞こえた。

顔を上げると、なんだ、阿明だ！　なんとも意外だったので、春草は慌てて立ち上がった。

「あら、阿明、あなたなんで来たの？」

「君に会いに来たんだよ。今日は子供の百日祝をやると聞いたので」

阿明は言いながら、持っていた赤い紙包を春草に手渡そうとした。春草は両手で子供を抱いて、手が離せなかったので、阿明は春草の懐に押し込んだ、押し込む時春草のふっくらした乳房に手が触れ、その手は、そこに暫くじっとしていた。

「阿草、ほら、君の今の様子、牛の母さんみたいだよ」

「駄目よ、さあ早く部屋に入りましょう」

春草は万万に乳をやりながら、阿明に元元を抱かせて、二人一緒に部屋に入った。

「あれ、どうして君一人？」

「主人の父は外出してるの。母は台所で晩御飯の仕度よ」

阿明は元元を置き、春草に近寄った。

「僕に子供を見せてご覧。やあ、賢そうな子だ、もち肌だ、お母さんにそっくりだ」

彼は子供の頬をちょっと触り、手は素早く春草の乳房に行った。

「あなた、駄目よ！」

「僕は君が好きなんだ！」

「嘘ばっかり」

「ほんとうだよ」

彼の手が中の方へ深く入ってきた。春草は心臓がどきどきと波打ち始めたが、体は動けなくなった。姑が突然入って来やしないか、でも阿明の手、やめないで……。

「今晩君のところへ行くけど好いだろう？　今日は僕帰らないことにしたよ」

「駄目よ」

「僕、本当に君が好きなんだ！　君を騙したら僕畜生以下だよ」

彼は亀の手まねをし、春草は笑った。

「ねえ、君、あの時どうして僕との結婚を断わったの？」

春草は黙っていたけど、内心は嬉しさでいっぱいだった。阿明は本当に私が好きなんだ。そう考えると、阿遠とはまた違った満足感に満たされた。

万万が突然泣き出さなかったら、この先どんな結末になっていたか分らない。大体素晴らしい晩餐は邪魔されるものだ。万万が、怒って小さな顔を真っ赤にして泣いていた。春草は急いで阿明の手を払いのけ、子供をあやしている時、姑が入ってきた。春草は慌てて「この人実家の従兄《いとこ》です」と紹介すると、姑は急いで台所に紅マントウをとりに行った。

阿明はマントウを受け取り、この度のお祝いを語っていた振りをして、帰っていった。

帰り際、意味ありげに春草をちらと見て、言った。

「暇が有ったら実家の母さんたちのところにお帰りな。みんな君の事を想っているよ」

春草は阿明に会いには行かなかった。あの時、阿明は彼女を興奮させ、喜ばせたが、後になって考えるとふしだらなことだった。自分はすでに二人の子の母親じゃないか。何水遠にも問題があるわけじゃない。といいながら、心の奥では、たそがれ時に阿明がくれたあのような喜びを、何水遠はくれた事がないと、反芻していた。

ここまで考えると、ペダルをこぐ足に力が入り、自転車は飛ぶように走った。自分がこんな大きな困難にあっていると聞くと、阿明はきっと一緒に心配してくれるだろう。そろそろ明るくなる頃、ようやく実家の里に着き、直接阿明の家の門口に乗り付けた。

戸をたたくとき、阿明が戸を開けてくれるのを切に願った。奥さんではないように。

戸が開くと阿明だった。少しばかり希望が出た。

「なんだ君、こんなに早くどうしたの？」

「面倒な目に遭っちゃって、あなたに相談に乗ってもらいたいの」

「どういう事？　入ってゆっくり話そうよ」

阿明の穏やかな口調を聞いて、あやうく涙が出そうになった。彼女は家に入ると、座りもやらず、かいつまんで事情を話した。

「阿明、お願い、とりあえず二万元で抵当をはずさせてくれない？　私、ゆっくりだけど返すわ。ほら私の家、年寄りと子供で、気候もこんなに寒いでしょう。出て行く所なんて、あるわけないでしょう？」

ところが阿明の口からは、期待する言葉は出なかった。只黙ってそこに座っているだけで、分かっているのかどうだか。やがてそれから立ち上がって母屋に行った。

「阿明、私が言っている事聞いてるの？」

「聞いてるよ」

この時の阿明の顔つきは、あのたそがれ時のそれとは全く違い、紙煙草をとり出して火をつけ、まぶたは垂れて彼女を見ようとはしなかった。

「私、どうしようもなくて、あなたのところへ来たの。ひとまずしのげば、稼いだお金を一番にあなたに返すわ。利息もちゃんと払う。阿明、私を信じて」

阿明はようやく目を上げた。

「僕、勿論阿草を信じてるよ。ただ、僕には何水遠がわからないね。どうしてそんな事が出来るんだろう？　なぜ君にそんな責任を押し付けるんだろう？」

「あの人も、方法がなかったんだと思う。こんなこと、あなたが迷惑なことよく分ってるわ。私、借用書書いて渡します。それから私、あなたの求めに応じるわ」

「なんにもないよ、僕たちに貸し借りなんて。今の僕には、肝心のお金が、そんなにはないという事だよ。僕、お金は全部工場に投資したり、原料を買うのに使っちゃった。今の事業はやればやるほど大きくなるので、遊んでいる金なんてあるわけないんだよ」

今度は春草がぼーとした。どうしよう？　とつぶやいた。

この時阿明の奥さんが出てきた。春草だと見ると、嫌そうな顔を隠さずに言った。

「ああ、春草ねえさん。こんなに早く阿明のところへ、どうしたんですか？」

「ちょっと相談があって来たの」

彼女が阿明を見ると、阿明は妻のほうを向いて言った。

「お前、すぐに朝御飯の用意をしな。今日は仕入れに行かなくちゃならないだろう？」

春草はようやく阿明の態度を理解し、立ち上がって外に出ようとした。阿明は追いかけて来て小声で言った。

「阿草、手元に二百元あるので、とりあえずこれを持って行きな」

春草は受け取らず、振り返りもしなかった。ぼろ自転車に跨って、もと来た道を帰った。内心の失望と傷心を晴らすように懸命にペダルを踏んだ。自転車は重くて臼のようだった。始めて何水遠が新しい自転車を買った時、飛ぶように道を狂い走ったのを思い出した。あの光景はさながら昨日のようだった。阿明、阿明はどうしてああだったの？　私がこんなに困っていても、助けてくれようとはしないの？　男ってこうなんだ。好きとか嫌いなんて、あっという間にみんな捨てても平気なんだ。もう永久に会うまい。意地でもこの難関を突破して見返してやろう。

口の中は涙で塩辛かった。静かな夜道をひたすらに、夢中で走った。ペダルをこぎながら呟いた。

「過ぎ去った事だ、過ぎ去った事だ。こわくないぞ、私は怖くないぞ」

家に帰りついた時、春草はすでに考えを決めていた。水清を隅に呼んだ。

「阿清、とりあえずあなたは父さん母さんと子供たちを連れて、古い家に避難しててよ。私一人で借金取りを待つわ。事情をはっきり聞きたいの。何万元なら命まで取るというのよ？　どうしても止むを得ないんなら、家を抵当に渡すわ」

水清は大変驚いた。

「家ですって？　私たちの新しい家を？　だってこれ、私達一家の拠り所ですよ？」

「私だって身を切られるほどつらいよ。この家、私が汗水たらしたお金で作ったんだもの。あなた以上よ。ほかに方法がありゃ、こんなことは言わない」

ほかに良い考えがあるわけはない。水清はすばやく荷物を整理して、老人と子供の四人を連れて、古い家に移った。春草は腹を決めた。思案のあげく、先ず二階に上がり、五段箪笥を開け、一番下の引き出しの一番底の、例のセメント袋に包んだ財布を取り出した。中には二千元の預金証書、彼女の僅かな貯蓄があった。これを服に仕舞い、家を綺麗に掃除し、ヤカンにお湯を沸かし、客がいつ来ても良いようにした。

準備が終わると春草は入り口に座り、針仕事を始めた。いささか気持ちが高ぶり、まだ経験したことのない戦《いくさ》に臨む気分だった。

昼近く、案の定二人の借金取りがやって来た。一人は二十歳くらい、一人は四十歳くらい、二人とも色黒だ。春草は少しどぎまぎしたが、相変わらず笑顔をつくった。

「ここは何水遠の家かな？」と年上

「そうです」

「借金返さんのに、まだこんないい家に住んどるのか？」と若いの

春草は二人の訛りを聞いて地の人間だと知ると、気持ちが少し楽になった。追ってきたのは他所《よそ》の人だと思っていた。彼女はにこにこして二人を迎え入れた。

「私、とっくりとご相談したくて待ってましたよ。逃げやしません。お話聞いてると、あんたたち土地の人ですね」

「そうだよ、俺たちゃ徳清村んもんだ。前にお前の旦那が俺達んところに仕入れに来て、知り合ったんよ」と年上。

「ひどく寒いですね。お二人に卵酒を作るから飲みませんか？」

二人は顔を見合わせたが、いやとは言わなかった。

卵酒を飲んで、借金取りの口調はすこし穏やかになった。

「ねえさん、俺達も仕方ねえんだよ。旦那に貸した四万元は親戚から集めた金なんでねえ。今、親戚が俺達に返せとうるせえんだ」と年上。若いのが一枚の紙を取り出した。

「ほら、あんたの旦那が書いたのは、はっきりしてんだよ。期限毎に千元につき百元の利息だ。計算すると四万四千元だ。商売損したったって、元手はいの一番に返さなくっちゃね。旦那ときたら、一文も返さずにずらかりやがった」

春草はその紙を手に取った。このサインを見間違う筈は無い。何水遠は〝遠〟のしんにゅうを長く引っ張り、曲がって流れる水のように書くのが好きだった。

「あの人も騙されたんですよ。ばかだよ。一銭も稼がずに全部すっちゃったんだから。あなた達に何を返せばいいの？　お金があったら、隠れない筈よ。私には分かってるわ」

「そんなこと俺たちにゃ関係ねえや。騙されたのはてめえの責任だ。あんときゃ必ず儲かると言ったぜ。でなきゃ、俺達苦労してまで金集めて、旦那に渡す筈ねえだろう？」

「夫は本当に返す金がないのですよ。あなたたち、期限をすこし延ばして、夫によい方法を考えさせて下さいな」

「俺達にどのくらい延ばせっていうの？」と年上。

「半年です」

「駄目だよ、長くて三ヶ月。三ヶ月たってもけえさなかったら、俺達公安局に届けて、詐欺罪で告訴するさ。そしたら旦那は牢屋に入らなくっちゃなんねえぞ」と若いの。

「あなたたち、こういうことでどうでしょう。この家を抵当に差し出すというのは？　もし半年以内に返さなければ、家はあなたたちの物よ」

年上が顔をあげて見回した。

「この家、どの位の値打があるんかね、しかも古いな」

「建ててやっと一年あまりよ。とても新しいわよ。その上中には家具が沢山あります。木製のベッド三台、二つの五段箪笥、ほかにテレビ、ミシン、そのほか値打ち物がたくさんよ。こんなことがなかったら、どうして手放すものですか」

若いのがトントントンと二階に上がり、暫くして降りてきた。

「値打ち物なんてなんもないじゃねえか。みんな使い古しばっかしだ。どう勘定しても俺たちの金にゃなんねえよ。も一遍言うけど、この使い古しを持っていっても、まだ借金返したことにゃなんねえからな」

春草は焦りや、怒りや、心の痛みを我慢して、作り笑いを続けて言った。

「人が大変な目にぶつかってる時には、あなたたち親切心くらい出すものよ。お金さえありさえすれば、気前よく家なんか渡すものですか。私は老人も子供も抱えています。どこに行ったらよいか知ってたら教えてよ」

借金取りはそれでも何も言わなかった。春草はどうしようもなく、自分の手から指輪を外した。商売の調子が良い時に何水遠が買ってくれた物で、凡そ二千元するものだった。

指輪を一度好く撫で、年上のに手渡して言った。

「二人のおにいさん方、好いでしょ。私に何とか解決の糸口を下さいな」

年上のは指輪を手に取り、若いのを隅に呼び、小声で暫くひそひそ話をしていたが、最後にとうとう同意を示した。若いのがひと言つけ加えた。

「はっきりいうとくけど、家の中の物は全部押さえるから、あんたは外に物を運び出してはなんねえぞ」

「しませんよ。扱いません。みんな貴方たちの物ですよ」

何水遠を危機から救うためには、彼らがこの家を気に入れば良いと、悔しいけど望んでいたが、いざ彼らが本当に気に入ったとなると、彼女の心はひどく痛んだ。この家は自分たち二人の新居だ。二人の幸福な棲家だ。だが、耐え忍ぶほかなかった。村で二人の証人を見つけて、協議書を書き、サインをした。それから建物全体を閉めた。

「この家は私達の家族、老人や子供の安息の場所です。私はこの家を差し出しますから、夫を訴えないで下さいな。牢屋に入れないで下さい。誰でもひどい目に会うことはあるものです。あなた達どうか大目に見て下さい」

「誰が訴訟など起すもんか。お金さえ手に入りゃ面倒なことはご免だよ。旦那はあんたみたいな嫁さんを貰って、幸せだね。あんた安心しな。ただ金をけえしてくれさえすりゃ、俺達家を引き渡すよ」と年上の
「あんたを信用して、そう言ってんだ。決して良心に背《そむ》くんじゃねえよ」と若いの
「ええ、私って今までも、言ったことはちゃんとやってきたわ。良心に背くって言う字なんて、どだい私には書けないわよ！」

「お前さん、本当に話がうめえよ。どっちにしたって期限が来ても金をけえさなかったら、俺達家を売り飛ばしちゃうからな」

春草は頷いて、送り出し、入口の敷居にしばらく腰を下ろした。何を拠りどころにして、今の状況に

耐えていけばよいのか、自分自身分らなかった。

夜になって、春草は身ひとつで何家のもとの破れ家に戻った。長い間人が住まなかったので、家はぼろぼろだったが、なんとか身を寄せる事は出来た。姑は家が抵当に出たと聞いて、病気になった。舅もああと溜め息をついた。春草が受けた精神的なプレッシャーは大きかった。

長い夜を、春草は二人の子と水清と一緒に、湿ってかび臭い寝床に押し合って寝た。寝つかれずに何度も寝返りを打った。こんな風にただ家で待ってるわけには行かない、という思いがずっと頭の中を占めていた。昔の苦しい生活に戻るわけにはいかないのだ。真夜中、彼女はそっと起き出し、一人で本来の家に戻った。今までみんなが羨んだ家だ。それに、これまで彼女に沢山の満足を与えてくれた家だ。

春草は封印の貼られた家の前で、夢の中にいるように、つっ立っていた。どうして突然なにもかも失ったのだ？　外は凍りつくように寒く、足の芯が痛かった。突然、冬着を取ってきた方が良いと考えた。昼間は大変慌てていたので、自分のセーターや綿入れも何も持って来なかった。掛け布団すら一枚足りない。

家の後ろに、鍵の壊れた窓があることを春草は知っていた。裏に廻り、木桶を踏み台にして箒《ほうき》の柄一寸突くと、窓は開いた。家に入り、勝手知った台所から蝋燭を探し出して火をともし、そっと二階に上がった。部屋は蝋燭に照らされて、深い憂いと悲しみの様相を見せ、なんだか春草に見捨てられたのを悲しんでいるようだった。

湧き出る涙を素早くぬぐって、衣裳箪笥を開け、自分のセーター、毛糸のズボン下と子供の綿入れ、綿入れのズボンを全部取り出し、広いシーツにきちんとくるんで階下に担ぎ下ろし、窓からほうった。続いて綿の掛け布団二枚も束ねた。も一度辺りを見回し、壁にかかっていた一家揃いの写真をはいだ。この写真には、家族全員がにこにこと笑って写っていた、まだ子供は生まれておらず、大きなお腹を抱えて何水遠の横に立ち、向こう側には二人の妹、舅姑は前に座っていた。背後は彼らの新築の家だった。今日の出来事など思いもよらなかった。春草はきれいに拭いて、自分の懐に入れた。

蝋燭を吹き消す前、最後に家をもう一度見て、きっと戻る、これは私の家だと誓った。

一晩眠らなかった。次の日早く春草は両目を赤くして水清に言った。

「私、あの人を探しに行かなくっちゃ。このまま家でぼんやり待ってる訳にはいかない。半年経ったら、家は売り払われるんだもの。そしたら私達永遠に家を失ってしまう」

「姉さん、行ったら良いよ。姉さんの代わりに私が二人の子の面倒みる」

「駄目よ。あなたは二人の老人を世話しなくては。私、考えたんだけど、子供一人は実家に預け、暫くの間面倒見てもらうよう頼むわ。もう一人は私が連れて行きます」

春草は万万を背負って出掛けた。彼女の結論は、女の子を自分が連れて行き、男の子は残そうというものだった。母親は無条件に男の子が好きなのを知っていた。自分の家の前を通る時、村人が家を囲んで噂しているのを見た。なにせ、この村では今まで聞いたこともない事件で、みんなにとっては、芝居でも見てるように新鮮だった。彼女を見つけると、ある者はわざと、「大きな借金をしたようね。払わないと牢屋行きだって」と言い、ある者はぶつぶつと、「私らみたいな貧乏暮らしが、やはり安心して寝られるよ」とつぶやいた。

春草は、急いで通り過ぎること以外は、何も考えなかった。真っ直ぐ村の出口まで来て、ようやく考えた。きっとこの家を請け出すぞ！　取り戻せなかったら私は絶対に戻らない！

充分に準備していたつもりだったが、戸をくぐり、母親の顔を見たとたん、春草はひるんで、引き返そうかとさえ思った。

「お前、何しにもどったの？　金儲けに忙しくて、兄さんの面倒も見ないじゃないの？」

春草はどうして好いか分からず、そこにじっとしていると、父親が出てきて、急いで万万を受け取り彼女を家に上げた。春草は思い切って、起きた事情をひと通り話した。

「私、阿遠を探しに行かなくっちゃ。ぼけっと待ってる訳にはいかないの。半年しか時間がないんだもの。半年が過ぎると、私たちの家がなくなっちゃうの。あの男らに家を売り払わせるなんて出来ないわ」

「あの男、才能があるとばかり思い違いしていたよ。長いこと色々やって残したのは借金だけなんてね！　逃げたって知るもんか、全く大した男だよ」

父親が言った。

「お前、どこに探しに行くのかね？」

「陝西省に行きます。探し出せるわ。あそこ、私、よく知ってるの。今日私が来たのは、父さんたちに、この子の面倒を見てもらいたいと思って。とても寒いものだから、万万、ずっと病気がちなの。父さんたちのところに置いて、私はこの子のパパを探し出したら、すぐ迎えに来ます」

「面倒なんか見ないよ！　借金した者の子なんか置くものか！　借金取りがここに来たらどうするのよ？　この罰当たりをした上に、親にまでつらい目に合わせるつもりかい？　自分でなんとか考えな！」

「二人に迷惑はかけません」春草は、歯を食いしばって言った。「連れてきたこの子の面倒見てもらいたいのです。長くて半年で良いです」

「何家《か》のあの人たちは？」

「この子のお祖父さんとお祖母さん、二人とも寝込んでしまったわ」

父親が話を引き取った。

「この子は僕たちで面倒見るよ。問題は、お前一人でどうするのかね？　お前、探しに行かない方が良いんじゃないかね。借金の事は阿遠に自分で考えさせるんだな」

「それは駄目よ。私、探しに行かなくっちゃならないわ。借金を返さなかったら、あの人詐欺罪で牢屋に入れられるかも。そんなことはさせられません。母さんお願い。万万咳がひどくて、連れて出たら、一生苦しむことになるかもしれない。それが怖いの」

母親は彼女の方を見て言った。

「お願いだって？　嫁に行くとき、お前は私にお願いなんて金輪際しないと言ったじゃないか？　忘れたのかい？」

春草は懐に抱いている万万をベッドに置いて、母親の前に立った。

「母さん、子どもを預かってくれたら、私、何でもやるわ」

春草の気持ちははっきりしていた。母親が今どんなに厳しいことを言ってても、一旦子供が残れば、ちゃんと世話をしてくれる筈だ。きっと心を尽くして養って呉れる筈だ。

母親は彼女を見た。

「それじゃ、私が言った事を、実行する」

彼女は突然手をあげ、ビンタが春草の頰に飛んだ。

「子供を置いて、さあ行きな」

春草が敷居をまたぎ、外に出ようとすると、万万が大声で泣き出した。春草は一瞬心が痛み、涙がほとばしり出た。だが、後戻りはしなかった。熱い涙がさっき平手打ちを食った頰を伝った。それは煮えたぎった熱湯のようだった。家の中から、父親の雷のような怒鳴り声が聞こえてきた。

「どこにお前のような母親がいるか！　情がこわい女だ！」

怒鳴られているのは母だが、自分にも向けられていると思った。子供はやっと一歳を過ぎたばかりだ。自分こそ本当に情のこわい母だ！

父が、あとを追って出てきた。

「阿草、母さんには言葉を返すなよ。子供の面倒はよく見てくれるよ」

「分かっています。私口答えなんかしませんよ」

彼女はちょっと考え、懐から例の預金通帳を出し、父親に手渡した。

「これ、私が貯めたものなの。二人の子供の学資です。どんなことがあっても、これには手をつけまいと誓いました。父さん、私の代わりにしっかり仕舞っててくださいな。何年かのち子供が学校に上がる時、私、いただきに帰ります。母さんには内緒ね」

父親は通帳を受け取り、注意深く折りたたんで懐に入れた。

「安心して、行きな」

（三十）**小寒**：二十四節気の一つ、寒の入り、一月五～七日

第十八章
元元を連れ、夫を探す
—一九九一年、正月—

春草は、三歳にも満たぬ元元を連れて、郷里を離れた。これで二度目だ。前の時と事情も、道連れの相手も違っていたが、違いはそれだけではなかった。列車の駅の光景を見たときは心底驚いた。駅に急いでいる人の多いこと。何水遠と連れ立って出たときの何倍もの多さだった。みんな緊張した顔つきで、そわそわと興奮気味だ。長い時間プラットフォームに立ち、列車が二台通り過ぎたが、混み合っていてどれにも乗れなかった。寒い日なのに、苛立ちで汗だくだった。周りの人が、夜間の列車はあと一本だ。それに乗れなかったら駅で夜を明かすしかない、と言っているのが聞こえた。そんなことをしたら、子供が凍え死ぬ、最後の列車には何が何でも乗ろうと決心した。

列車が着いて、客がどっと押し寄せた。春草はおぶった元元が気になって、少しでもためらうと、客の波によろめいた。どの車両も、入口は人の壁で、近寄ることさえ困難だ。何度も人ごみをくぐり抜けようとして、その都度押し戻された。元元はわあわあと大声で泣く。列車が間もなく出そうなので、もう一度突進したがまた押し返された。それを見かねた駅員がやって来て、「さあ、おいで」と彼女を引っ張った。駅員は彼女を客車の下まで連れて行き、中の客に向って、「窓を開けてくれ」と怒鳴った。一方、「赤ん坊を寄越しなさい、時間がない、さ、早く」と、荷物を持ち上げるように元元を上にかざし、「受け取ってくれ」と中の客に頼み、次に両手を組んで春草をその上に乗せ、よいしょとばかり窓から中へ送り込み、最後に荷物を押しこんだ。春草が車内に足を下ろし、ありがとうを言う間もなく、列車は動き出した。

車内は人が一杯で、立っているのも困難な有様。春草は子供を抱えたまま座席の端に寄りかかり、両足は下に置かれた乗客の荷物にぎゅうぎゅう挟まれていたが、三十分もすると、車両の中は少しづつ緩やかになってきた。まるで瓶の中のお茶の葉のように、揺れるたびに隙間が出来るのだろう。近くの客が、子供をおぶってずっと立っている春草をいたわしく思ったのか、座席の下から箱を引き出して、座らせてくれた。彼女はありがたく、なんとか腰を下ろして元元をひざに抱いた。このとき、自分の両腕がしびれてしまっているのに気がついた。春草は何水遠を思い出していた。長距離バスの中で、自分はバケツに腰掛けて彼女を座らせてくれたっけ。思い出すと心が痛んだ。お金がなくなるのが心配で、食べ物にお金を使わず、持ってきた蒸しパンでおなかを満たした。

箱に腰掛けて一昼夜を過ごし、列車を降りた時は、足がなえて転びそうだった。暫くホームに座って足をならし、ようやく元元をおんぶし、荷物を持って駅を出た。外は寒く、凍てついた地面は真っ白だ。矢張り北方（三十二）だ。空は寒々とし、地面は凍って人の心をふるわせる。手持ちが百元もないので宿に泊まることが出来ない。食事以外のお金は帰りの切符代に残しておかねばならないので、駅の待合室で夜を過ごすしかなかった。待合室は椅子も地面も多くの人が寝ていた。春草も同じように、そうしようと決めた。なんといっても、外に比べれば暖かだ。

春草は、まず何水遠の従弟の阿根を尋ね、それから春風から聞いた陝《せん》さんを探そうと思った。何か消息が聞けるはずだ。彼女は、何水遠が通りをふらふら歩いているのを見つけ、大声で呼びかけている自分を空想した。彼を恨みはしなかったが言いたいことはあった。生きてさえいれば何とかなる。きっとやり直すことが出来る。叔父さんのところへは尋ねて行けなかった。始めに行った時、叔母さんが、あなたたち仕事が順調で、ここに来ないで済むのを願ってるわ、と言った。今の自分たちはこんな有様だ。

最初の日は、自分たちが初めて店を借りた通りに行った。阿遠はそこには居ないと水清が言ったけど、一縷の望みを持っていた。行ってみると、人ばかりでなく、看板も変わっていて、今は「便民小店」（日用品の店）、となっている。店主の話では、家主は昨年亡くなり、奥さんは娘さんについて行ったということだ。

春草は、がっかりした。家主夫婦が何水遠の行方を知っているかもしれないと、内心大きな期待を持っていたのに、肝心の家主夫妻にすら会えないなんて。この北方の小さな街で、家主夫婦は親戚同然だった。彼らに今の苦境を話して、慰めの一つも掛けてもらいたかった。この無駄足で、いよいよ頼る人が誰も居なくなったことを春草は悟った。

次の日、春草は気を取り直して出かけた。こんな時弱気になってはいけない。一度弱気になったら、二度と立ち上がれない。水清は、従弟の阿根がある工事現場で働いていると言っていた。その現場は大通りの先にあるかと訊ねると、一筋行ってもう一筋向こうだという。元元の咳が、北方のつめたい風に当たって、一層ひどくなった。春草は自分のマフラーを取り出し、通りすがりの小母さんに手伝ってもらって、元元の頭をすっぽり覆った。

苦労の末にその現場を探し出したが、阿根は見つからず、彼を知っている人もいなかった。言葉の訛《なまり》を聞けば、確かに自分と同郷の人は一人もいない。もしかすると、阿根は、我慢できなくて家にもどったのではないだろうか？　もともとここに来なかったのではないだろうか？　見当違いのところを探していいるんじゃないか？

春草はどうして良いか分からなかった。

道をもどっていると一人の男性が近づいてきた。

「開放道路はどう行くの？」

「私もよそ者だから分かりません」

「見かけたところ、つい街の人かと思ってね」

この言葉は、春草の虚栄心をくすぐり、自分が知っていることをすべて教えた。

「ああ、分かった、ありがとうよ」

聞き終わると男性は足早に立ち去った。春草は少し気分がよくなった。どうやら私も、無駄に街で過ごしたわけではなさそうだ。街の者と同じように見えるらしい。おなかが空いてぐうぐうなっている。朝早く蒸しパンを一個食べただけだ。おなかが空くと、冷えも一段とこたえ、ぶるっと身震いした。困ったことに、元元も背中でしきりにぐずった。春草はうるさくて、この餓鬼が、と叱ってから、ふと、心にずしりと落ちるものがあった。あれ？　母さんも年中こんな風に怒鳴っていたっけ。春草は小さなそば屋にでも寄って何か食べて脚を休め、それから、また、別のところへ行こうと考えた。

そば屋でお金を取り出そうとした時、財布がないことに気づいてはっとした。言葉を失い、体が凍りついた。ふと、あの道を聞いてきた男を思い出した。あの時、妙にこちらに近づいてきた。きっとあの男に違いない。掏摸《すり》だ。てんから、道なんかじゃなく、金を盗りにきたのだ。なんて馬鹿なんだ。あんなお世辞一つで騙されるなんて。

春草は怒りに体が震えた。あの中には百六十元、全財産が入っている。こちらで数日すごしたのち、実家に帰る資金なのだ。特に困るのは、中に彼女の身分証があることだ！　身分証がないと三無人員（三十二）

とみなされ、いつでも拘束されて実家へ送還される。とんでもないことになった。財産と、命ほど大事なものを一遍になくしてしまった！

暮らしが最低にもどった上に、街の者まで悪人に成り下がってしまった。春草の胸中は怒りで燃え上がったが、涙は一滴も出なかった。売り場の女性は、早くお金をと催促し、後ろに並んだ客たちもせかした。と、突然彼女は顔を真っ赤にして激しく罵りだした。

「この死に損ないめ！　八つ裂きにしてやるぞ！　今に見てろ！　街に居る癖にどうして人を騙すんだ？　死んじまえ！　車に轢かれろ！　雷に打たれろ！　のど詰まらせて死んじまえ！」

春草は、思いつく罵詈雑言《ばりぞうごん》を一辺に吐き出し、元元がおびえてわあわあ泣き出した。母親がわめき子供が泣く姿は、食堂に居る人の目を惹き、この女は普通じゃないな、きっと神経がやられているんだ、と思わせた。春草は、お構いなしにひたすら罵った、そうでもしなければ大声で泣きたいところだ。涙を流すより、怒ったほうがましなのだ。

食堂の主人は機嫌を悪くした。こんなに口汚くやられると商売が台無しだ。おおよその事情は主人も聞いていて分かった。お金を盗まれたのだ。でも、そんなことはお構いなしにどかせようとしたが、春草は離れなかった。おなかが空いていて、駄目なのだ。怒ったあげく、一層全身の力がなえ、歩けなくなった。元元も腹が減って泣き止まなかった。主人が歩き始めると、春草はテーブルの上のまだ下げていない茶碗を手にとって、残り物のスープを一切かまわず元元に飲ませた。そして又次のお椀を見つけに行った。主人は我慢ならず、やってきて彼女を追い払った。今度は乞食同様の扱いだった。春草は怒った。春草にとっては、この主人もあの掏摸と同類で、一様に悪《わる》だった。いくら追っ払っても出て行こうとせず、二人は店の中をぐるぐる回った。

ひとしきりおっかけっこをした後、主人は派出所に電話をした。怖い顔をした警官が来て、身分証を見せろと言った。盗まれたと言うと、言い訳など聞かずに派出所に連れていかれた。春草は、これは留置所に入れられると思った。歩くこともできない。やろうとしても何も出来ない。そこで、鼻をすすり涙をためて、監視役の女性警官に、自分が出遭ったことを訴えた。女性警官はそれを聞いて、可哀そうに思った。

「あなた、こちらに親戚が居ないの？　良く知ってる人でもいいけど、居ればあなたを引き取ってもらえるのだけれど」

春草は、考えたあげく、紅光デパートの孫支配人の名前を言った。女性警官はすぐに電話を入れ、孫支配人も了解して午後急いでやって来た。孫支配人は手続きを済ませ、お金を払い、春草を連れて派出所を出た。

派出所を出て、ずっと春草はものを言わなかった。自分が惨めで、孫支配人に顔を合わせられなかった。孫支配人も何も言わず、まず、彼女ら親子をレストランに伴い、蕎麦の大盛りを三つ頼んで彼女に食べさせた。春草は、目の前に二つ並んだどんぶりからほかほか湯気が出るのを見ると、こらえていた涙がどっと出てきた。天に袋小路はないといい、命の恩人というけど、それがどういうことか、春草にははっきりわかった。涙を拭い、元元を背から下ろして先に与え、それから、むさぼるように両方のどんぶりを食べ尽した。

食べ終わると気持ちが静まり、気分が穏やかになったので、孫支配人に、ここ何年かの状況と目下の不運を、途切れ途切れに話し出した。孫支配人はため息をついて言った。

「何水遠ともあろう人が単純だね。そんな好い金儲けがあるもんか。もし僕のところに相談にきてたら、止めてあげたんだけどな。今どき、このての、人をだますやり口が増えているんだ。金のためなら、良心にそむくなんてへっちゃらだ。僕の友達で、弁償する額がもっと多くて、にっちもさっちも行かなくなったのが居るよ」

「夫がその通りです。取り立てられて、今家に帰ってこられないんです」

「君もだよ。こうなったからには、どうして僕のところに来なかったんだい。何てったって僕は君の友達のつもりだ。僕を信頼してないのかい？」

春草は恥じ入って下を向いた。考えたけれどその勇気がなかった。当初、何水遠と二人で紅光デパートを出ようと決心し、将来順調に行けば、もう孫支配人のところへはもどらないと心に決めたのだが、今になってこの落ちぶれた有様、何の面目があろうか。

「孫支配人に合わせる顔がないんです」

「何を言ってるの。そこが間違ってるんだよ。誰だって一杯食わされることはあるさ」

春草は、聞きながら心が和《なご》んだ。

「さっきあなたに出会った時、私、考えたの。神様はやはり盲目じゃないって。私が最悪の時に、あなたに会わせて下さるんだもの。私、この苦境をきっと我慢して乗り切るわ」

「君って、粘り強いからね」と孫支配人は笑いながら言った。ちょっと間をおいて春草が言った。

「孫支配人、私、またあなたのデパートで仕事が出来ませんか？　お給料は要りません。娘と二人が食べられさえすれば、それでいいんです。阿遠を探しに来たので、探し出したらすぐ帰ります。家には老人と子供が居ますから、長くは居れないんです」

孫支配人は困ったような顔をした。

「今は状況が悪いんだ。デパートの商売は上がったりなんだよ。回りに小さな個人商店がぎっしり出来たので、もう潰れそうで、この二ヶ月給料が払えてないんだ。君のような人が僕は欲しいんだけど、今は置いてやることが出来ない」

春草はがっかりした。

「別に、君もこちらで探すことはないと思うよ。彼、もうここを出てると思う」

「どちらへ？」

「君たちの里というのはないかな？」

「それはないでしょう。あちらには住める部屋さへないんです。あの人が臆面もなく戻れるところは何処にもありません」

二人が話している間中、元元の咳は止まらなかった。

「君、やはり帰った方が好いと思うよ。この娘《こ》、寒くて乾燥したここの気候に合わないんだよ、きっと。こんなに咳して、長引いたら気管支炎になって一生苦しむよ。それから、失くした身分証のこと、これも厄介だな。あとで、臨時の身分証を何とかしてあげるから、早くお帰りなさい」

「いろいろとありがとうございます。でも、私……」

孫支配人は察して、懐から百元を取り出した。

「これしかないけど、とりあえずの旅費になさい。厄介だけど、家の人と力を合わせて、少しでも立て直すことだね」

春草はお金を見たが手が出せなかった。孫支配人が彼女を引きとってから、もう五十元は使わせてる。その上、臨時身分証まで手配してくれるという。私はどう報いればいい？　でも、このお金がなければ私はどうする？　物乞いそのものだわ。

「私、こんなに頂けません、孫支配人。五十元お借りすれば十分です」

「借りるなんて言わないで。僕は君の力になりたいんだよ。今混雑がひどいので、寝台券を買って、子供がひどい目に会わないようにするんだな」

春草はとうとう受け取った。

「孫支配人、私、借用書を書きます。暮らし向きが良くなったら、きっとお返しします」

「貸したんじゃないと言っただろう。君に、というか、君の子供に上げたんだよ。僕たち、出会いだよ。縁があるんだよ」

春草は頷いた。が、心の中では、私を信じてください。いつか私にもう一度好い日が来たら、その時はきっとご恩返しします。とつぶやいた。

春草は孫支配人の手助けで、何とか元元を連れて海州へもどった。

家が近くなっても、また、春節が間近だといっても、春草は帰りたくなかった。何水遠は見つからぬままだ。借金を返すお金のあてもない。帰れば、舅、姑のため息ばかりでなく、母親からは責められ、村人たちからは後ろ指をさされる。どうしよう？　新年を迎えても、苦しい生活が変わるわけじゃなし、街でもう一度何か方法を考えた方がましだ。

春草は元元を伴い、一時身を寄せる場所として一軒の安宿に入った。宿にはひと間にベッドが八つあり、共用トイレと共同炊事場があった。騒がしくて汚いけれど、掛け布団はついていた。布団は汚くて油じみ、臭いがしたが、分厚いのがまだしもで、元元が寒がるというほどではなかった。宿賃が安いので、住んでいる者の大半が農村から出稼ぎに来ている人たちだった。彼らは、着るものも話し方も、街の人たちとはぜんぜん違っていて、気持ちが落着いた。街の中の田舎という感じで、安心感があった。

　お金が少ししかないので、泊まるには稼ぐ方法を考える必要があった。春草は鍋を一つ買い、茶葉卵(二十三)を売るつもりで、材料を少し仕入れた。一斤(二十四)で二元になった。遠くには行かずに、宿の前に座って売ったが、この宿に住んでいる人の多くは、茶葉卵をあまり食べないので、一個五毛がやっとで、暗くなるまで売っても、一斤売れないこともあった。春節が近づき、労働者の多くがくにへ帰ったので、商売はいっそう暇になった。

　年の瀬の晦日には、手持ちは僅か五元となった。春草は、二斤の茶葉卵を煮て、思い切って市街地の賑やかなところへ売りに出た。ところが、普段ならば一番賑やかなところなのに、大晦日の夜はひっそりと淋しかった。寒風の中にうずくまる春草の心は、空よりも冷え冷えとしていた。家々はちょうど大晦日の食事をとっている時だ。春節の夜の集いの時だ。年越しの最中だ。二年前の春節を思い出す。自分も、賑やかで楽しい食事をしたものだ。家族で春節晩会（日本の紅白歌合戦に相当）を見た。あんな幸せな時があったんだ。

　大通りは淋しくて、まるで世の終わりのようだった。たまに見かける人は、旅立ちの恰好でせかせかと通り過ぎた。春草は、下げているかごの卵をどうしたら好いか分からなかった。もう明日は売れない。卵が冷えてしまったらもう売れないのだ。通りの入口を過ぎた時、サトウキビを売っている男性を見かけた。袖に手を入れてしゃがみ込み、時おり手の甲で鼻水を拭いている。春草は通りすがりに、にいさん、年末にどうして帰らないの、と聞いた。男性は、買手が現れたかと思い慌てて言った。

「姐さん、子供さんにサトウキビを買わんかね？」

「私も茶葉卵を買って欲しいの」

二人は仕方がないと言うように笑った。

「年末は商売になるだろうと思って、俺、帰らなかったんだよ、こんなにしけてるとは思わなかったよ」

「元旦か二日には親戚に遊びに行く人が居て、もしかしたら売れるかもしれないわよ」

自分を慰めるように言いながら、春草は、寒風が骨を刺す中、宿へ帰ろうと歩き出した。何歩か行った時、がらがらと音がした。見ると男性が四個の車がついた平たい板を引っ張っていた。近づいたのを見ると、平板には二人の子供が眠っている。二人とも、なんとも可哀想に脚が奇形だった。春草はびっくりし、世の中には自分より不運な人がいるものだとひそかに思った。かごから茶葉卵を二つ取り出して、平板の二人の子供に上げた。板を引いている男性はちょっと意外そうな顔をしたが、何も言わずに板をひきずって行った。どこまで行くのだろう。春草はそこに立ったまま、次第に遠のくうしろ姿を眺めていたが、自分の子供は決してこんな目にあわせない！　きっと幸せにしてやるぞ！　と、心に誓った。

大通りへと歩いていると、遠くに警官が、バイクに寄りかかって煙草をふかしているのが見えた。本能的に身をかわそうとしたが、ふと思い直し、勇気を出して近づいた。

「お巡りさん、ご苦労様です。この時間に、まだ年越しのご飯を食べに帰らないんですか？」

警官は、答えの代わりに頷いた。春草は急いでかごを広げた。

「さ、茶葉卵を召し上がれ」

春草が急いで布巾をめくると、良い匂いが寒風の中を漂って、人を誘った。

「いくらで売るの？」

「一個召し上がれ。大晦日ですもの、お金はいりませんよ」

警官は卵を受け取って皮をむき、うまそうにほうばった。

「十個買うよ」

「一個六毛です」と思い切って言った。

「よく言うね。僕に高値で売ろうと言うのかい？」春草は慌てて愛想笑いをした。

「子供のために仕方ないんです。この子、一日何も食べてないもので」

「食べてないって、君、卵を食べさせたら？」

「分かりました、分かりました。五毛でいいです。一毛おまけです」

彼女は十個選んで警官に手渡した。

警官はお金を払って手を振った。

「急いで帰るんだよ。こんなに遅く子供を連れて出歩くのは危険だ」

春草がお礼を言いながら大急ぎで帰ろうと、何歩か行くと、警官が後ろから呼び止めた。

「おい君、ちょっと待って」

春草はびくりとした。どうしたんだろう。気が変わったのかしら？　聞こえない振りをして、少し歩くと、警官が又呼んだ。

「どうして行くんだ。ちょっと聞きたいことがあるんだよ」

春草はようやく立ち止まった。警官がやってきた。

「君、さっさと行っちゃうんだね。君の物を奪ったりはしないよ」

「聞こえなかったものですから」

「仕事があるんだけど、君、やってくれないかしら、どうだろう？」

「やりたいです。やります」

「それはね、僕のお袋が入院していて、世話する人が年末で帰ったんだよ。君、何日かお袋の面倒を見てくれないかい？　元旦から五日までなんだがね」

春草は、すぐにやりたいですを繰り返した。

「まだお金のことを言ってないのに、いいの？」

「いくらでもいいです。私をからかったらいけませんよ。貴方は警官なんだから」

「一日五元、それでどう？」

「いいです、いいです」

一日五元、五日で二十五元、春草にとっては大きかった。

「だけど、病院には子供は駄目なんだ」

「子供は預ってくれる人が居ます。病院には連れて行きません」

「ならば好都合だ。明日の朝八時、人民病院の入口で待ってるよ。人民病院、分かる？」

「分かります、分かります」

元旦の朝、六時にならぬうちに春草は起きた。遊びに夢中の街の連中は、この時間まだ起きていた。彼女は近くのベッドで寝ている女性に頼んだ。

「子供が目を覚まして私を探したら、済みませんがママは仕事に行ったと言ってくれませんか。あちこち探さないで、部屋で待ってなさいって」

「心配ないの？」

「心配でも仕方ないわ。働かないと二人とも飢え死にしちゃう」

女性は、感心したように舌を鳴らした。ぐっすり眠っている元元は、母親にくっついて出歩いたため、飢えと病気で大変疲れていた。可哀想で、身を切られるようにつらかったが、ぐっとこらえて布団をきちんと掛け、心を鬼にして出て行った。

人民病院へはどうやっていくのか、人に聞くしかなかったが、元旦の朝は大通りに人っ子一人いず静かで、ぱちぱちという爆竹の音だけが年明けを知らせていた。早めに宿を出たので、尋ね尋ねて、おおよそ八時前には人民病院を探し当てた。警官が大きな玄関のところで、バイクに寄りかかって煙草を吸っている。まるで、昨日の夜から動かずにずっとその恰好でいて、地面のほうが移動したみたいだった。

彼女を見ると、煙草をぽいと捨てて踏み消した。春草は後について病院の中に入った。今まで大病院の中に入ったことがなかったので、春草は少し不安でびくついていた。子供の頃伯母さんが、元旦に医者を見るのは縁起が悪い。一年中病気になる、と言っていたが、私ったら、さっさと病院の中まで来てしまった。どちらを見ても白い医務服ばかり。病気になったらすぐ治そうってわけね。貧乏人はそんなことにかまってはいられない。お腹をどうやって満たすかだけよ。

警官は彼女を外科の入院病棟に連れて行った。警官の母親は、盲腸の手術をしたばかりで動けず、食事や排便など、すべて人の手を借りた。まだ点滴の瓶が掛かっていた。警官の姉さんが看護していたが、警官を見ると、朝から晩までどんなに大変で、眠る間もなかったか、我慢できなかった様子をくどくどと訴えた。

「人を頼んだので、姉さん帰ろう」

「大丈夫なの？　こんなこと、やったことあるの？」

「大晦日に出会ったんだ。大丈夫だよ」

「大丈夫です。どんなことでも平気です」春草は急いで言った。

警官の姉さんは、春草に引継いだあと、弟と一緒に出て行った。

半日世話をしてみて初めて、何故一日五元もらえるのかが分かった。実際やってみるとこれでも安かった。手術をしたといっても、ただ、盲腸を切っただけで、しょげたりもしていない。家で年越しが出来なかったとか、嫁が看病に来てくれないなどの理由で、誰を見てもいい顔をしなかった。春草にはここぞとばかり不満をぶちまけた。食べたいと言ったかと思うと飲みたいと言い、やれ排便がしたいと言い、起きると言えば寝ると言う。小言が絶えず、かたわらのベッドのおばさんも見かねて、可哀想に、とため息を漏らした。だが、春草は終始笑みを浮かべ、どんな難癖にも言われるとおりにやった。春草の心の中には、もじゃもじゃと長《た》けた草のような苛立ちがつのった。

彼女の苛立ちは看護のせいではなかった。自分の母さんが足を折ったときも、しもの世話から何からやってのけたが、こんなことはなかった。だが今は、近くにはひとり置いてきた元元が気にかかり、遠くでは母親のもとに放ってきた万万のことが思い出され、更に遠くでは何処に行ったか分からない何水遠のことが気がかりでならない。これほど煩わしく、つらく、いらいらしている気持ちの中で、こんな仕事をするのは、まるで拷問を受けているようなものだった。

我慢を重ねた末、ようやくお昼になり、小母さんはおそばを食べて眠った。春草は、元元が心配で仕方がなく、こっそり宿に戻って元元の様子を見たいと、階下に降りた時、警官にばったり出会った。警官が、「何処に行くの?」と聞いたので、「ちょっと空気を吸いに」と答え、又病室に戻った。心の中の草は愈々生い茂った。警官は、母親が眠っているのを見ると、湯たんぽをぽいと置いて、夜非番になってから又来る、と言って帰った。

午後、小母さんが目を覚ますと、次々にお見舞いの客がやってきて、少し機嫌がよくなった。手ぶらで来る人はいず、皆大小の包みを下げてきて、見舞いをひとこと言って帰った。小母さんは春草に包みを一つ一つ開けて見させた。多くは粉ミルクの缶や麦芽エキスなどだった。街の人はどうしてこんなにお金があるんだろうと、羨ましく見ていたが、小母さんは、口をへの字に曲げて、変わり映えしないねえ、と言った。

辛抱して、何とか夜になり、警官の姉さんが交代に来たので、ようやく春草は病院を離れ、大通りを、まるで狂ったように走って帰った。元旦の夜、このように走っている女性は、海州広しと言えども二人とは居まい。

宿に着かぬうちから、元元の泣き声が聞こえてきた。かすれて弱弱しい声は春草の心をずたずたに引き裂いた。宿の外の石段に座っている元元の姿が見えると、駆け寄った。

「お前何やってんの、どうして外に出てるのよ、凍え死んじゃうよ！」

宿の門番の女性が窓から覗きこんだ。

「あーら、やっと帰ってきた。あんたがあんまり帰って来ないので、泣きつかれてるわよ。ほったらかしてさ、こっちも面倒見切れないわ。朝からずっとそこで泣いててよ」

春草の目から涙がどっと出た。それは、元元の涙とひとつになって、寒風に吹かれて氷の塊となり、入口にはりついた。宿の女性が言った。

「あんたが行った後、見てたら、庭にある米の研ぎ汁の缶から、すくって飲んでたよ。おなかが空いてるんだと思って、蒸しパンひとつ上げたら、少しの間はやんでたけれど、また泣き出したの。ひどいことするわね。何歳だと思ってるのよ？　こんな子をほっといて」

「お昼には戻って、食べさせようと思ってたんだけど、帰ろうとしたら雇い主につかまっちゃって…済みませんでした。ありがとうございます、小母さん」

「何だかんだと言っても、一日飢えさせちゃ駄目だよ。病気になっちゃうわよ。犬や猫だって、おなか空かせちゃ駄目だわね！」

春草は何も言えず、たぎる涙をこらえた。私って、何て母親なんだろう。自分の母親だって、厳しいことは厳しかったけど、私にひもじい思いなんかさせなかった。自分の腹を痛めた子を飢えさせるなんて、私ってどうしたんだ？　部屋に戻ってすぐ、春草は湯を沸かし、元元の足を暖めた。知っているたった一つの風邪の予防法だった。腐った桃のような子供の目を見て、春草は誓った。母さんのこと、ご免ね。きっと幸せにする。嘘じゃないからね！　もし嘘だったら雷に打たれて死んじゃう！

元元には母親が言っていることは分からなかった。が、その時入口を入ってきた女性が驚いた。傍に寝起きしているあの女性だ。たった今外から戻ってきたのだ。

「この子、大丈夫だった？私が出るときは、まだ寝ていたので」

「いいんです」

春草は少し落着いてきて、コンロで干しうどんをゆで、それで母娘二人の晩飯を間に合わせた。元元は泣きつかれて、食べるとすぐ横になり、母親に抱かれて眠り込んだ。春草は、そのままぼんやり座っていた。傍らの女性は、伺うように尋ねた。

「子供さん連れて、どうして年末に帰らなかったの？」

春草は答えが出なかった。自分の夫が借金でどこかへ逃げ出したとは言いたくない。

「あなたは、何故帰らないの？」

「帰りたくないの。帰っても、毎日が楽しくないの」

女性は外交的な性格で、しゃべりだした。もともと姑と気が合わず、亭主も姑の肩を持って、彼女を殴るので、ひと思いに飛び出したという。張という名だと言った。春草より二歳年上なので、それからは張姐さんと呼んだ。

感心したことに、なんと子供を二人とも置いたまま出てきたと言う。彼女と違って、ひとりだけ置いておくのは良くないし、後悔もしていないと言うのだ。

「子供のことが気にならない？」

「気にしてもしょうがない。母親がいじめられてると子供もかわいそう。お金が出来たら連れに帰って、又出るわ。街の子供たちは、みんな楽しく暮らしてるじゃないの」

「あの人たち、運が良いのね。一生街で過ごせて」

「運命なんて変えられる。ほら、私出てきたでしょ。運命は前のと同じじゃないのよ」

春草はそれを聞いて、張姐さんを尊敬した。

「私、あなたを見てて思ったんだけど、何か探し物があるようね」

「事情を説明するの、むつかしいの。でも、子供をひどい目にあわせてしまった」

質問には答えず、今日の出来事を話すと張姐さんも涙をぽたぽた落とした。

「二日でよかったら、面倒見るよ」

春草は感激して涙を流し、すぐに言った。

「お金は払います」

「あんたからお金がもらえる？　子供が可哀想だから言ってるのよ。病院での仕事が終ったら、私と一緒に炒り豆を売りましょうよ」

そういえば、張姐さんは毎日早朝竹かごを担いで出て、夜遅く帰ってきた。通りに沿って落花生を売り歩いているのだ。一日何元かにはなるという。春草の心は動いた。

「あなた、肝っ玉太そうだし、標準語も話せるので、世間のこともきっと知ってるでしょう。一緒にやりましょうよ」

春草は、張姐さん、お金が出来たらきっと恩返しします、と心の中でつぶやいた。

「ね、どうなの？　外へ出ると誰も助けてくれないよ。私たち二人とも女でしょ。早い話、あなたの役に立つのが私嬉しいの」

こうして、春草は少し気分が楽になった。張姐さんは、翌日から元元を連れて、落花生を売りに出かけ、夜帰って春草に渡した。だが、何せ外は毎日凍りつくような寒さだ。元元の咳は良くならなかった。咳だけではなく、はあはあとあえぎ、幼い顔はいつも紫色をしていた。春草は知らなかったが、元元はとっくに慢性気管支炎にかかっていた。

元元の咳をどうしてやれば好いのか。小母さんのしもの世話をしている時や、食事をさせている時、或いは背中をもんだり髪をとかしたり、手足の爪を切ってやるとき以外は、病院に居る間中元元のことが頭にあった。小母さんの難癖は少しづつ少なくなり、時には世間話をするようになった。春草に女の子がいると知り、退院のとき春草に麦芽エキスを二瓶くれた。春草は大喜びで持ち帰り、張姐さんに一本上げた。二人ともご機嫌だった。

何とか乗り越えたこの年を、春草はいつまでも忘れなかった。病院を去るとき、看護師が床に落とした体温計をこっそり拾って持ち帰った。かの宝箱には、李先生手書きの第一番の賞状のほかに、恋愛中何水遠がくれたが読めなかった手紙、失意の時に切ったひと束の髪、あの大火事の際の一握りの灰、初めて乗った列車の切符、元元、万万の出生証明書、それと、逃げ出すときに持ち出した、一家そろっての写真が入っており、今度また、この体温計が増えた。どの品も、春草にとって忘れがたい物ばかりだった。

警官からお金を受け取り、張姐さんと一緒に落花生売りをすることに決めた。

張姐さんに連れられて市場に行き、一対の竹かごと天秤棒を買ったあと、炒った落花生を十斤仕入れた。張姐さんは一度に二十斤仕入れ、春草に「ゆっくりやりましょう。まず慣れることよ」と言った。落花生の仕入れ値は、一斤八毛。売値が一元三毛で、一斤あたり五毛の儲けとなる。一日十斤売れれば五元稼げる、と張姐さんは説明してくれた。

春草は落花生をひとつのかごに入れ、元元をもう一方のかごに入れて、担いで歩いた。片方は重く、片方は軽いので、道端でレンガのかけらを拾ってかごに入れ、大体の釣り合いを取った。天秤棒を担いで通りを歩くのは、少々ぎこちなかった。商売の経験があるといっても、こんな風に声を上げながら歩いたことはなかった。張姐さんは慣れていて、「らっかせーい」と笑顔で大きな声を上げながら歩いた。春草は心の中で感心したが、自分ではうまくいかず、何度も口を開いたが売り声が出なかった。

張姐さんが、手分けして歩きましょう、と言ったので、張姐さんと別れて自分で選んだ通りを歩いたが、暫くは売り声が出なかった。天秤棒を担いでいると道を急いでいるようだし、立ち止まっているとひと休みしているように見えた。見る間にお昼間近になったがまだ一斤も売れなかった。

元元は、かごの中で絶えず咳をしていたが、我慢できなくて聞いてきた。

「ママ、お日様はご飯食べないのにどうして暖かいの？　私、寒くってたまらない」

春草は、元元がおなかを空かせているのが分かったので、急いで落花生を差し出した。元元はそれを食べたが、始終鼻をすすりこんこんと咳は止まないので、切なかった。彼女はたまらず、大声を出すことに決めた。

「落花生だよ、芳しい落花生だよ！」

ところが、それが効き目があったか、何度も言わぬうちに最初の買い手がついた。僅か半斤だが、二毛五分の儲けだ。最初の客に感謝感激で、落花生を包む時に一掴み付け加えた。その態度が次の客を呼んで、又半斤売れた。正午までにはなんと三斤が売れ、一元五毛を稼いだ。

彼女はすこし面白くなった。夕方暗くなる頃には、なんと十斤を売りつくし、五元六毛の儲けになっていた。張姐さんの予算より多いわけは、春草が変動価格を実行したからだ。逢引中のものや、特別派手な服装の人が買いにくると、値をそっと一斤一元五毛に上げて売った。その上、一度売り声を出したら、体面も何もなくなり、本来の口のうまさが発揮できるようになったからだ。その嬉しさは、紅光デパートで模範従業員になった時にも劣らなかった。

張姐さんは、彼女が一日で十斤を全部売り切ったと聞いて、あきれて言った。

「あんたってよくやるのね」

「多分私が子供を連れてるからよ。同情したんだわ」

「それと、標準語が出来るからね。私、できないもの。どこで覚えたの？」

春草は昔のことは言いたくなかったので、お茶を濁した。

「北方に親戚が居て、いつも行き来してるので、それでいくつか覚えたのよ」

春草は、六毛多かったことは黙った。張姐さんに小言を言われるのを心配したのだ。

気候は次第に暖かくなり、元元の咳も少しづつ良くなった。

春草は、経験を積むにつれて度胸も据わってきた。毎日十斤そこらだった売り上げも、十五斤に増え、好いときは二十斤売れた。つまり、一日に十元稼ぐことができ、母子ふたりが暮らしていくには十分だった。張姐さんに借りたお金も返した。でも、春草の心は苛立っていた。何水遠の消息は依然として何も分からなかった。

その日の売れ行きはあまり良くなく、夜になっても落花生がだいぶ売れ残っていた。というか、春草が少し欲張って、卸を三十斤に増やしていたのだ。前は、落花生の箱にレンガのかけらを入れていたが、今は娘のかごにレンガを入れていた。

暗くなっても、春草はまだ通りで売り声を上げていた。と、うしろで、ためらいがちに呼ぶ男性の声が聞こえた。

「阿草?」

春草は聞き間違えかと思った。自分を知ってる人がこちらに居るはずがない。声のほうを見ると、三輪車に乗った男性が彼女のほうに顔を向けていた。

「やっぱり阿草だね?」

なんと、何水遠だ! 突然何水遠が見つかった。そもそも長距離バスでめぐり合ったのと同じ、なんの前触れもなしに。決して希望は捨てちゃいけないということだ。断固として手を緩めなければ、希望は情にもろくこちらを振り向いてくれる。春草はぼんやりしていたが、腹の中は煮えたぎっていた。

何水遠は三輪車を飛び降りて走ってきた。

「君に似た声が聞こえて、まさかこんなところに居るとは思わなかったが。君、どうしてここに来たの?」

春草は漸く我に返って怒鳴った。

「何で私に聞くのよ。聞きたいのは私のほうよ。死ぬほどあなたを探したのに！」

どっと涙が出て、泣き出した。

ママが泣くのを見て、元元も泣いた。母娘二人が、大通りで泣いているのは、ちょっとした光景だ。道行く人が次々に横目で見ていくので、何水遠は二人を急いで近くの飲食店に連れこんだ。

「あなた、ここで何してるの？　私、どんなに心配したか、分かってる？」

「合わせる顔がないよ…お金を貯めてから帰ろうと思って…」何水遠は下を向いた。

「それで、貯まったの？」

何水遠はかぶりを振った。髪は長くて乱れ、髭ぼうぼうでやせこけ、顔は誰かに引っ張られでもしたように、長く伸びて見えた。肝心の目はどんよりと光がなかった。口を開けば四文字熟語を言っていた、かっての高揚した書生の面影はもうなかった。昔春草が編んだ、あの棗色《なつめいろ》のセーターを着てはいたが、黒ずんで艶もなくなり、袖の線は取れてぶら下がり、時々袖口に突っ込む様はルンペンそのものだった。

春草は見ていて、いとおしくなった。何処の誰よりいとおしく思った。

何水遠が言うには、事件後、ある小さな宿屋に金を騙し取った男がいるのを探し当て、入口まで行って返せといったところ、男はナイフを抜き出してテーブルに突きさし、金はない。どうしてもと言うなら、これで俺を殺すがよい。何水遠はびっくりして足が震え、すぐにそこを去った。お金が戻ってくるどころか命まで危ないと思ったからだ。家には戻れず、陝西《せんせい》にも帰れず、仕方ないから海州に来て働くことにした。だが、何の身よりもないところで、仕事が見つかるわけもない。建築現場の仕事は自分には出来ない。これまで商売の経験しかないから、肉体労働ではお金を稼ぎたくない。やっと、あるホテルで野菜を買い付ける仕事があったので、それで食住をまかなっている。月八十元で、かろうじて凌いでいる。とのこと。春草もこの一ヶ月の出来事を話した。家を差し押さえられたこと、陝西まで行ってお金を掏られたこと、身分証がなくなって実家に帰れなくなったこと、行き場を失った時に孫支配人とばったり会ったこと、それから、張姐さんにめぐり合って、目下毎日、街のあちこちで落花生を売り歩いていること、などなど。

「この半年、私の心はぼろぼろだわ、泥沼と一緒。泥沼はそれでも緑の新芽が何ぼかあるからまだ良いわ。私にはなんにもないんだもの。溺れ死にそう」

何水遠は春草が憔悴しきっている様子を見て、ひどく気がとがめた。

「ごめんね、阿草、ほんとに済まなかった。両親にも子供たちにも悪かった」

「今更言わないで、あんたもいろいろ罰を受けたんだから。最初聞いた時は、あんたにもしものことがあったらどうしようかと思ったわ。無事だっただけで安心よ」

「これからどうしよう」

「どうしようって？　生きていかなくちゃ。家族がちゃんといるじゃない。それが何よりよ。始めからやり直しましょう。今からでもお金を稼げるわよ。家だって出来る。子供たちがいるじゃない。子供は日々大きくなるわ、ここで降参するわけには行かないわよ」

何水遠は頷いた、が、目には輝きがなく暗かった。春草は聞いた。

「うちの様子はどうなの？　何か知らないの？」

「母さん死んだよ」

何水遠は、目の淵を赤くした。春草は暫くものが言えなかった。姑に格別の愛着があるわけではないが、何せ夫の母親だ。行ったときはいつも良くしてくれた。前から病気がちだったけど、亡くなったなんてどうして？

「僕が知ったのは、亡くなってもう一ヶ月経ってた頃なんだ。僕の所在が分からなかったからね。母さんに済まない。ほんとに申し訳ない。母さんが死んだと聞いた時、死のうかと思った」

「あんたがもし死んだら、もっと罪なことだわよ。お母さんに済まないだけでなくお父さんにも申し訳が立たないわ。妹さんたちにも、私や子供たちにもよ」

何水遠は、テーブルに頭がつくほど、うなだれた。

「阿遠、元気を出そうよ。私たち負けちゃいられない。暫くあなたの四文字を聞いてないけど、さあ、元気が出る言葉を教えて」

何水遠は頭をもたげ、ちょっと考えてから、言った。

「東山再起」（三十五）

（三十一）**北方**：黄河流域及びそれ以北をさす

（三十二）**三無人員**：身分証明書、固定住所（暫定居住証明書）、固定収入（雇用証明書）のない者

（三十三）**茶葉卵**：お茶や醤油で煮て香味を付けた卵

（三十四）**一斤**：五百グラム

（三十五）**東山再起**：東晋の謝安が東山に隠居したが、のちにまた中央の要職に召されたことから

第十九章

楼兄さん

――一九九一年、小満（三十六）――

東山再起は簡単ではなかった。

何水遠を探し当てはしたけれど、春草は相変わらず今までの宿屋に住んでいた。何水遠がアルバイトしている小さな飲食店に三人で住むのは無理だった。いつも四方から隙間風が吹いてくる屋根裏部屋にいるのだ。春草は依然毎日元元と、天秤棒を担いで豆を売り歩いた。でも気持ちは前とは違って、ずっと落ち着いていた。一家がまた一緒になれると思えば、毎日の商いに張り合いがあった。出来るだけ節約してお金を貯めよう、元手さえできればチャンスはある、と話し合った。二人はとっくに、商売のうま味を知っていた。

チャンスは本当にやって来た。言うならば、春草が貴人に出会ったのだ。

その日の午後、春草は一人の中年の男に出会った。彼は落花生を二斤買って、五十元紙幣を出した。「おつりがない」と言うと、「後で受取りに来る」と言って帰った。お釣をあとで渡すことになったので、場所を変わるわけに行かず、同じ所でそのまま男性を待った。だが夕暮れになっても、来ない。代わりに、赤い腕章をした老人が来た。

「商いする場所が違うぞ。ここは自由市場ではない。罰金十元を払うんだね」

それを聞いて春草は慌てた。

「お金、ないんです。今日の収入は全部で五元にもなりません」

老人は信じなかった。春草が見せようと不用意にポケットをひっくり返した時、預っているお金が見えた。春草は慌てて、何べんも弁解した。

「このお金私のではありません。預かってるお金です。返す必要がなかったらとっくに場所を変えてますよ。同じところにずっといたって、売れませんから」

そんなことを老人が信じる訳がない。いさかいがどうしようもなくなった頃、ようやく男性が現れた。彼は釣銭の事はすっかり忘れていたようで、退勤の帰り道に言い争う声が聞こえたので来てみたのだ。ひと目見て、何が起こったのか察し、慌てて助け舟を出した。春草が渡した釣銭から十元の罰金を払い、残りは補償だといって春草に渡した。

「受け取れません、多過ぎます」

「今どき、君のように正直で信用のおける人は本当に少ないよ」

男性は深く感じたように言ったので、春草はたまらずに言った。

「私、正直じゃありません。さっきもあなたに、一元三毛の豆を一元五毛で売ってます」

男の人は笑った。

「どうってことないよ。君、子供連れで大変だね。どう、待たせたお詫びに、軽い食事をご馳走しよう」

春草は、その人に真心を感じて、承諾した。さっきからお腹も空いていた。

男性は春草を軽食堂に伴い揚州チャーハンを注文した。食べながら話すうちに、二人は同じ県(三十七)から出てきていることが分かった。同郷人同士の出会いは涙こそ溢れなかったが、気持ちが暖かく和んだ。

男性も大喜びで、何度も彼女を妹と呼んだ。春草も兄さんに会ったような気分で、すっかり自分の出来事を話した。どういう事情で家を債権者に押さえられたか、自分が何故子供を連れて夫を探しに出てきているか、どのようにして行き場を失ったか……何水遠に再会して話した時よりずっと多くのことを、もっと感情をこめて話した。ただ一つ、もう夫を探しあてたこと、それも海州にいることは話さなかった。はっきり説明できないが、直観的に、言わない方が好いと判断したのだ。

男性は、彼女が遭遇した事情を聞いて、大変同情し、考え考え言った。

「僕にアイデアがあるんだけどね。こんな風に町で売り歩いていたんでは、君辛いだろうし、いくらも稼げまい。その上又罰金とられる。お店を借りて豆屋を開いたらどう？」

春草の目が輝いた。

「私も考えた事があります。でも、何処に行けば借りれるかしら？　元手もないし」

「食料品市場の中に比較的安い臨時の店舗があるよ。僕が見付けてあげよう。でも、いざやるとなると、苦労するよ。君、耐えられるかな？　しかも子供を連れてるからな？」

「私、他の才能はないけど苦労は慣れてます。主人がお前は苦労が命だって言うの」

夫の事を言うとき、春草は少し緊張したが、続けた。

「前にも商売をしたことあるんです。お金を稼げさえすれば、苦労なんて平気です」

「それは好い。見てると、君には商売の才能がありそうだ。こうしよう。私が元手に二千元出そう。部屋を借りたら、鑑札を取り、鍋とコンロをそろえて、豆を仕入れたら好い」

春草は驚いた。

「そんなこと、どうして出来ますか？　あなたにそんな大金を借りるなんて、出来るわけないでしょ？　私たちまだ知らないのに……」

「今、知り合ってるじゃない？　僕は楼と言う。君より少し年上だ。君は僕を楼兄さんと呼んでよ、僕、貸すのであって、あげるんじゃないよ。稼いだら返してくれればいいんだ」

「本当に私を信用するんですか？」

楼兄さんは頷いた。春草は思い切って自分の心の傷をさらした。

「私、本当の事を言うと、字を知らないんです。文盲なんです」

「そうなの？　小学校も行ってないの？」

「行ってません。たった数日間勉強しただけなんです」

「そう見えないね。君、教養があるように見えるけどね。大丈夫、商売が出来ればいいんだ。大商店の主人にも苦労してきた人は沢山居るよ」

こんな素晴らしい目に会うなんて、思いもよらないことだった。私がたいへん苦労しているのを見て、神様が目をかけてくれたんじゃないか。

「私、なんてお礼言っていいか、分かりません。楼兄さんって菩薩《ぼさつ》様ですね。実は私も、今のやり方では駄目だと思ってました。やはり商売したいって。兄さんの助けがあれば、きっとちゃんとした商売がやれます。お金も半年以内には返せます」

「一年経ったらまた相談しよう。半年じゃ君、荷が重すぎるよ」

「いいえ、楼兄さん、こんなに私を信用してくれるんだもの。出来るだけ早く返すわ。もし、いつか将来、私、春草めが商売に成功した時は、きっとご恩に報いるわ」

「そんな事言わないでよ。僕も農村の出だ。同郷の者が難儀しているのを見れば、助けるのは当たり前だろ。君が故郷の事を話すのを聞いてて、懐かしくて知り合ったんだよ。僕たち、ここでは親戚だよ」

楼兄さんがそう言うのを聞いて、春草はますます自分は幸運だと思った。小さい頃、伯母さんがお話を聞かせてくれる時、いつも、だれそれは貴人に出会った、と言うくだりがあったが、今まさに自分は貴人に出会ったのだ。どうやら私は、一番不運な人間ではない。貴人の助けがあると考えると、春草の気持ちは晴れやかになった。

何水遠はこれを聞いて非常に喜び、すぐにでも仕事を辞めて、一緒に商売をしようと思った。が、春草は賛成しなかった。

「あなたは今、賄いつき宿つきで八十元もらえる。保障されてるのよ。私の処はまだ何とも分からない。万一うまく行かなかったらどうするの？　やはり一歩一歩やる方がいいと思う」

「でも、二人一緒に仕事したら、一か月で何百元にも大きくなれるんじゃない？それに、君は子供を連れてるから、確かにむずかしいよ」

春草はここでようやく言った。

「私、楼兄さんに、あなたが見つかったとはまだ言ってないの」

「どうして？　なぜ僕もここにいるって言わないの？」

「私たちが孤児とやもめだから、あの人、助ける気になったのよ。もし夫が傍にいると知ってたら、多分かまってはくれなかったと思う」

何水遠はすこし気分を害したが、何も言わなかった。内心春草の考えには道理があると思わざるを得なかった。春草は急いで言った。

「商売が安定するまで待っててね。一ヶ月も過ぎたら、一緒にやりましょう。どう？」

何水遠は春草の言うとおりにせざるを得なかった。

楼兄さんの世話で粗末なあばら家に落着き、二回目の事業が始まった。春草は小さな宿屋を離れる時、張姐さんには、自分が炒り豆店を開く事は伏せた。ただ、夫も仕事で出て来たので、夫の所に行くとだけ言った。張姉さんに借りた金を、数をそろえて返した上、お礼に服を買って彼女にあげた。張姐さんは別れがたい様子で、言った。

「あなたが行ってしまうと、心細いな。あちらでも．私のこと忘れないでね」

「安心なさいな。私がもしうまく行ったら、きっと姐さんのお手伝いをしますよ」

あばら家は桂花東通りの食料品市場の中にあって、とても賑やかなところだった。その上、これ以上はないというほど狭かった。周りは竹貼りの壁で、屋根はガラスだった。日光と少しばかりの雨風くらいは遮ってくれたが、本来人が住むところではなかった。ただ、中には多くの小売商人がいた。ビニールで仕切って、表は売り場となり、奥に人が住んだ。

春草の左隣は魚など水産物を売っており、右は雑貨屋だった。春草は、こちらから積極的に挨拶に行った。先ず雑貨屋の小父さんにこんにちは！次に魚屋のねえさんに、こんにちは！　と言い、手を伸ばした。魚屋のねえさんは握手をしたくないのか、

「私の手、ずぶ濡れよ」

「あ、構わないですよ、みんな働いてるんだから」

春草は、水が滴る手をしっかり握り、さらに熱意あふれる口調で言った。

「私、来たばかりなんです。今後とも宜しくお願いしますね」

そのねえさんは少しぎこちなさそうな顔をした。傍で見ていた楼兄さんはびっくりした。

「春草、君、仕草がまるで街の人だね」

春草は嬉しくなった。うちの阿遠と学んだのですよ、と口に出かけたが飲み込んだ。

「私、前に陝西省で商売した事があるんです」

楼兄さんは安堵した。明らかに春草は、彼が考えていたより有能だった。

「春草豆店」は美しい四月に店を開いた。

何水遠は、以前と同じように店の看板を書いた、やはり四文字で「春草豆店」だ。そして言った。

「一つ、僕がはっきり頭に刻み込んでおかなくちゃならんことは、お前が僕を許してくれたこと。二つ、僕がずっと感じていたのは、お前は僕より金儲けがうまいということ」

春草は反対しなかった。

春草の足下の地面は、また固く踏み固められた。

（三十六）**小満**：二十四節気の一つ、五月二十一日ごろ。草木が茂って天地に満ち始める意。
（三十七）**県**：省、自治区の下部、日本の「県」より規模が小さい

第二十章

炒り豆店

―一九九一年、芒種《ぼうしゅ》(三十八)―

食料品市場は桂花東通りにあり、沿道にずらりとお粗末なバラックが並び、行商人たちが屋台を並べていた。

安バラックに身を置いて、春草は何水遠と一緒に来なくて良かったと思った。母娘が寝泊りするのも厳しいのに、三人なんてとてもじゃない。二坪に満たない狭い部屋を、ストーブと品物がどっかり占め、その隙間に小さなベッドがあるだけの部屋で、元元と抱き合って寝るしかなかった。上の瓦がガラスでは暑さを防ぐどころではなく、まだ五月始めというのに、狭い部屋の中は暑くてたまらなかった。

炒り豆屋の生活は春草が思っていたより辛かった。毎日ストーブを焚き、落花生や西瓜などの種を炒ってから売るのだが、鍋が小さいので作ればその日に売り切れてしまう。毎日火を起こし毎日しゃもじを動かす。それはたいした問題ではなかったが、狭いバラックでストーブを焚くので、煙にいぶされて元元の咳は良くならなかった。春草はストーブを外に持ち出して、火を起こし豆を炒ることにしたが、よそから文句が出ないよう、朝の四時に起きて、他の屋台が店を出さぬうちに急いでやった。一日このように忙しく立ち回ったので、春草は腰が折れそうだった。

夜になって、何水遠が店の野菜の煮しめをかかえて様子を見にやってきたが、春草の辛そうな姿を見て、また、自分も来たいと言い出した。

「私も来て欲しいわ、ほんとに死にそう。だけどここにどうやって住むの?」

何水遠も、確かにむつかしいと見た。が、それでも愚痴をこぼした。

「君、ずっと僕なしでいいのかい。僕、誰か女を作るかもしれないぞ」

春草は笑いながら、何も言わなかった。

「何笑ってるの、今僕が落ちぶれているからといって、女性が必要ないと思ってるの？」

春草はやはり笑ってるだけだ。

「言っておくけど、僕んとこの飲食店の女主人、僕にぞっこんなんだよ。ほんと。毎日僕にご馳走を残してくれるし、今日の手土産もみんな彼女がくれたものだよ」

「いいことじゃない。あなたが良くしてもらえば、私たちにもおこぼれがあるんだから」

「給料も上げてくれると言うんだよ」

「それは願ってもないことよ」

何水遠は、春草が少しもやきもちを焼いてないことを知り、仕方なく言った。

「ほんとのところを、君に話をしておきたいんだ。彼女はいつも僕をそんな風に見ていて、僕を押さえつけたりもするんだ。早く離れたいよ。面倒なことにならないうちに」

「あんた大の男じゃないの、女一人を何怖がってるの？　彼女が抓《つね》りたいんなら二三回抓《つね》ってもらえば」

「僕が心配しているのは、万一…彼女と事があったらどうしようかと……」

「前にあなた、その人を好きとかなんとか私に言ったよね？」

「どうして好きなもんか。落花生の麻袋よりぼてっとした腰つきで、女性らしさは何もない。手をつっこんだまま話すし、ボタンもちゃんと掛けない。あんな女見たくもない」

「それなら、なお良いじゃないの。好きじゃないのなら、彼女のところへいらっしゃいな。何か起こったって、うまい汁吸わなきゃ損じゃないの。馬鹿ねえ」

何水遠はあきれた。春草はそんな風にしか思ってないのか。早く知ってたらもっと……そう思うと興奮し、踏み込んで春草を抱きしめて服の中に手を伸ばした。春草は遮った。

「ああ、あんた、あの飲食店で、いつまでも野菜買ったり、使い走りばかりしてないで料理の腕前をちゃんと磨きなさい。もしかしたら、飲食店を開けるかもしれないよ」

「よしよし、飲食店を開いたらしたくなくなるなんて、君はならないよ」と、手を進めた。

「私、すれば良いってものじゃないの。お金が稼げるんなら、なんぼでも働くわ」

「そうだ、そうだ。阿草、僕たち随分ご無沙汰だ。もう何ヶ月もだ。君のことばかり思ってたけど、君は僕のことなんか思ってなかったの？」

春草は彼にせがまれて少しうろたえ、あえぎながら言った。

「思ったかって？　そんな時間が何処にあるのよ。あんたの借金で私…」

小さなベッドがぎしぎし音を立てた。春草は彼に身を委ねながら絶えず、あの子を起こすわよ、つぶさないでよ、用心してね、と言い続けた。何水遠はこれじゃうまくやれないと、熟睡している元元をさっと抱きかかえて、落花生を入れた麻袋の上に移した。

「死んじゃうわよ、この子を落花生にするつもり？」

「ちょっとくらい大丈夫だよ、別に、起きやしないよ」

矢も盾もたまらず飛んできて、全身で春草に覆いかぶさったので、小さなベッドは一杯一杯で、春草はあきらめ、彼のするままになった。

終ってから何水遠は、心ゆくまで楽しめなかった様子で、言った。

「駄目だ、これじゃ。早く金をためて、狭くても陝西にいた時くらいのが欲しいね、借り間に大きなベッドが置けるくらいの」

「私もそう思うわ。ちびちゃんが大きくなったら何も出来ないものね」

翌日の朝、何水遠が行くとすぐ、壁を隔てた雑貨屋の小母さんが訳ありげに笑って
「お宅、昨夜随分物音がしてたわね」

春草は彼女が何を言ってるのか分かるので、少しきまり悪そうに
「ああ、夫が来てね、私が品物を整理してって頼んだものだから。部屋が狭くて足の踏み場もないんだもの」

「そう、そうよね、ちゃんと整理しなくちゃ。ああ、昨日の人が貴女の旦那さんなの？　この前の男の人は？　私、あの人がてっきり旦那さんかと思ってたわ」

「あら、どうしよう、この前のは私の兄よ！」と大げさに、なるべく落着いて
「兄は街で仕事してるの」

「ふうん、道理でこの通りに場所を借りられたんだ。うまくやったね。ほんとうは、向こう側の魚屋さんが欲しくてたまらなかったのに、出来なかったのよ」

春草はそれで分かった。なるほど、あの魚屋のねえさんが、いい顔しないで、私に固い態度をとるのも頷ける。知らぬうちに人の恨みを買ってたんだ。そこで、落花生を炒った一番鍋を一袋、魚屋のねえさんのところに持っていき、にこにこしながら言った。

「ねえさんちょっと食べてみてくださいな。お隣に来ていろいろご迷惑をかけます」

あちらのねえさんも大したもの。きらきらした笑顔に出会っても顔色一つ変えず

「どうぞおかまいなく、私、落花生は好きじゃないの、のぼせるので」

春草は忙しくて怒っている暇はなかった。屋台を並べるのに、部屋が狭いので道に半分はみ出して並べた。マーケットの管理人がやってきて、眉をしかめて何か言おうとしたので、春草は落花生を一つかみ取り出して迎えた。

「親方ご苦労様です。ちょっと休んでうちの落花生を食べてみてください」

管理人はふた粒ほど剥いて口に入れた。

「うまい、なかなかのものだ」

春草はすかさず一袋差し出した。

「持って帰ってゆっくり食べてくださいな。ほら、幾らもしないものですからご遠慮なく」

管理人は一時は遠慮したが、仕舞って言った。

「君、この屋台、道にちょっとはみ出してるんじゃない？」

「分かりました、分かりました」

春草が台を押したが、少しも動かない。管理人はそのまま何も言わずに行った。

隣の魚屋のねえさんがそれを見ていて、自分のところの養殖魚や海老が入った大きなたらいを、路の中ほどまで移動し、二人の下働きを大声で叱咤してタウナギをさばいた。丁度梅雨の季節で、魚や海老たちは苛立ち、やたら動き回った。中の一尾の大魚が暫くあがいた上、ばしゃっと跳ねて通りへ飛び出た。水しぶきが春草の商品の上にかかった。春草は急いで魚を拾い上げ、春草が文句を言うのを待ち構えている魚屋のねえさんの方を見た。もし、あんたの魚が水をはねて、うちの品物がずぶ濡れよ、とでも言おうものなら、屋台を道に持ち出したのは誰よ?!　とやり返すつもりだ。それを知ってかしらずか、

春草はにこにこ笑って
「あれまあ、ほら、魚が逃げ出したわ」

魚を大たらいに戻すと、手を拭いて、とがめる様子など少しも見せなかった。

魚屋のねえさんは決まり悪そうに言った。

「ごめんね、落花生が濡れたんじゃない？」

「大丈夫よ、ちょっとくらい」

夕方店じまいの時、魚屋のねえさんが売れ残りの魚を一尾くれた。

「お魚の頭っていいわね、私一番好き。カラシナのスープに入れると格別だわ！」

魚屋のねえさんはとうとう笑顔を作った。

にこにこ仲良くすることは金儲けにつながるということを、春草は、どうやら生まれつき心得ているようだ。

店をかまえた炒り豆店は路地を歩き回って売る行商よりも間違いなく良い商売で、一日に何十元かの売り上げがあり、コストなどを差引いても十元二十元の固定収入があった。日曜と祭日が重なるともっと多かった。春草は預金通帳を作り、百元たまるごとに預金した。だが彼らの掛け小屋は不衛生で、ほうっておくとすぐ黴《かび》が生えた。

何水遠の方もまあまあ悪くなかった。彼が辞めたいと言うと女主人が引き止め、給料が二十元増えた。何水遠は自分の生活にはお金はかからないので、真面目に百元を春草に手渡した。一ヶ月を過ぎると通帳は五百元にもなった。だが、このお金は楼兄さんに返さねばならない。まだ自分たちのものじゃないと思うと、春草の気持ちは重かった。

春草の頭はいつも回転していた。お金をいかに節約するかを考えてくるくる回っていた。毎日市場が終ると、地面にいつも売れ残りの野菜がほってあることに気がついた。ある時はしおれた一把の青菜があったり、ある時は、すが入った大根一、二本があった。行商人が、面倒でつい捨てて行くのだ。彼女はそっと持ち帰り、洗って炒めた。運が良いときは、トウガラシやナスなどの貴重品が拾える時もあり、野菜を買う金が節約できた。魚肉のような生鮮食品は、もともと買わなかった。たまに何水遠が持ってくるとそれはご馳走だった。だが、元元には栄養のため目玉焼きをあてがった。魚屋のねえさんが、たまに売れ残った魚をくれた。春草は気を利かしていつも炒り豆か漬物を上げた。

ある日春草が、市場が閉まって、野菜を拾っていると、マーケットの管理人が掃除係の女性を叱っているのが聞こえた。きれいに掃けていないのを咎めているのだ。地面には、ばらけた野菜の葉っぱがこぼれたままだ。掃除の小母さんは、箒《ほうき》の柄が悪いのだと弁解していた。管理人が去ると小母さんは、ひと月に百元で、うるさいこと言って、誰様のためにそこまでやれるかね、と愚痴をこぼした。それを聞いた春草にふと考えが浮んだ。

次の日の朝、管理人が衛生費の集金に来た時、春草は熱意をこめて言った。

「親方、ちょっと休みませんか。新製品のバター炒めを試してくださいな」

管理人はふた粒ぱちんと割って「なかなかうまいよ」と言った。春草は手早く一袋用意して彼にあげた。管理人は近寄ってきて聞いた。

「君、何か僕に用があるんじゃないの？」

「親方さすがですね。大したことじゃありませんが、掃除の仕事、私にやらせてもらえないかなと思って」

「じゃないかと思ったよ」

「あら、親方にご迷惑かけるつもりはありません。どうでしょう、一ヶ月百元支払ってらっしゃるのを、私八十元でやります。いかが?」

管理人は落花生を剥《む》きながら言った。

「女手一つ、子供連れで仕事してるのに、大丈夫なの? 掃除なんか引き受けちゃって?」

「大丈夫です大丈夫です。ここに住んでるから、都合を付けてやっちゃいます」

管理人は道の真ん中に皮をぷっと吐き出した。

「君って女性はほんとに心臓がでっかいね」

彼は落花生がよほど好きらしく、次々に口にほおりこむと、香りが辺りに広がった。

「何がでっかいものですか、この豆粒ほどですよ」

「言っとくけど、一ヶ月八十元で良いというのは、君が言いだしたことだ、僕じゃないよ」

「そうですとも」

言いながら、豆を袋につめて管理人に渡した。管理人は手を振った。

「もう結構、要らないよ、君んとこの儲けがなくなるよ」

春草は、それでも無理に押し付けた
「親方も遅くまであちこち歩き回って、ほんとにご苦労さんです」

「あのね、来月から、君の衛生費は免除してやるよ」

「それはどうも、ありがとうございます。いつでも食べにいらしてくださいな」

春草が管理人を見送りに出たとき、隣の雑貨屋の男性が、不満ありげな目つきを投げかけたが、知らぬ振りをして、管理人に大きな声で「お気をつけてお帰りな！」と言った。

これで、春草の仕事は又増えた。彼女には、暇な時間は少しもなくなった。収入が増えさえすればそれで良いのだった。管理人が後悔しないよう、毎日昼食後掃除にかかった。例の掃除の小母さんは一時間で仕事を終えるのを、彼女は一時間半かかってやっと終えた。管理人は当然満足だった。一層疲労は重なったが一生懸命仕事をして、毎月着実に百元づつ増えた。しかも、ほうってある野菜は悠々と拾って行けるのだ。拾ってきても食べきれないので、ためしに塩漬けにしてみた。幼い頃、母親が漬物をつけるのを手伝っていたので、その要領は脳裏にあった。それに、とても美味しかった。そこで思い切って売れ残りの安い野菜を買い付け、大きな甕で漬物を作って隣近所に配り、炒り豆の隣にも並べて売ったところ、少しづつ売り上げが増えていった。勿論管理人のところに送るのは忘れなかった。管理人は、ものの分かった女性だと思った。

何水遠は週に一、二回彼女や元元の様子を見に来た。来るたびに業績が伸びているのを知って、今更ながら自分の嫁に感心した。自分自身のあちらでの収入は、何の工夫もなく、変わりようがなかった。春草は何水遠が来るのを望まないわけではないが、楼兄さんがいつ来てくれるかと心待ちにしていた。兄さんに前もって話をしてから、何水遠をよび寄せようと思っていた。自分の店の主人は楼兄さんだ。なのに、なぜだかずっと来ない。多分彼女にプレッシャーをかけたくないと思っているのではないか？

その日の午後ちょうど市場を掃いていると、急におなかが痛み出した。急いで箒《ほうき》をほおって、あわててトイレまで駆けて行った。市場にトイレは一箇所しかない。それも随分遠いところにあったので、たどり着く前に粗相してしまった。最悪だ。何てことだ、どうしたんだろう？　きっとお昼のそばが悪かったんだ。そばは前の日の残り物だった。今日の昼食べた時少し匂いがすると思ったが、下痢までするとはは思わなかった。

一度下すと、ずっと続いて午後から日が暮れるまで五六回駆け込んだ。彼女はベッドに、背を曲げてぐったりと横たわった。元元が見て、「ママ、病気なの?」と聞いた。

夜中まで苦しんで、ようやく治まった。多分胃腸の中は、何も入れてないので空っぽなんだ。春草はベッドに横になって考えた。私こんなことで死んでしまうはずはない。でももし死ぬ様なことがあったら、元元はどうしよう? ふと、こういう時に何水遠が来てくれたらどんなにいいかと思った。助けてくれたら感謝感激なのに。

朦朧の中で春草は眠って、実家の夢を見ていた。父親に、のどが渇いた、水が飲みたいと言っていた。父親は黒砂糖湯を上げようと言ったが、彼女はそれはいや、お白湯《さゆ》がほしいと言った。とてものどが乾いていた。父親はお椀に白湯を持って来て飲ませようとしたが、どうしても口にすることが出来ない……母親が、自分で飲めないのかい? と言った。そこで手を伸ばして受け取ろうとすると、お湯がひっくり返って……焦って……目が覚めた。覚めて見ると、口が苦く、渇いて、何だか黄連《おうれん》(三十九)をいぶしたような感じだった。

すっかりのどが渇いていて、お湯が欲しい。でも誰も居ない。辺りはしんとしている。何処もかしこも寝ていて、彼女が苦しんでいるなんて誰も知らない。

自分で起きるほかなかった。手探りで入口のところまで行って火をつけ、壷半分の湯を沸かした。お湯を一杯飲み時間を見ると早朝の四時だ。どうせならとストーブを焚き、きっぱりと元気を振り絞って落花生を炒り始めた。壁に寄りかかるようにして漸くその日の分を炒り終わると、疲れてベッドの上に座り込み、知らず知らず又眠りこんだ。目が覚めたとき、なんと目の前が明るく、戸が開いていて、元元がストーブで湯を沸かしている。ほんとに貧乏人の子供というものは家事に関してはおませなものだ。春草が急いで起きて見ると、人のような影がちらちらしている。確かに人だ。と、誰かが彼女を呼ぶ声がした。楼兄さんではないか。暫く見えなかった楼兄さんだ！

「きのう出張で戻って来たばかりだけど、合間に君たちのことを見に来たんだよ。どうだね近頃は」

春草はなぜだか鼻がぐすぐすなって下を向いた。椅子を持ってくる振りをして、服の袖で涙を拭いた。

「どうしたんだい、疲れてるんじゃないのかい？」

春草は、楼兄さんの好意でこの店を持つことが出来たのに、苦労している顔なんて見せるわけにはいかない。

「まあまあです。それよりあなた、随分ご無沙汰でしたね」

「顔色がとても悪いよ、何かあったの？」

「別にないんだけど、昨夜おなかが痛くって難儀したの」

「それはいけない、人の体には下痢が一番好くない。薬は飲んだの？」

春草は首を振った。

「僕がちょっと行って薬を買って来てあげるよ」

それを聞いて春草の涙がまた止まらなくなった。不思議なもので、今までどんなに苦労が多くても涙を見せなかったのに、今日は涙がどっと出てくるのだ。楼兄さんって催涙剤じゃないかしら。春草の心は煮え立った鍋のようにふつふつとたぎっていた。楼兄さんはほんとに私の大事な人だ。いつも私が一番来て欲しい時に来るんだもの。一生かけてもお返しできないわ。

楼兄さんは薬を買って戻ってくるとすぐ飲ませ、春草は心からありがとうと言った。

「春草、君がそんなことを言うのはいやだね。君は僕を兄さんと呼んでくれてるけど、見せ掛けじゃだめだよ。ほんとの兄なら妹を助けるのは当たり前じゃないか。これから先、僕が君の助けを必要とすることがないとも限らぬよ」

「私がお手伝いするような日が来たら、ほんとに嬉しいわ。私のような人間にあなたのお手伝いができるかどうか、迷惑掛けるだけかも知れませんがね。この世では無理でも来世には仙女になって、炊事洗濯、子供の世話から、牛や馬のすることまで何でもやります」

春草が思っているとおりにいうと、楼兄さんは思いがけなく顔を赤らめた。もともと田舎ではいつもそういう風に言ってはは笑いあっているのだが、どうやら楼兄さんはすっかり街の人間になっていて、そういう風に言われると気恥ずかしいのだった。春草はしゃべるのをやめ、心のなかで、楼兄さんを一層好きになった。

楼兄さんが帰ると、魚屋のねえさんが「今の人あなたの兄さん?」と聞いた。春草は誇らしげに頷いた。

「で、何やってるの?」

「役所の幹部なの」

実際は、何をしているのか知らなかった。役所という言葉も、楼兄さんに教わったばかりだった。

「それなら、あんた、兄さんの役所で仕事を見つければ良いのに?」

「私、商売が好きなの」

その日春草は早々と店を閉めて寝た。死んだように眠った。前の日に来なかった眠り虫が、わっとやって来たのだ。夜明け方彼女は不思議な夢を見た。一本の手の夢だ。誰の手だか分からない。この上なく暖かく、柔らかな手で、彼女の顔や体をそっと、繰り返し撫で、全身がけだるくぐったりとなった。なんともいえぬ快感が頭から足先まで広がり、気持ちよくて声を上げそうだった。何水遠と愛し合っている時も心地よいが、それとは少し違う感覚で、雲の上を漂い、眠り虫たちが傍らで歓楽の踊りを踊っているようだ。彼女はその手を捉えて、ずっと傍に置いておきたいと願った……。

突然、夢の中で耳を刺す音が聞こえ、眠り虫たちは驚いて逃げ出し、柔らかな手も消えてしまった。春草は目を開けた。音は目覚まし時計だと分かった。もともと、寝過ごすのを心配して毎日朝五時にかけているのだ。春草は夢の世界からいやいやながら起きだして、また十年一日のような労働が始まった。だが、その一日中、春草の体はけだるく、客とやり取りする声もことのほか優しかった。あの手が彼女の体にまだあてがわれているようだった。一体誰の手だろう？　楼兄さんの手か？　阿明のか？　阿遠のものか？　それとも孫支配人？　或いはもっと以前の……伯父さんの手か？　よく分からなかったが、男の人の手であることは間違いない。

あらどうしよう、と春草は思った。夢に男の人が出るようになって。

（三十八）**芒種**：二十四節気の一つ、太陽の黄経が七十五度のとき。六月六日ごろ

（三十九）**黄連**：キンポウゲ科常緑多年草。漢方健胃、消炎薬として用いる

第二十一章 楼兄さんとの〝こと〟

―一九九一年、小暑(四十)―

瞬く間に三伏《さんぷく》四十一となり、暑い季節に入った。春草と元元は夜になるといつもベッドを通りに運び出して寝た。暑くても風呂なんかには入れず、行水するのが精いっぱいだ。元元が一日中痒がっているので見ると、体中赤くただれている。春草は母親のやり方を思い出して、毎日ニガウリの汁をつけてやった。二日つけると効果が現れた。

春草は、自分がだんだん母親に似てきたように思う。まことに奇妙なものだ。あんなに逆らい、拒絶してきたのに、母親のやり方や話す口調まで、しつこく身ぶり手ぶりに出てきて、振り払おうとしても振り払えなかった。ただ、元元に対しては母親とは大きく異なっていた。今では彼女が最愛の人だった。時に万万の事を思うと、心が痛み、そのたびに一層元元を可愛がるのだった。双子の母の愛情は、女の子の一身に注がれた。

辛い時も、悲しい時も、春草は今まで溜息をついたことはなかった。苦労があって始めて良い暮らしが出来るようになる。それ以外のことは何の役にも立たないと信じていた。具体的には、預金通帳の数字が膨らめば、辛さと悲しみが癒された。立秋の日、数字が遂に四桁に達した。この時意外にも四文字が春草の頭に浮かんだ。夢想成真（夢が現実となる）だ。何水遠に言うと、彼はがっかりさせるようなことを言った。

「それって夢想成真とは言わないよ。言うとすれば〝万里長征走完了第一歩（万里遠征一歩を踏出す）〟

だろ」

春草は眼をむいた。

「よく言うよ、私がやっと四文字を言うとあんたは十文字なの、わざと私を怒らせるの？」

「そうだそうだ、夢想成真だ、第一歩も夢想成真と言えるよ」

春草が嬉しさのあまり思いついた事は、楼兄さんに電話する事だった。楼兄さんなら、彼女の為にきっと喜んでくれる。あの、病気の時に来てくれて以来、一ヶ月も会っていない。春草は楼兄さんの励ましの言葉を聞きたかった。

春草は小銭を手にして、青果市場の入り口の雑貨店に行き電話した。はじめ楼兄さんが電話番号を書いてくれた時彼女は言った。

「書かなくても好いですよ、言ってくれればそれでよいです」

楼兄さんは、番号を続けて三度言った。覚えきれないのを心配したのだ。ほんとのところ、楼兄さんは春草をよく知っていなかった。春草の記憶力は素晴らしく、言った事、重要な数字は、全て忘れる事はなかった。なんでもしっかり頭に刻み込まれていた。

春草は覚えている電話番号を回した。楼兄さんの役所だ。すると、思いもよらず楼兄さんは最近車の事故にあって脚腰に怪我をしたので、ここ数日休んでいると言う。春草は驚いた。大変な事になってしまった！　二人は親戚同様だと言ったくせに、そんな大事を何故知らせない？　エプロンも取らずに、慌てて青果市場で鶏を買って、楼兄さんの家に急いだ。

幸いにも、楼兄さんの傷はひどくは無くて、自分でドアを開けてくれた。顔には別条はないが、歩き方がぎごちなく、動作が緩慢だった。春草はほっとした。

「ああ、私あなたが寝てて動けないかと思ってましたよ」

「動けないなら病院で寝てなくちゃね。帰れるわけないよ」

落ち着いてよく見ると、楼兄さんの家の素敵なことに気が付いた。街の人の家はきっと綺麗だろうと思っていたが、こんなに素敵だとは、想像を超えていた。彼女は溜息をつきながら、あちこち眺めまわした。楼兄さんは彼女を一部屋一部屋案内した。

「ここ、台所のようだけど、私たちが寝ている処より、ずっと綺麗だわ」

「僕、滅多にご飯をつくらないからね」

「それじゃ何を食べるの？」

「大体役所の食堂で食べるんだ」

春草は、連れ合いは？ と思ったが、口には出さなかった。

バスルームに入ったとき春草は思わず「あら」と声を上げた。部屋の中に白くて大きい細長のタライがあった。

「これは何をする物なの？ 魚を飼うの？」

「体を洗うところで、浴槽と言うのだ」

「私たちの処の風呂は丸くて木製よ！ こんな大きなのに、どうやって水を入れるの？」

「水は入れなくていいんだ。蛇口をひねりさえすれば熱い湯が出て来るんだ」

彼がちょっと蛇口をひねると、熱い湯がどうと流れ出た。春草は驚いて言葉が出なかった。自分の家にいたころは、体を洗うのも容易ではなかった。大きなタライに湯を沸かして皆で使い、自分はいつも最後だった。タライの中の湯は前に使った四人の男と母親が洗ったあとで、汚れていた。あるとき、綺麗な湯をもう一度こっそり沸かしてタライに入れたところ、母親に見つかって、たきぎの無駄遣いだと怒鳴られた。

春草は浴室を出て、言いようもなく羨ましそうに楼兄さんを見た。

「街の人って幸せですね。体を洗うのに専用の部屋があるんだもの」

楼兄さんは、自分の幸せな生活について言われたようで、遠慮がちに言った。

「これから君、僕の処に来て風呂に入るとよいよ」

春草は驚いて楼兄さんを見た。楼兄さんは慌てて言い足した。

「鍵を渡しておくから、私が役所に行っている時に来て、風呂を使えばよい」

「それは厚かましすぎますよ」

客間に戻って、ゆったりした革製のソファーに座り、感嘆の声をあげた。

「街の人になるって、ほんとに良いな！　貴方たちが心底羨ましい」

「君も今から街の人になれるよ。ほら、僕だって以前は田舎者だ。勉強して、大学に入って、仕事をして、と、少しずつ街に入ってきたんだよ」

「私、駄目でしたわ。私なんて、とうてい大学なんか行けっこない。文字は指で数えるほども知らないんだもの」

「信じられないな。標準語もこんなにうまいし、でも、大学に行かなくたって好いよ。ちゃんと仕事をしてお金を稼げば、街で家が買えて、街の中に住む事が出来るよ」

「私は駄目でもいい。しっかり仕事して、子供二人を街の人に出来れば、それでいいの」

「君ならきっと出来るよ」

「分かったわ、その嬉しい言葉を聞いて。努力します。自信がなくなりそうだったら、あなたに会いにここへ来るので励まして下さいな」

「そうするよ」

楼兄さんは笑った。春草は楼兄さんの前では口下手になって、話す言葉が出なかった。彼女は予め準備していたお金を取り出して、楼兄さんに差し出した。

「とりあえず、元手をお返しします。以後順調に行けば、またお礼します」

「どうしたの、儲かったの？」

「儲けてなんていませんよ。お蔭様で、商売がなんとか順調なので」

「君、急いで返してどうするの、私も使う当てはないよ」

「でも、返さないと落ち着かないの」

「落ち着かないってことがあるものか。言ったでしょう、兄貴が妹を助けるのは当りまえだって。まずそのお金、僕に返すんじゃなく、拡大再生産に使いなさい」

「それって何ですか？」

「つまり、君の商売を大きくしていくんだよ。だけど、見てると君んとこ、当面の急務は手助けをしてくれる人が欲しいな。君一人じゃ大変だ」

彼の口から手助けの人と言うのを聞いて、春草は良い機会だと思った。

「そうそう、楼兄さん、私まだ言ってなかったけど、とうとう夫が見つかったんです」

「そうか、それは良かった」

春草は、楼兄さん、口では上手に言ったけど、笑顔は少し硬いと思った。

「彼もこちらに来てます。小さな飲食店でアルバイトしてるんです。私、それを辞めさせて、市場で私と一緒に働こうと思うんだけど、どう思います？」

「ああ、それは君たちの家の事だ、僕に聞いてどうする？」

ほんとだ、楼兄さんにお金を返せば、この炒り豆店は彼女の物だ。彼女と何水遠の物になるんだ。だが、彼女はやはり真心をこめて言った。

「そうかもしれませんが、あなたがいなかったら私の今日が無かったのは、はっきりしています。やはり意見を聞かせてくださいな。ご恩に応える術がないんだもの」

「春草、君のそんな言い方は、僕嫌いだ。ちょっとお手伝いしただけだよ。お金は君が自分で苦労して稼いだものだ。ま、ご主人を呼び寄せて、一緒に仕事しなさいよ、自分の家族の人なら、他人《ひと》を頼むよりきっと良いだろうからね」

楼兄さんは、話しながら、びっこを引いて春草にお茶を入れに行こうとした。

「私、お茶は飲みません。勝手に水をいただきます」

水を飲んで辺りを見回すと、部屋は豪華だけれど、至る所埃だらけだ。汚れた衣服が沢山積み重なっているのを見て、確かに楼兄さんの処は女手がないのだと分かった。やるべき仕事を見つけるとじっとしていられず、コップを置いて袖を捲りあげ、働き始めた。

「君はお客さんだ。そんなことさせるわけにはいかないよ」

「やらせて下さいな。仕事をすれば気分がすっきりするんですよ」

まず、持参した鶏を手際よく始末した。はらわたを割き、毛を抜き、瞬く間に真っ黒な鶏が白くてふっくらした鶏に変わった。楼兄さんは傍でぽかんと見ていた。なんててきぱきした腕前なんだ？

「君の両手は、本当にたいしたものだね。手品師のようだよ」

「私は力仕事も出来るんですよ」

鶏を煮込んだ後、部屋を片付け始めた、衣服を洗い、食事の用意をした。ずっと昼まで忙しかった。家全体が徹底的に変わり、楼兄さんは感嘆した。

「君、本当に仕事が出来るね。何でもできるじゃない。君の主人は果報者だよ」

「私たち田舎者に果報なんてあるものですか？　生まれつき苦労する運命なのよ。街の女の人、皆綺麗だし、その上男と同じようにお勤め出来て、それこそ幸せって言うんですよ」

「街の女が綺麗だなんて誰が言ってるの？　僕は俗っぽいと思うね。君が化粧したら、きっと彼女たちより綺麗だよ」

春草は彼にそう言われて、非常に嬉しかった。鶏のスープを食卓に置き、エプロンを取り、捲《まく》った袖を下した。

「楼兄さん、私帰ります。ごゆっくり召し上がれ」

「こんなに沢山の料理、僕、食べきれないよ。君、一緒に食べようよ」

「いいえ、小さな子がまだほかの人の所にいますから」

楼兄さんは、少し残念そうに立ち上がって、彼女を見送りに来た。ドアを出るところで春草が急に聞いた。

「楼兄さん、あなた奥さんは？」

「子供を連れてくにを出た。出て二年になるよ」

「あら、道理で。それじゃいつも一人で過ごしているの？」

「どうって事はない。慣れたよ」

ふと、楼兄さんは孤独なんだと思い、きびすを返して言った。

「分かりました。一緒にご飯食べましょう。食べてから食卓を片付けて帰るわ」

「それはありがたい。一人で食べてもおいしくないよ」

食事の時、楼兄さんはしゃべったり笑ったり、ほんとに嬉しそうだった。

「もしお望みなら、私、いつでも暇を見つけて家事を手伝いますよ」

「そんなことがどうして出来るの、君、自分の事で忙しくてたまらないのに」

春草もあまり現実的でなさそうなので、そのまま口をつぐんだ。

食事を終え、お椀や箸を片付けて春草が再び帰ると言い出した時、楼兄さんはためらうような目つきで、何か言いたそうだった。兄さんのことなら何でも、言ってくれさえすれば、きっと応えるのに。

こう考えた途端、春草に突然はっきりとある考えが閃いた。楼兄さん、もしかしたらあんな事を考えてるんだ。所詮大の男なんだし、二年間も一人身だ。さっきは私のことを褒め、仕事が出来ると言った。街の女の人より綺麗だとも言ったわ……そうだ、もし楼兄さんがあんな事考えてるとしたら、私を助けてくれたんだもの、報いて上げても良い。そしたら兄さん、私が真から頼れる人になれる。

以前阿明の求めに応じなかった。その結果、肝腎な時に、彼は私を助けてくれなかった。男の人はきっと皆同じだ。もうあのような間違いをするわけにはいかない。春草はこう考えると、胸が突然熱くなって、その熱情が口から湧き出た。

「楼兄さん、あなたご用があれば、私にすぐに言って下さいな。私きっと応じますよ」

「あの、あの、うまく言えないな」

楼兄さんの目つきは異様だった。春草は、思ったとおりだと、少しうろたえた。あの目つきは阿明を思い出す。ずっと以前の何水遠を思いだす。

「おかまいなく、言ってくださいな。私、言いふらしたりはしませんよ」

楼兄さんは笑って、とうとう言った。

「何も大したことじゃないんだ。今度車にぶつかった時、怪我はそれほどじゃなかったけど、腰をねじっちゃって今膏薬を貼ってるんだよ。何日か貼ったままで、痒くて換えたいんだが、手が届かない所があるんだ。君、ちょっと手伝ってくれないかな？」

それを聞いて春草は、ほっとしたが、少し拍子抜けがした。

「そんななんでもない事、あなた早く言ってくださいな」

「うん、こんな事、言うのは恥ずかしいよ」

「私、あなたの妹です。兄さんを手伝うのは当然でしょ。すぐ言ってくれればよいのよ」

楼兄さんをソファーに腹ばいにさせて、注意深く前の膏薬をはがした。気候が暑かったので、背中に貼ったところが過敏になって、少し赤くなっていた。春草はお湯を汲んできて、背中全体を拭いた。拭いていて、春草は異様な感覚を覚えた。何水遠以外の男性とこんなに近く接触したのは初めてだった。用心してきれいに拭いてから、新しい膏薬に換えた。楼兄さんは何度も、「あー、気持ちいい！　とても気持ちいい！」と言った。

「楼兄さん、次に膏薬を換える時は、私を呼んで下さいな。また来ますよ」

「大丈夫、もういいよ、だいたいよくなったよ」

楼兄さんは体を起こすと、春草が汗だらけなのを見て、すまないと思った。

「君、汗じっとりだ。ここで風呂に入って帰らないかい、ちょうど好いじゃないか」

春草の気持ちはまた揺らいだ。私に風呂に入るように言ったのはこれで二度目だ。汗臭いと思ったのかしら？　春草もここの風呂に入ってみたいと強く思っていた。蛇口を捻ると熱湯が出るなんて事を一度経験してみたかった。しかし……春草が黙っていると
「浴室は鍵がかかるようになってる。君、鍵掛ければ良いんだよ」

「わかりました、それじゃ」

楼兄さんは彼女を洗面所に案内した。

「君、シャワーに慣れていないんなら、直接湯船につかって洗っても好いんだよ」

「それ、随分無駄じゃないですか？」

「大したことはないよ」

彼は丁寧に、どうすればお湯が出て、どうすれば水が出るのか、どの瓶がシャンプーで、どれがボデーソープか教え、新しいタオルを渡して使うように言った。春草は心の中が温かくなった。こんなにきめ細かく面倒を見てもらったことはなかった。だが、戸を閉めて服を脱ごうとすると、楼兄さんが戸をたたいた。春草はどきりとした。

「私、まだ洗っていませんよ」

「分ってる。さっぱりした服を持って来たので、風呂から上がったら着れば好いよ」

春草は戸の隙間を開けて、衣服を受け取り、思わずくすりと笑った。

心を決めて、服を脱ぎ、大きな浴槽の中に立って蛇口をひねろうとした時、ふと浴室の鏡の中に自分を見た。ああ、神様、恥ずかしいわ。真っ裸じゃないの。慌ててくるりと壁に向かい〝彼女〟を見ない

ようにした。だが、やはりなんともおかしな感覚だった。

彼女には、水をざあざあ流すのが耐えられずに素早く洗ったのだが、それでも全身が軽くなったようで気持ちよかった。こんなことは初めてだ。楼兄さんが渡してくれた服を着てみると、なんとスカートだ！　三十歳を過ぎても、まだスカートははいたことがない。上半身は袖がなく、両腕もむき出しだ。しばらくためらってから、浴室を出た。

楼兄さんはちょうどソファーでテレビを見ていたが、彼女が出てきたのを見て、思わず「良いねえ」とうなったあと、我にかえって「湯加減はどうだった？　熱くなかったかい？」

「熱かったけど、とても気持ちが好かったです。街の人が風呂が好きなわけね」

「これから君、いつでも来て入ればよいよ」

春草は彼のまなざしから何かを読み取って、気持ちが落ち着かなかった。少なくとも兄さんは私を嫌ってはいない。自分はもっと積極的に行動したものだろうか、どうだろう。

少しためらってから、楼兄さんの傍に座ると、楼兄さんは無意識に端にずった。春草はうつむくと、自分の胸が見えた。神様、この街の人の服はどうなってるんでしょう。布地を省いて、下の方も上の方も隠していないじゃない？　手でかき合わせると、楼兄さんもちらっと見たようで、目はあらぬところをさまよい、幾分苦しそうだった。

春草は心をきめた。

「楼兄さん、あなた、まだ何か私にして欲しい事ありません？」

「何もないよ」

だけど、そう言う楼兄さんの口ぶりは先ほどまでのような自然な感じではなかった。

「大丈夫ですよ。何かしたって、ちゃんと私のお腹の中にしまって、秘密にしときますよ」

「なんだって、春草、君、何言っているの？」

「あなたが二年も女の人がいなかったって聞いて、私…どのみち私、あなたに何もしてあげられなくて……」

楼兄さんは慌てて立ち上がり、腰をこわばらせて傍らに寄った。

「君は僕を誤解しているよ。僕にはそんなつもりはない。ただ君を助けたいだけだ。僕たち同郷だろ、君は僕を兄さんと呼んでる。僕が君になにかを要求したり、ましてそんな事できるはずないじゃないか」

楼兄さんは言いながら、顔を真っ赤にした。

春草は少し気まずかったし、よく分からなかった。この人、楼兄さん、いったいどうしちゃったんだろう？　何年も女の人に触れてなくて。もし何水遠だったら、とっくに別の女の人とうまくやってるわ。兄さんの表情を見てるとそう思う。街の人って本当に不思議。

私の方から言い出したことなのに。まさか私が嫌いでは？　いろいろ思い悩んだが、嫌われているとは思わなかった。彼も農村の出じゃないか？

彼女は立ち上がって楼兄さんの前に行った。

「楼兄さん、怒らないで、あなた腰が痛いのだし、やはりこちらに座ってて下さいな」

彼女は彼を支えようと、わざと近づいて、自分の胸を彼にぴったりとくっ付けた。自分のそこが男性を迷わせるということをよく知っていた。十五歳の時に伯父さんがはっきり分からせてくれたのだ。阿明も言ってたじゃないか？　君のここが一番欲しいって……でも、やはり楼兄さんは彼女をそっと押しやった。

春草はがっかりした。あとできっと私をふしだらな女と思うだろう。実際はそうじゃない。本当に恩返しをしようとしたのだ。これ以外に彼女に何ができる？　あばずれ女なら、とっくに阿明や孫支配人と仲良くなっていたに違いない。彼女は少し悔しかった。こんな形で期待を裏切られるなんて、恥ずかしくていたたまれない。早く帰ろう。

立ち上がって浴室に戻り、汗臭い服に着がえた。出口に行き、うつむいたまま小声で

「楼兄さん、怒らないで、私帰ります」

彼女がドアを開けようとした時、思いもよらない事が起こった、楼兄さんが突然つっかかってきて彼女を抱きこみ、彼女に接吻した。口付けしながら、ついさっきためらっていた場所に手を差し入れ、ハアハアとあえいだ。

春草の心の重石《おもし》がとれた。

楼兄さんの家を出ると、春草は、何水遠を戻そうと決めた。

歩いていると、まだ顔が火照っていた。空を見上げても、街並みを見ても、普段と一つも変わりがなかった。何もなかったのだ、おたおたする事はないと自分に言い聞かせた。しかし彼女はまごついていた。うろたえて両脚がだるかった、楼兄さんの影を振り払おうとしても、頭から抜けなかった。

思いがけないことには、ことをする時の楼兄さんには、上品なところはなく、長い間飢えていたのが一目で分かった。春草にとってはこれも家事の一部で、頑張らなくっちゃ、と思った。終わると、楼兄さんは恥ずかしそうに言った。

「すまん春草、僕こんな事して、いけなかった」

「どうしてそんな事言うの？　私が望んだのよ。あなたの為に私がしようと思った事です。あなた、知らないでしょう。私、あなたがいやというのを心配したんですよ。受けてくれて、私、心から嬉しいわ」

本当は、春草が言い表せない意味が他にもあった。それは彼女にも達成感をもたらしたことだった。楼兄さんのような街の男性で、しかも大学を出た人が、彼女を高く買って、君はやはり格別だと言ったのだ。

春草はこらえ切れずに笑みを浮かべたが、あわてて足どりを速めた。

これまで春草は、何水遠が働いている飲食店をのぞいたことはなかった。行く時間がなかったのだ。あちこち尋ねて、ようやくこの〝風娟小吃〟（風娟の小料理屋）という小店にたどり着いた。

入り口に女の人が座っている。お金を受け取りながら、西瓜の種をかじっていて、春草を見るとにこにこして言った。

「何を食べますか？　私のところでは米飯、うどん、ワンタン、それに餅菓子もありますよ」

「私、ご飯はいらない。人をたずねて来たんだけど、何水遠はいますか？」

すぐ女は笑いをやめ、上から下までじろじろ眺めた。

「彼を呼んでどうするの？　あなたは彼の何なの？」

「私、彼の女房！」

女は一瞬きょとんとした。

「あの人、今忙しいの。暫く待って」

春草はその女の人がどういう人かは知らないが、夫を呼んでくれと言うのに、意外にも渋る。奥に向かって、阿遠！　阿遠！　と呼んだ。

呼ばれて出てきた何水遠が、春草を見て驚いた。

「君どうして来たの？」

「あなたに話す事があるの」

女の人が口をはさんだ。

「阿遠、今お客がこんなに多いのだから、話が有るなら後からにして」

春草は話の口ぶりから、彼女が女店主の風娟だと判断した。腰回りを見ると、何水遠が言っていた落花生の麻袋のように不恰好ではなく、容姿は綺麗で、しかも色白だ。一番気になるのは、彼女が夫を阿遠と呼んでいる事だった。春草はひそかに後悔した。早く呼び戻すべきだった。あの女の様子を見ると、何水遠が彼女に迷わされている可能性がないわけじゃなさそうだ。

春草は少し腹を立てて何水遠をつかんだ。

「私、この人と今話があるの。待ってられないわ。あんたが怒ったって、私たちもう働く気はないわよ」

女店主は驚いて、暫く言葉が出なかった。

何水遠は春草を引っ張って、小声で言った。

「阿草、こんな事をしては駄目だよ。僕はここで金貰ってるんだから、いつも上手《うま》くやらなくちゃ善始善終（四十一）だよ。ちょっと待っててよ。とりあえず今日の仕事やってしまうから」

春草はこの様子を見て、騒ぐのは止め、あっさり店の奥に行ってどっかと座り込み、勢いよく「かけうどんを頂戴」、と言った。

ほんとは、楼兄さんの処で腹いっぱい食べたから、少しもお腹がすいていなかった。

何水遠は彼女にうどんを運んで来て、小声で言った。

「どうして今までご飯食べなかったの？　何をしてたの？」

「何したって？　私にまた何が出来るの？　朝から晩まで、トイレに行く暇もないのに！」

春草はかん高い大きな声で言った。どうしてこんな大声を出すのか、自分にも分からなかった。なにか元気が出ることがあったのだろうか?何故抑えきれないのだろう?楼兄さんとの〝事〟も我が家のためで、あれは自分たちの創業の一部であった。

何水遠にはどうも解せなかった。

「君、どうしたの?　あんなに怒って?　僕、何も言っていないのに」

春草はかん高い声をやめない。

「私ひどく苦労したわ、苦労していらいらする。一日中忙しくて、腰も立ちゃしない」

「それじゃ店を閉めて一日休めば」

「あなたって本当に気楽だね。閉めたらどうやって食べていくの?　家賃はどうして払っていくの?どうして楼兄さんのお金を返していくの?　あなたはいいわよ。毎日食べられて飲めて、その上可愛い人もいるし、ちびどももかまわないでいいし」

言いながら、目は小店の女店主を見ていた。

何水遠は話をそらして言った。

「あ、君楼兄さんにお金を返しに行ったのか?」

何水遠のこの問に、春草の元気はたちまち失せた。女店主の事で何水遠とごたごたするのはやめよう。

「返しに行ったよ。だけど楼兄さんって受け取らないのよ。あの人、私に商売を大きくするようにって言うの。それに、私に手を貸すと言ったわ。私、あなたを見つけ出したとあの人に言ったわよ」

何水遠は大変喜んだ。

「で、なんと言った?」

「家の人と仕事するのがよその人とするより好いに決まってるって。だから私、あなたに相談しようと思って駆けて来たのよ」

何水遠はそれを聞くとすぐ、興奮気味に言った。

「良いぞ、良いぞ。僕、二人で一緒に仕事する方が良いと言っていただろ」

「私たちの処、とても小さいよね。もっと大きな間口が必要だと思うわ」

「それも俺がとっくに言ってたことだよ。今のちっぽけな店構えじゃ、大きくは出来ないよ。行こう、俺、今お前と一緒に行くよ。家を探そう」

春草は逆に彼を押し止めて言った。

「私、さっきちょっと考えたんだけど、やっぱりあなたは、この月の仕事をし終えてにしましょうよ。あと何日もないし」

「君どうしたの。さっきあんなに焦っていたのにさ」

「さっきはさっきよ。今は焦らない事にしたの。焦ってては熱い豆腐は食べられないわ」

春草は立ち上がると言った。

「あなた、ちょっと頼んでちょうだい。私、このうどん持って帰る事にしたわ」

何水遠は奇妙だとは思ったが、仕方なく彼女が立ち去るのを見送った。

（四十）**小暑**：二十四節気の一つ、七月七日頃。この頃から暑気が強くなる
（四十一）**善始善終**：終始を全うする

第二十二章

万万を迎えに帰郷

―一九九三年、春節（四十二）―

何水遠は飲食店の仕事を辞めて、春草と二人のきちんとした店を始めた。

とは言え、二人は二人だ。腕が四本あれば脚も四本、二つの頭で、心は一つというわけだ。春草豆店は、間もなく風が起こり水が流れ出すという具合に繁盛しだした。何水遠の工夫も多く頭の回転も滑らかだった。来てまもなく、落花生など炒り豆だけを売ってたんではだめだと提案した。胡桃、栗、干し芋、五香（四十三）、ソラマメなどを加えて、品種の多様化を図るべしというのだ。春草は感心した。惜しむらくは、彼が提案したものの中で、胡桃や栗などは品薄で手に入らぬことがあった。彼は又炒り豆にもアイデアを加えて、五香味《あじ》、バター味、普通の味、それに生薬の味などをそろえて、いろんな人の好みに合わせようと言った。

「そんな知識、どこで仕入れたの？」

「新聞だよ、僕がいつも読んでること、知ってるだろう？　新聞にはいつも金持ちになった人の状況が書かれているんだ」

「そんないいことが書いてあるんだ。ほかにどんなことが書いてあるか教えて」

何水遠はこの時とばかり

「そうだな、でも、君はずっと僕に新聞を買ってくれない」

「いいよ、いいわよ、買いましょう。私が注文してあげる」

「本当は、君も勉強して見ればよいのに。新聞ってとてもおもしろいよ」

「私、いくつか字を覚えたけど、もう殆ど忘れてしまったわ」

「もう一度覚えてみようよ、僕が先生なら、お金は要らない」

「そうね、あとでもう一度教えて、その気になったら」

絹織物店を開いていた頃は、何水遠について二、三百字を覚えたが、今は多分忘れてしまっているだろう。故郷に錦を飾り、子供が生まれて以後、すっかり字を覚えることをしなかった。どうも、毎日の生活が良すぎるのも、悪すぎるのも、勉強には向いていないらしい。とは言え春草は字を覚えるのが好きだ。少なくとも街にいれば、街について分からないことが少ないほど、親しみが持てるというものだ。春草は、これから暮らし向きが少しづつ良くなってから又字を覚えようと思った。

〝春草豆店〟は、商品の種類を増やしたあと、売れ行きは良くなり、毎月の純利益も上がり、銀行に行く回数も増えた。春節の頃には楼兄さんにお金を返すことが出来、しかもまだ預金がだいぶ残る。そう思うと春草は、気分がすっかり楽になった。

楼兄さんから借りたお金は必ず返す、それも出来るだけ早く、というのが、春草がいつも考えていることだった。楼兄さんとの間であのことがあったからといって、返さなかったりしたら、見くびられてしまう。〝恩返し〟で彼のするに任せたあの時以来、春草は何度も楼兄さんの家に行った。行くと、いつも家の中を片付け、服を洗濯し、食事を作った。家事が終って入浴したのち、漸く楼兄さんと睦み合うのだった。事を進めるに手を抜かない。きちんとやることはやるのだ。時に、まだテーブルを拭いている時楼兄さんが来て彼女を抱きしめることがあったが、いつもきっぱりと、拭き終わるまで待って下さいな、片付くまでは駄目です、と言うのだった。彼女にとっては睦み合うことも家事の一部で、ただ順番が一番後に置かれているという具合だった。楼兄さんが興奮のあまり、「春草、君とはどうしても離れられないよ」と言うと、春草は「早くいい人を見つけなさいな、あなたのような男性が、どうして女性無しでいけますか？」と言った。「それじゃ私と一緒になりましょう」とは決して口にしなかった。彼女は、どんな事情があっても行き過ぎるのはいけないことを知っていた。

春草は、自分の運命をはっきり悟っていた。当面はひたすらお金を貯めることだ。たまったらまず借金を返す。返したら、万万を呼び戻す。そしてもっとお金を稼いで二人の子供をちゃんと街の学校に行かせる。一つ一つの目標を、ずっと前から順序良く並べていた。そして一つ一つ達成していくのだ。

充実した毎日があっという間に過ぎ、瞬く間に春節となった。

春節までに、通帳は数万元近くになっていた。二人はもう一度万元長者に近づいたのだ。だがこの頃はもう、万元長者なんてもののかずではなくなり、百万元長者が出る時代となっていた。春草はだから万元長者に興奮するほどではなかったが、愉快であることに変わりは無かった。再び生活が微笑みかけてきたのだ。それはそのまま、彼女の笑顔であり、何水遠の笑顔であった。

「今の私たち、東山再起と言ってもいいの？」

「まだまだだ。考えてごらん、以前はひと月に数千元稼いで、いつも肉料理を食べて、家まで建てたじゃないか。風といえば風が吹き、雨といえば雨が降り、何でも思うまま……」

春草は彼の気の乗らぬ言葉にがっかりして言った。

「あの頃はあなたと二人の生活だったのよ、今は四人じゃない。同じに考えちゃ駄目よ」

「それもそうだがね」

春草は四人と言った時に万万のことを思い出した。そうだ、引きとらなくっちゃ。今子供を言い訳に持ち出すことはできない。預けてもう三年にもなるじゃないか。そこで、春節の前に、ひとりで田舎に帰った。

今回の里帰りは五年前のとは違った。五年前は故郷に錦を飾ったが、今回はどうだ。何水遠は、思い通りに行かない時には四字熟語は概ね出てこない。春草は自分ではうまく形容できなかったが、人目を忍ぶという感じはあった。家は他人《ひと》のものになり、借金をかかえて逃げ出したという暗い影は、ずっと彼女の心にのしかかっており、人に知られるのがいやだった。気づかれないように、声をひそめて帰った。今回は実家だけで、何家に行くつもりはなかった。子供を引き取ったらすぐ帰るつもりだ。万万は五歳になっている。もう二度と父母の厄介になることはすまい。

来がけに何水遠は、何か言いたそうだったが、春草が「どうしたの」と聞くと、口をもごもごして言おうとしない。春草はうんざりした。

「何かあるなら言いなさいよ、しまっててどうするの」

「あの、下の妹の水亮も、高校に進んだはずだ。ここ暫く、僕たちずっとほっといたけど、今どうしているかな？　もし出来たら、今度……ほら、彼女の様子を見てきてくれよ」

春草は彼が言いたいことが分かった。結婚当初、舅から言われたことを忘れてはいない。が、婚家にはあまり帰りたくないのだ。はっきり言って、あの、二人の光栄と恥辱のあとが残っている場所を見るに忍びないのだ。

「今度は何家へは帰らない。水亮の学費はあなたが出してやれば良いわ」

何水遠はもう何も言わなかった。春草を咎めるなんて出来ない相談だった。災いのもとはすべて自分だ。春草が恨みごとを言わないのが、ありがたかった。

春草は実家に帰り、子供を引き取りに来た旨を告げた。

何年も放っておいたことを申し訳ないと思っていたので、母親からさんざ責められるだろう、大声の一発も食らうだろうと覚悟していた。が、母親は、年をとったのかどうだか、昔に比べると随分温和で、春草が思っていたような怒声や罵声は一つもなかった。ただ、孫を手放したくないので少し愚痴をこぼしたくらいだった。

「今日まで育ててきたのに、お前ったら、連れて帰るって言えばそれで済むんだからね」

母親の愚痴も、昔に比べればずっと穏やかで、今では、春草の声のほうが大きかった。その上、手はいつも胸の辺りを押さえて、いかにも元気がない様子だったので、かえってかわいそうな気持ちになった。母親に、ごめんなさいな、ありがとう、と言いたかったが言葉にならず、ズボンの内ポケットに縫いこんで持ってきたお金、一生懸命節約して貯めた千元を母親に渡した。母親は受け取らずに言った。

「お前のお金を受け取るわけには行かないよ。好きで世話したんだから気を遣わないで」

春草は仕方なく父親に渡したが、父親もテーブルの上において、何も言わずに行ってしまった。父親も孫と別れるのが辛いのだ。万万が行ってしまうと、家には老人二人だけが残される。

万万は、ばばにすっかり馴染んで、春草をママと呼ばず、抱かれようともしなかった。

そんなこともあろうかと春草は、おもちゃやキャンディーであれこれ機嫌を取り、丸一日がかりで何とか友情を築いた。繰り返し万万に、街がどんなに好いところか、どんなに賑やかであるか、誇張やほらも交えて話し、いろいろと約束した。万万は分かったのかどうだか、信用したかどうかも分からないが、一緒に街に行くことを承知した。

次兄の春風は、家にいるには居たが、まだ若いくせに年寄りじみてしまって、昔の元気はどこかに行ってしまっていた。その兄嫁は春草に会うとくどくどと愚痴が止まらなかった。兄嫁は春草に、だいたい主人は何水遠について行くべきじゃなかったのよ、あんなひどい目に遭わされちゃって、とこぼした。

春風は、何水遠にくっついて一度外へ出てからというもの、家にじっとしているのが嫌になって、時々外へ働きに出たが、あまり順調ではなかった。最悪だったのは、去年ある工事現場でのことだ。七十五キロの土嚢をかついで、二階まで運ぶ仕事で、続けざまに二百袋以上運んだところ、胸が痛んで我慢できず、地面に転がって両手で胸を引っかき血を流した。親方は驚き、責任を取らされるのが嫌で、五十元をおしつけて彼を追いはらった。春風は痛いやら、腹が立つやらで、かみそりの刃を飲み込んで自殺を図った。同郷の人数人がすぐに病院に担ぎ込んでくれたおかげで、何とか一命を取り留めた。帰郷後、病気の治療に随分お金がかかったので、父親は仕方なく、春草が置いていったお金を用立てたと言った。春草は、次兄を気の毒に思い、「いいのよ、いいのよ、命が一番よ」と言った。

「もし兄さんがよければ、私たちと一緒に街で炒り豆屋をやらない?」

「やはり、家に居るよ」次兄は首を振った。

春草は、父母からいろいろ話を聞いてようやく、ここ数年の村の様子や家の状況が、自分が家を離れたころとは随分変わったことが分かった。農民たちは千百年来愛してきた土地を見向きもしなくなった。作物を植えて、どんなに収穫しても少しも豊かにならないからだ。毎年の収穫は、国の税金や地方政府の積立金にも満たなかった。だから、働けるものはみんな土地を捨てて街へ出稼ぎに行くようになっていた。

長兄春陽も、最初は外へ行きたがらなかったが、阿明と二人で仕事を始め、生地を編む工場が大当たりし、絹製品から子供服まで手を広げた。しかも彼らが作る子供服の売れ行きはとても良かった。村の幹部は彼らの景気が好いのを見て、いつも上前をはね、ただで飲み食いし、ただで持っていった。その上親戚の者を工場に押しこみ、仕事をせずに金だけ持っていった。それを断ると、何かと衝突した。一旦衝突すると、連中は工場に対しいろんな規則を理由に金を取り立てた。春陽はひそかに調査し、彼らが増税の理由にしている規則は上級の政策に全く合わないことが分かった。しかも、彼らがひそかに村人の積立金を横領していることも分かったので、すぐに県に状況を知らせる手紙を書いた。ところが、県の誰かが、そのことを村長に告げ口したのだ。村長は全村民の前で、誰かが自分に難癖を付けているようだ。そういう者はこの村に居てもらう必要はない。と言った。村長は人を使って毎日工場の前で大声を上げて騒がせた。始めの内は阿明と春陽はじっと我慢して、上層部が事を解決してくれるのを待った。ところが、夜中に、村長たちが訴状を書いたと知らせに来てくれた人がいた。それには阿明と春陽の〝罪状〟が色々列挙されているという。曰く、労働者の扱いがひどい、曰く、労働者を搾取している、曰く、脱税している、などなど。しかも、多くの村人がサインをして、天明派出所が逮捕に来るという。

父母は事がますます面倒になるのを心配して、春陽に暫くどこかに身を隠すように説得し、春陽は妻と子供を連れて、その夜すぐ妻の実家に行った。阿明はとどまったが、翌日ほんとに人が来て連れて行かれた。県に二ヶ月あまり監禁されたが、事情がはっきりしたのでようやく釈放された。村長は辞めたが、工場も倒れた。傷心の春陽は故郷から遠く離れたチベットへ行った。今は妻と一緒にチベットの林《りん》芝《しい》（四十四）あたりで何とか小さな飲食店を開き、ここ二年ほど帰っていないという。

春草は内心驚いた。家でこんな大事が起こっているとは夢にも思わなかった。あの内向的でいい加減な長兄がこんな度胸とファイトを持ってるなんて。更に父親の話では、父親も会計の仕事をくびになったので、やむ終えず家で農作業で我慢している。税金を納めれば、老人二人が食っていくのが精一杯だ。

母親も歳を取り、昔のように、鶏や鴨を飼ったり、豚を養ったりして小遣い銭を稼ぐような状況ではない。豚二頭だけは飼っていたが、この年越しに一頭は殺し一頭は売ったので、家の中に今はお金になるものが何にもない有様だ。弟の春雨が毎月送ってくれる五十元で、ひとまず凌いでいた。

「阿明はどうしているの？　工場はもうやってないの？」

「やってない。工場が倒れてからは、村の棗《なつめ》林を引き受けてるよ。今は毎日山の上だ。年末に嫁さんが大病してね、ここ何年かは彼も全くついてないよ」

春草は辛かった。彼女が以前お金を借りに行ってことわられた時、心ひそかに、将来きっと彼より豊かになって、見返してやるから、と思ったが、今阿明が難儀している話を聞くと、少しも良い気持ちはしなかった。彼の不幸なんか誰も望んじゃいない。ただ、自分が少しでも良くなることを望んだだけなのに。

「弟は外で既に所帯を持って、女の子が生まれたよ。嫁さんは向こうの土地の人で、だからこの二年間帰って来ていない。嫁にやったもおんなじだよ」

弟の話になったとき、母親は不服そうに愚痴をこぼした。

「街の人だからってどこが好いのよ、ただの若い嫁さんじゃないの」

「阿陽は逆じゃない？　こちらの嫁さんを貰ったけど外へ出ている」

「罰当たりだよ全く、四人の子供を生んで、一人だって頼りにならない。どれもこれも無駄産みの無駄養いだ」と父親

春草は、無駄産み無駄養いは、ほかの三人だ。私はよそ者扱いだったじゃないか。もし私も、兄や弟たちと同じように扱われていたら、あなたたちを抛ってはおかない、と思った。

だが、口には出さなかった。又母親と言い争おうとは思わなかった。こんな歳になってまでやりあうつもりはない。彼女は持てる力を、全て外の世界との勝負に出し切らねばならないのだ。春草は思い切って言った。

「今後私たちの状況が良くなったら、母さんたち二人も街に来て住めばいいわ」

母親は別に感じた風もなく口をゆがめて、信用しきってはいない様だった。

「僕たちは何処でも好いよ、あと何年生きられるかねえ」

そう言う父親には、老いがはっきり現れていた。白髪が目立ち、皮膚は干割れて艶がなかった。特に眼差しだ。万万を見るときは少し光っているが、それ以外のときは暗かった。春草は心を痛めながら思った。状況が良くなったら父親には好い暮らしをさせてあげたい。自分がここに居た時、父親は自分にとって沈まぬ太陽だった。

母親が急に聞いた。

「お前たちの借金のかたになっていた住いは戻ってきたのかい？」

春草は答えなかった。心に又痛みが走った。

「恥さらしもいいとこだね。私だったら頼まれても帰らないね。帰って来てどうするのさ」

父親は母親の話をさえぎった。

「家はまた建てればいいさ。二人はまだ若いんだから」

「家がそこにあるので、人はいつでも噂する。ああだこうだってね。物語を話すみたいに、あの何家の恥を話すんだ。あの男は頼りにならないって始めから言ってたのにね」

春草は痛みと、悩みを我慢して、何水遠に代わって弁解した。

「商売の世界は複雑なの、私たちのように村から行った者が、いっぱい食わされることってあるのよ」

「お前たち、街に入ればもう街の人間になったつもりなの？　蛙になったらおたまじゃくしを忘れるようなもんだ。手前勝手だよ」

「そうではないけど。ほんとのところ、阿遠は商売がうまく、頭もいいのよ。信用しないなら、よく見ててよ。これから私たち稼いで見せる」

「だったら」と母親は口を挟んだ。「だったら、よく見てましょう。どうせ分かることだよ。私たちを街に呼ぶんだって？　おやまあ、結構なこと。そんな金があったら家を取り返すのが先じゃないのかねえ。もう三十過ぎたというのに、まだ落着くところもないなんてねえ。年取ったらどうするのさ？」

母親のこのひと言で、急に春草は、自分が三十二歳にもなっていることに思い至った。でこぼこの多い日々だったけど滑るように過ぎていった。春草はぼんやり少女時代のことを、あの灰色の、重苦しかった日々を思っていた。母親の小言が今なお耳に残っている。何年も帰らなかったけれど、母親はやはり暖かく迎えてはくれないし、優しい言葉をかけてもくれない。あの頃のやりきれない、傷ついた気持ちを忘れさせてはくれないのだ。母親には、窮地に落ちた者のつらさは分からないのだ。やはり早くここを離れよう。なんと言っても、お金を貯めなくちゃ。自分が間違った結婚じゃなかったこと、選んだ道が間違ってなかったことを証明しなければならない。母親は、一層きつく眉に皺《しわ》を寄せていた。どうも、春草に不満があるせいだけでもなさそうだ。かさかさにひび割れた両手でいつも胸を押さえている。

「母さん胃が痛いんじゃないの？」

母親は、それには何も答えなかった。関心はまだ娘婿への不満から抜けていないのか、

「三十すぎの者が、まだ決まった家もないなんて、まったく。梅子のところを見てごらん、亭主は幹部

になり、町に引っ越して快適な生活を送っている」

「胃がどこか悪いんじゃないの？」

春草が又聞くと、父親が代わって答えた。

「ずっと悪いんだ。ここ一、二年のことじゃない。このところ、痛みがひどくなっているようで、ご飯も小鳥の餌ぐらいしか食べないいんだよ」父親が代わって答えた
「医者に、見せたの？」

「僕が行きなさいとい言うんだけど、うんと言わないいんだよ」

「行かなくきゃ駄目よ。手遅れになるかもしれないわ」

「手遅れになるって何のこと？　お前たちが皆行ってしまったら、生きてても仕方がないじゃない」

ようやく母親が口を開いた。

「それでも行かなくちゃ駄目よ。私たちが行ってしまっても父さんが居るじゃない」

「私が死んだら、父さんは別の人を貰えばいいわ」

「そんな無駄話をしててなんになるの。母さんも頑固屋敷の人間だわ！　絶対に行くのよ、私がついて行ってあげる！」

春草が父母の前でこんなに強くきっぱりと言ったことは、これまでなかったことで、逆に母親はそれに従い、二度と口答えしなかった。

正月三日の夜、春草は我慢できなくて、目立たぬように夫の実家に行った。

日が暮れて何家に入った。下を向いて、盗人みたいに真っ直ぐ昔の家に向かった。水清が彼女を見つけるなり、抱きついて泣き出し、暫くものが言えなかった。春草も、水清から聞くまでもなく、ここ何

年かの彼女の苦労を知っていた。姑は亡くなり、舅は歳を取って学校をやめ、退職金だけに頼っていた。一家の生活はすっかり彼女の肩にのしかかっていた。前の結婚相手も駄目になっていた。彼女の両の手が苦労の多さを物語っている。どの指も凍傷にかかっており、両手は赤く大きく人参のようにはれ上がっていた。年越しも塩漬けの肉を少々買ってご馳走に代え、ほかにはさつま芋とおかゆしかなかった。

春草はかっての自分を見ているようで、とても辛かった。

「阿遠も私もあなたにほんとに済まないと思ってる。大変難儀をかけたわね。少しづつ良くなってきてるので、信じて待っててね。私決して負けないから、きっともう一度這い上がって見せるからね。二年も経てばお金を貯めて、あなたに立派なお家を見つけ、両手で幸せを招かせてあげるね」

水清はにこりとした。

「一番の慰めは、水亮の学業成績が好いことなの。中学に受かって、クラスでも断トツなのよ」

春草は思案した上、父母が受け取らなかったので持ってきた一千元を水亮の学費にしてくれと水清に渡した。

「あなたの兄さんが、持たせてくれたの。私たち、今はまだお金持ちじゃないけど、とりあえずこれだけ渡しとく」

「これが一番ありがたい」

水清は嬉しそうに言い、春草の気分はようやく少し良くなった。

春草は一人で婚家を出て、二人の家だった件《くだん》の建物の前に来た。近くへは寄らず、竹林に立って眺めた。窓からは灯の明りが差し、台所の煙突から煙が立ち上っている。誰かがもう住んでいるのが分かった。水清によれば、貸主が最終的には家を村のある請負業者の親方に、中の家具も含めて、二万元かそこらで売ったという。

春草は暗闇の中から、その家の明りをぼんやり眺めていた。空気を伝って、懐かしい、しかし春草には馴染みのない息吹が彼女の元に届いた。時折爆竹の音が、こちらでドン、あちらでパチパチと鳴って、正月であることを教えてくれる。寒い夜で、寒気が足元から忍び寄り、春草は思わず身震いした。三年前村を捨てた時の情景が、目の前にはっきりと現れた。三年はあっという間に過ぎた。自分たちは家を取り戻せないばかりか、それはますます遠ざかっていく。この家は永久に他人《ひと》のもので、自分たちのところには戻って来ない。春草の目に何故だか涙が溢れ、すぐに凍りついた。家がなくてもいい。帰っては来ない。いっそ街の人になって、街に永住する。春草はそう心に誓って、そこを離れた。

母親は春草に連れられてとうとう病院に行った。検査の結果、とっくに潰瘍を患っていてかなり酷かった。しかもだいぶん進んだ腫瘍が出来ていた。その腫瘍が良性のものか悪性のものかは、試験片を採って検査してみないと分からない。

医者が春草を呼んで、説明した。

「状態から判断すると、悪性の可能性がかなり高いね。すぐ手術するのが最善だと思うよ。手術を先に延ばして、好いことは一つもないからね」

「手術にはいくらかかりますか？」

「少なくとも五千元はかかるね」

「薬では直りませんか、手術しなくちゃ駄目ですか？」

「切除しなかったら、がん細胞が転移して、おそらく何ヶ月も生きられないでしょう」

春草は心中、愕然とした。

「帰って、家の者と相談してみます」

家に帰って父親と次兄夫婦に状況を話すと、父親はそんなにお金がかかると聞き、

「そんな大金、何処で借りれば好いかな。お前が残してたお金、早速用立てて欲しいな」

春草はそう来るだろうと予測はしていた。下を向いて黙っていると、兄嫁が言った。

「お金は出せないけど、手術後のお世話はさせてくださいな」

春草はよく考えた上で言った。

「私が三千出して、上の兄さんと弟が千づつというのはどう?」

父親はすまないという思いでか、しきりに首を振っていた。母親が言った。

「手術はしない。漢方薬で十分よ。痛いのは前からずっとだから、今更どうって事はないよ。そんな無駄金使ってどうするの?」

「手術しないと命に関わるのよ」

「命、命って言うけど、生きてても苦労ばっかりだ」

春草は黙った。実際のところ困っていた。三千元というのは彼女にとって容易な数字ではない。通帳の金は全部合わせてそのくらいだ。もう一度集めようというのは容易なことではない。あちこちで、お金が要ることが沢山ある。家族を養う、商売にも必要だ、子供たちの学費も今から出ていく。店の借り賃も増えるだろう。春草は、母親がひと言、お願いね、と言えば決心がつくのにと思った。よしんばそれほどでなくとも「春草、今はお前が頼りだよ」くらい言ってくれれば、何がどうなっても良い。店なんか売っぱらってでも母親の治療に全てを擲《なげう》つのに。けれど母親は言わない。もしかしたら、母親は今プライドを傷つけたくないだけかもしれない。娘の前で、体裁を作っているのだ。

母親は繰り返した。

「手術はしないよ。してどうするの。長生きしたからってどうするの？　そんなお金があるのなら、お前たち、家を買い戻すがいいよ。私の顔も立ててよ。どうせ生きててもこんな苦労ばかりの毎日じゃ辛いばかりだ。死んだ方が清々《せいせい》する」

母親の繰言《くりごと》を聞きながら、ほんとに年をとったなと思った。子供の頃から、母親がしつこく執着することを知っているが、その元気はもう見られない。代わって今の母親は諦めが早い。ある種の複雑な感情が春草に付きまとった。今まで好きではなかった母親、今なお嫌いなこの女性の中に、自分自身を見るようだった。

春草は、帰郷してから一日だって心休まる日がなかった。郷里の状況は彼女が出た頃とはまるで変わっており、母親までこんな病気になってしまった。自分の生活も楽でなくなっている。

正月六日の朝早く、春草は一人あの坂へ上った。何年来なかっただろうか？山はあの山だし坂もあの坂だ。人も同じ私だ。春草はぐるっと一回りしたらしく、又昔の場所に戻ってきた。坂の上は静かでひっそりと寂しかった。ちょうど家々は正月団欒の時期だ。村人たちは以前よりも貧乏で疲れていた。この何日かはほっと一息つき、ご馳走でも食べたいところだ。

春草は昔のように大声を上げて叫びたかった、が、不思議なことに、暫くのあいだ、声を上げることが出来なかった。まるで、ここの環境に不案内で、そのため拒否されているかのようだった。気ままに声を出すことができず、黙って暫く立っていた。

風がさっと頬をなでると、皮膚の神経が刺激され、昔の自分が呼び覚まされるようだった。彼女は寒さを覚え、冷えが心の底からも立ち上がってきた。山を降りて帰るしかなかった。

帰り道、思いがけなく阿明にばったり出会った。阿明も老けた！　顔はやせて黄ばんでいた。鼻は凍えて真っ赤だった。街の人は歳をとると太るが、村の人は痩せていく。冴えない顔には陰干しみたいな頬骨が飛び出し、頭には白髪が目立つ。阿明の様子は春草が頭に描くのとかなり差があった。父親が話してくれたことを思い出し、複雑な感情になった。昔の恨みは瞬時に消えた。

阿明もびっくりしたようだが、先に口を開いた。

「春草じゃないか？」

春草は頷いた。いやな顔も出来なかったが、笑顔も出なかった。それまでは、今度会ったときのことを色々考え、言いたいこともあったが、それらは全てなくなっていた。もし、あっても、言わなかった。

彼女はごく普通に話した。

「阿明、正月は忙しいの？」

「人には正月だけど、樹には関係ないよ。肥料をやりに来たんだ。僕、今この棗林《なつめ》を受け持ってるんだ」

「父から聞いたわ。あなたどうして工場を続けないの？」

「元手がないんだよ」

「どうして？　あの頃は、それでもだいぶん貯めたんじゃないの？」

「家内が乳癌になって、手術のため上海まで連れてったんだ。それで持ってるお金は全部使っちゃった」

春草は事の意外さに驚いて何も言えなかった。阿明の奥さん、あのほっそりした女性が乳癌だなんて。

「それで、どうしたの？」

「勿論切除したよ。お乳半分とっちゃった」

「それじゃ、もっと痩せたのかしら？　ほんとに気の毒だわ」

「手術はうまくいったよ、今は大した問題はないよ。お金は又稼げるじゃない。人が助かったならそれでいいんだよ」

「そうね、そうだわね」

「君はどう？」

「まあまあだわ」

「あの、君が頼みごとに来た時、手伝って上げられなかったこと、僕ずっとすまなかったと思っているんだ。僕を恨んでるんじゃない？」

「昔のこと言っても始まらない。みんないろいろあるのよ。私たち、まだ頑張ってる方よ。家はとられたままだけど何とか過ごしているわ。只、家の両親が苦労してるわね」

春草は、現在の自分の状況を、あらかた阿明に説明した。

「そうだ、君がお店を持って、僕が棗《なつめ》を作る。今度君が来た時は、できれば僕が棗《なつめ》の加工工場を手に入れていて、ぼくが作った蜜棗《なつめ》を君のところで売るんだ」

終りごろには、話題はいくらか弾んだ。

「その時は少しお安く卸してくださいね」

「まかしておきな。始めはただで君にあげて、まず売り出してみればいいよ」

帰る前の晩、春草は父親に言った。

「立春を過ぎたら手術をするのよ。費用は送る。兄さんや弟がもし出せなかったら、私が全部負担するから。だから必ず手術を受けさせるのよ」

自分が費用を持つことは母親には言わないで、とくれぐれも言い聞かせた。母親が意地を張るのを心配したのだ。

（四十二）**春節**：中国で、旧暦元年。一年で最も重要な祭日
（四十三）**五香**：サンショウ、八角ウイキョウ、ニッケイ、チョウジの蕾、ウイキョウ
（四十四）**林芝**：東チベットの緑豊かな新興工業都市

第二十三章　母の手術

—一九九三年、夏至（四十五）—

春草は包みを提げ、万万の手をひいて長距離列車の海州駅に降りた。

駅を出た途端、万万は街に溢れた車と人の群れに驚き、母親の手を握りしめて歩こうとしなかった。目は緊張と怖さでいっぱいだ。

「怖いことないよ。ママがついているから」

万万の小さな手はずっと緊張し続けだった。

「今日からは、ここがお前の住むところだよ。ここで大きくなって、お嫁さんを貰い、街の人になるんだよ！」

万万は母親の話が理解できず、泣いてばかりいた。春草は荷物があるので、抱く事もならず、強引に引っ張って歩いた。家に着いて、手を見ると紫色になっていた。

何水遠はそれを見て、万万を抱き、此《こ》奴出世しないぞと大笑いした。

「父さんが始めて街に行った時はね、こんなじゃなかったよ。父さんが行ったところはとっても遠い所だったんだぞ」

「あなたが何歳の時？　万万は今いくつ？　比較にならないわ。あなた、初めて海州に来てほかの人とはぐれた時、心細くて泣きそうになった事、忘れたの？」

「でたらめ言うなよ、子供の前だぞ。言っとくけど、俺があの時はぐれなかったら、僕たち、商売に出るなんてなかったろうよ。塞翁失馬，焉知非福（災い転じて福となる）だな」

春草は彼が言いにくそうに言う言葉が理解できなかったので、もう口をきかなかった。

春草は何水遠に、母親の病気の事をどう切り出したら良いか迷っていた。特に街に戻ってから、始めの考えがぐらついた。家の全財産を自分の母親の病気にあてて、本当に好いものか？

何水遠は二人の子供を目の前におくと、父親としての責任感が強く出てきた。

「二人が進学するまでに、しっかり貯めるんだ」

「農村の子供が学校に行くのは、街の子供より学費が多くかかるそうよ」

「それじゃ何かい。学費を沢山出してまで、子供二人を街の学校に行かせて、小さい頃から街の人間にしたいって事かい？」

「そうよ、私、前からそう言ってるでしょ。二人とも街の人間にしたいの」

「二人の子供が街の人間になったら、そしたらお前は？」

「そしたら、私は街の人間のおっかさんだわ」

何水遠は大笑いした。

「阿草、お前、ユーモアがあるんだね」

万万はずっと、婆ちゃんとこへ帰りたいとぐずった。

「男のくせにいつまでもめそめそして。姉ちゃんを見な」

元元は部屋の隅に座って、この突然現れた〝弟〟を見ていた。パパとママが二人して彼を取り囲んでいるのが、少々不満だった。

「お腹がすいた。落花生が食べたくなったよ」

勝手知ったところから落花生を掴み出して食べた。万万は泣くのを忘れ、鼻水を吸った。元元は優越感に満足したか、残りの落花生を万万に差し出した。

「さあ、食べな」

万万はようやく静かになった。

春草はほっと一息ついた。長い間落ち着かない日々を過ごしてきたが、一家がようやく一緒になれた。食い扶持が増えたけど、意気込みも盛んになった。

彼女はあの重大案件が気になった。貯金を全部母親の手術に引き出して、ほんとに良いものか？子供たちが難儀する結果にならないだろうか？母の子供は自分だけじゃない上、小さい頃から自分は母に可愛がられたことがない。自分に対する愛情は兄や弟の百分の一にも及ばない。しかも何水遠と二人して何年も苦労したあげくの貯金だ。

春草は心が乱れ、どうしても何水遠に言いだすのがためらわれた。

「君、何をぼんやりしてるの？」

「私たち、街に居てうっかりしてたけど、今度帰ってみて、村の暮らしぶりが良くないってことが分かったわ。私たちよりもっと難儀している」

「僕は前から帰りたいと思ったことないよ。家はとられたし、帰ってもすることないよ」

「私の母さん、身体が悪いの。年中おなかが痛いのよ。父さんも随分年とって元気がないわ。内心ではつらい思いをしていると思うの」

「僕の場合、母さんが病気したとき、何も構わなかったな。亡くなって初めて知ったくらいだ。こんな話、止そうよ。辛くなるだけさ」

そのとおりだ。義母さんが亡くなるまで、二人は何も面倒見なかった。遠さんは長男で男は一人だ。きっと自責の念があるだろう。

「阿明の奥さんが大病した時、上海に連れてって手術を受け、貯金を全部使い果たしたって。今も暮しが楽じゃなさそうよ」

「彼、金持ちだからね。もし僕たちだったら、にっちもさっちも行かないんじゃない？」

何水遠は言いながら出て行ったが、はっきり辛そうな様子だった。

万万は、落花生を食べると気が済んだのか、辺りを見回して言った。

「エスカレーターはどこ？」

「エスカレーターはもう終わったよ。あとでママが連れてゆくからね」

「どこに提灯はあるの？」

春草はちょっと考えて、彼を抱っこし、元元の手も引いて言った。

「さあ、ママがお前たちを良い所に連れてってあげる」

「もうすぐ夜だよ。子供たち連れてどこへ行くの？」

「すぐに戻るわ」

春草は、二人の子を引きつれて海辺に行った。夜はとうに更けて、海辺には人っ子一人いない。二月、まだ大変寒く、月は朧《おぼろ》に海を照らしていた。海面は静かに眠っている。

春草はここに来て久しかったが、まだ海をよく見た事は無かった。阿遠によると、よその人は、飛行機に乗ったり、汽車に乗ったりして、わざわざ遠くから海を見に来るというが、自分はここに住んでるくせに、ずーっと見に来なかった。それまで彼女が想像していた海は、村の溜め池より一回り大きいくらいにしか考えていなかった。だが、実際に来て見てやっとわかった。何処が違うのかはっきりとは言えなかったが、違う事は確かだ。水と水が違う。人と人が違うように。

海は春草を驚かせたが、万万と元元はもっと驚いた。目の前にあるのは何なのか、別の世界があるのか、まるで理解できなかった。自分たちと遥かに向かい合って、自分たちを寄せ付けない別の世界だ。あるいは自分たちの夢の世界だ
月光の下、静かな海とざあざあという波が、大きな静寂を作り出している。月の光はおっとりと静かだった。しかし静かな月の光が親子三人を照らすと、三人の心は静かどころか、うち騒ぎ、飛び跳ねた。何水遠がいつか、この月は数千年前の女の人も照らした事があるんだ、と言ったことがある。数千年前の女の人も自分と同じだろうか？　あくせく働き、苦労し、あきらめず、夢を見、希望をもって。

春草はしばらくぼうっと立っていたが、突然声を張り上げて叫んだ。「あー！」

声を出すと限りなく胸がすっとした。彼女は二人の子供に笑いかけ、二人の子供も母親に笑いかけ、飛び跳ね、手をたたいて歓呼の声を上げた。

「さあ、母さんと一緒に叫ぼう、あー！」

元元が先に叫んだ。「あー」

万万も恐る恐る叫んだ。「あ！」

幼くひ弱な声が海面に舞い踊り、素晴らしかった。

二人の子供は叫ぶたびに度胸がつき、面白くなり、続けざまに声をあげた。

元元が突然叫んだ。「私――母さんが――大好きだ！」

春草は元元の声に涙を誘われ、元元を抱いて自分も言った。「私は母さんが大好きだ！」

春草の声が突然こわばった。母さん、私あなたの病気を治します！あなたに元気になってもらいます！海の水はそっと答えて、懐を大きく広げ、母子三人の全ての望みを、海の底に仕舞ったようだった。海は、もっと多くの望みも受け入れてくれる。

春草は存分に叫び、言った事は実行するぞとつぶやいた。神様を騙すわけにはいかない。

春草はこっそりお金を引き出し、送金して家に戻った。

家の財産は無くなったが家族は増えた。春草の心に又大きな石の塊が重くのしかかった。彼女はなお一層骨身を惜しまず働き、更に質素に生活を送った。毎日市場が終ってからは、相変わらず残り野菜や果物を拾い、あるいは一斤何分の安い漬物を買い付けて、いくらかのお金に換えた。

何水遠は、体裁が悪いので彼女に拾うのを止めさせようと思ったが、彼女の方針は変えられなかった。

二か月の後、父親が人に託して春草に手紙を寄こした。

春草は、母親の手術の状況が知りたくて仕方がなかったが、手紙を開いてしばらく見ても、名前以外に、自分が知っている文字は十字足らずしかなく、全く読めなかった。思案の末、何水遠に手紙を渡さざるを得なかった。

何水遠は、不思議そうな顔で手紙を受け取った。

「君の父さん、どうして手紙を書く気になったんだろう?家に何かあったのかね?」

「手紙はあなたが持ってるでしょ。字も読めるんだし、私に聞くことないでしょ?」

父親の手紙には、「母さんの手術は終わったよ。医者はうまくいったと言っている。悪性の腫瘍だけど、ほかの処に転移していないので問題はないそうだ。今はもう退院して、家で漢方薬を飲んでいる。医者の話では、以後食べ物に注意すればよいそうだ。切除した胃は、また大きくなってくるという」とあり、続けてこうあった。「春雨から、千元送ってきたし、春陽も五百元寄こしてきた。春風の嫁も心から世話してくれるので、母さんも安心だ」。そして最後に、遠さんへのお礼として、「あなた達にあんなに沢山散財させて、申し訳ない」と結んであった。

春草はほっとしたものの別の緊張がやってきた。彼女は何水遠の方を見て、彼が口を開くのを待った。

「君の母さんが病気だって、そんな話、聞いたことないけど？」

春草は当たり障りのないように言った。

「話したことないかな。母さん、ずっと胃が痛いと言ってて、検査したところ腫瘍が出来てたんで、切除したの」

「悪性の腫瘍だったのかい？　悪性なら癌だよ。怖いね」

「あんた、そんな恐ろしい話しないでよ？　お医者さんは大丈夫って言ってるんだから」

「で、君はお金を渡さなかったの？」

「当然渡したわよ。兄弟みんな出し合ったので、私も出したわ。でなけりゃ、父さんがあなたに礼を言うわけないでしょ？」

「いくら出したの？」

「千元ほどよ、言わなかったかしら？」

春草は、話しながらおどおどしていた。結婚以来まだ嘘をついたことはなかった。

「そんな大手術、二三千元で足りるかな？」

「五千元かかったようよ。みんなで集めたのよ」

「その金、どうしたんだ？」

春草は、何水遠が疑い深くしつこく聞くのが我慢できなくなった。

「ああ、わかったわ、もう言わないでよ。どの道母さんの治療費、私が使ったことにしといてよ。私これから飲まず食わずで節約して返すから。あなたに迷惑はかけないわよ」

「何を言ってるんだ？　何だか僕が道理の分からぬ人間でもあるようだな。病気を早く治すのが肝心だ。娘としてどうして放っておけるんだ？　面倒見なきゃ後になって僕のように後悔するよ。問題は、一体いくら用立てたのかを聞いてるんだ。水亮の学費を出すときは、全部君に相談したよ。そうだろう？皆自分の家族だよ」

何水遠が、道理が分かっている風な物言いをするのを見て、春草は本当の事を話した。

「私が出したのは五千元よ。お医者さんが、少なくとも五千元は必要だって言ったの」

何水遠は眼を丸くして言った。

「君、そんな大金をどこで手に入れたんだ？」

「預金を下ろしたのよ。あんたも承知してるって、父さんには言ったわ。あんた気が変わっちゃやだめよ」

何水遠は目をむいて、今にも怒り出そうとした。春草は慌てて声を高めた。

「阿明のところは、奥さんの病気を治すのに二、三万元使ったのよ。私の場合は母さんだよ。私が五千元出して何がいけないのよ」

ちょうどこの時、外で、落花生頂戴な、というお客の声がした。

春草は、いらっしゃい、と大きな声で答え、逃げるようにして走って出た。

(四十五) **夏至**：二十四節気の一つ、六月二十一日ごろ。太陽の中心が夏至点を通過するとき。

第二十四章

阿珍の出現

―一九九二年、大暑(四十六)―

春草が何年か住んで分かったことは、街の人にとっては家の問題が一番厄介だということだった。お金があっても、勝手に土地を探して家を建てるわけにはいかない。政府の沙汰が必要だ。到る所にビルがあるというのは、到る所に家を待たぬ人が居るということだ。

街の人が家を手に入れるのは難しい。無理に街にやってきた農村の人間にとっては、言わずもがなだ。

母親の手術が終ったあと、春草の心配は家だった。

何水遠が来てからというもの、一家はゆっくり手足を伸ばして眠ったことがない。まず先に眠った元元を落花生の袋に移す。二つの落花生の麻袋を並べて、具合よくもう一人のちびちゃんを横たえる。それから夫婦二人が小さなベッドにくっつき合って寝る。何水遠は、一旦眠ると腕や脚をじっとしていない。春草は何度もベッドから押し出され、下に落ちて目が覚める。外を見ると明るくなりかけており、思い切ってそのまま朝の支度をするのだった。本当のところ、ぐっすり眠れたのは、実家に帰っていた何日かだけだった。もともと窮屈なところに万万が増えたのだから、どうにもこうにも仕方がないのだ。

「私たち、もう一度賃貸しの家を借りましょうよ」

「そんなこと、俺はずっと考えてるよ」

母親の手術に大金を使ってからというもの、春草の立場はがくんと落ちた。まず、言葉つきが俺お前となり、預金通帳を取り上げられた。それから、何か相談事の時は何水遠が主導権を握った。例えば家

を借りる問題。何水遠は何が何でも大通りに借りるべきだ、その方が商売にも良いという。春草は、そうね、と言うしかなかった。今までなら、ここのマーケットで空いてる店を探しましょうというのだが。だが、何水遠の条件ではなかなか見つからなかった。適当なのがあっても、凄く高い。何水遠はあきらめず、暇があれば新聞の広告欄を眺め、あるいはあちこち見て歩いたが、なかなか適当な物件には出会わなかった。瞬く間に時は過ぎ、夏になった。暑いのはたまらない。四人が狭いところにひしめき合い、臭気ふんぷんは言うまでもなかった。

その日の昼、何水遠が外出から帰ってくるなり、喉が渇いた、死にそうだ！　と何やら訳ありげに大声を出しながら入ってきた。

春草は彼の表情を見て、きっと何かあると思った。果たして、何水遠は、大きなコップ一杯、水を飲み干すと、興奮気味に言った。

「やっと見つけたぞ！　大通りに面しているんだ。六十平方メートル位の広さだ。真ん中に仕切りがあって、奥の方には大きなベッド一つと、小さなベッド一つが置ける。手前はお店で、ぴったりだ。願ってもないほどぴったりだ！」

「ほんとう？　借り賃高いんでしょう？」

「最初は高いこと言ってたけど、俺が値切ったんだ。よそから来たばかりで資金がないから、なんとか頼みますよ、商売がうまく行ったら埋め合わせはしますから、と言うと女性はすぐ折れたよ」

「何ですって、女性なの？」

「気を回すんじゃないよ、わざわざ女性の家主を探すわけないだろう。たまたま、貸しますと張り紙がしてあったんだ」

「そんな意味で言ってるんじゃないの。女性が一人で貸主になれるのかってこと」

「なれるんだよ。彼女の許可証を見せてもらったよ。法人なんだ」

「法人ってどういうこと？」

「法人って、商店の主人のことだ。彼女は主人になれるんだ。まず手付金を千二百元払うって言ってきた。すぐ払い込みに行かなくっちゃ。でないと借りたい人が沢山居るからね。毎日人が聞きに来るんだって。真面目できちんとしてるって見たから、やっとOKしてくれたんだ」

「千元以上も払うの？　あなた、随分高いね？」

「千元がどうして高い？　向こうはもともと半年分払えと言ったんだが、粘って、それで三ヶ月分にしてくれたんだよ」

そんな大金を出すと聞いて、春草はほんとにいいのかと心配が募った。自分たち、お金なんかありはしない。心配しているうちに、色々とおかしなところやいい加減なことが目に付いてきた。だが、通帳は何水遠が握っている。彼女としては、ぶつぶつ言う以外に方法はない。

「そんなに好い場所なのに、どうして誰も借り手がないの？　なぜ安いの？　おかしいわね」

「何がおかしい？　俺の運がよかったということだよ。え、俺は馬鹿を見るばかりで、運がいいことは一度もないとでもいうのかい？」

何水遠は言い終わると得意げに出て行った。

春草は残ったまま、考えれば考えるほど気が進まなかった。彼女は用心に用心を重ねなければと思っていた。無茶が出来るような財産は自分たちにはない。少し考えて、楼兄さんに電話することにした。街で頼れる人は楼兄さんしかいない。永い間ご無沙汰しているので、唐突といえば唐突だが。

電話が通じて、春草は端的に当地で家を借りる事情と、何水遠が見つけてきた物件の場所や値段など、残らず話した。適当な物件かどうか、街の貸家として安い方のかどうか。

ところが、楼兄さんは、通りの名前を聞いた途端、大きな声で言った。

「えぇーっ、聞いてくれて良かったよ。あの通りは借りちゃ駄目だ」

「どうして？」

「あそこは、道路を広げるので、もうすぐとりこわすんだよ、もし借りたらひどいことになるよ。一ヶ月も経てば工事が始まる。絶対に払っちゃ駄目だ」

春草は聞いてひざが震えた。「兄さんありがとう」と言うや、さっと身をひるがえした。

何水遠は少し前に出かけてしまっていた。まず銀行へお金を下ろしに行ったはずだ。春草は魚屋のねえさんにひと言断わって、いつも預けている銀行へ彼を追った。見ると、何水遠が、銀行の前のバス停に立っている。太陽がまぶしい。目をしかめながら、〝阿遠〟と呼んだが、通りが騒がしい上、ちょうどバスが近づいてきて、何水遠は気づかぬままバスに乗りこんだ。春草は急いでバスの後ろを追い、走りながら叫んだ。

「阿遠！　阿遠！」

道行く人がもの珍しそうに足をとめたが、そんなことにはかまっておれず、走って叫び続けた。陽の光がきつく、目の前がくらくらする。何だかお金をすられた人がすりを追いかけている風だった。気を利かした三輪の足踏みタクシーが彼女に向かって、姐さん、あのバスを追っかけてるの？　連れてってあげるから、お乗り、と言った。春草は一銭も持ち合わせがないのでためらったが、足踏み三輪の運転手が言った。早く乗りなよ、どうせこちとらは客がいないんだからさ。春草が乗ると、三輪車は飛ぶように走って、バスに近づいた。春草は阿遠、阿遠！と大声を上げたが、声は届かない。

春草が絶望しかけた時バスが突然止まった。信号が赤になったのだ。

春草は三輪車を飛び降りバスのドアを叩いた。車掌が何事かと顔を見せて、ここでは乗れないよ、と言った。春草が、乗ってる人に急な用事があるのと言うと、車掌は、でも駄目だと言った。春草は焦って一層力いっぱいドアを叩いた。車掌が、何するんだ、気でも狂ったか、と言って、バスががくんと動き出したので、春草はあおられて地面に倒れた。三輪車の運転手が、「ぶっつけたぞ！　人にぶっつけたぞ！」と大声を上げた。バスは何が起こったか分からず、停車しドアを開けた。とみると春草はぱっと起き上がり、混み合った車中に飛び乗った。車掌は怒って、この女、頭がおかしいぞ、と怒鳴ったが、聞く耳を持たず、バスの隅っこに座っていた何水遠の手を引っ張った。何水遠は自分がうまくやったという思いに耽っていて、バスの外で何があったか全く知らず、突然目の前に春草が現れたので驚いた。

何水遠は、春草に止められたので、お金を払いには行かなかった。

家に帰り着いて初めて分かったのだが、春草が激しく倒れたので、ズボンの膝のところがばりっと裂け、中は血だらけだった。歩いている時は感じなかったが、家に戻って一旦座ると、全く立ち上がれなかった。何水遠は急いで彼女を背負って、医者に行った。写真をとると、膝蓋骨（ひざのお皿）が複雑骨折しており、少なくとも三ヶ月は安静と言う。春草は訳が分からなかった。転んだくらいで歩けなくなるなんて、どうして？

「ほんとですか、先生？　一生歩けないんですか？」

「まだ若いから、おとなしく休んで動き回らなければ、良くなるよ」

何水遠はため息をついた。

「これで一千元がぱあになったな」

「私が痛くてたまらない時にそんなことを言って！　ひどいことを言うのね」

春草が怒ると、何水遠はすぐ黙った。

右足をすっぽり石膏に入れて、春草は横になったまま動けなかった。子供たちは驚いてそばに近づかなかった。春草は仕事が何も出来なくなり、申し訳なく思った。

「転んじゃったんだ、今更くよくよしても仕方がないよ。起きてしまったことは、これを受け入れよだ」

「受け入れるってどういうこと？　私がずっと寝ていると思っているの？」

「俺は親切心で言っているんだよ。お前、永い間死ぬほど苦労しているんだから、この機会にちょっと一休みすれば好いんだよ」

「私の足が治ったら、あんたにも何日かゆっくりベッドに寝かせてあげるわ」

「そんな縁起でもない話はよしなよ、俺にも脚の骨を折れとでも言うのかい」

楼兄さんが聞きつけ、わざわざ見舞いに来て、果物と栄養品を持ってきてくれた。あのことがあったあとも時々会ったが春草には気まずさなんて少しもなく、かえって親しみを覚えた。が、楼兄さんの方はいささかぎこちない様子で、お見舞いの品を置くと、何水遠と二言三言話して、そそくさと立ち去った。春草は、膝がよくなったら、彼に会いに行こう、あの心地よい家に行かなくっちゃ、と思った。この街で身内は彼しか居ない。少なくとも春草にとっては身内だった。

運が向いてきたのか、家のことで頭を悩ませている矢先、マーケットの中のある小さな店が、商売を閉じるので、小屋が一つ空くという。春草は杖をついてマーケットの管理人を訪ね、ご機嫌をとってそれを借りることにした。今の店からだいぶ離れているのが難点だったが、広くゆったりしていて、好いことのほうが多かった。春草が子供を連れてそこに住み、何水遠が従来の店を守った。ようやく一家横になって眠れるようになった。

昔伯母さんが、神様はドアを閉めたら窓を開けると言っていたことを思い出した。ほんとにそうだわ。

何水遠は別の話し方をした。

「禍を以て福となすんだ」

「それってなあに？」

「もともと運が悪いことが、かえって良い結果を招くことだよ。禍は福のよりどころ、福は禍の隠れ家なんだ。塞翁が馬に逃げられた、もって福にあらざるを知るなりだ」

「おやまあ、そんな聞いても分からないような話は止してよ」

「言っている意味はね、俺たちこの借家に住めれば最善だと言うことだよ。お金は節約できるし便利でもある。なじみの客も居るしね。商売するには、人気を狙うのが一番だ」

「わたしは前からここで借りたいと言ってたのに、あんたがどうしても外で借りるなんて言うんだもの」

「お前が金を使ってしまったから出来なかったが、もし金があれば、表通りの方が良いに決まってるよ。お前を慰めようと思って、禍をもって福となすと言ってるんだ」

彼が又、母親の手術費を持ち出したので、口をつぐんだ。が、何水遠は言いやめない。

「俺にはどうも分からないんだが、お前の母さんはお前に辛く当たったんだろう。なのにどうしてそんなに、一生懸命面倒見るんだい？」

「私、母さんに元気でいてほしいの。母さんが居ると、お金を稼ごうとやる気が出るのよ」

何水遠は少々驚いて彼女を見た。どれほど本音を言っているのか分からなかった。

骨折してから、春草は終日ベッドに横になっていたので、仕事ができないだけでなく、人の世話にもなった。医者の話ではこの状態は三ヶ月続く。何水遠一人では忙しくて、ご飯をかきこむ暇もなく、お手伝いを考えないわけにはいかなかった。

始め春草はお金が惜しかったが、何水遠が毎日忙しく、店を閉めた後も食事の支度をしたりして、大の男が煙草を吸う暇もない様をみていると、すまないと思うようになり、自分から言い出した。何水遠は、前からそう思っていたようで

「俺、家政婦の組合に、女の子を探しに行ったんだよ。とても安いんだ」

だが春草はうんと言わなかった。女性の本能で小娘がやって来るのは反対なのだ。

マーケットの管理人が、それをどこで聞きつけたのか、姪が新疆からやってきて仕事を探しているんだが、と向こうから言ってきた。

「今遊んでいるんだけど、あんたのところを手伝わせてもらえないかね。お金は、いくらでもいいよ」

春草は、こちらもお店のことなどお願いしていてむげには断われないので、にこにこと嬉しそうな顔で「お願いしますわ」と言った。何水遠が村の娘を探しに行ったのを、耳にしたんだ、と思った。管理人の姪は十九歳で、呉麗珍と言った。春草も管理人同様、彼女のことを阿珍《ちん》と呼んだ。お給料は月百五十元ですというと、管理人は非常に喜んで、何かあったらいつでも尋ねておいで、と何度も言った。

管理人が帰った後、何水遠がすぐ惜しそうに言った。

「家政婦組合の紹介だったら八十元でも多いのに」

「それは違うのよ。お金は娘に上げるんじゃないの、彼女の叔父さんに上げるの」

だが、給料だけでなく、食事も住いも自分たちと一緒だということに思い至ると、「しまった、三ヶ月

で脚が良くなれば、そこで辞めてもらおう、」と思った。だが、疫病神が舞いこんで来たなんて、彼女には思いもつかないことだった。

阿珍は朝来て夜帰った。一日中何水遠と一緒にいた。何水遠が家族三人の顔を見に来るのはほんの短い時間だった。春草が不平を言い出そうものなら、すかさず、阿珍から目が放せないと言い訳した。

「品物を売っても帳面につけないとか、お金をポケットに隠すなんて事が心配だから、離れられないんだよ」

春草はそれ以上言わなかった。

脚がほんの少しだが良くなると、杖をついて店に行ってみた。一つには手伝いが目的だが、二つ目といえば、そう、心配だからだ。春草が店番が出来ると知ると、何水遠は彼女に店を任せて、自分は阿珍と二人どこかに出かけた。一日中阿珍と一緒で、春草をいらいらさせた。

阿珍はといえば、動作がてきぱきし、目は生き生きしていた。言葉つきも愛嬌があり、商売に向いていた。彼女は春草のことをお姐さんと呼び何水遠を遠兄さんと呼んだ。万万、元元も彼女になじんだ。だが、春草にはなぜだかしっくり行かないところがあった。どうしてだか自分でも分からない。阿珍が何水遠に対して特別に好意を持っていそうだからか？でも、阿珍は自分に対しても愛想好い。じゃ、何水遠の方が阿珍を特に可愛がっているからか？　どうもそうでもない。何水遠はしょっちゅう阿珍のミスを怒鳴っているし、阿珍は腹を立てると春草のところへ言いつけに来る。では、何故だろう？

春草はわざと何水遠に向って言った。

「阿珍は、あなたのこと、とても好きなようね」

「ばかなことを言うな、たかが小娘じゃないか」

何水遠は仏頂面をした。春草は面白くなかったので、考えないことにした。

春が去って夏が来た。阿珍はだんだん彼らの家の人になっていった。ちょうど好い時期に雨が降り、さしたお箸に根が生えて、瞬く間に竹に成長するようなものだ。春草は、言われたとおり三ヶ月で良くなった。石膏もとれて自由に歩けるようになった。彼女は何回か阿珍の前で、ほら、私の脚を見てごらん、どこも怪我したようにないでしょ？　と言うと。阿珍は笑って、でも、お姐さん用心して下さいな。又転んだら大変よ、と言う。春草は、どうしてもう一度転ばなくちゃいけないの？　おかしなことを言うのね、と思った。

春草は管理人の前で、二度ほど、阿珍はきちんとした仕事を見つけたほうが好いのではないかと言ってみた。だが、管理人は、うまく見つからないんだよ。それに、あんたたちのところに居ればこちらも安心だ。商売のやり方をよく勉強させてもらってから、自分でやるのが良かろう。と言った。春草は内々何水遠に、どうしようかと尋ねた。

「いつまでも雇っておくわけにはいかないわね。地主の金持ちでもないから、遊んでる金なんてないわ。ひと月百五十元は多いわね。しかも、食事も一緒だから、年では確実に千八百元を超えるわ。小さな数字じゃないよね？」

「任せるよ。お前が雇ったんだから」

「あなた、あの人を置いておきたいみたいね」

「俺が彼女を？　置いてどうするんだ。お前が彼女をやめさせれば好いんだ。俺が置くとか置かないとか、馬鹿げた話だよ」

「減らず口はおよしな。あなた、あの子とくっついてりゃ、嬉しいくせに。一緒に居さえすれば、煮えたさつま芋みたいに甘ったるい顔してるんだから」

「まったく口から出まかせを言うんだな！」何水遠はこらえきれずに笑い出した。

「ごまかそうったって駄目よ。ほら、私の言ってるとおりでしょ？　自分でも笑わずにはおれないんだ。煮えたさつま芋みたいじゃないって、それでも言いはるの？」

「自分の亭主を何だと言うんだ！　そんなに心配なら、通帳をお前に返すよ。俺が一文無しで、なにも出来ないようにな？」

春草は頷いた。まず、財布の紐を握ることが先決だ。

商売の方はうまくいっている。仕方がない。暫くはこのままでいくとしよう。

（四十六）**大暑**：二十四節気の一つ、七月二十三日ごろ。一年中で最も暑い。

第二十五章

株の洗礼

―一九九四年、仲春（四十七）―

知らぬ間にそっと幸せがやって来る、ということが、自分には何故ないんだろう。いつも煩わしいことばかり起こるのは何故？　家を借りられたのは禍が福を呼んだ形だが、最後はまた禍が禍を呼ぶ結果となるのだ。

面倒事は、とっくに春草家の入り口を知っているようで、挨拶もなしにすぐやって来る。

事はあの阿珍が引き起こした。

阿珍は見た目にはおとなしい女の子だったが、意外にも株取引を知っていた。後から考えると、管理人の叔父が株取引をしているので、それを見ていたのだろう。分かっているのかいないのか、お金を稼ぐには株取引だと思いこんでいた。自分には元手が無いので、何水遠をけしかけた。手っ取り早く稼ぐことばかり考えている何水遠は、すぐ飛びついた。

「遠兄さんのように頭の回転が速い人は、きっと儲けるわよ。叔父さんの話では、街の小母さん連中も皆株で儲けているそうよ。誰だって稼げるのよ」

何水遠は、阿珍にあおられてじっとしていられなくなった。それでなくても、若い女の子の話は女房のそれより効果があるものだ。まして、金稼ぎの話じゃないか。物でも株でもおんなじ取引だ。ちょっとやってみるか？　この時、彼は通帳を渡した事を後悔した。春草を説得して金を引き出すのは、容易な事ではないので、先ず少い資金でやってみるほかなかった。そのために、いろいろなやり方で報告をごまかしてお金をくすね、資金を蓄えた。

そんな事をいちいち、春草が知るわけもない。毎日二人の子供を連れてお店に来ると、夫ら二人は向こうの方で、一日何時間も話をしている。なにかいいことを話しているんかしら。春草が足が治った頃には、何水遠はもうすっかりはまっていて、こっそりためた千元の資金で、阿珍と二人、株式市場に通っていた。

丁度株式市場が賑やかな時期で、遊んでいる金がある人は我先に動き出そうとしていた。運が好かったと言うか、運悪くというべきか、生まれて初めての株式投資がお金を生み、二日後には三百元の利益が出た。何水遠は狂喜した。世の中にこんな金儲けがあるなんて信じられないことだった。阿珍に五十元を奨励金として渡すと阿珍も大喜びで、証券取引所から飛び跳ねるようにして出てきた。二日で三百元だ、一ヶ月では何千元になるだろう？　もうじき大金持ちになれる。街の高層ビル群でさえ、身近かなものに感じられた。

「どう？　兄さん」

「どうもこうもないよ、元手が少なすぎる。ねえ、俺たち一万投資したら、三千の利益だよ？この分じゃ、もっと大きく育てなくっちゃね」

何水遠はすぐに帰って、妻に戦勝を報告した、もっと多額の投資ができるよう、お金をかち取る為だ。春草はどうしても信じられなかった。一日中遅くまで死ぬ思いで働いても、三百元にはならない。何水遠はそこで阿珍に証言させた。阿珍は多少口が上手い。一が五、五が十、稼いだ三百を三万のように話した。

春草はだんだん信じこみ、笑みさえ浮かべた。何水遠はこの機に乗じて預金を払い出そうとした。しかし春草は銀行から金を下ろすのは、まだためらっていた。何水遠はここぞとばかり、春草が一番愛する言葉をえらんだ。

「俺たち、急いでお金を貯めなくちゃ、子供の進学に間に合わないよ。勉強するにもも少し良い家を借りなくっちゃね。今がまたとないチャンスだ。掴み損ねたら後悔するぞ」

春草の心の中の暗証番号はとうとう開けられて、預金通帳を渡した。

預金通帳を渡した後、春草は一日として安らげなかった。毎日何水遠が帰るとすぐ、どうだった?と聞いた。

最初の日、何水遠は喜色満面の顔をして、言った。

「言うまでもないよ、上がったよ! 二毛あがった」

「何だって、たった二毛?」

「一株二毛だよ。僕たち三千株買ったんだ。お前、どれだけ上がったと思う?」

春草の頭の中でぱちんと音がした。

「六百元?」

「そうだよ!」

「一日に六百元稼いだの? 気分いいわね!」

興奮で顔を赤くした。幸せで彼女は信じられなかった。

「お金は? 私、預けてくるわ!」

「何を焦ってるの、暫く待ちなよ。まだたった一日だよ。二日ならどうなる? 三日なら? 実はね、上がって八元になったら手放す積りだ!そしたら俺たち五千元の稼ぎだぞ!」

春草は何水遠のまなざしを崇拝するように眺めた。阿珍も自慢げに、絶えずしゃべった。

「言った通りでしょう、これで信じる？　遠兄さんのような人こそお金を稼げる人だって、ひと目見ればわかるわ」

そう言いながら何水遠を見る阿珍の目つきに、春草はにわかに警戒心を覚えた。よく考えてみると、骨折して以来、彼ら二人は毎日一緒だ。なのに自分は長い間、阿遠を遠ざけている。彼を自分の方にくっつけさせなくちゃなるまい。

その晩春草は、何水遠に抱かれた。夫婦間に久しく睦ごとはなく、以前から何水遠は不満をかこっていた。この夜春草は子供を寝かせて、自分から何水遠の処にいったので、何水遠はとりわけ興奮し、成功の喜びも重なってまるで媚薬でも飲んだように睦み、汗まみれになった。春草は汗をしたたらせ、横になったまま、言った。

「阿遠、私今、上から下まで全身あなたにぞっこんだわ！」

その言葉は何水遠を得意にさせ、自分が以前から皇帝でもあるような気になった。

二日目、春草が聞く前に、家に入るや何水遠は大声で言った。

「又上がったぞ、又上がった！　三毛上がった！　このあま、本当にすげえや！」

嬉しさの余り、下品な言葉が飛び出した。春草はもっと慌てて、どうしたら良いか分からなかった。長年苦労を重ねて来たが、遂に天からぼた餅が落ちてこようとは思いもよらないことだった。彼女はどきどきして、かつて何水遠と手をつなぎ合った時よりもっと気持ちが高ぶった。

「売ろうよ、待つことないわ！　千元あれば立派な収入だわ、売り払おうよ」

「もう二日待つんだ、きっとまだ上がるさ」

「そんなにうまい話があるもんですか？　お金を手にしないと信じられないわ。ここ数日眠れないのよ。一万六千元は他人《ひと》様の処にあるのよ。もしも無くなったらどうするの？」

「縁起でもないことというな。安心しろ、そんなこと絶対ない。今は天を衝く勢いだと、皆突き進んでいる時だ。俺たちだけ何もしないで口をくわえてろってわけ？」

春草はお金をしっかりと紙幣に換えないとどうしても安心できなかった。そのうえ何水遠は三千元余りを出して千元しか得ていないので、どう考えても怖かった。今、自分たちのお金が一万六千から一万七千余りになったと聞いても、見ない間は落ち着けなかった。

「ね、こうしたらどう。あなた一度売って、稼いだ千元を私に下さいな。それから残りを元手にも一度取引すればいいわ。どう？　私、お金を見れば少しは安心よ」

「よしよし、良かろう。俺達明日お金を持って帰りお前に見せるよ、いつかのようにベッドに広げてとっくりと見せてから、も一度株を買うことにしよう」

春草は喜んだ。だが、その約束は果たされなかった。三日目、帰宅した何水遠は少し元気がなかった。

「今日下がるなんて思わなかったよ。こう下がるともうけは何百元か少なくなりそうだ」

春草は焦った。

「それじゃ明日はどうなの、また下がるの？」

「そんなことないさ。この株、明日はきっと上がるよ」

「どうしてそう言い切れるの？　又あなたの思い込みじゃない」

「どのみち、今売ると損するんだ。俺売らない」

「誰でも今は売らないと言っているの？　必ず上がるって、誰が言ってるの？」

何水遠はちょっと考えて言った。

「内部情報だよ」

「きっと阿珍でしょう？　あの小娘のいう事は聞くけど、私の言う事は聞けないのね」

何水遠は妻に見通されて少しばつが悪く、怒り気味に言った。

「俺が誰の言うことを聞くんだって？　損な商売を誰がやっているんだって？　お前は知らないだろうが、俺より多く買っている人は沢山いるんだぞ。俺なんて大したことないよ。あいつら金持ちは誰も損なんか怖がっちゃいないのに、貧乏人が何を怖がるんだよ？」

夫をもうコントロール出来なくなったことが分った。

「もしあなたが損したら、私、あなたとことんやるわよ」

「お前、本当に気持ちを抑えられないね。阿珍も女だけど、ちゃんと抑える事が出来るよ」

「あんた馬鹿ね、あの娘、自分の金じゃないから当然よ。もしあの娘の金で株取引するんなら、私だって安心だわ。毎日よく寝て骨入りスープでも飲んでるわよ」

何水遠はじろりと見て、それきり相手にしなかった。

このいまいましい株のために、何水遠は商売する気持ちを無くしてしまった。誰かが店の前に立っても、心は株式市場にあった。落花生ちょうだいと言われて、なんと、何本?と聞いた。春草は腹をたてたが、どうしようもなく、阿珍と二人で株式市場に行くのを見ているしかなかった。自分だけは、子供を連れて商売に精出したが、商売にも大きな影響を受けた。

初め春草は、株式市場で少し稼げば、たとえ百元二百元でもありがたい、商売の助けになると思っていた。だがその後何水遠の威勢の良い態度が突然消え失せた。元気が日ごとになくなり、状況が好くない事が分った。問い詰めると、いつもうるさがった。

「も少し待って見るんだ。そんなにうまい稼ぎがあるもんか？」

「ええっ、始めこんな好い稼ぎはないと言ったのはあんたよ。今度は稼ぎが悪いって言うの。あんたにかかったら何でもありなのね」

「安心しな、すぐに上がるよ。株式ってこんなものだ。何日か落ちればきっと何日か上がるんだよ。みんなそう言ってるし、新聞にもそう書いてある」

春草はもう信用していなかったが、どうしようもなく、儲けがなくても仕方がないやと、自分を慰めるしかなかった。この何日か彼が遊びに出かけたのも大目に見た。以後は真面目に商売に精を出せばよい。少しは太っ腹のところも見せようかと、冗談めかして言った。

「あんた、女房の忠告を聞かないと、損するはめになるわよ」

春草が太っ腹でいられるには前提がある。というか、無知がなせるものだ。彼女は損をするといっても、元手はいつもちゃんとそこにあると思い込んでいた。株取引がどんなものであろうと、自分の家のお金は自分の家のものだ。家の鶏がよそ様のところで何日か飼われているようなものだ。生んだ卵は貰えなくても、鶏は自分の家の物に変わりはない。だがその後の状況は、彼女が考えていたものとは全く違っていた。ぴんぴんしていた鶏が跡形もなく消えてしまって、羽一本も残らないなんて、知るよしもなかった。

ある日、何水遠と阿珍が小声で株の事を話しているのを耳にした。およその意味は、投資した一万六千余りの金が、九千元と半分近くに減ったという。春草は眼の色を変えた。どうしてそんなことに？　彼女は何水遠をつかまえて言った。

「いったいどういう事なの？　あなた、私にはっきり教えてよ！」

阿珍はと見れば、形勢が怪しくなったので、用事があるふりをしてゴミ袋を取り上げて広げた。何水遠は春草の手を振りほどきながら、言った。

「何も騒ぐことはないよ。株式って複雑なんで、二こと三ことじゃ説明しきれないよ。ちょっと用を足してくるので、帰ってからゆっくり話す」

何水遠はそのままずらかって、帰ってこなかった。

夜、春草が二人の子供を寝かせつけても、彼は帰ってこなかった。次の日も終日姿を見せなかった。春草は腹が立って、口元に水疱ができた。ある小さな酒場で、何水遠が身を隠すように酒をのんでいると、教えてくれた人がいた。春草は少し冷静になった。こうやってても駄目だ。彼を責め立てて、帰ってこなかったら、金を損するよりもっと悪い。そこで阿珍に、もう怒ってないから、早く帰ってこさせるようにと頼んだ。人間は小便をがまんしても死にはしないが、家の商売は続けていかなきゃならないのよ、とも。

夜になって何水遠は帰って来た。初めは何も言わなかった。後になっても、春草に株券は見せず、なおも言い訳がましく言った。

「株の売り買いというのはみんな、こんなものさ。俺たちの損は大したことないよ。このくらいで怒ってたら、ほかの連中はみんな怒り死にしちゃうよ」

「そんな人たちはお金持ちでしょ。あなたはどうなのよ！」

「大金稼ごうと思ったのさ。それには危険も冒さなくっちゃ。腕を磨こうと思えば学費も払わなくちゃ」

「何屁理屈言ってんの？　そんなの聞きたくもないわ。大金稼いでとも言わないわ。元金を返してくれさえすりゃ、それでいいのよ」

「焦るなってば。よし、約束しよう。二日待って俺らの買った額まで上がったら、すぐ売りに行くよ」

「もう、いい加減なことを言うのはよしてよ。あなた、ほんとのこと言って。私たちのお金、戻って来るの？　もう戻って来ないんでしょう？」

「馬鹿言うな。そんなことある訳ないだろう。ただ、もうけが多いか少ないかの問題だよ」

春草には、彼が嘘をついているのがはっきりしていたが、反面、彼の言うとおりであってほしいと切に思った。

春草の心は乱れ、いらだった。

（四十七）**仲春**：陰暦2月の異称。春三か月の真ん中の意。

第二十六章

何水遠のかけおち ―一九九四年，中秋(四十八)―

うつうつとしたまま、月日は過ぎて、瞬く間に中秋となった。

このころは、春草にとって最低の時期だった。全財産は、いまいましい株式市場に塩漬けにされた。彼女には、この〝塩漬け〟という言葉はぴったりだった。

お金が塩漬けにされたばかりでなく、心全体が塩漬けになった。何水遠の心も全く塩漬けにされた。夫婦二人は毎日影法師のように家の中で揺らいでいた。

何水遠は、口では依然として何でもないよと言っているが、実はおどおどしているのがよく分かった。びくついている所為か、連日店の中でおとなしくしていて、阿珍との冗談も少なくなった。

春草は街といえばなんでも素敵だと思っていたが、月は村の月には及ばない。昨年も一昨年も中秋は雨で、月は雨を避けてどこかへ行ってしまった。今年はなんとか姿を現したが、少しも明るくなく、薄ぼんやりとしていた。でも、街の人には心のゆとりがあるのか、何水遠の言葉を借りれば、忙中閑ありで、ぼんやりした月でも、たくさんの人が見に出かけ、おとなも子供も街をぶらついた。話によれば海辺ではもっと人が溢れているらしい。魚屋のねえさんですら、旦那と街に出て椅子に腰かけ、月餅を食べ、梨やクルミを味わったという。月見だ。

でも春草は、月見する気にはなれなかった。ぼろぼろでかんしゃくを起こす気力さえなかった。何水遠や阿珍に腹を立て、自分にも腹を立てた。一日中腹を立てていた。

汗水たらして稼いだお金を株で台無しにして以来、春草には心楽しむ日が一日もなかった。数日前、株式市場がまた動き出して、多くの株が上がっているという話を耳にした。すぐに何水遠に、塩漬けになっている株を売ってしまうように催促した。彼女には株の売り買いがどんなものか知らなかったが、それが人の金をだまし取る所だということは、もう分かった。今は只、元を取りたいだけだ。何水遠が元金《もと》を持って帰りさえすれば、ちゃんとした中秋が過ごせる。だが何水遠は行ったものの手ぶらで帰ってきて、今投げ売りしたら損切りしなくちゃならない、も少し待ってみよう、と言った。

春草は怒った。これはきっと彼の考えではない。問い詰めると、案の定阿珍だ。

「彼女の叔父さんも塩漬けになってるようだが、投げ売りするつもりはないそうだ。今投げたら大損だって。どうせあれは遊んでいた金だ。上がるのを待てば、きっと銀行の利子より高くなるよ」

春草は跳び上がった。

「遊んでたお金って何のこと？　あれは私のお金よ。人の処に放っておくのは、なくしたのとおんなじよ」

「も少し小さな声で言えよ、彼女が外にいるんだぞ」

「聞こえるなら聞こえればいい。どうせ私が何言っても、あなたは聞かないんだから。あの小さな妖怪にでも聞かせたいわ。私の心はあの娘に目茶目茶にされ、粉々になったのよ。前世であの娘に借りでもあって、私をいじめるとでもいうの？」

「俺がやった事だ。人を責めてどうするんだ？」

「あなた、かばい立てなんかしないでよ。あの娘の悪知恵のせいだって、分かっているんだから。あの娘がお札を犬の糞だと言えばあんたはすぐ捨てる。犬の糞をお札だと言えばすぐ拾うんだ！良かれと思って雇ったのに裏目になってしまって。私分かったわ。あんな妖怪がやってきて家の中を台無しにするのよ。砂糖にくっつく蠅と同じね、いくら追っ払っても逃げないのよ！」

外で、阿珍が我慢できずに応じてきた。

「私、やはりあなたたちの気には入らないようね？　もう聞きたくないわ。出て行きます」

彼女がここを出ていくのは、願ってもないことだった。どうやら面倒が一つ片付きそうだ。がなんと、何水遠が飛んで行って引き止めた。

「姐さんの機嫌、只今最悪だから、相手にしないでね」

これを聞いた春草は、機嫌が最悪どころではなく、全身が炎となった。家中に憤怒の煙と有毒ガスが立ち込め、鍋をなげるわ、茶碗は割るわ、悪しざまに罵りめちゃくちゃをしでかした。阿珍はとうとう居たたまれず、荷物を片付けて立ち去った。何水遠は顔をこわばらせた。

「お前あんな事して駄目じゃないか？　俺は家のためにやってるんだ。たかが一万元、俺がこれから稼いで返すよ。やたら八つ当たりするのは止せ」

春草はむしゃくしゃして話も出来なかった。彼の方はこんな時でもまだ四文字の上品ぶった言葉使いをした。ほんとにどうかしているよ！　春草は箒《ほうき》を持って家を飛び出し、地面をやたらに掃いた。又汚れた衣服をたらい一杯持ち出してざぶざぶと揉み出し、部屋の中を乱暴に歩き回った。

「お前、そんな振舞いは止めろよ、子供がびっくりしてるじゃないか！」

「何水遠！　私は何も言いたくないよ！　あんたみたいな大の男が、自分の言った事には、ちゃんと責任持ってよ。あんた、一万六千元私に返して！」

今まで、このようにフルネームで彼を呼んだことはなく、目をむいて睨み付けた。

何水遠は、彼女がほんとに怒っている様を見て、仕事をしに店の方に行った。

春草は通りにとび出して大声で叫び、罵り、怒りを吐き出したかった。だが、さすがにここは街の中だ。気を晴らす所なんてどこにもない。街はいつものように騒々しく、がやがやと落ち着かない。この中でわめいたって蚊のなくほどにも聞こえない。海辺はどうだ。きっと今頃は月見で、人、人、人だろう。そこで大声をあげても、すぐにかき消されてしまうだろう。中秋って何が好い？　毎年中秋のたびに面倒に遭っていたので、この祭日が少しも好きじゃなかった。

だんだん暗くなってきた。元元が走って来て言った。

「ママ、パパが月餅を食べにおいでと言っているよ」

「食べない！　くそでもくらえだ！」

暫くして何水遠が来た。

「お祝いだというのに、子供にどうしてそんなひどいことを言う？」

「何言ったって無駄よ。ほんとに私を狂い死にさせるつもりなの！」

「お前、まだそんなこと言って、どうしたんだ？　あの娘はもう、怒って帰ってしまったぞ」

「あの娘が出て行っても、お金は戻って来やしないよ！」

春草が大声で怒鳴るので、何水遠は話題を変えた。

「今日はずっと店が忙しかったよ。言っとくけど、たいそう上手くいった。ほとんど昨日の倍近く売れたよ」

「それがどうしたのさ？　もっと稼いだって、あんた達のやった損には届かないわよ！」

春草は意味ありげに〝あんた達〟にアクセントをつけた。

「ああ、分かったよ。それほど言うんなら、明日朝早く行って売ってくるけど、どうせ何千元か少なくしか売れないよ。はっきり言っとくけど、後悔するな」

「とっくに後悔してるよ。後悔してはらわたが真っ青になったけど何か使い道があるかしら？　あんた私の言う事を聞いてくれたことある？　いつだってどこ吹く風でしょ。言うだけ口がくたびれちゃったわ」

「俺のせいだというのか？　株式市場が落ち込んで、誰でも皆さっぱりなんだ。俺が何か間違いをしでかしたわけじゃないんだ」

「まだ強がってんの？　自分のお腹が痛くなったら、かまどの神様のせいだと言うの！　よく恥ずかしくないわね！」

何水遠はそれ以上は言わずに、子供を連れて離れた。

家族はこの中秋の夜をうつうつと不愉快に過ごした。

隣の雑貨屋のおかみさんが、入り口に木犀の鉢を置いたので、甘い匂いが漂ってきた。もともと春草が一番好きな花だったが、この時ばかりはうんざりだった。人はひどい目に合うと、どんなものを見ても可愛くなくなるものらしい。

次の日朝早く、何水遠は株式市場に出かけた。

彼が家を出てからというもの、春草の心は千千に乱れ、居ても立ってもおられず、客が来てはうろたえ、客が来ないといってはおろおろした。まるで熱い鍋にすっぽりと入っている蟻のようだった。彼を待っている間気が気ではなかったが、いくらかの希望はあった。何が何でも少しは持って帰るだろう。一銭も持って帰らないなんてないだろう？

昨日あれだけ怒ったので、気持ちは静まっていた。たとえ何水遠が半分のお金しか持って帰らないとしても、あるいは二、三千元だけ持ち帰ったとしても、もう責めるのは止そう。二人で始めからまたやろう。何水遠が言ったように、彼は家の為にやったのだ。損しようと思ってやったわけじゃない。憎らしいのは株式市場という化け物だ。それにあの阿珍がしゃくにさわる。もう立秋だというのに、腕や足をあらわにさらして、どういうつもりだ！　うちの阿遠を迷わせようという魂胆じゃないか？　あの女は、はなから悩みの種で、ずっと我慢してきた。何水遠が言うような八つ当たりではない。自分が怒っているのはとりもなおさずあの女、阿珍だ！

しかし待てど暮らせど、昼飯の時間になっても、何水遠は戻って来なかった。

春草はうろたえ足が萎えるほどだったがどうしようもなく、何水遠の姿が見えないかと、ときどき道の曲がり角に目をやった。よしんばそれが阿珍でも良かった。だが通るのはみんな、見知らぬ人や何の関係もない人ばかりだった。彼女はひとまず二人の子供にご飯を食べさせた。自分は前日の残り飯にあんかけスープを少しかけた。茶碗を持ったまま、今の自分はこの残り飯のようだと思った。ぐちゃぐちゃで、食べづらかった。

隣の雑貨屋の小母さんが、突然、電話だよと取り次いでくれ、てっきり何水遠だと茶碗をほって、あたふたと飛んで出た。も少しで入り口の木扉を蹴飛ばす所だった。

やっぱり、何水遠だ。

何水遠の声は低くて乱れていた。なんだか随分喧しい所にいるようだ。春草が何回かもしもしと言うと、やっと応答があった。

「阿草、ごめんね、俺お前に謝るよ」

春草はその口ぶりですぐ分かった。自分たちのお金は本当になくなったのだ。自分たちのお金が他人《ひと》のものになってしまったのだ。彼女はわずかな希望を持って聞いた。

「全部なくなったの？　少しも残ってないの？」

何水遠は答えなかった。

春草にさっと痛みが走った。一万六千元だ、二年余りも苦労した血と汗のお金だ。食べるのも切り詰めて節約した。一銭でも貯え、一円でもかき集めた。なのに何日かの間にみんな消えてしまった！　彼を信用しちゃいけなかった。預金通帳を渡しちゃいけなかった。私ってなんてぼけなんだ?!　なぜあんな風に信用したのだ？　私としたことが、こともあろうにこんな事に騙されてしまうなんて！　一切合切何もかも駄目になった！　何水遠をいやというほど怒鳴りあげても、一円だってもどりゃしなかった！

心づもりはしっかりしていたはずだが、用意していた言葉は一言も出なかった。許すとも言わなかったし、かまわないとも言わず、しばらく沈黙した。

「じゃどうするの？　とりあえず帰ってから話そうよ」

「阿草、お前に合わす顔がないので、しばらく出て行こうと思う。稼いだら戻って来る」

春草は呆然とした。

「何ですって？　あなた何て言った？　どこに行こうと言うの?」

「阿珍の父親が新疆でヒマワリの種の商売をしていて、人手が欲しいそうだ、行って見ようと思っている。お前言っただろ、大の男なら口ばっかりじゃなくってちゃんと自分の言葉に責任を持てって」

「阿遠、行っちゃだめ、絶対に行かないで。あんたを責めたりなんかしないわ。本当よ！　あの日言った事、みんな腹たちまぎれに出たものよ。あんたが私や子供の為にしたんだって分かってるわよ。早く帰って来て、ねえ。何でもゆっくり話せばいいのよ。お金は二人でまた稼げるわ。あんな大そうな事だって二人で頑張ってきたじゃないの。このくらい何よ、あのお金はあなたの父さんの治療の為だったと思えば良いのよ。私はそれでよいわ。阿遠、阿遠、何か言ってよ、行かないで！　あなたが行ってしまうと、私と子供たち、どうしたらよいの？　阿遠！」

春草の声はほとんど泣き声だった。しばらく間があいた後、電話が切れた。受話器からツーツーという音が伝わってきたが、春草は叫び続けた。

「阿遠、阿遠、あなたどうしようというの、馬鹿な事しないで！」

答える者はもう居なかった。

春草は立ちすくんだ。顔は真っ青で手は震えていた。阿遠が行ってしまった。彼女達三人を放り出したのだ！　肝心なことは阿珍と一緒に行った事だ。この意味はなんだろう？　春草を裏切ったということだ！　神様！　私の神様がこわれちまった！

雑貨屋の小母さんが彼女にそっと触れた。

「どうしたの？　旦那と口喧嘩でもしたの？」

春草は受話器を下に置いたが、手は震えたままだ。ひどい震えだった。しばらくして、彼女は受話器をとりあげ、彼女が知っている唯一の電話番号を回した。楼兄さんだ。誰かとすぐに話したかった。彼女は死にそうだった。

電話が通じたが楼兄さんは出張でまだ帰っていないという。春草は電話を受けた人に向かって言った。

「伝えて下さいな。妹が事件に遭って死にそうだって。早く来て助けてって！」

「あなたは誰？」

「妹からと言えばすぐに分かります」

春草は電話を置いた。ほかにには、もう打つ手は無かった。この街に三年余り滞在しているが、頼りに出来る人はいなかった。母さんのように、自業自得だと罵る人なんか探しても居ない。そこを離れて店に戻り、ぼうっとベッドに座った。目の前が真っ暗になり、めまいがして何が何だか分からなくなった。

突然、温かな物が鼻から出てきた。無意識に手でぬぐうと、ぬるぬるして真っ赤だ。何だ？　元元の叫び声で我に返った。

「ママ、ママ、沢山血が流れているよ！　あ、血だ、鼻血が出てるよ」

伯母さんが言ったっけ。人は逆上すると、七つの穴から血が吹き出るって。春草は落花生の包み紙を持ってきて拭いた。だが鼻から流れ出た血は服の襟に滴り落ちた。彼女は顔を仰向けにして、元元のくれた紙を細長く揉み、鼻に詰めて床に倒れこんだ。

「ママ、ママ死んじゃ駄目！　ママ、死んじゃいや！」

元元が泣くと、万万も泣き始めた。二人の子の泣き声が春草を呼び戻した。春草は驚いたように座りなおして、二人をかき抱いた。

「ママが死ぬわけないでしょ、どうして死ぬのよ？　大丈夫よ。ママはお前たちを街の学校に入れなくちゃね。殺されたって死にゃしないよ。なにがなんでもね！　お前たちのお婆ちゃんがね、ママは竹から生まれたと言ってた。切られても切られても伸びようとするんだ。お前たちのパパが大変な借金をして、お家が全部抵当にとられ、何もかも無くなった時も、ママはそんなことに負けないようにやってきたわ。どう？　今はまだ住むお家があって、沢山のお豆があり、今からでもお金を稼ぐ事が出来るのよ。それからお前たちのパパはきっと帰って来るよ。行ってしまうわけないわよ」

春草は長々と絶え間なく話した。三十分もしゃべっただろうか、二人の子供は彼女にしがみついたまま眠ってしまった。少し気分も良くなったので、管理人を訪ねに行くことにした。管理人がどういう態度に出るかは分からなかったが、さし当たって、誰かと相談したかった。もしかして管理人が力になってくれるかもしれない。

管理人は彼女をみると、怒った顔をした。

「丁度お前さんちへ行こうと思ってたんだ。一体どういうことかね？　説明してくれよ?!」

「私、私もたった今知ったのですよ」

言い終わると、力が抜け、入り口の椅子に座りこんだ。半分は自分に、半分は管理人に

「あの人たちがお金を損した事は聞きましたよ。でも二人が一緒に逃げるとは思いもしなかったわ」

「あんたの旦那は何をしたんだい？　いい大人があんな事を仕出かすなんて！　こっちの顔は台無しさ！　もともとあんたとやってれば安心だと思ってたんだがね。狼のねぐらに送り込んだなんて考えもしなかったよ！　弟になんと言い訳すりゃいいんだい？」

これを聞いてかちんときた春草は、がばっと立ち上がった。

「良くそんなことが言えますね。あなたのとこの阿珍がうちの阿遠に株取引をそそのかしたんですよ。塩漬けにしたのも、あの娘《こ》が売らせなかったからだし、全部パーにして、その上又阿遠を出稼ぎに誘うなんて！　若いくせに考えることはでかいのね。あなたは私のせいにするけど、本当に滑稽だわよ！」

「も一度言うが、阿珍は子供だよ。あんたの旦那は立派な大人だ。どうやって一人の子供に引きずられるかね？」

「こっちの方が聞きたいわ。あなた達男って、若い娘の言うことはよく聞くけど、女房が何言っても聞かないんでしょ？　頭ん中、ガチガチなんだから！」

管理人はばつが悪そうに言った。

「あんた何をでたらめ言ってるの？　どうして、最初に僕のところに来たんだよ？」

春草の怒りは頂点に達し、続けざまにあたりちらした。

「お宅の阿珍が我が家に来て以来、私達はのんびりできなかったわ。あの娘、一日だってちゃんと仕事をしたことないわ。化粧してばっかりで。私の足はとっくに好くなって、あなたも気が付いてたでしょうが、人を頼まなくても良くなってたんだけど、あなたの面子のこと考えて、辞めさせなかったんじゃないですか？　毎月何百元も払ったんで、私が金持ちだとでも思ったの？　あの娘、あんなにすれっからしとは思わなかったわ。挙句の果てに、人の夫をかっさらって行くなんて！　どういう事だか言ってくださいな？　私、前世であの娘に借りがあるっていうの？　全く、罪作りだよ！　あんまり腹が立って、鼻血が出ましたよ！」

春草は鼻の穴から丸めた赤い紙を出して、管理人に見せた。

管理人は理屈じゃかなわぬとみた。

「分かった分かった。僕たち二人喧嘩してても仕方がない。二人を帰らせる方法を考えよう。僕たちで打つ手が無いなら、弟に頼むよ。阿遠、何処に行くとか言ってた？」

春草は、はあはあえいで暫く話が出来なかった。

管理人は、すぐに新疆の弟に長距離電話をした。二人がそちらに行っても、そこに留めないで、すぐこちらへ帰すよう頼んだ。

春草は一晩眠れなかった。四年前のあの晩と同じだ。あの時は彼女の傍に水清がいて、相談できたが、今は二人の子供がいるだけだ。彼女は繰り返し自分に言った。大したことじゃない。私はまだちゃんとしている。二人の子供もしっかりしている。何水遠一人が居なくなっただけだ。それも、遅かれ早かれ帰ってくる。何日も経たずに、彼は帰ってくると賭けた。私から離れて、あの人どうやって暮らすの？何でお金を稼ぐのよ？　そう自分を鼓舞して、やっと夜明けまでこらえた。

不意に誰かがドアーを叩いた。春草ははっと立ちあがった。考えが変って、何水遠は行かなかったに違いない。

慌ててドアーを開けた。ところが、入り口にいたのは楼兄さんだった。

楼兄さんは春草を見るなり言った。

「君、大丈夫なの？　会社の者が電話を寄こして、妹さんが死にそうだと言うものだから驚いて、きっと君に何かあったと思って、昨日夜行列車でとんで戻ってきたんだよ」

春草の目に涙があふれた。もし二人の子が傍にいなかったら、すぐに楼兄さんの懐に飛び込んでいた。

「楼おじさん、ママ、沢山血を流したの」と元元。

「パパが出て行ったの。私達をほったらかして」と万万

「どうしたんだ？　何水遠が君をぶったのか？　ひょっとして、彼知ってたんじゃ？」

春草は依然として一言も口がきけない。

「さ、話しなさいよ。じらさないで」

楼兄さんは両手で春草の肩を揺らし、春草はようやく大声を上げて泣き出した。火がついたように烈しく泣いた。泣きながら、ここ数日の出来事を洗いざらい話した。話しては泣き、泣いては喚き、喚いては話し、胸いっぱいに溜まったやりきれなさや怒りの感情が、洪水のように小屋を覆った。

一時間はゆうに経っただろうか、春草はようやく落ち着いた。楼兄さんもどうやら安心したようで言

葉つきを変えた。

「大丈夫だ、彼は戻って来るよ。いっとき目がくらんだんだ。外で苦い経験をなめたら自然と帰って来るよ。離婚してるわけじゃなし、君と子供が住んでいる処が彼の家だ。帰らずに済むものか？　泣くのはよしな。お金が無くなったらまた稼げばいい。そんなに泣いたら体が壊れるよ。二人の子供は君だけが頼りなんだ」

楼兄さんのひと言、ひと言が効いた。春草は急に平静になった。そうだ、彼が戻らないなんてありっこない。何と言っても夫婦だし、彼は二人の父親だ。もし金を稼ぎに行ったというんなら、稼いだら戻って来るはずだ。

服の襟で眼をこすり、おびえている子供たちを横目に、楼兄さんに笑いかけた。

「有難う楼兄さん、随分気分が楽になりました」

「泣くのも良いよ。何も大したことではない。大事な事は、君がへこたれない事だ」

（四十八）**中秋**：陰暦八月十五日

第二十七章

五個の粽

——一九九五年、端午(四十九)——

何水遠が家出したあと、春草の、この街での新しい生活が始まった。

彼女は〝春草豆店〟を閉め、店を魚屋のねえさんに譲った。二人の子供を抱えて一人で仕事を続けていくのは実際上無理だったが、それ以上に、〝春草豆店〟の主人がアルバイトの小娘と駆け落ちしたという噂が街中に広がったのだ。他人《ひと》の目も我慢できなかったが、何よりも何水遠が体面が悪くて戻って来にくいだろうと思ったのだ。何水遠は必ず帰って来る。楼兄さんの手助けで民間アパートを借りた。混み合った長屋風アパートで、炊事場と便所は共同だ。とにかく風雨を凌げれば好いというだけの住まいだった。住所を管理人に伝え、何水遠が戻ってきたら、そこに彼女たちを訪ねてくるよう頼んだ。

春草は、こうして三年余り身を入れて生活してきた桂花東通り青果市場を離れた。

楼兄さんは、友人に頼んで春草をその事務所の掃除婦にしてもらった。楼兄さんの友人は、事務所の責任者で、姓は趙と言った。趙主任は、楼兄さんの面子を大事にして、前の掃除人を辞めさせ、春草を採用した。一ヶ月百元の約束で、その上昼飯がつき、会社の人と同じ弁当を受け取る事になっていた。

春草はいたく感激した。楼兄さんは春草を自分の職場に入れる事も出来たが、毎日目の前で忙しく立ち働いている姿を見たくなかった。春草も同じ気持ちだった。比較的遠いけれど、喜んで行った。以前雑貨屋の小母さんがいつも言っていた。お前さん、街に兄さんがいるのなら、どうして兄さんの職場で仕事を見つけて貰わないの？　商売するのはしんどいよって。春草は終に〝職場〟に入ったのだ。街の人と同じように給料をもらえる身となった。何水遠から受けた、憂鬱でどろどろとした気分に一筋の光がさして来た。

〝春草豆店〟を譲った時少しばかりのお金を受け取ったが、どれほどももたなかった。三人が毎日食べねばならない。大事な事は、二人の子供を来年学校に行かせる事だった。春草にとって、それが生き続けていく原動力であったし、最大の人生目標でもあった。その為には、あらゆる苦労も、どんな困難も喜んで受け入れた。

春草は、自分はいつも、スタートラインに戻されて、新しく歩き始めねばならぬ運命にある、と感じていた。だが絶望はしなかった。道が有りさえすれば好かった、たとえその道が険しくても行く事を恐れなかった。山にぶつかれば山を登るし、川に出合えば川を渡る。どうせ自分は歩み続けるほかないのだ。夜が明けるまで歩むのだ。

新しく始まった春草の生活は、依然として骨が折れる労働だった。毎朝早く、夜が明ける前に起きて、ご飯の用意をし、二人の子供を家の中に置いたまま、急いで事務所に行った。通勤は四十分位かかった。昼になると弁当を受け取りに行った。この弁当は春草にとって大変重要だった。弁当を受け取るとすぐに家に持って帰り、温かいうちに二人の子供に食べさせた。弁当にはいつもすこし肉があった。自分はお茶漬けと漬物ですまし、食べ終わると又大急ぎで鍵をかけて会社に戻り、夜会社から戻ると又ご飯の用意であった。毎日このようにして朝から晩まで忙しく走り回って疲れ果てた。幸いにも二人の子供は聞き分けが良く、とりわけ元元は，もう母親を助けて，おかずをつくろったり、茶碗を洗ったり、簡単な家事は手伝った。

春草はコネでほかの人に取って代わったので、その分、人にあら捜しをされないようにした。彼女の仕事は廊下と階段の掃除をした後、事務室毎にお湯を配る事だった。局は全部一階にあった。一本の廊下があって、その両側に階段がある。青果市場の仕事よりも楽だった。真面目な仕事ぶりで、階段の手摺さえきれいに掃除して、長年の塵は一掃された。事務室毎の痰壺も新品のようになった。事務室にお湯を運ぶと、多くの事務室が廊下よりきたないので、自主的に事務室の掃除を始めた。始めは皆遠慮していたが、後には半数の部屋は彼女に掃除してもらった。

いうまでもなく、春草は、仕事に没頭してほかのことには目もくれない、というのではなく、廊下を歩いているどの人が、地位のある人かを、素早く見極めた。その人たち何人かの執務室については、ひそかに時間を使って、その部屋の植物の葉っぱまで一枚一枚ていねいに拭った。彼女を褒めない人はいなかった。局長がまず言った。

「新しい掃除婦は大変優秀だ。目が生き生きしている。少しボーナスを出すがいい」

趙主任はそれを聞いて喜び、すぐに、自分が選んだのですと言った。但しボーナスの額は、局長は五十元と言ったが、二十元しか与えなかった。たかが掃除婦だ、そんなに真に受けることもあるまい。

それでも春草は大変喜んだ。思いがけないお金だ！　しかも局長まで彼女を褒めてくれた。自分が一生懸命仕事をしているのは、どうやら無駄ではない、楼兄さんと趙主任に申し訳が立つと思った。

楼兄さんが電話で状況を聞いてきた。聞くところによると春草の仕事ぶりが大変良いらしいので嬉しいと言った。

「僕の眼に狂いはなかったよ。君が僕を失望させる筈ないとは、分かっていたけどね」

「私には兄さんの顔をつぶすような真似は出来ません」

「そんな心配は要らないよ。僕の方が君に敬服させられることが多いくらいだ」

「笑わせないでよ。私は貧乏で教養もないし、その上あなたに迷惑ばかりかけているわ」

「どうしてどうして、君っていう人はとても粘り強いし、いつも前向きだ」

「私、思うの、人間はいつも上り坂ばかじゃないし、下り坂ばかりでもない。私は今、下り坂を歩いています。歩いてるといつか上りに出会うはずだと思うの。ね、そうでしょう？」

「君って哲学者のようだね」

春草には哲学者が何者か分からなかったが、褒められていると思い、嬉しくなった。

「私、言わなかったっけ。以前陝西省にいたとき、模範従業員になった事があるのよ」

「本当かね。君が政府推奨の模範従業員のさきがけとは思えないね」

春草は大笑いした、長い間このように心から笑った事がなかった。大笑いしている間、何水遠の事はすっかり忘れていた。

春草は、楼兄さんって本当に面白い人だと思った。二人が一緒にいても、彼女を褒めたりはしなかった。愛し合っている時でさえ、一番気分の良い時でも、口をしっかり閉じて、一言もしゃべらなかった。なのに今は電話でこんなにいろいろ話をしている。ちょっと大胆すぎるかしら？春草は声を押さえて楼兄さんをそそのかした。

「いい、楼兄さん、も一度褒めてくれたら、私、すぐに貴方の処に行くわよ？　随分会ってないので、恋しいわ」

楼兄さんは突然話を止め、ちょっと間をおいて言った。

「丁度君に話したいことがあるんだが、この日曜日に、子供二人を連れて、私の家にご飯を食べにおいでよ」

子供を連れて来いと言うのを聞いて、急に彼女への熱がさめたのだと思った。何水遠が出た後、彼の家に二度ほど行き、二度とも睦み合った。その様子では、楼兄さんには他に女の人はいないと思えた。二か月会わないうちに、どうして変わったのだろうか？　奥さんが外国から戻ってきたのか？　それとも新しい女性ができたのだろうか？　どちらにしても、まあいいや、子供たちがご馳走になれる、と思い承諾した。

果たせるかな、楼兄さんの家で食事をした日に、楼兄さんの〝新しい人〟に出会った。

楼兄さんは少しぎこちない様子で紹介した。

「春草、この人お前の義姉《ねえ》さんだ」そして〝義姉さん〟に、「この人我が家の遠縁の従妹だ」と言った。

義姉さんは大変若く、見たところ春草より年下だった。春草はすぐに親しく義姉さんと呼び、少しのためらいもなく、彼女の若さと美貌をほめた。「カレンダーのモデルよりずっと綺麗だわ」「道理で楼兄さんの顔色があんなに好いのね、もともと誰かを可愛がりたいたちなのよ」「義姉さんが家に来たとたん、暖かくなったわ」「一目見て福のある人だね」。とにかく一途に褒めると、義姉さんは顔を真っ赤にして、元元と万万に一人二十元のおひねりをくれた。

楼兄さんの家を出ると、春草の笑顔は消えた。苦しくて泣きたいとさえ思った。楼兄さんはどこからあんな女性を連れて来たのだろう?、痩せ細ってて少しも好くない。それでもこのあと楼兄さんが、彼女の面倒を見るのかしら？　それから彼女は、子供ができたら、春草に面倒見てもらいたいとか何とか言ってたが、私が世話してあげられるかしら？　あんたってうまいこと考えてるよね。私がやりたくっても楼兄さんがやらせてはくれないわよ。楼兄さんは私が彼の職場に行くことすら嫌がったんだもの。でも、見ていると、楼兄さんは奥さんをたいへん気にかけていて、何か話す時は、いつも顔色をうかがっているようだった。どこが良いの？　あんな骨皮筋衛門で、ご飯は一粒一粒食べるし、スープは一匙一匙飲んでる。万万が鼻水を垂らしているのを見て、眉をひそめて、ああ、いやだいやだとつぶやいたわ。あの女《ひと》、鼻水も流さずに大人になったのかしら。食後、一人に一つづつ飴を配ったわ。ただの飴よ、なのにデザートをどうぞだって。勘弁してよ！

春草は、楼兄さんがあんな人と暮らすのは大間違いだと思った、生活していくのにどんなに苦労する事か。残念だがそれは楼兄さん本人が望んだことだ。楼兄さんは、春草に仕えさせるより、あの女に仕える方を選んだのだ。これが自分の運命だ。春草は気が滅入って苦しかった。

天の神様は、春草の気持ちなんかお構いなしに晴れわたっているし、大通りや路地は勝手に賑わっている。悲しんでいるのは自分だけ？　そういうわけにはいかない。彼女は二人の子供を連れてタッタッと歩いた。歩調は大きくて早く、二人の子供は転びそうだった。彼女は、実際大した事ではないじゃないかと考えた。楼兄さんは自分の兄だもの。彼も、何か難しい事があって、来たいときは、いつでも訪ねておいで、と言ったじゃないか。今までに、丁度教育局でもらったあのボーナスのような、予定外の褒美をもし貰えなかったとしたら、自分は悔しい思いをするかしら？　まさか、そんなことはない。

そう思うと幾分気が楽になったが、相変わらず笑顔はなかった。ずっと何日もの間笑顔を見せない。あの日楼兄さんと電話で大笑いして、笑いはみんな前払いしたようだ。それからも、毎日一生懸命仕事をし、掃除に励んだ。

だが、心には傷跡がたくさんあった。

教育局で働いて二か月、春草の評判は局内に伝わった。人は皆、この掃除婦が勤勉で仕事はきちんとする事がわかった。彼女に家政婦をさせれば〝掘り出し物〟だと誰もが思った。この時勢、良い家政婦を探すのは結婚相手を探すより難しかった。局の文書受付室の新聞係りをしている蔡ねえさんが彼女のところにやってきた。

「うちの中学生の娘、宿題が多いの。だけど、私がいつもご飯を食べる時間に帰ってやれず、勉強に影響してるのよ。あなたにうちで晩ご飯を作ってほしいんだけど」

「私、家政婦はやれません。私のところも二人の子供がいて、面倒見なくちゃなりませんから」とにこにこ笑いながら答えた。

春草は、蔡ねえさんのような閑職でも、お金があれば人に晩ご飯を頼めるのだと、不思議に思った。娘の宿題がそんなに大事なのかしら？　自分が子供の時は、先ずご飯の用意をちゃんとしてから、宿題をやったものだ。街の人はポケットにお金があっても、使い道がないようだ。

この日は端午の節句だった。役所には粽と塩卵（アヒルの卵の塩漬け）が配られた。このような時に春草の分がないのは当たり前で、なくても別に何とも思わなかった。だがこの時は、局長の提案で、あの掃除婦の同志にもわけ与えようということになり、趙主任が彼女に五個の卵と五つの粽をくれた。ほかの人の半分だったが春草は嬉しかった。子供たちに節句を過ごさせることが出来るし、晩ご飯も作らないで済む。品物を置いてトイレに行こうと思ったが、置き場が無かった。自分には事務室や休憩室はなかった。仕方なく文書受付の蔡ねえさんの処に置いた。

退勤時、春草は文書受付室に行き品物を取って帰ろうとしたところ、後ろから女性に呼び止められた。

「ちょっと、あなた、誰の物を持って行くの？」

「私の物だけど。さっきここに置いたのよ」

「あんたのだって？　あんたどこから持って来たの？」

春草は不快に思ったが、それでも笑って言った。

「趙主任が私に分けてくれたんですよ」

「まさか、あんた、たかが臨時雇いでしょ。なんで私たちのような国の職員の待遇が受けられるのよ?」

「あなた達とは違って、私はたったの五個ですよ」

「ただの気まぐれで疑ってるんじゃないのよ。ここの事務所で物が無くなったの。あんた帰っちゃ駄目よ。趙主任を呼んで来るわ」

春草はそこに立っていたが、頭ががんがんなった。救いを求めるように受付に座っている蔡ねえさんを見たが、下を向いて新聞を整理していた。あの人、どうしてひと言言ってくれないのだろう? 置く時に挨拶したのに。

春草は粽と塩卵をおいて帰ってしまおうかと思った。しかし彼女にとってこれは重要な品物だ。二人の子供の祝日でもあり、少なくとも親子三人の晩御飯なのだ。その上、もしこのまま帰ったら、いよいよおかしな事にならないだろうか?彼女は、趙主任が万事うまくやってくれて、一切がはっきりすると信じていた。

趙主任が女性の後から胸を張ってやって来た。春草には、救いの神が来たように見えた。趙主任は、それは私がこの人にあげたものだ。軽々しく無実の人を疑っちゃいけない。その品物は返しなさい、とはっきり言うものと思っていた。

ところが意外にも、春草のところに来るとむつかしい顔をして、袋の中身を見せてくれと言った。趙主任は、受け取った袋の中を一通り見たあと、まじめな顔をして粽とあひるの卵を数え、振り返ってこの女性に言った。

「他には何もない。卵と粽も多くない、五個だ。局長がこの人に分けるよう、私に言ったとおりだ」

趙主任の口ぶりは機嫌を取るようで、春草には理解できなかった。彼らはいったい誰の役人なんだ？

その女性はまだしつこく言った。

「本当に他に何もないの？」

「他の物はなかったよ」

趙主任は袋を女性の面前で開けた。女性は見ずに、ふんと鼻を鳴らした。

「この人、私たちに検査させておいて、よくこうも、知らぬ顔していられるわね」

春草が何かを隠していると言っているのだ。春草がいくら愚かでもはっきり分かる。彼女の心臓はスピードを増し、足がふるえた。たかが塩卵や粽がこんなに大事件になり、恥をかかされるとは思いもよらぬことだ。彼女は条件反射のように言った。

「私は他人《ひと》の物なんか持って行っちゃいません。何も持って行ってはいません！　忙しくて便所にも駆け足で行くほどなのに、他人《ひと》の物を持って行く暇などどこにありますか！」

趙主任は面白くなさそうに春草の落ち度を数え立てた。

「君もだ、もらった物を君、置き放しただろう」

趙主任が、女性をたしなめるどころか、逆に春草を叱ったので、我慢できなかった。

「どこに置くの？　私には事務室はありません。便所に置きに行けとでも言うの？」

「やー、君、何を荒れてるんだい？」

「あなた達は私が泥棒扱いされて喜ぶとでも思っているの？　世の中のどこにこんな事がありますか？　私って貧しいけど、志は貧しくないわ。そもそも楼兄さんと知り合ったきっかけは、お金をたくさん貰いたくなかったからだわ。もし私が他人《ひと》の物をむやみに取ったら、雷が落ちるわよ！」

この時蔡ねえさんがようやく口を開いた。

「その袋はこの人のですよ。始めに私の処に置いたのよ。私が見てたから」

趙主任が振り返った。

「君、見ていたの？」

「そうです。あなたたち、そんな風に人を調べるなんて、ちょっと行き過ぎですよ」

趙主任は言い訳じみて言った。

「そうじゃないんだよ、蔡ねえさん。事務所で物がなくなったんだよ。粽なんて小物じゃないんだ。役所には局外の人はいないので、この人をちょっと調べただけだ」

追及を始めた例の女性は、一段とけわしくなった。

「粽がなくなったどころか、私の財布がなくなったのよ！　中には数百元入っているのよ！」

春草は、あっけにとられた。どうして事がだんだん大きくなるんだろう？　何本かの粽から、何百元のお金に発展した！　彼女は少しぼうっとしたが本能的に言った。

「私は何も取っちゃいないわ。信用しないんなら、みんなで私の体を探せばよいわ」

春草は袋を放ると、両手を広げて、武装解除の兵士のような恰好をした。

「どうして僕たちに身体検査が出来るかね？　それは法律違反だよ。ともかく君は帰っちゃ駄目だ。一緒に事務所まで一寸来てくれ」

春草は途方に暮れた。口で言っても彼らは信用しない。身体検査もしようとしない。どうやって自分の潔白を証明したら好いのか？　忌々しい端午の節句だ！　忌々しい粽だ！　彼女は二人の子供を思い出して、焦った。

「子供が二人、家で私の帰りをを待ってるんです」

「すぐに終わるよ。かってに善人に罪をなすりつける事はできないが、悪人を見逃すわけにもいかない。これが原則だ」

春草はどんな原則も理解できなかったが、彼らが自分をいじめていることは分かった。局には行き来する人が多かった。局外から、事務手続きに来る人も多い。物がなくなったらすぐに春草だと決めつけたのは何故だ？　彼女はせかされて、しかたなく趙主任の執務室に行った。趙主任はドアを閉めて言った。

「春草、君は楼さんの紹介で入って来た。私がわざと疑う筈はない。今は局外の人がいないので本当の事を言うよ。さっきのあの女性は局長の奥さんだ。たいそう横暴なのだ。君が誰の物を取っても彼女のは取れないよ。もし本当に取ったんなら僕にそっとくれよ。そうすりゃ何事もないよ。僕がうまく処理する」

春草は本当に気分を壊した。どうしてそんな風に私だと決めつけるんだ？　どうしてそんなに自分を善人とは認めないのか？　彼女ははあはあと喘いで、顔面は蒼白となった。

「私は取っていません！　取っていないと言っているのです！　彼女の財布がどこにあるかも知りません！　あなたは何故私を信じないのですか？！」

趙主任は彼女の様子を見て信じたようだが、眉を顰《ひそ》めて言った。

「君も、廊下を掃除するなら廊下だけすればよいんだよ。事務室なんて掃除するから、面倒の元なんだ！　君が事務室に入らなければ、こんな事にはならなかったよ」

春草は口がきけなかった。趙主任の目には、どうやっても彼女は駄目なんだ。左も右も駄目なのだということが、分かった。

突然、小さい頃伯母が彼女に〝嫦娥冤《どうえん》〟の物語を話してくれた事を思い出した。窦娥が冤罪《えんざい》を受けた六月には、雪が降った！　私がこんな目に遭っているのに、何故天の神様は知らぬふりなの？　みぞおちが滅入り、気が張って痛いほどだった。楼兄さんに電話をして助けに来てもらおうか。しかし彼に面倒をかけるのが心配だ。

この時電話が鳴った。趙主任が、うん、ああ、と暫く応じて、良かったと言う表情を見せたので、さっきの女性だとすぐ分かった。電話を置くと言った。

「いいよ、君行きなさい」

「財布は見つかったのですか？」

「すぐ帰りなさいよ」

「はっきり言って下さい。それじゃ駄目です！」

「何をはっきり言えって？僕は君をどなったわけじゃなし、ぶってもいない。身体検査もしていないよ。何を答えればいいんだ？」

春草は話の腰を折られ、何も話せなかった。逆に胸がつかえて苦しかった。胸の中では怒りが燃えたぎり、どきんどきんと音を立てていた。できることなら、趙主任たちに当たり散らしたかった。だが、二人の子供のことが気になった。きっとお腹を空かしているに違いない。他の事はみな明日にしよう。彼女は急いで家に駆け戻った。

それでも遅かった。

まだ家に着かぬうちに、二人の子供の泣き声や、母さん母さんという叫び声が聞こえた。部屋に駈け入ると、恐ろしい光景が目に入った。元元が火傷を負っていたのだ！　もともと元元は、母親が帰らないといつも弟がお腹がすいたと泣くので、見よう見まねでお湯を沸かして麺を作った。小さいので腰掛けに上って麺を掬い上げた時、不注意で鍋をひっくり返し、沸騰した麺のスープを腕にかぶったのだ！

春草は一瞬あっけにとられたが、元元を背負って病院に突っ走った。万万は、母親の裾を引っ張りながらわあわあ泣いて付いて来た。病院に着くと診察室に飛び込んだ。

医師が緊急処置をしている間、急いで楼兄さんに電話をかけた。困ったときには、彼に活路を求めるしかなかった。お金の問題だけでなく、重要な事は、彼女が侮られたことだ！　彼女は後ろ盾を必要としていた。

楼兄さんが来た。春草が泣いていきさつを話すと、怒ってすぐ趙主任に電話した。趙主任も素早く来た。春草にすまない気持ちがあったようで、来たらすぐ診察料を払った。

「油でなくてまだ好かったね。でなけりゃ、深いやけどになったところだ。子供の皮膚は大変弱いので、こんなやけどにどのくらい耐えられるかな？　これから数日間は、特に注意することだ。感染したら面倒だよ」と医者は言った。

春草はぼんやりとベッドに寝ている元元を見ているうちに、涙がはらはらと流れ落ちた。泣くまい、怒らなくちゃ、趙主任にこわい顔つきを見せなくっちゃ。しかし涙が言う事を聞かず、拭いても拭いても流れ出た。

楼兄さんと趙主任は、隅で暫くひそひそ話をしていた。楼兄さんはきっと趙主任に言っているんだろう。君が彼女をこんな目に合わせたんだと。自分の代理人として、彼に謝らせ、賠償させ、はっきり説明させるだろう。

暫くして趙主任は、彼女になんの挨拶もなしに一人で帰った。楼兄さんが戻ってきた。

「君、安心していいよ。今、趙主任とよく話をしたよ。医療費は彼が出す、その上子供の面倒を見るため一週間の休暇を与える、給料は差し引かない、という事にした。それでいいだろう？」

春草は理解できないで彼を見た。そんな簡単な事？　そんなに軽く事件を終わらせてしまうの？　こんな大それた事件を、どうして一瞬のうちに蟻ほどちっぽけにしてしまうの？

「まだ何かある？　何か要求したいかい？」

楼兄さんは、彼女が黙っているので、数分間思案の末、なだめるように言った。

「終わりにしよう。彼も困っているんだよ。一方では君に済まないと思っていても、一方では上司の機嫌を損ねたくないんだ。君も知っている通り、あの騒動の女性は局長の奥さんだ。主任は局長の部下だ。仕方ないよ。君、許してあげなさいよ」

春草は突然口を開いて言った。

「いやです、私は許しません！　私は彼を訴えます！」

楼兄さんは驚いた。

「彼を訴えるだって？　彼の何を？　どこに？」

この二つの問に春草は口がきけなかった。

「僕も彼の方が間違っているとは思うが、この際良く考えたがいいよ。子供は火傷をしてしまったんだ。訴えてもこの事実は変えられない。気まずくなって、かえって処理しにくくなるよ。君、許すに越したことないよ。彼は今後君の面倒をよく見てくれるよ」

楼兄さんは続けた。

「もう一度言うけど、君、彼の何を訴えるかい？　彼は言ってたけど、君を怒鳴っていないし、手も出していない。君が自分から身体検査をしろと言ったけど、しなかったって。さすがにあの男はやり方に気を付けているよ。何も落ち度をつかむことはできないよ。彼はただ仕事の上で君を残して質問しただけだからね」

春草には、ようやくはっきりした。もともと彼ら二人は同じ穴のムジナだ。趙主任がいくら面倒を見てくれても、兄さんと自分がいかに親しくても、街の人とぶつかるような肝心な時には　楼兄さんは街の人間になって、すぐに相手側に行っちゃうんだ。二人の間には歴然とした溝があった。

春草はみぞおちが痛んだ。自分には頼りになる人がいると思っていたが、実際にはいなかった。自分以外の誰を頼れるだろうか？　彼女はしゃべりたい自分をおさえた。いくつかの言葉が口のあたりまで来て、長い時間留まっていた。まさか局長の奥さん一人が、全ての人の良心を食べてしまったのではあるまいに？　彼女は心の中で怒り、あがき、爆発しそうな言葉を強く抑えた。二人の子供の為だ、元元の火傷を治す為だ。恥をこらえなくてはならない。〝忍辱負重〟（恥を忍んで重責を担う）という言葉は知らなかったが、彼女は一生この言葉自体の意味と同居していた。最後には涙がまたざあざあとあふれ出、口から出かかっていた〝私はやめる〟という言葉が溺れてしまった。

楼兄さんと別れるまで、彼女は一言も発しなかった。

一週間休んで、春草は勤めに出た。幸い、元元の傷はふさがり、かさぶたが出来始めた。感染はしなかったが、後に傷跡が残るかもしれない。もし腕にあんなに大きな傷跡が残ったら、街の女の子のような短い袖の服なんか着れっこない。元元は実際物わかりの好い子供で、春草がいつも心配しているのを見て、春草の腕を揺すりながら、ママ、私は少しも痛くないよ、と言った。元元が黙っていればまだしも、そう言われれば春草は一層辛くなる。痛くないわけがない。やっと六歳だ。　春草は彼女を抱き寄せた。

「ごめんね。今からはママがお前たちにいい暮らしをさせてあげられるよ」

春草の勤勉誠実な後姿が、又局の廊下に現れた。だがこの後姿は以前とは大きく違っていた。笑うことも少なく大変沈んでいて、怒りと悲しみを背負っていた。事務室の掃除はもう二度としなかった。階段と廊下の掃除を終えると、時間が来なくても仕事をしまった。

退勤時文書受付室を通る時、蔡ねえさんが待ちかねたように彼女を呼び止めた。

「子どもさん、その後いかが？」

春草は頷いたが、彼女と話したくなかった。蔡ねえさんは抑えた低い声で言った。

「あの時のこと、局長が知って奥さんを叱りつけたそうよ。もう怒ることないわよ」

春草の気持ちはなごんだが、やはり話をする気にはなれなかった。

「おはいりな、私あなたに話があるの」

春草は手を引かれて受付室に入った。蔡ねえさんは机の下から大きな袋を取り出した。

「これ、あなたにあげようと思って持ってきたの」

春草は火傷でもしたように手を引込めた。

「そんなに固くならないでよ。あなたにあげようと思って。どれも着古した服やシーツなんかよ。お子さんが二人いると聞いてたもので、多分使えるわよ」

春草はそれでも手を引込めていた。

「とりあえず持って帰って、中身を見てみてよ。気に入ったら使えばいいし、気に入らなければ処分しちゃって構わないわ。私、芯からあなたのお役に立ちたいのよ」

ようやく春草は受け取り、お礼を言って帰った。家で開けて見てみると、中には子供用のセーターや、メリヤスの肌着、ズボン、靴、マフラー、さらにはシーツ二枚、どれもそんなに古くはなく、家ではちょうど欲しいものばかりで、蔡ねえさんの誠意が読み取れた。

いろんなことがあって以来、春草の心は初めて、少し温かくなった。

彼女は溜息をついて、二人の子供に言った。

「生きていくには、辛抱が大事だよ」

（四十九）**端午**：五節句の一つ、五月五日。粽（ちまき）を食べて邪気を払う。楚の屈原がべきら（湘江の支流）に入水したのを弔って姉が餅を投じたことから始まるという。

第二十八章　蔡姐さん

―一九九五年、立秋（五十）―

粽《ちまき》事件以来、蔡姐さんは、この役所における春草の良き友人になった。彼女は折につけ春草に何がしかの物を届けてくれ、春草の気持ちは感謝へと変わっていった。

ときどき自分が作った漬物や味噌を、お返しにと上げると、蔡姐さんはいつも、口をきわめて料理を褒めた。

ある日蔡姐さんが春草に、自分の家の仕事を手伝ってくれないかと言った。

「主人は商売していて、いつも家にいないの。私も朝出て夜帰るでしょ、誰か人にいて欲しいのよ。あなた、ここでは百元だから、私も百元出すわ。それも、私の家は半日でいいわ。午前中はお宅で、子供さんの面倒を見てでもいいのよ。どうかしら？　毎日子供さんが鍵かけて閉じこもる必要もなくなるし」

春草は心が動いた。粽事件はずっと彼女に陰を落とし、不愉快だった。もし二人の子供がいなければ、とっくに辞めていただろう。

蔡姐さんは続けた。

「お宅から私の家近いでしょ。毎日苦労して通う必要もなくなるわ。あなた自転車に乗れる？私の古い自転車を上げる。買い物に行くにも何をするにも便利でしょ。どう？」

春草はとうとう承諾し、趙主任のところへ辞めますと言いに行った。趙主任は意外そうに、少し緊張した面持ちで言った。

「どうして辞めるの？　この前のことを、まだ怒ってるんじゃないだろうね？」

「怒ったって仕方ありません。私たちのような人間、腹立ててしまったら何の役にも立たないですよ」

「三ヶ月の試用期間が終ったら給料を上げてやれるよ」

始めからそのことを何故言わなかったんだ、それって、わざと馬を逃がしてから焙るようなもので、後の祭りじゃないか、と春草は思った。

「それ、どのくらい上がるんです？」

「五十元だよ。一か月百五十元だ」

「百五十元って全然少ないわ。前に私、お手伝いさん頼んでいたとき、その子に百五十元渡してたわ。三百元にしてくれるなら辞めません」

「ちょっと言葉が過ぎるんじゃないか、百五十元は、臨時員の給料の最高なんだよ」

「あなたが出来ないことは分かってます。少しばかりの上げ幅じゃ、私、このまま居るわけにはいかないってことです。私って文盲で字は読めないけどお金は数えられるんです」

春草はこれだけのことを言って、すっきりした。

趙主任は彼女の口ぶりを聞いて、もう引き止めなかった。

楼兄さんに電話するのは、気が進まなかった。彼には趙主任が知らせるだろう。そして、給料を上げてやると言ったけどウンと言わなかったと、言うだろう。楼兄さんは、春草の機嫌が直っていないのを知ることになる。これまで楼兄さんが自分にかけてくれた優しい好意と、今度自分が傷つけられたことを、貸し借りなしにしようか。いや、だめだ。その両方は一緒に出来ない。良いことが千あっても、一つ悪ければ台無しなのだ。

春草は趙主任から慰留された次第を蔡姐さんに報告した。

「姐さんと約束してるのに、給料を上げると聞いて心変わりはできないでしょう？」

蔡姐さんは春草の言葉の意味を当然読み取った。

「あなたが私のところへ来たばっかりに、あなたに損させることは出来ないわ。今後いいところがあったらもう一軒探してあげるわね。そしたら二軒分やれるわ」

「蔡姐さん、私あなたがいい人だからお世話になるのよ。ほかのところには多少のことがあっても行くつもりはありません」

そうは言ったが、心の中ではやはり望んでいた。これで蔡姐さんの家で、落ち着いて仕事ができるようになった。いずれにしても、空いた半分の時間はいつでも自分の用事ができるのだ。もう一軒がなくても、以前やってた、塩漬けの野菜を自分で作って売ることも出来る。或いはも一度落花生を売ることだってできる。自分の両手を動かしていさえすれば、お金はついてくると春草は固く信じていた。

蔡姐さんは言った通りお古の自転車をくれた。ぎしぎし鳴るようなぼろ自転車だが、ちゃんと走った。春草はこの自転車に乗って、蔡姐さんと自分の家を往復した。お勤め時代に比べればずっと楽だった。

こうして春草はほんの短い間の〝お勤め生活〟に終わりを告げ、新しい家政婦の仕事を始めた。もしかしたら自分は組織の仕事には不向きに出来ているのかもしれない、と思ったりした。

春草の〝鞍替え〟を一番喜んだのは二人の子供だった。母さんは毎日朝早く出て行く必要はなくなったし、夜も割りあい早く帰ってくる。その上ときどき美味しいものを持ち帰ってくれる。蔡姐さんは、毎日夕飯を食べて帰ったらと言ってくれるが、春草は、子供たちのご飯を作らなくちゃと言って、食事の支度が終わったら急いで蔡家を辞した。時には蔡姐さんはパン二個や肉のお煮しめなどを持たせた。

ところで、蔡姐さんの家で食事をするのが、あまり気がすすまない理由がほかにもあった。それは蔡姐さんの娘艶艶《えんえん》が彼女に不愉快な思いをさせるからだった。その女の子は他人《ひと》に不遠慮で、あれこれけちをつけ、食事の席で小憎らしいことばかりしゃべった。しかもまだ小娘のくせに人を見下し、普段は春草の世話になっておきながら、小母さんの一言もなく、ともすれば〝田舎者〟という言葉を口にした。「うちのクラスの宋莉莉《りり》が今日髪を切ってきてね、それがまるで田舎者なの」だとか、「ママその服着ない方がいいわよ、そんな田舎くさいの」という具合だ。ずっと街で育ったので、年寄りじみて高慢ちきなのだ。

春草が見るに、蔡姐さんもこの娘にはお手あげのようだったが、旦那がいる時だけは、艶艶は少しおとなしかった。学業成績はぱっとせず、蔡姐さんがしょっちゅう叱ると、艶艶も腹を立てた。梅子と同じで、容貌は整っているが中身は空っぽだった。

梅子はしかし勉強は出来なくても気立ては好い。艶艶は逆でひどいものだ。山は青くもなく水も澄んでいない。あるとき艶艶が又試験でしくじった。父兄会から帰ってきた蔡姐さんがひどく叱ったところ、艶艶が口答えした。春草はたまらず口を挟んだ。

「艶艶、一生懸命勉強しなくちゃだめよ。私の弟は勉強するときは毎日夜遅くまでやって、遊んでなんかいなかったわ。お茶碗を持ったまま目は書物の上だったわよ」

艶艶は冷淡な目付きを向けた。蔡姐さんが尋ねた。

「あなたの弟さん大学に受かったの？」

「そうなの。北京の北方工業大学なの」

「驚いた、それって有名大学じゃないの」

「みんなそう言うけど、私には良く分からないのよ。いずれにしても、卒業するとすぐ研究所に配属されて、役所の科研で仕事してるわ」

実は弟の春雨とは、もう二年あまり連絡がとれていない。でも春草にとって彼はずっと誇りだった。

「聞いたでしょ、艶艶。条件の悪い農村の人たちでも、大学に受かっているのよ」

「それって、その人大学に行けなかったら、畑に出るしかなかったんでしょ」

なんと、これが艶艶の答えだった。春草は、私だってお百姓にならなかったわよ、ちゃんと街に出てきましたよ、と言おうと思ったが、面倒くさくて止めた。将来艶艶が食べるのに苦労する身になっても、それはそれで仕方がない。

蔡姐さんは深く感じ入っている様子で言った。

「春草、あなたの家から有名大学卒業生が出るなんてねえ」

春草は少し気分を損ねて言った。

「蔡姐さん、そんなに言うほどじゃありませんよ。まだ姐さんに話してなかったけど、私も昔はお宅のような暮らしを送ってたんですよ。数年前私たち結構なお金を稼いで、八十八年には万元長者になって三階建てのビルを建て、テレビと洗濯機も買ったんです」

「本当?」

蔡姐さんは事の意外さに驚いた。春草は小箱を開け放った。

「私たち、その頃陝西省に出て絹地のお店を開いたの。商売がうまくいったわ。その頃の私たち、風車がくるくる回ってたのね」

「で、その後どうなったの？」

「ああ、主人が経験がないもので、商売で損をして、それに母さんが癌を患って、お金を全部その手術に使ったの。又一文無しに戻っちゃったわ」

春草は誇らしげだった。艶艶は何か思い当たったと見え、独りよがりを口にした。

「田舎者が街に出てきて商売すると、すぐ騙されるのね」

「お前、宿題しておいで」

「艶艶の言うこと、その通りよ、姐さん。私たち村のものはくそ真面目で、騙されてもまだ人のためにお金を数えるんだから」

「それでも私、あなたをとても尊敬するわ。そんな目に遭ってもお母さんに親孝行するんだもの。普通じゃ出来ないことよ。艶艶聞いたかい？」

艶艶はぷいっと出て行った。だが、それ以降艶艶の春草に対する態度に少し変化が見えた。とはいえ、春草は艶艶と関わりあうつもりはなかった。他人《ひと》の態度にけちをつける資格がどこにある。自分はただお金を稼いで、この都市に居続けていられれば、それで好いのだ。だから艶艶が何を言ってもいつもにこにこと応じた。よくそんなに笑っていられるという具合で、頭が悪いのか、言葉の意味が分かっていないかのようだった。

蔡姐さんは始終艶艶を叱った。春草が腹を立てて辞めはしないかと心配なのだ。それほど春草が気に入っていた。春草は家中をきれいに掃除し、時間が来たらきちんと口に合う料理を並べ、しかも蔡姐さんに代わって自分から多くの主婦業務を引き受けた。たとえば長年洗っていないカーテンを外して洗ったり、ソファーや茶卓やテレビなどのいろんな飾りカバーを洗ったりした。漬物の甕が空だと見ると一杯に漬物をつけ、にんにくの新ものが市場に出ると、大瓶一杯にんにくの甘酢付けを作った。丸々半分の仕事を受け持ってくれたので、蔡姐さんの主人でさへ、もし家政婦さんに肩書きをつけたら、春草は間違いなく高い位だね、と言った。

蔡姐さんはほんとにもう一軒、午前中の仕事を探してくれた。それも蔡姐さんの隣の家で、庭のある曹主任のところだった。曹主任も彼女に月百元をくれるという。

「それでいいかしら、二百元の給料で。私ほんとにあなたの役に立ちたいの」

春草はその好意に感謝した。

「私、いつも家の人から、お前は運が好いって言われるの。いつも良くしてくれる人に出会うって」

春草はそう言いながら楼兄さんのことを考えていた。もう何日も会っていない。趙主任のところを辞めてから一度も訪ねていない。楼兄さんの、別の一面を見てしまって、心の中にわだかまりが出来たのだ。だが、時間が経つと、いつも楼兄さんとのいろんな楽しかった場面を思い出し、これではいけないと感じるのだった。新しい奥さんとはその後どうしているんだろう。奥さんのことを考えると少し心が痛んだ。このように切なく、つらい気持ちの中で、汗をかきながら日にちは過ぎていった。

心の中では、楼兄さん、私はあなたを忘れません、とつぶやいていた。

春草はひと月二百元を稼げて、楽しく働いた。夜、ベッドの上で、片手に元元、もう一方に万万を引き寄せて、言った。

「お前たちに言うけど、これから毎月百元づつ貯金できるよ。そしたら一年で千二百元だぞ」

「じゃ、又落花生のお店を持てるの？」と元元。

「いいや、このお金はお前たちが学校へ上がるのに貯めておくんだよ。二人とももう七歳だろう。普通なら今年から学校なんだけど、学費がまだ足りないんで、来年にはママがきっと学校に入れてあげるよ。来年より遅くはさせないからね」

元元は頷いた。

「お前たち、ちゃんと勉強するんだ。たくさん勉強するんだぞ。もう落花生を売らなくても好いようにな。お前たちの叔父さんのように、役所に入って科学の仕事をするんだ」

この話を、春草からもう何べんも聞かされていた元元は、すぐ後を続けた。

「あたしたち学校が終っても街で仕事するんでしょ、田舎にはもう帰らないんだよね」

「そう、そう、ママのように一生苦労することのないようにね。将来はお前と万万が良い暮らしをするように、ママは一生懸命働いているからね」

元元にはよく分からなかったが、ママが言うことはいつも間違っていなかったので、も一度頷いて約束した。万万はもう眠っていた。元元とおない年だが二人を比べると万万はずっと幼稚だった。祖父母の元で育ったためか、世間のことは何も知らなかった。元元が今では春草のたった一人の話し相手で、理解できなくても一生懸命聞いて頷くのだった。

「ママが辞めたのはね、正解だったよ。趙主任のところより給料が多いだけじゃなく、ほかにも余得があるってこと、お前たち知らないだろうね」

返事がないので見ると、元元はもう眠っている。布団をきちんと着せて、話をやめた。

春草が話したかった余得というのは、毎日雇い主二軒分の蔬菜を買うたびに少しばかりのお金が自分の手に残ることだった。彼女は、以前のやり方を踏襲して、市場で野菜を買うとき、安い野菜を少し買い、人が選り分けて放った野菜さえ家に持ち帰って、整理して、翌日夫々の雇い主のところへ持っていき、お金を清算した。蔡姐さんの所では毎日お金を報告し、曹主任の所では毎月百元の買い物用のお金を渡され、多ければ引き少なければ補填する方法をとった。どちらにしても春草は少しばかりのお金を手に入れることが出来た。少なくて数元、多いときで十数元だった。春草はそれがよくないことだとは少しも思わなかった。彼らに野菜を食べてもらえればそれで好いではないか。蔡姐さんに上げる漬物は全部、より分けて捨てられた野菜を漬けたものだが、蔡姐さんはそれを大変喜んでいる。曹主任もとても満足していて、いつも給料以外に何がしかの物をくれるほどだ。例えば役所で分けられた果物や、人から貰ったが食べきれないものなど。曹主任には不要でも、春草にとっては欲しいものばかりだった。ある時は粉ミルクをひと缶、彼女には大変貴重なもので、二人のちびどもの栄養補給にありがたかった。

春草は二人の子供を抱いて、ぐっすり眠った。

以前蔡姐さんが春草に聞いた。

「あなた、一日中夜までこんなに苦労していて、少しも心配そうな顔を見せないけど、どうなの?」

春草に心配事がないなどありえない。心配事はどれも気持ちの上できちんと始末してきた。年が明けるとすぐ子供を学校に行かせなくては、そう思うと春草はやきもきして落着かなかった。蔡姐さんに、街で学校に行かせるのはお金がかかるんでしょう、子供一人でどのくらいかしら、と尋ねた。まして、自分のところは二人居る。二人分は覚悟しているといっても、必要とするお金に比べると、彼女の貯える速度は大変遅い。春草の心配をよく知っている蔡姐さんは言った。

「あなたの頭は、いつもお金という字の周りをぐるぐる回っているのね」

「回っててもしょうがないわね。半日回ってもお札が私をよけて通るわ」

春草は、自分はお札に縁がないと思っていた。お札は、曹主任のような家に駆けこむのだ。あるとき春草が曹主任の部屋を片付けているとき、ふとソファの隙間に札束があるのを見つけた。少なくとも一千元はある。慌てて届けると、曹主任はよく覚えていないようで、何度も何処で見つけたのか尋ねた。お金はどうやら、自分でも分からないところへたどり着くようだ。後になってだんだん分かってきたことだが、彼の元へお金を届ける人が居る。多分その職権を頼りに、何か頼みたい人が、物やお金を届けるのだろう。春草は、この種の人、なんて運が好いんだろうと思った。

でも、春草は羨ましくはなかった。彼は彼、私は私、別々だ。この日曹主任の家で炊事しているとき、曹夫妻が寝室で口論しているのが聞こえた。曹主任は奥さんが怖いので普段はあまりないことだ。だが、この日は曹主任が腹を立てている様子だった。

「もう七十にもなろうという母さんに子供を送らせるなんて。これがお前の母さんでもさせるんかい？」

「変なこと言うわね。なにかい、私のせいだとでも言うのかい？」

喧嘩の元は、曹主任の母親が、朝子供を学校に送っていった時、転んで骨折したのだ。曹主任が、自分の母親が怪我をしたのは奥さんのせいだと言っているのだった。意外にも、奥さんの反撃はもっとひどかった。

「子供を送るのはあんたの役目じゃないか。あんたがやらないから義母《かあ》さんが仕方なく行ったんだよ。義母さんはあんたの代わりに転んだんだ」

夫婦は戸を閉めてしゃべっているけど、家中に聞こえていた。お婆さんは医者で石膏を当てて帰ってきて、別の部屋で横になり、ため息をついた。

「私の不注意で、息子に迷惑掛けるわね」

春草は気の毒で、街の人は教養があるっていうけど、親に対しては冷たいと思った。

暗く意気消沈しているお婆さんを慰めて言った。

「大したことはないですよ。私も骨折したことがありますが、治りましたよ」

「自分のことは心配してないけどね、孫の通学に影響ないか心配してるの。孫は勉強がよくできてね、とっても賢いのよ。クラスで一番なの」

春草はそれを聞いて、ふと思い立ち曹主任を訪ねた。

「曹主任、お婆さんの脚がいけない間、お二人とも忙しいでしょうから、良かったら私が朝、胖胖《ぱんぱん》を送りましょうか」

曹主任の目が輝いた。

「出来るの？　朝七時に家を出るんだけど、君、間に合うかい？」

「何も問題ありません。早く起きるのは平気です。朝六時半には来て、胖胖に朝ご飯を食べさせてから、学校へ送りましょう。自転車がありますから」

「僕たちの面倒も見なくちゃならんし、それは大変だね。給料を月五十元ふやすというのでどうだろう？」

「ええっ、それには及びませんよ。お金のことじゃありません。お忙しそうなのでお手伝いしなきゃと思って」

「それで好いの？君が行ってくれれば大変感謝するよ。お金はきっと増やすから」

春草はにこにこ笑いながら言った。

「おやまあ、五十元増やしてもらっても、二百五十元ですわ」

「人聞きの悪いことを言うね。じゃ、六十元でどう？　しめて二百六十元でいいだろう」

春草はひそかに喜んだ。午後蔡姐さんのところで、言いたくなってそのことを話した。

「あなた、それで疲れないの？　その上朝の仕事をひとりで引き受けて。疲れて体を壊さないよう用心してよ」

「疲れくらいで壊すものですか。一晩眠れば元気が出てくるわ」

「あなた、気をつけてよ。あの子、曹家の命《いのち》だから」

「大丈夫ですよ。私、勉強できる子、大好きです」

言い終わって春草は後悔した。蔡姐さんが気を回すんじゃないかしら。

それからは、春草は暗いうちに家を出なければならなかった。六時に起きて六時半に曹主任の家に着いた。胖胖を送るとすぐ又帰宅して自分の子供たちの面倒を見た。それから九時にまた曹主任のところの買い物をし、洗濯をし、部屋の掃除をし、飯を炊いた。めしが炊けたら家に戻って自分の子供たちの世話をし、昼飯の後もう一度今度は蔡姐さんの買い物をし、掃除をしてからめしを炊いた。

このようにして半月が過ぎた。春草はそれでも音を上げなかったが、例の自転車はもうがたがたで駄目だった。すると曹主任は、あっさり送迎用の小型三輪車を買った。通称老人車といい、それで春草に子供を送らせた。春草はこの三輪車で、時には自分の子供たちを蔡姐さんのところに連れて行き、炊事している間子供たちにはテレビを見せていた。蔡姐さんは少し不服だったが、口には出さなかった。子供たちが毎日家に閉じこめられているのを思うと可哀想で、我慢したのだ。

曹主任一家は春草に大変感謝した。曹主任は、一日中自分のところに来ないかとまで言った。母親の脚が治らなくて、妹のところに行っているので、住み込みでどうだというのだ。そしたら五十元増やすという。春草は思った。曹主任の家の仕事だけすれば、五十元増えてようやく二百十元だ。今両家で二百六十元じゃないか。仕事が増えて給料が減るのじゃ駄目だ。曹主任はお金があるんだから、三百元くれれば、心おきなく行けるのに！

春草は答えず、曹主任の提案を蔡姐さんに伝えた。蔡姐さんはよい顔をしなかった。

「私が苦労してあなたを紹介してあげたのに、曹主任ときたら、河を渡ったら橋を壊すようなことをするのね」

「そうなんです。私、少々給料くれたって、蔡姐さんのところを辞めはしませんよ。私って義理堅いんです」

「といって、あなた、ほんとのところ、私よりあちらの方が気に入ってるんじゃないの」

「そんなことありませんよ。本当は六十元のためにあんなに早く出たくはないんです。あちらの子、とっても太っていて、三輪車のタイヤがへしゃげちゃうの。毎日お腹がすいて力が出なくて大変なの。でも私、すげなく断るのは悪いと思って。あそこも問題抱えてるものだからねえ」

「そうは言っても、あなた見てると、やはりそのお金が欲しそうだわ」

蔡姐さんはまともに受けなかった。

「私、六十元のためにあんなことはやりません。学校に行ける子を見ていると、弟のことや、自分が小さい頃勉強したくてたまらなかったことを思い出すの。今、毎日校門の入口に立つと、とても心が弾むの。もう少しすれば、私の子供二人も学校に上がる、そう思うとファイトが沸いてくるのよ」

蔡姐さんは彼女をちょっと見たが、何も言わなかった。

（五十）**立秋**：二十四節気の一つ、八月八日頃、暦の上で秋の始まる日

第二十九章　過労　―一九九六年、処暑（五十二）―

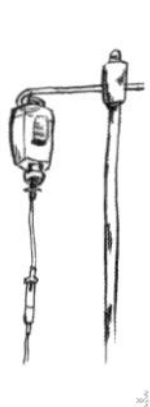

春草が疲れていないわけがない。昼間は忙しくて感じる暇もなかったが、夜家に帰り、ベッドに寄りかかったらもう起き上がれない。だから我慢して子供たちを先に寝かせ、今日中の仕事をすませ、それからばたんとベットに倒れこんだ。全身がばらばらになったようで、ベッドで動けなくなり、時どき、明日の朝起きられるだろうか、と思うことがあった。でも、目覚まし時計が鳴ると、ごろりと這い起きる。

年の瀬も春草は休めなかった。実家に帰りたくないわけではない。むしろ帰りたかった。何水遠が家出して以後特に里心がついた。寂しくてたまらない。だが何水遠の家出で面目を失って、帰る事が出来なくなった。旦那が女と駆け落ちしたなんて、話にもならない。他の人、例えば蔡姐さんや曹主任の処ではいつも、夫は外に働きに出ていると言った。

冬は辛抱の中で終わった。春も耐え忍んで終わりそうだ。

何水遠が出て一年余りとなった。だが心の中ではきっと戻って来ると思っていた。楼兄さんも言ったじゃないか、二人は別れたわけではない。家に戻らなくてどこに行く？　河水はまた遠くまで流れていったが、いつもスタートは自分の所だ。だから、春節に子供達に新しい服を買った時、何水遠にも一着買った。その上水清に、何水遠名義でお金を送った。自分たち一家がばらばらではなく、以前のままである事を示したかったのだ。水清の返事には兄さん義姉《ねえ》さん二人の宛名があり、何水遠が家出した事は知らないようだ。水亮がまもなく大学入試で、結果が分かればすぐ伝えます、と書いて、二人を安心させようとしていた。

水清の手紙は蔡姐さんが読んでくれた。手紙を読みながら、蔡姐さんはまた尋ねた。

「あなたのご主人、どうしてこんなに長くあなたたちをほってるの？」

「遠いんですよ、旅費が惜しいの」

五月一日のメーデーの日、蔡姐さんは、客を招くので手伝ってほしいと春草に頼んだ。客は皆主人が農村へ下放(五十二)された時の知り合いで仲が良かった。食事のあとは麻雀だという。春草はこの祭日を利用してゆっくり休もうと思っていた。

「あなたが居なければ、私、客を呼ぶ勇気がないの。お休みを駄目にする分私が償うわ」

「あら、蔡姐さん、あなたのお手伝いをするの、あたりまえでしょ。どうせ暇なんです」

お客のもてなしに、春草は骨身を惜しまなかった。朝早くから、忙しく立ち働いた。惣菜を買い、食材を洗い、鶏を絞め、魚を捌き、肉を切る。すべて一人でやった。夜までずうっと忙しく、食べ終わって山と積まれたお椀や箸も、一人で洗った。二人の子供も連れて来て、艶艶の部屋でテレビを見せた。子供たちは聞き分けが良く、キャンデーを手にしてテレビの前に座ると、そのまま動かなかった。客の中には、食事をしながら、彼女をほめる人もいた。

「あの人、料理がうまいね。悪くないよ。動作もてきぱきしてるね」

蔡姐さんは嬉しくて、客の言葉に乗じ大いに褒めた。

「一人で二人の子を育てながら、二軒の家政婦をちゃんとやってるの。大変だけど」

「そんな人滅多にいないね。僕も一人欲しいんだけど、いい人がいないんだ。僕の会社で夜食を作る人が足りなくてね、今時臨時員は沢山いるが、真面目な人は少ないんだ」

客の一人がそう言うと、みんなも相槌をうった。

「私、続けて三人雇ったけれど、皆駄目だったわ。一人は料理が下手だし、一人は動作がのろくて、仕事しながらテレビを見るのよ。一人はもっとひどくて、手癖が悪いの。今いる子は、仕事はいい加減だけど、まだましと思って我慢してるの」

春草は話をちゃんと耳にとめた。客たちが麻雀をしている間、お茶をいれたり何かして、彼らのおしゃべりを聞き、素早くお客の身分をつかんだ。夜食を作る人が欲しいと言う男性は家電会社の社長だ。何人か雇ったけど皆駄目だったと言っている女性は、小学校の校長だった。彼女は智恵を働かせ、客人たちがお互いに電話番号を交換したとき、その社長と校長の電話番号を注意して頭に刻んだ。女の校長は林《りん》で、社長は丁《てい》だった。

月曜日蔡姐さんの家に行き食事の用意をした時、春草は先ず林校長に電話を掛けた。

「林校長、私春草といいます」

「あなたどなた？　学生の父兄？」

「今はまだですが、そのうちになります。私、蔡姐さんのところの春草です。お忘れになりましたか？　昨日私が作った料理がおいしいと言ってくれました」

「ああ、あの時の方ね。私に何か用？」

「先生がお宅に人を頼みたいと言われているの、聞きましたが、私ではどうですか？」

「勿論あなたは素晴らしいですよ。だけど私のところ、今もう人がいますのでね」

「先生、彼女に満足していないとおっしゃったでしょ？　お仕事が大変お忙しいのに意に沿わない人が家事をするのは困ったものでしょう。私だったら真面目にやります。私、ほかに能力はありませんけど、真面目だけが取り柄です。信じられないなら蔡姐さんにお聞きになって」

「それは信じていますよ。しかし今いる人を辞めさせる理由は何もないのよ。一ヶ月の試用期間も約束して、やっと何日か働いただけなの」

「そうですか？　試用期間はいつ終わるんですか？」

「まだ半月あるわ」

「分かりました。それじゃ二十日すぎたら又電話します。もしその時、やはりその女《ひと》をお気にめさないようだったら、私、すぐに行きますが如何でしょう？」

「その時になったら、また相談しましょう」

春草はこちらの話が終わると、直ちにあちらに電話した。電話がつながると単刀直入に言った。

「丁社長、私、あなたの会社に夜食作りに行きたいんですが、如何でしょう？」

「願ってもないことだけど、あんたは蔡姐さんの処じゃないの？」

「あちらの仕事には影響ありません。あなたの所は夜食でしょ、姐さんの所は夕飯です。姐さんところの夕飯を作り終えてそちらへ伺うと、丁度良いのですよ」

「あんた、昼に作って夜まで作るの、大丈夫なの？」

「大丈夫ですよ。私は夜はひまで退屈してるんです」

「ちょっと考えてみるよ」

「わかりました。暫くお待ちして、又お聞きします」

三十分後春草は又丁社長に電話した。

「社長、お考えはいかがでしょうか？」

丁社長は少し不愉快そうに言った。

「あんたってどうしてそんなにせかすんだい？　いくらも時間が経っていないじゃないか？」

「あなたのような大社長なら、こんな事は数分考えれば好いのかと思いましたよ」

「どんなに小さくても、みんなと相談しないわけにはいかないのだよ」

「あ、私分かりませんでした。ごめんなさい。も一度待ちます。よろしくお願いします」

また三十分後、春草は再び電話した。

「ご相談の結果、どうなりました、丁社長？」

今度は、丁社長はあきらかに不愉快だった。

「あんた、そんなに仕事が欲しいのか？　僕が仕事中あんたの事ばかり考えてるとでも思ってるのかい？」

春草は慌てて言った。

「すみません、ご迷惑おかけしました。私は仕方無かったのです、ここを離れると電話が出来なくなるのです。駄目かどうかだけでも知りたかったもので。あなたがもし、駄目とおっしゃるなら、私はもう電話はしません」

丁社長は答えなかったが、やはり少し不愉快そうな気配だ。

「私を雇って後悔されることはありませんよ。保証します。ほんとうです。きっと一生懸命働きますよ。私は昔会社で仕事をしてた時、模範従業員にもなった事があります。苦労には慣れています」

「まあ、よかろう。あんた、明日来なさい」

ついに丁社長はそう言った。春草は大喜びで、つづけざまに「有難う、有難うございます」と言い。最後に「一ヶ月いくらですか？」と聞くのを忘れなかった。

「うちの今までの基準通り、百八十元だ」

春草は素早く頭の中で算盤をはじいた。四百四十元稼げることになる。電話を置いてふり向くと、もう少しで蔡姐さんにぶつかるところだった。

「あら、もう帰ってきたのですか、蔡姐さん？」

どもり気味に言う春草を、蔡姐さんは怪訝《けげん》そうに見た。

「あなた、電話していたの？　誰に？」

春草は蔡姐さんに事の次第を説明するほかなかった。蔡姐さんは、少し驚いた。春草が、何のことわりもなく、自分の関係を利用したこと、その上黙って電話を使ったのも少し不愉快だった。だが我慢して口に出さなかった。

春草は気付かない振りをして、急いで台所に行きご飯の用意をした。しながら大声で蔡姐さんに話しかけた。

「私って運が良いわ。菩薩のようなあなたに会えたんだもの。あの日階下で、ある家政婦に会ったんだけど、ついてない人だったわ。その人の雇い主がケチで、あら捜しばかりするんですって。私、その人に、うちの姐さんがどんなに私を助けてくれるか、どんなに好くしてくれるかを話したの。その人、信じられなくて、私がでたらめ言ってるんじゃないかって。で、私、でたらめ話であなたを騙してる暇なんてないわよって、言ったの。私、貴人に助けてもらう運があるのね」

蔡姐さんはとうとう話にはいり、不機嫌そうに言った。

「あなたには一体どのくらい才能があるの？　あなたと比べられる人が居るのかしら？」

「私のどこに才能がある？　両手以外は何もありませんよ」

「そのほかに口があるじゃない。一番話上手な口がね」

「話上手じゃありませんよ。私の話はどれももち米で正月の餅を作るようなもので、ありのままを言ってるだけですよ」

「ほら、それでも話下手だと言うの。死人だってあんたの味方になりそうね」

「私の口が誰に似たのか、知らないけど、多分母に似たのよ。母は婦人部の主任だった事があるの」

二つの風刺話の後、蔡姐さんの顔色もだんだん穏やかになった。

春草の生活は又新しい内容が増えた。新しい生活が始まったとも云える。今の生活は、以前の炒り豆屋の時より厳しく、気も使うけれど、どんな状況でもうまくやりこなした。

毎朝六時に起きて先ず絆絆を学校に送り、その後大急ぎで家に戻り、二人の子供を起こしてご飯を食べさせ、自分は再び家を出て、曹主任の買い物をしてご飯を作り、昼には急いで戻って自分の家のご飯を作った。夜二人の子供が食べるのも一緒に、多めに作った。

夜食を作る仕事が出来たので、もう二人の子供をつれて外出するわけにはいかなくなったのだ。午後蔡姐さんの所の買い物とご飯をつくりに行き、それが終わると直接会社に行き夜食を作るのだった。子供二人は、家で、昼余ったものを自分たちで食べた。会社で夜食を作り終わるのが七時半で、一日外の仕事をした修理工が八時ごろ戻って来る。春草は彼らと一緒に晩御飯を食べて、家に帰った。

毎日、朝早くから夜遅くまで、四つのカマドに囲まれていて、自分の家のを入れると、毎日五食を作らねばならなかった。唯一休息できるのは日曜日だった。けれど、丁社長に応える為に、自分から提案して、毎日曜日丁社長の家の清掃をする事にした。お金は要りませんと言った。ところが一回やったところ、丁社長の家族はとてつもなく満足した。書斎が清潔で明るくなっただけでなく、台所の換気扇やかまどの上や古くて黒ずんだ鍋に至るまで、磨き上げられて新品のようにぴかぴかになったのだ。丁社長の奥さんは、お金を渡さないなんてありえない、と、無理やり二十元を渡そうとした。が、春草は受け取ろうとしなかった。お金貰うのなら、もうやりません、という。丁社長はそこで職権を使って、春草の給料を毎月五十元増やした。

全部加えると、春草の稼ぎは一ヶ月四百九十元になった。

蔡姐さんはそれを知ると言った。

「春草、あなた本当に素晴らしいね。もう私に追いついたわ」

「冗談言わないで。私が一生働いてもあなたには追いつけません」

「ねえ、あなた一日中機械のように働いて、疲れもいとわず、私本当に敬服するわ」

「塩魚が食べたいときに、喉が渇くのは嫌だと思う？　疲れることだって、承知の上よ！」

春草がどうして疲れないでいられるか？　いつも疲れているので、一向に感ぜず、疲れないってどんなことか分からなくなっていた。全身の筋肉や骨に硬いしこりができても、どんな苦労も悩みも、彼女は何も知らなかった。只知っているのは働くことだけだ。だが、林校長のお宅の件は、しっかりと頭の中にあった。それは、二人の子供の進学に関係する問題だったからだ。

六月初め、春草は又電話した。今度は、林校長の方が熱心だった。

「春草さん、私、蔡姐さんの処にあなたを訪ねようと思っていたところなの。前の人、辞めさせちゃったわ。全然だめなの。今、私忙しくてたまらないので、好い手助けが欲しいのよ。あなた、来てくれる？」

「いいですよ。明日にでも行きましょう。午前中ですが、いいですか？」

こちらの話を決めると、春草はすぐ曹主任の方を辞めた。午前中に二つの家の食事の世話はできなかった。曹主任には、とても暑くて、身体が持たないと言った。曹主任はあわてて、子供が期末試験なので、人がいないと困る、手間賃を増やすからどうしても、と頼んだ。

「是非にと言うんでしたら、朝の送りだけ何とか続けましょう。手間賃増やす必要はありません。ただ、お昼は勘弁してくださいな」

曹主任はやむをえず同意した。

春草はとうとう林校長の家で働くようになった。ここが一番のお目当てだった。

林校長も高校生の男の子と市政府で働く夫の一家三人で、申し分ない家族だった。春草が想像している校長の家族はこのようであるべきだった。林校長の家で仕事するにあたって、彼女はどこでするより気を配った。林校長は彼女のことを、今まで出会った中で、一番すぐれた家事従業員だと言った。ほら、林校長って人は〝家政婦〟とは言わない、教養のある人は違うわ。

「先生は私が出会った一番素晴らしい女の人です。女性で校長先生になって、あんなに多くの人を従えているんですもの。本当にすごいわ」

「あなたってお話が上手ね。どのくらい勉強したの?」

春草は急に表情が暗くなった。心の傷のかさぶたがちょっと剥がされ、少し痛んだ。

「私、文盲です」

笑って言うと、林校長は驚いて声がなかった。

「私、一学期勉強しただけです。家が貧しくて学校に行けませんでした」

「あなたってとても賢そうだわ。もし学校に行ってたら、きっと良く出来たでしょうね」

「私、一学期だけですけど、試験で一番になったので賞状がありますし」

林校長は男の子を振り返った。

「聞いたかい、誰でも学校へ行けるとは限らないんだよ。ありがたく思わなくっちゃ」

男の子は聞いているのかいないのか、取り合わなかった。

気候が暑くなるほど体力の消耗は大きかった。家に帰るといつも体中びっしょりだった。服は背中に貼りつき、壁に寄り掛かると汗の跡がついた。短時間で汗が彼女の体を浸し、もう少しで塩漬けになるほどだった。彼らの小さい住まいは、さながら蒸籠《せいろう》のようだった。朝出かける時、まず古いシーツを西側の戸にかぶせた。こうすれば少しは涼しくなった。二人の子供は体中にあせもが出来ていたが、彼らにかまけてはいられなかった。二人にはいつも「立秋になれば良くなるよ。辛抱辛抱。立秋になればすぐ涼しくなるからね」と言っていた
ところが、春草本人が立秋まで辛抱できなかった。この日の昼、林校長の家を出た途端、目の前が突然真っ暗になり、地面に倒れてしまった。

目を覚ました時は病院に臥せっていた。林校長の隣の人が彼女を運び込んだのだ。医者は暑気あたりだと言った。這い起きて帰ろうとすると、医者は、顔色が蝋のように黄色だ。恐らく貧血がひどいのだろうと言った。林校長も駆け付けてきて、検査をするよう勧めた。

「あなたいつも腰が痛いと言ってるじゃないの。貧血だけじゃないかもしれないよ」

「私、病気なんかしておれません。何でもないです。疲れただけですよ」

「あなたって、どうして人の言う事を聞かないの？　血液検査にどれほどのお金がかかるって言うの？　あなたが倒れたら二人の子供は誰を頼ればいいい？」

春草はしぶしぶ血液検査と尿検査をやった。結果は、林校長の言う通り、ひどい貧血だった。尿検査の赤血球ははっきりと目で分かるほどだ。その意味するところは、彼女は血尿で、ひどい状況だと言う。

「私の尿は赤くありません」

「ほんとに真っ赤だったら、只ではすまないよ」

医者は、すぐ入院させようとしたが、彼女は堅く断った。

「子供が二人いるので、入院できません。注射を打って下さい」

医者は仕方がないので、とりあえず三日間点滴することにした。

林校長は彼女が憔悴して横たわっている様子を見て、しみじみと言った。

「ね、春草、あなたあんなに死に物狂いで働いて、本当に命知らずね」

「林校長、私が命がけで働かないと、子供たちは学校へ行けないんです。私、必ず二人の子供を街の学校に上げるんです」

「子供さんの学校のこと、私、お役にたってあげますよ。あなたって良いお母さんね」

林校長が感動して言うのを聞いて、春草は病気になった甲斐があったと思った。

毎日午後ベッドに横になって点滴を打つのは、春草の大きな楽しみとなった。こんな真昼間に横になるなんて、骨折した時以外にはなかったことだ。骨折の時は、どこにでも這って動くことができたが、今は手に注射針が刺さっているので、少しも動けなかった。いっその事ゆっくり眠ろうと、二三時間一休みしたのが、彼女にとっては大きな効用となった。続けて三日眠り、というか、続けて三日点滴をすると、驚くほどの効き目があり、再度の尿検査では、赤血球が見て分かるほどの状況から、十個にまで減少していた。腰もそんなに痛くなくなったし、熱も下がった。肝腎なのはまだ体力があることだった。

医者は、もう何日か注射をして、少なくとも赤血球を五個以下に減らしたいと言ったが、春草は承知しなかった。毎日二十元、一日注射すれば一日の働き分がふいになる。医者は仕方なく、よく休息するようにと言い聞かせて、家に帰した。

「この病気は、疲れ過ぎてはだめですよ。それから栄養に注意してください。あなたの体はとっくに支出超過だよ」

支出超過の意味が分からなかったが、病気が疲れから来ているものだということは良く分かった。思い起こすと母親もいつも腰が痛いと言っていた。母親も可哀相だ。母親に手術させた事は良かったと喜んだ。病院を出る時、仕事を一か所減らさなくてはならないと思った。誰を減らそうか？　林校長は最も重要な家だ、丁社長はお金が多いので減らせない。だとしたら、むつかしいが蔡姐さんの処を減らすしかないか。蔡姐さんは自分にはずっと良くしてくれたが、やはりそうしようと決めた。彼女の原則は只一つ、お金だった。そして目的は只一つ、それは子供が学校へ行く事だった。

朝彼女はいつものとおり曹主任の子供を送り、お昼もいつもどおり林校長宅でご飯を作り、午後は点滴に行った。点滴が終わると、夜はいつもの通り丁社長の会社の夜食を作った。したがって彼女が蔡姐さんに、姐さんところのご飯を作れなくなった、と言い出した時、蔡姐さんにはそんなに意外ではなかった。

「これからの生活は大丈夫？　二人の子供さんはどうするの？」そして、「何か難しい事があったら、いつでも訪ねていらっしゃいな」

蔡姐さんの優しい言葉に、春草は恥じいり、姐さんの家を出ると、悲しかった。

でも、他にどうすれば良い？　そんなことは、言っていられないじゃないか。

（五十一）**処暑**：二十四節気の一つ、八月二十三日頃。暑さが落ち着く時期の意。
（五十二）**下放**：幹部を農村などに下して一定期間鍛錬させること

第三十章　子供の入学

——一九九六年、白露（五十三）——

春草にとって一九九六年の九月一日という日は、自分が結婚した時よりも楽しい一日だった。ついに二人の子供が入学した日だ。一年遅れはしたが、願望が実現した。

当然ながら林校長の学校に入学した。地域外に入学する場合に納めなければならない費用を、林校長は職権で免除してくれた。それは相当な額だった。春草は感激すると同時に、林校長のためなら一生食事を作って上げたいほどだった。大恩に礼を言わない、というのは何水遠にならった言葉だが、彼女は精いっぱい林校長のために仕事をした。それでもなお、報いるすべがないという気持ちだった。

九月一日の朝、春草はおそらく、全世界で一番早く目が覚めた。一時に目が覚め、時計を見て横になり、二時に又目が覚め又横になった。その後も一時間ごとに目覚め、六時にはもう寝てはおれず、起き出して茶漬けをこしらえた。それから自分の一番好い服に着替えた。やはり、その年蔡姐さんの家で仕事をしていたときに、蔡姐さんがお古だと言ってくれたもので、ほとんど新品だった。七時になる前にはちびどもを起こし、人前に出しても恥ずかしくないよう、準備をしていた服を着せ、背中には、今年の子供の日に楼兄さんから貰ったランドセルを持たせた。

母子《おやこ》三人が歩いて学校に着くと、校門の入口は大変な熱気で、横書きの掲示があった——新入生の皆さんようこそ！

その下では、春草同様の父兄たちが、子供の手を引いて待っていた。違うのは、ほとんどは一人の子供の手を二人の父兄が引いていることだ。左手をパパ、右手をママが握っている。ところが春草は、一人で二人の子供の手を引いていた。左手に万万。右手に元元。

みんな中に入らずに校門で待っている。不思議に思っていると、近くの人が、勝手に入っちゃ駄目なんだと言ってるのが聞こえた。何か儀式があるらしい。儀式って何だろう、どうやら田舎のやり方とは違うようだ。春草が入学した時は、直接教室に入ったし、どだい校門なんてなかった。

春草はどきどきして、子供を握る手に知らず知らず力が入り、元元は痛がった。

「ママ、先生、今日あたしにお話させてくれるかしら?」

「くれないわよ」

「もしお話するんだったら、小鳥のお話をしたいけど、どう?」

「お前、ちゃんと覚えてるんかい?」

「うん」

応募の日、先生が聞いた。

「お二人のお子さんたち、何か特長がありますか?」

春草には特長の意味がよく分からなかったが、推測して答えた。

「二人とも普通の大きさです」

「特長というのは才能の意味ですよ。歌が歌えます、踊りが出来ます、バイオリンやピアノが弾けます或いは囲碁を打ったり絵を描いたりします。例えばそんなことです」

春草は、子供が勉強も習わぬうちにそんなことがやれるなんて、考えもしなかったので、きまり悪そうに首を振った。と、元元がすぐに抗議の声を上げた。

「あたし、あります」

先生がびっくりして、顔を向けた。

「物語を話せます！」

「よし、いいぞ。物語を話せるのは好いことだ。今度お友達みんなに聞かせてね」

「はい！」

学校の大運動場に高学年の生徒たちが集合しており、林校長が台に上がって話をしていた。少しして生徒たちが太鼓を叩きラッパを吹いて校門の方へやって来た。その楽隊の音は素晴らしく、村の冠婚葬祭のときに繰り出す音色とは全然違っていた。人の心にしみとおる力があった。何水遠がもし居たら、きっと四文字の連発だろう。元気溌剌とか鼓笛震天とか、生々発展とか、はたまた天気晴朗、万象壮観……。

林校長が最前列に出て、生徒たちは校門に達し、楽隊は止まった。林校長が立ち、この上もなく穏やかな声で言った。

「ご父兄の皆さん、新入生の皆さん、ようこそ。只今私たちは、新光路小学校の先生たち、生徒たち、みんなを代表して、私たちの学校に入学される皆さんを、お迎えします！　今日から皆さんは、我々新光路小学校の生徒であります！」

鼓笛がまた鳴り始め、生徒たちがそれに合わせて新入生の群れにはいりこみ、父兄の手から新入生を受け取り、そして校舎の方に導いていった。春草は全身の毛が立った。これこそが入学式だ。人を興奮させるこの熱気だ！　彼女の傍にいた二人の子供は、それぞれ生徒に手を引かれて向こうへ行く。元元が振り返ってにこにこして手を振った。万万は少し緊張気味に、小さい脚でおぼつかない足取りだ。

春草は立っていて涙がすっと流れた。自分が校門の中へ連れて行ってもらっている気持ちだ。と、突然手をラッパのように口に当てて大声で叫んだ。

「元元、万万、ようく勉強するんだよう！　きっと、約束だよう！」

父兄たちはびっくりしたが、彼女を笑う者は居ず、手を叩く人も居た。あっという間に校門の傍は父兄だけとなり、暫くすると父兄たちも散っていった。

春草一人になった。九月の陽光が、労働で幾分かがんだ彼女の背中や乾いて水気のない顔を照らした。同じように乾燥した髪にも陽が当たり、かさかさした髪が急に光沢を帯び、何本か目立つ白髪もかすかに銀色に輝いた。彼女にはよそ行きの洋服やコートも、彼女の全身の疲労や心労を隠すことは出来ない。だが彼女の中には、誰にも分からない大きな喜びが満ち溢れていた。

幸福ってなんだろう。今のこれがそうなんだ。

春草の生活は、この時から楽しみ多きものとなった。厳しい仕事があっても、楽しみの方が多かった。もう、苦労ばかりしている女ではない。同時に、楽しく満ち足りた母親なのだ。毎晩疲れて帰宅すると、大きな声で言った。

「元元、万万、ママにご本を読んでちょうだい！」

元元は明るい声で歌を読んだ。

「こんにちは、春の花、黄色い花が咲きました、花が開いてラッパだよ、トテトテタ　トテトテタ、春が来た！」

万万はいたずらで、彼女の背中に学校で習った数学体操をした。

「1タス1ハ2デスヨ、2タス1ハ3デスヨ、3タス1ハ4デスヨ……」

一つの算式ごとに一つの動作をするのだ。また、ジャンケンや少林拳の真似をして春草を大笑いさせた。何を食べても何を飲んでも栄養になるようだった。

万万が手まねをしているとき、元元が言った。

「ママ、あたし肩たたきしてあげよう」

「しなくていいよ、それより勉強しなさい」

「あたし、本読みながら肩叩く」

春草が、するに任せていると、元元は肩たたきをしながら言った。

「今日あたしたち、教室のお掃除したけど、とっても疲れたわ。ママは毎日、何軒も掃除しなくちゃいけないんでしょ、死んじゃうよ」

春草は、聞きながら涙が出そうになった。

「物分りの良い子だね。母さん疲れてないよ。お前たち二人がちゃんと勉強してたら、ちっとも疲れはしないよ」

春草は、勉強するって良いことだ。子供がお利口になると思った。

ただ、彼女の経済的な負担はぐんと増えた。林校長の配慮で入学の費用を少なくしてもらったといっても、どうしても減らせないものもある。子供それぞれの授業料、教科書代、学級費、健康診断の費用、それにクラスの管理費、制服代、昼食の豆乳代などは減らせなかった。クラス管理費と豆乳代を払うかどうかは、各人の自由だと学校当局は言うが、払わないことで自分の子供が劣等感を持つようなことは、したくなかった。そんなこんなで、この一年余りに貯金したお金を、一学期の間に全部つかってしまった。どうしても、もっと稼がないと、子供を学校にやることが出来ない。春草への圧力はきわめて具体的で、毎夜床についても、夢の中にはいつも、仕事がないかと尋ねている自分の姿があった。あるとき、給料がとても高い仕事にありつき、なんと、校門に立って、子供たちが登校するのを見ている夢を見た。覚めてから春草は、白日夢を夜中に見たと苦笑いした。

元元と万万が小学校に入学した一方、曹主任の息子は中学校に進学したので、春草が送る必要がなくなった。春草はもともと蔡姐さんには済まぬことをしたという思いがあり、曹家の隣の蔡姐さんと顔を合わせるのを避けていた。だから、曹主任の言葉の意味するところを察して、すぐそちらを辞め、その足で蔡姐さんに、今姐さんのところの仕事がやれるようになりました、と電話した。が、蔡姐さんは無愛想に、もうほかの人に頼んだから、と断った。姐さんの不機嫌な様子から、あの時蔡一家の仕事をやめにした理由をきっと知っているのだと思った。蔡姐さんのところは諦めるしかない。

二軒だけでは、春草はやっていけない。三、四百元では足りないのだ。現在は、午前中は林校長宅で、夜は丁社長の会社なので、午後は手が空いている。手が空いたままにしておくのはもったいない。お金を捨てているようなものだ。

春草は、試しに楼兄さんに電話をかけた。

この二年間、楼兄さんとはずっと連絡を保っている。新しい奥さんとはそりが合わぬが、端午や中秋の時季には、やはり二人の子供を連れて、兄さん宅に行った。

自分が作った粽や塩漬け卵や、時には実家から送って来たと言って、気前よく田舎の地鶏を買って持参した。楼兄さんのところは可愛いちびちゃんがもう生まれていて、自分の母親を村から呼んで子供の世話をしてもらっていた。春草は行って、真っ先に可愛いベビーのお世辞を言うと、奥さんの顔はその度にぱっと明るくなった。それから、やおら楼兄さんと話をした。

楼兄さんは、彼女に会うのが嬉しくて、まるでほんとの兄妹そのものだった。奥さんは、そう熱心にという訳ではないが、いつもご飯を食べていくよう勧め、帰りぎわには何がしかのお金を持たせた。

しかし、春草の目的はお金ではなかった。一つには、楼兄さんのことが気になって、彼に会うと心が落着くのだった。二つ目は子供のためだった。子供たちに、街にも親戚が居るのだと教えてやりたかった。二人の子供には、楼兄さんを伯父さん、奥さんのことを伯母さんと呼ばせた。三つ目も子供たちのためで、街の人たちの暮らしぶりを見せることで、街で暮らしていくという気持ちを固めさせたかったのだ。帰り道にはいつもいろんなことを言って聞かせた。

母親に言われるまでもなく、子供たちも〝伯父さん〟のところへ行きたがった。父親が居ない間、伯父さんに父親の愛情を感じ取っていたのだ。

春草のこの二年の状況は、総じて病気がちだった。楼兄さんもそれを知っていた。

「あまり無理しちゃ駄目だよ、先は長いよ」

「子供たちが学校に上がると、家の中に大きな穴が開いたようで、お金がさあっと流れ出るのよ。稼がないと、どうにもならないわ」

「兄さんの同僚やお友達で、人を探してる人、誰かいないかしら？」

楼兄さんは彼女の意味を察したが、自分の家を春草に頼むのは具合が悪かったので、誰か探してみよう、とだけ言った。

「来年の正月は実家に帰るの？」

「まだ、よく考えていない」

彼女はためらっていた。ほんとは帰ってみたいのだ。子供たちにも、じいちゃんばあちゃんと一緒に、和やかで賑やかな正月を過ごさせてやりたい。だが、何水遠のことを考えると腰がひけた。帰って、両親になんと言えば良いか。水清や舅にどう説明したら良いだろう。親兄弟に嘘をつく？　母親の目を見ると、騙せない。かと言ってほんとのことを言う勇気もない。

楼兄さんが言った。

「阿遠だが、どうしていつまでも消息が分からないのだろう？」

「私、いつ雨が降って、いつお天気になるのか分っても、彼がいつ帰るのかは分からないのよ。みんなあの人の名前のせいよ。何水遠、遥か遠く新疆へ流れて行ったわ」

「もう二年になる？」

「二十六カ月ですよ」

「もしかしたら、良い仕事を見つけて、稼いで戻ってくるつもりじゃないの」

春草は笑って答えなかった。自分の夫のことはよく分かっており、そんなことは当てにしていない。

「帰って来さえすればいいの」

春草は、林校長に自ら名乗り出て、学校の掃除をしたいと言った。

「お金は要りません。学校への感謝の気持ちです」

「学校には衛生担当の用務員がいるのよ。あなた、子供さん二人も見なくちゃいけないでしょ。忍びないわ」

「私、家では暇で困ってるんです」

午後授業が始まると、彼女はほんとに行って掃除をし始めた。時は正に秋、校庭には落ち葉がたくさんで、竹箒《ほうき》でがさがさと掃き始め、子供たちの授業が一時間終ってもまだ掃いていた。林校長はその状況を見て言った。

「昼間はほこりが立つので子供たちに良くないのよ」

「それじゃ朝やりましょう。朝早く来ることにします」

林校長は言い負けて、承諾した。

次の日、春草は二人の子供を朝早く起こし、一緒に学校に行き掃除をした。二人の子供をそばに座らせて大声で教科書を朗読させ、自分は掃除に精を出した。薄暗いうちに掃き始めて、終るころは明るくなっていた。三日間それが続くと、林校長はかなわぬと見て、学校の後方支援部門を説いて、春草を臨時員にしてもらった。月百元、しかも、他の職員同様に子供一人分のクラス管理費を免除してもらった。

春草は恥ずかしそうに言った。

「まあ、林校長先生、私そんなつもりじゃないんです。学校がほんとに好きなんです。掃除しながら子供たちが本を読んでるの聞くのが、とても気持ち良いのです！」

「あなたって、ほんとにお話が上手ね。昔もし勉強してたら、なかなかのものだわね」

「校長先生、またご冗談を。私、どうしてもお手伝いしたいんですけど、ほかのご父兄のようにお金では出来ないでしょ？　私に出来るのは力仕事だけなんです」

「あなたのご好意、私も受け取ることが出来ません。今は、経済効率を重んじる時代でしょ、ただで働いてもらう訳にはいかないのよ。労働法に反するの」

春草は安心した。ちゃんと理屈も通り、法律にも合ったお金なんだ。

春草は心から学校が好きだった。この喜びは心の底に根ざしており、彼女の生命にまといついたものだった。学校は彼女の楽園だ。その楽園をきれいにするのが喜びでないわけはない。ましてや、二人の子供が勉強し、お金までもらえる。これは誠に山は青く、水は清い、素晴らしい事柄だった。毎日隅から隅まで掃除し、子供たちが不用意に落としたか、或いはわざと捨てた鉛筆や小刀や物指しや消しゴムなど、一つ一つ拾って林校長に手渡し、林校長はそれを学校の遺失物箱にきちんと並べ、生徒たちに知らせた。ところが数日経っても、受けとりに来ないものが沢山あった。どれも、使えるものばかりなので、春草は思い切って、自分の子供たち用に持ち帰った。

入学して二ヶ月経つと、元元はクラスで頭角を現し、いつもテストが一番だった。それにお話を語ることが出来るというので、クラスの委員になった。それに比べると、万万はだいぶ劣った。宿題はぞんざいだし、授業では私語が多く、いつも先生は元元を通じて万万の状況を知らせてきた。半期の試験の後、春草は父兄会の報せを受け取った。春草は父兄会とは何をするのか、びくびくしていた。

彼女は早く行って、子供たちがきちんと座っている様子や、先生の模様などを見ていた。

一人の若い女性が入ってきてクラスの担当ですと自己紹介した。春草はひと目見て、おやまあ、何て若い娘さんだろう、見たところ阿珍より若そうだ。まだ童顔で頰は赤く澄んだ声をしている。この女の子が先生をやれるのかしら、と気をもんだ。自分が昔学校に行った頃、李先生は母さんよりも上だった。ところが童顔先生が口を開くと、厳しい先生なのが春草には良く分かった。童顔先生は数学の先生だ。

「この半期の試験はあまりよろしくありません。平均点は92点で、満点をとったのはたったの9人です。最低は71点」

春草には、まるきりわからなかった。最低が71点って、それで良くないの？

答案が配られた。見ると、元元は満点で万万は71点だ。あれ、両端を占めてる。同じテーブルの父兄がちらりと彼女の答案を見た。急いで元元のを万万のの上におき、その人のをちらりと見た。その人はさっと答案を裏返したので、全く見えなかったが、明らかに良くはなかったようで、春草は少しほっとした。

童顔先生が答案の解説を始めると、父兄たちは皆ノートと鉛筆を取り出したので、春草はしまったと思った。恰好をつけようと、元元の引出しの中にあった鉛筆を取り出して、紙の上をやたら動かした。父兄会の間、春草は四回ほどどきどきした。まず、百点をとった生徒の表彰で元元が呼ばれた時、次に最低の一人として、万万が批評された時、三度目は規律正しい生徒に元元が選ばれた時、そして最後は、授業中おしゃべりが多い子として万万が叱られた時。春草は、喜んだかと思うと腹を立て、褒められたり叱られたりで、仕事よりも疲れた一日だった。

夜、仕事のあと帰ったら万万を叱ってやろう思っていると、万万はそれを予期して、早々と床についており、八時半に家に着いたときは眠り込んでいた。だが春草は、容赦なく引っ張り起こして叱り、諄々と道理を言って聞かせた。母さんが小さかった頃、どんなに勉強したくても、させてもらえなかったこと、学校に行きたくて絶食までしたこと。二人を学校にやるのに、どんなに苦労をしたか。話しているうちに、涙がぽたぽたと落ち、脇を見ると、元元はしょんぼり涙ぐんでいたが、万万は又眠っていた。

春草はため息をついた。どうやら、勉強が好きな者には何も言う必要はなく、嫌いな者には何を言っても無駄なようだ。

春草はこのとき以来、新光小学校一年生の、優等生と劣等生、両方の父兄となった。均衡が取れているといえば言える。春草は仕方ないと思った。だが、元元は違った。弟の成績が悪いのは、自分の名折れになるのだ。毎日家に帰ると、なだめたりすかしたりして万万に宿題をさせた。不思議なことに、万万は、母さんは怖くないが、姉さんにはびくついていた。春草はそばで、この娘は大したものだ。何水遠よりよほど役に立つ、とひそかに嬉しかった。

（五十三）**白露**：二十四節気の一つ、太陽の黄経が百六十五度の時。秋分前の十五日、すなわち太陽暦の九月八日頃にあたり、この頃から秋気がようやく加わる

第三十一章 何水遠帰る

—一九九七年、除夜（五十四）—

また春節が近づいた。

何水遠が家出して以来、春草は一度も気持ちの良い春節を過ごした事はなかった。今年こそ二人の子供に、街での素晴らしい新年を祝ってやろう。この一年は苦労の連続で、子供たちにもつらい目に会わせてきた。十分に二人をねぎらって、苦労の後には良いことがあるものと思わせたい。春草は卸売市場で二人に新しい服を買ってやった。海州に住んで二、三年になるので、どこに行けば服が手に入るか知っていた。通りがかりに男物の適当な防寒着を見つけて、何水遠に一着買った。元元は言った。

「父さん、帰って来て家で正月を過ごすの？」

「どうとも言えないね」

もともと自分も一着買いたいと思っていたのだが、結局手を出せなかった。節約しなくちゃ、お金が要ることが多いのだ。

年末の三十日、新調の服を着た二人を連れて通りに出た。

大通りはひっそりしていて、誰もいなかった。街の人は家に籠って年越し料理の準備をしているし、村からの出稼ぎ人はさっさと里に帰って年越し料理を食べている頃だ。

年越しの準備で街中が静まり返り、車も人も少なかったが、春草にとっては好都合だった。この静かな時こそ、自分が確かに街を歩いている事、街の中に埋没していない事を自覚出来た。まず子供達を、一番の繁華街につれて行き、エスカレーターに乗った。

これは前からの約束だった。とりわけ万万を、故郷からつれて出る時の誘いのエサがこれだった。しかしそんな暇はどこにもなく、延ばし延ばして今になったのだ。

百貨店にはまだ正月用品を買いに来た人が居た。春草は子供の手を引いてエスカレーターの前まで来た。実は彼女も乗った事はない。エスカレーターは停まらずに移動している。

「ちょっと待ちましょう。これが停まって乗ろう」

しかしエスカレーターが停まる気配は全くなかった。川の水が流れるようだ。だが、他の人を見ると皆平気で踏み上って行った。川の水に浮いて上って行くか、流れ降りてきた。

「いい子だね、待ってなよ。ママが先に行ってみるから」

彼女は思い切って足を踏み出した。が丁度エスカレーターの段の間に乗ったので、ちゃんと立てず、どんと後ろに倒れた。春草の悲鳴が付近の人の目を引き、くすくす笑われた。春草はしゃくでたまらず、ごろりと這い起きてみると、元元はすでに踏み上がっていた。緊張して顔色が少し変っていたが、大声で呼んだ。

「ママを転ばせたので、私、踏んづけてやったよ!」

万万も、もう自分で上っていた。上で呼んでいる二人の子供が見える。焦って、手には汗がいっぱい出た。そのときうしろで女の人の声がした。

「恐がることないよ。なんでもない。なんなら支えてあげましょうか?」

春草が振り返ると、そこには蔡姐さんがいた。

春草は、父母に会うよりも懐かしく、嬉しかった。蔡姐さんも春草との再会を大変喜んだ。あれからだいぶ時がたっていて、姐さんにはもう、わだかまりは消え、なんだか親戚のような気持だった。

春草は蔡姐さんに支えられてエスカレーターを上った。蔡姐さんは母子三人を連れて、続けて二回往復した。二人の子供はすぐに適応し、自分で上ったり下ったりして遊んだ。春草と蔡姐さんはそこで立話をした。

「艶艶は職業高校に行ったけど、何を学ぶことやら」

「艶艶は綺麗だわ。将来好い人見つける事間違いないわ」

「なんとかそうあって欲しいわね」

「私のところの二人の子供も学校に行ってるけど、元元は成績が良くて、万万はだめなの」そして付け足した。「何水遠は、まもなくもどってくるわ」

「春草、あなたって大したものね。ここ数年、この街で一人でやってきたんだもの。それも二人の子供を養ってさ」

「何が大したものですか？　私は生きていく以外、なにも出来ませんよ。字も知らないし、理屈も何も分かりません」

「あなたって、粘り強いわ。それって大したものよ」

「私、いつも考えてるの、どんな事があっても前に歩こうって。道を歩くってことが大事だと思うのよ。今は下り坂だけど、どのみちいつかは上り坂になるわ。ずーっと下り坂ってことはないわよね。どんどん坂を下りてばかりいたら、海の中に入っちゃう」

春草は楽しくなった。こんな風に蔡姐さんと立ち話していると、まるで同僚か友達と世間話をしているようで、気分が良かった。

蔡姐さんは、暇な時は遊びにおいでと言い、別れ際に二人の子供に、十元づつお年玉をくれた。春草は、彼女に申し訳ない事をした数々を思い出し、少々息苦しくなった。

百貨店を出て、一番大きな公園に、提灯会《え》を見に行った。灯はまだついていなかったが、提灯などが飾られて、にぎやかな雰囲気を醸し出していた。夜までぶらぶらして、子供たちとマクドナルドのハンバーガーを食べた。二人の子供は大喜びで、顔を真っ赤にして笑った。

「ママ、僕達これからも街でお正月して、お爺ちゃんお婆ちゃんも呼ぼうよ」と万万
「そうね、そうしよう。これからも街でお正月しよう。ママの稼ぎがもっと多くなれば、大きなお家を借りてお祖父ちゃんお祖母ちゃんを呼びましょう」

「お父さんもいるよ」と元元
「そうそう、お父さんもね」

夜、家に帰ると春草は自分が作ったソーセージやベーコンを切り、一番安い紹興酒を取り出し燗を付けた。

「さあ、私たちも年越しを食べて、老酒を飲もう。どう？」

二人の子供は声を上げて小躍りした。春草はそれぞれに酒を少しつぎ、自分は碗いっぱいについで、言った。

「ママは一年苦労しました。あなた達二人も一年苦労しました。今日はとても愉快です。さあ、乾杯！」

「乾杯！」

「乾杯！」

三つの湯飲みがぶつかって澄んだ音が響く。

「ママは、お前たち二人が賢くて物分りがよくなるよう祈っているわ」

「私はママが健康である事を祈ります」と元元

「お祖父ちゃん、お祖母ちゃんの健康を祈ります！」と春草

「私はまたママが、たくさんお金を稼ぐ事を祈ります！」と元元

万万が焦って、言った。

「僕の番だよ、僕は母さんが、もう一度マクドナルドにつれていってくれること！」

「それから新しい服と新しい靴です」と元元

春草は碗一杯酒を飲み干すと、真新しい服を着たような顔つきになり、気持ちもほんわかと温かくなった。元元が言った。

「母さん、うちら又海辺に行って叫ばない？」

「今日はやめておこう。ひどく寒いので風邪ひくわ」

「私は叫びたいな、叫ぶのって面白いんだもの」

「それじゃ家の中でやろうよ」

元元は声を張り上げて叫んだ。「新年おめでとう！」

万万も叫んだ。「新年おめでとう！」

春草は彼らと一緒に叫んだ。「新年おめでとう！」

丁度どの家も年越しのテレビ特集番組を見ていたので、この小さな家の中の楽しい声に注意を払う人はいなかった。いたとしても、テレビの音だと思っただろう。だが天の神様は、これは天国の声だと知っている。叫び終え、食べ終えると、二人の子供は満足して眠った。春草は、脱いだ服でもなんでも、上

に覆えるものはみんなベッドの上に積み上げた。冬の日はいつもこうだ。母子三人、押しあいへしあいして一つの巣の中でお互いに暖を取った。春草がまだ元気はつらつとしていた当時、伯母が歯を失くしたお話をしてくれたが、それを二人の子供に話して聞かせた。大概はくたくたに疲れていて、頭を横にするとすぐ眠り、夢も見ないうちに目を覚ますともう夜が明けている。

次の日、親子三人ともぐっすり眠った。一年に一回のことで、きっと眠いのだ。起きると、春草はしきたりに従おうと考えた。今朝は年始回りに出よう、年越しを人並みにしよう、金を惜しまずきちんと祝いたい、という思いが少なくなかった。昼ご飯を食べたあと、子供たちの身なりを整えて、楼兄さんの処に年始の挨拶に行った。

空は晴れ、街の人々は、大人も子供も新しい服を着て一家で外に出、群がっていた。どこで鳴っているのか、爆竹の音が上ったり下ったり、鳴る時があったりなかったりで、春草に七年前のあの正月を思い出させた。あの時は、一人で元元を背負って何水遠を探しに出た。とても寒く凍えそうだった！いつの間にか七年も過ぎたのに、まだこのような不安定で苦しい生活を送っている。春草は、自分の運気が悪いとは認めたくなかった。良い方に考えた。あの七年前とは違って、二人の子供が街の学校に通っている！　これは一番望んでた事ではないか？何水遠もいつかは必ず帰って来るだろう。

楼兄さんは春草を見るなり言った。

「おや、春草、丁度君を訪ねようと思っていたところだ」

「楼兄さんが来ることはないわ。私が来ないはずないでしょ。新年に年始に来ないなんて出来ませんよ。楼兄さんと姉さんのところには必ず挨拶に来なくちゃね」

春草は楼兄さんに自分が作った味噌肉と、手に提げてきた鶏を渡した。生きた鶏を贈るために、早いうちに手に入れて、家で二日間飼った。初めて楼兄さんを訪ねたときのままを繰り返したかったのだ。彼の為に鶏を絞め、じっくりと煮る。彼の為に部屋を掃除し、衣服を洗濯する。だが、袖を捲って厨房に入ろうとして、引きとめられた。

「春草、君に言う事があるんだ」

「私、仕事しながら聞きますから、どうぞ話してくださいな」

「鶏は急いで絞めなくても好いよ。家ではこれだけの料理は食べきれないよ」

「私がちゃんとやりますよ。冷凍して後から食べればよいでしょ」

「僕、新聞を持って来て君に見せてあげる」

春草はその意味が分からなかったが、いつものように小さな碗に塩を入れて、片手に庖丁を持ち、片手は鶏の首を捻り、血を出す準備をした。

楼兄さんが新聞を持って来た。

「阿遠が行ったのは新疆だった？」

「そうです」

「おととい の新聞に書いてあるんだよ。新疆に出稼ぎに行った連中が惨めな目にあっているそうだ。阿遠がいるかどうかは分からないけど？」

春草は一瞬はっとした。

「読んでくださいな」

楼兄さんは読んだ。『物ごいの九千里、涙流しての帰郷の道』当地の三人の農民が新疆への出稼ぎで僅かな金も貰えず、帰る為線路に沿って歩き、汽車に這い上り、野生の果物や、牛の餌のトウモロコシを食べ、氷雪の中を泰嶺山脈を越え、十足の靴を歩きつぶして、半年かけて今しがた本市に着いた」

春草の手から力が抜け、鶏を握っておれなくて、下に落とした。

「その人たち、なんという名？　名前はなんというの？」

「これには名前は書いてないけど、その中に何という姓の人がいるんだって」

「本当？　何《か》なんというの？」

「ただ姓が何とだけ書いてある」

「他にどんなことが書いてあるの？　早く読んでくださいな」

楼兄さんは読んだ。「王《わん》という姓の民工（出稼ぎ農民）が言うには、昨年新疆で綿花摘みの時、莫衡中という親方から、今年綿花を植えに来いと誘われた。食住つきで給料をもらえると言う事だった。そこで、七人の同郷人と一緒に行き、それに雲南、四川の民工が二十数人加わった。七月初め、洪水が綿畑と家を全部押し流し、衣服や布団や証明書類もすべて流された。損害は惨憺たるもので、親方はこっそり逃げ、民工は当地の政府や民政局や派出所に訴えた。だが当地の財政には限りがあり、彼等は一人あたりたったの二十元しかもらえなかった。当地からウルムチまで、汽車賃は六十数元かかる。仕方なく彼らは、七月中旬から、仕事をしながら帰り始めた。身分証明書がないので、仕事に就くことが出来ず、ウルムチに着いた時には十数人が離散し、五人しか残らなかった。何《か》という姓の民工が言うには……ほら、ここに何という人の事が書いてある」

「彼はなんと言っているの？」

楼兄さんは続けた。「何という姓の民工が言うには、線路を行くのが比較的近いと人が言うのを聞いて、線路に沿って歩いた。途中で三人が脱落した。一度は汽車に這い上り、ひと駅乗ったが、すぐに追い払われ、その上一晩閉じ込められた。その後はもう汽車に這い上る事はしなかった。大きな橋やトンネルに遇うと、守衛が居て通さなかったので、山を越えるしかなく、多くの時間を費やした。手持ちの金は早く使い切り、物ごいをしたり、夜は樹の下や道路沿いや汽車の待合室で寝た。夜は冷え込むので、わずかな薪《まき》を燃やして暖を取り、食べ物がないので、野生の果実でしのいだ。ある時は野生の果物で下痢し、全身の力が無くなったり、絶望したりした。もし家にいる妻と二人の子供を思う事が無ければ、自分も生きて帰れたとは思わない…」

春草の心が震え出した。きっと阿遠だ。ああ神様、人もあろうに、どうしてそんな苦しみを彼が受けるの！

春草は手の庖丁をまな板の上に置き、前掛けを取って言った。

「私、彼を探しに行きます」

「どこへ行く？」

「新聞社よ」

「新聞社にいつまでもいるわけ、ないよ」

「この記事書いた人、彼がどこにいるかきっと知ってるわ」

「そうとは限らないよ。とりあえず僕が電話して聞いてみる」

楼兄さんが新聞の読者専用電話口に聞くと、目当ての記者は不在だった。楼兄さんは、その記者に是非尋ねたいことがある、という伝言を残して切った。

春草はもう、心ここにあらずだった。消息が知れなかった頃は、心が落ち着いていて、彼は戻って来ると思いこんでいたが、消息が知れた今は却って不安にさいなまれた。

本当に帰って来るのだろうか？　今どこにいるんだ？今すぐ会いたい。だがどこに探しに行けば良いのか。彼の方から訪ねて来るのを待つしかないのだ。

新年なんか祝う気がしなくなり、あたふたと楼兄さんの家を離れた。

この日を春草はどうやって過ごしたか覚えていない。楼兄さんの家を出た後、その足で二人の子供を連れて、以前豆を売っていた市場に行った。管理人を訪ねて彼の姪の消息を聞こうと思ったのだ。しかし管理人は既にこの市場を去って一年になるという。彼女は気が動転し、あても無しに街を歩き、男性一人一人に注目した。もし気候が大変寒くなければ、いつまでもそうやってぶらついていただろう。

この新年は散々だった。三十六という良い感じは全くしなかった。天の神様もここぞとばかりに気温を下げ、北風が吹き荒れた。二人の子供の頬は寒さで白くなり、澄んだ鼻水が流れ落ちた。春草は外で探し回るのを止め、急いで二人を連れ戻り、大鍋にお湯を沸かして子供たちの顔が赤らむまで足を温めた。それからまた鍋に生姜湯を沸かして、一人に一杯づつ飲ませた。子供は何処で病気になるか分からない。

子供たちが寝たので、春草は外に出て水を返した。共同水場を出ると、背後で人が呼ぶかすかな声を聞いた。

「阿草？」

きっと自分の聞き間違いだ。普段でも人が来ないのに、ましてこんな寒い日に……。

「阿草？」

春草はびくっとした。そう呼ぶのは何水遠しかいない。振り返ると門口に人影が見える。

「誰？」

黒い影がこちらに歩いて来た。痩せた男性で、髭はぼうぼうと伸ばし、目はどろんとしている。その男は言った。

「俺だよ、遠だ」

春草は目の前のこの男が何水遠だとは簡単に信じられなかった。

全くの別人としか思えない！

二年来彼を思って目の中に影法師が出来るほどだったが、本物が出て来ても、そうだとは信じられなかった。即座に新聞の事を考えた。

「あなた本当に新聞にあった、新疆から戻ってきた人なの？」

何水遠は頷いた。

春草は呆然となった。同じようにぼんやりしている何水遠を部屋の中に入れた。灯の下ではっきり分かった。この人は確かに何水遠だ。何水遠はベッドの二人の子供に笑いかけたが、その怖い顔に二人の子どもは掛布団のなかで縮みあがり、目だけを出して怯えたように自分たちの父親を見た。

春草は、何水遠が震えているのを見た。額を触ると焼ける様に熱い。彼女は黙って、もう一度コンロを起こして熱い生姜湯を与え、飲んだ後又大鍋にお湯を沸かして彼を洗った。小さい頃母親がこの方法で家人の風邪を治していた。ついで何水遠を床に腹ばいにさせ、背中を擦《こす》った。力を入れて、赤くなるまで擦った。

春草は何水遠の背中の傷跡を見た。あの、家の失火の際に負ったものだ。赤く焼けた家の梁が落ちてきて、彼女と彼の体に同時に印を残した。当時彼女は、私たち夫婦はもう見間違うことはないよ、と言ったものだ。春草は再度確証を得た。この人は何水遠に間違いない。二年間失っていた夫だ。

「あんたはきっと帰って来ると分かってたわ。だけど、こんな風にして帰って来るなんて思いもしなかった。でも、帰ればいいのよ。帰ればいいの」

全てをし終える頃は夜もずいぶん更け、二人の子供は眠ってしまった。春草は残った紹興酒を一寸燗をして、一杯ついだ。

「今日は元旦だわ。あんた老酒を一杯飲みましょう。私達何とか一緒に年を越せたようね」

「阿草、俺……俺……」

何水遠は碗を受け取り、顔向けできない様子で、暫く何も言い出せなかった。

「好いですよ、話さないで、何も言うことないよ。さあ、飲んで」

何水遠は顔を上げて、飲み干すと、春草が「眠りましょう」と言った。

横になると、春草は眠れないなんて少しもなくすぐ眠った。むしろ格別気持ち良く眠った。何水遠に随分鍛えられたものだ。翌朝早く目を覚ました時、いつものような冷え込みを感じなかった。身体が妙に暖かい。あ、一人増えたんだ。混み合うのは良くないけど、それでも本当に暖かいわ。

春草の心も暖かくなった。自分のところに、また夫が戻って来た。又、四人家族になったのだ。彼女は這い起きてご飯の用意をした。作り終えたころ二人の子供が眼を覚ました。何水遠はまだ眠っている。

元元はベッドに跪《ひざまず》き力一杯押した。

「パパ、起きなさい!」

「パパ、起きなさいよ! 新年おめでとう!」と万万も続いた。

何水遠の眠りは深く、二人の子供に押されるままに、向こうを向いて眠り続けた。春草はベッドの傍に立ち、熟睡している何水遠を眺め、ついで傍らの二人の子供を見た。蔡姐さんが、あなた、幸福? と聞いたのを又思い出した。幸福って何だろう？　多分これがそうじゃないだろうか。彼女は二人の子供を遮った。

「パパを寝かせなさい。一日しっかり寝かせてあげなさい」

何水遠は、こうして春草の生活の中に戻ってきた。

（五十四）**除夜**：ここでは旧暦のおおみそか。春節（一月末～二月上旬）の前日

第三十二章　プラチナのネックレス　―一九九七年、雨水(五十五)―

帰って来た何水遠は、もう以前の何水遠ではなかった。かりに頭からつま先まで衣服を新調したとしても、服の中の人間は、やりきれないほど古ぼけてしまって、溌剌とした生気はどこにもなかった。彼は祥林ねえさん(五十六)と同じような人間になってしまった。

勿論春草は祥林ねえさんがどんな人かは知らない。ただ、何水遠が、ぶつくさと女のようにくどい人間に変わってしまったのを知った。話し出したら、何度も同じ話を繰り返し、それも、かって春草を喜ばせた四文字四文字の言葉は出なかった。目の前にいる何水遠は、全く見知らぬ人だ。もし背中の傷跡がなかったらこの人が阿遠だなんて信じられない。

毎日ぼんやりと座っているか、横になって寝ていた。夜になると酒を飲んでしゃべり出すのだ。話はこの二年の間に出会った難儀の数々で、春草は涙を流し、二人の子供は恐怖におののいた。何水遠の切れ切れの話から、この二年の大方の事情が推察できた。彼は新疆に行った後、何日もせぬうちに阿珍と別れ、阿珍の叔母はそれきり家に来ることを許さなかった。帰るに帰れず、かといって食わねばならず、新疆で仕事を探し始めたが、不慣れな土地で困難を極め、一年あまりの間に数知れぬ職種を渡り歩いた。二ヵ月以上続いたものは一つもなかった。

「ある時僕は個人経営の工場で、編み袋を洗浄する仕事をした。その主人は昼間は五、六時間、夜は八、九時間働かせ、それを三日やって腰が立たなくなった。洗浄したのは全部で四トンにもなるが、やめるときはたったの十元しかくれなかった」

「夏の暑い時期だった。王《わん》という親方が僕を建築現場へ連れて行き、一日十元の給料を出すという。砂を篩《ふる》い、水を担ぎ、撹拌する仕事で、六人分の職人のセメントを僕一人でやれというのだ。その頃まだ風邪が治らずにいたが、動作がのろいと、親方に怒鳴られた。仕事を見つけるのは大変なので、苦しいとか、疲れたとかは言っていられない。叱られるくらい我慢しよう。だが、丸一日働いた後、お前はのろまだ、と言って一銭もくれずに辞めさせられた」

春草は可哀そうで聞くに堪えなかった。

「だったら、その時なぜもどって来なかったのよ？」

何水遠はそれには答えずに続けた。

「俺は全ての苦しみをなめつくした。でも耐えなくっちゃならないんだ。それから、職業紹介所で、朱という親方と知り合った。大理石の工場に、食住込みで月四百元だと誘われた。一日十二時間労働だ。冷え込みがひどく、着るものがほとんどないし、綿入れを買おうと思っても親方は金を貸してくれない。とうとう風邪を引いて熱は出るし、しもやけで指はただれてしまった。それでも一ヶ月我慢して働いた。ところが給料をもらう時、親方はたったの百元と、ぼろシャツを一枚くれただけで、ハイさよならだ。もう我慢し切れなくて帰ろうと思ったよ。バスの停車場にいたら、綿花栽培に応募した連中にばったり遭って、それがみんな同郷の者だったのでついて行った。ところが今度は洪水に遭って……」

春草は聞くたびに涙を流し、そのつど二人の子供に言った。

「お前たち、ようく勉強するんだよ。貧乏はだめよ」

春草はどうやって慰めて好いか分からず、何水遠が酒が飲みたいと言うと買ってやった。

始めのうちは毎日一瓶だったが、それが二瓶になり、さらに三、四瓶になった。安いといっても結構な金だ。その上、酒を飲むと物を投げ大声で怒鳴り散らした。二人の子供はいつもおびえて泣く。家の暮らしは、彼が戻って来たために良くなるどころか目茶苦茶になった。

楼兄さんは、話を聞いて気の毒に思い、何水遠に仕事を見つけてくれた。ガスステーションにガスを運ぶ仕事だったが、一日ですぐ戻ってきた。脚に力がはいらなくて自転車がこげないと言う。雇い主は金をくれず、仕事をした分無駄骨だ。もう騙されるわけにはいかない、と言う。

日が経つにつれ、可哀そうだという気持ちは薄れ、次第に辛抱しきれなくなった。当初は時間がたてば良くなるだろうと思っていたが、半月経ってもこのざまで、どんなに忙しくても手伝おうともしない。それどころか、お金をせびり、騒ぎをおこしては悩ませる。彼女のいらだちは募るばかりだった。

それまでは、疲れて帰っても、子供の勉強の声を聞くのが楽しみだった。が、今は酔っ払いが一匹待っている。子供たちも怖くて息をひそめている有様だ。

ある日何水遠が大酒を飲み、春草が帰るなり彼女に挑もうとしたので、春草は押しやって大声を上げた。

「何するのよ、酒で気でも狂ったの！」

何水遠はよろけながら言った。

「何するかって？　俺がいやなのか。おれが嫌いか？」

「あきれた。嫌いとか好きとかじゃないよ。子供たちの前でみっともない！」

心のそこでは確かに彼がいやになっていた。むしろ嫌悪と言ったほうが良い。この人どうしてこんな、どうしようもない男になり果てたんだろう？　あのころの、教養のある学生だった何水遠、気が利いて、てきぱきした小店の主人だった何水遠、四文字熟語を得意としていたあの何水遠はどこへ行ったんだ！

今は飲んだくれで、ただの廃人だ。こんな気持ちでこの酔っ払いとどうして仲良くできる？　彼が戻ってくるのを待ち望んだ自分が情けなかった。

何水遠は、自分が拒絶されたと思い、脅すように言った。

「お前、俺が居なくて良いんだな。すぐ出て行ってほかの女を探してやるよ」

「どうぞ、どうぞ。あんたの相手をする女がいるかどうか見ててあげるわ」

春草は何水遠を警戒して、僅かに残っている千元を銀行に預けた。残りの生活費も毎日離さず身につけて、酒代に持ち出せないようにした。

ある晩、何水遠が又自分の苦労話を始めた。

「個人の建築会社で仕事をした時、家の解体作業中に手を怪我したことがある。社長はたったの二元で僕を辞めさせた。不足分を貰うため毎日社長にくっついて請求したが、社長が盲腸で入院してしまった。僕は彼の尿をとりかえてやったりしたが、一銭も寄越さず……」

突然、春草が言った。

「あんた、意気地なしだね。払わなきゃ、それでおしまいじゃない?!　高校出てるくせに、どうしてだまされてばかりいるのよ？　字が読めなくなったの？　理屈が分からなくなったのかい?!　社長に向かって筋道だった話も出来ないのかい?!」

「あの連中は筋道なんて関係ないんだ。始めっから僕なんかを一人前と思っちゃいないんだ。どうやったら理屈が通るんだ」

「理屈が通らなきゃ、殴れば良いじゃない。あんた、殴れないのかい？　私だったら命がけでやるわよ。なによ、牢屋に行くのを怖がって。そんな侮辱受けるよりましだわよ」

「気楽に言うなよ。殴り合いして勝てるわけないじゃないか？　実家に帰るため、ずーっと乞食をし…」

春草は大声を上げた。

「もう言わないで！　聞き飽きた！」

何水遠は唖然とした。

「自分ばかり苦労して、私は苦労してないと言うの？　あんたほどじゃないとでも言うの！　この二年間私一人で、子供二人抱えて三、四軒の家政婦をやったわ。毎朝六時に起きて十二時に床につく。夏は汗びっしょりで服が乾く間もない。冬はしもやけで、ただれてないところなんてなかった。疲れて血尿が出て、めまいで倒れて、きつくてしゃがみ込んだら立てなくて、憂さ晴らしなんかしようと思ってもできっこないじゃない！」

何水遠が何かしゃべろうとすると春草が遮った。

「あんたはもういいでしょ。私に言わせてよ。私、ただじゃ疲れちゃいないよ。子供を二人ちゃんと育てたし、お金も貯めた。ところがあんたはどうなの？　大の男が、自分ひとりの飯も食えない上、人にはだまされ、こんな不甲斐ない恰好になっちゃって。誰のせいなの？　新疆に行けって私が言った？　私があんたをほうり出した？　自分ばかりべらべらしゃべってよくも平気だね！」

何水遠はうなだれた。

これは、効き目があったようだ。それからというもの、何水遠が苦労話をすると、春草もそれに倣った。二人で苦労の思い出大会を開いたみたいだった。やる度に何水遠は負かされた。彼が何を言っても、春草の言うことは決まっていた。あんた、自分が好きで行ったんでしょ！　私の忠告を聞かなかったのは誰なのよ？

ある日とうとう、何水遠が怒り出した。目を真っ赤にし、青筋を立てて言った。

「良かろう、お前は俺が嫌いで煩わしいんだな。そうと分かってりゃ帰って来るんじゃなかった。新疆で死んだ方がまだましだった。旅先で死んで、無縁墓地の亡霊となってやる。そうなったらお前嬉しいだろう。再婚も出来る。そうだろう」

春草は負けじと、日頃の思いを爆発させた。

「そうよ、そうなったら嬉しいよ！　私馬鹿だった。こんな男とどうしても一緒になりたかったなんて！　二人の子供で苦労し尽してるのに、その上あんたまで養わなきゃいけないんだ！　大の男が女房子供を養わないなんて、恥ずかしいと思わないの？　それで眠れるの？　飯がのどを通るの？　あんた元元にもかなわないわよ。元元は私を手伝ってくれるけど、あんたは何が出来るの？　結婚してからこれまで、あんた、一年だって楽させてくれないじゃない。私の命まで取ろうというの？」

春草は言い終えて自分が複製みたいに母親そっくりなのに気がついた。その時初めて母親を理解した。

何水遠は彼女に気おされて暫く立っていたが、ぽつんとつぶやいた。

「よし、出て行ってやる。後悔するなよ」

何水遠は一旦出て行って、夜中に戻ってきた。それ以来、彼はいつも夜になると出て行った。春草はもう彼に絶望していたので、したいようにさせていた。家の中で騒動を起こすよりましだ。酒をくれとせがむこともない。二人の子供も、落着いて宿題が出来る。春草は、このように耐え忍ぶ毎日だった。

瞬く間に冬休みが終わり、子供たちの学校が始まった。春草の生活の中で、ただ一つの明るい話だった。彼女の望みは、子供たちが早く学校へ行き、早く大きくなることだった。大きくなったら、ようやく苦しい毎日から抜け出すことが出来る。

学校が始まる前の日、何水遠がまだ起き出さないうちに、米袋から預金通帳を取り出して、銀行に下ろしに行くことにした。あたふたと銀行について、千元を全部下ろそうと、人に頼んで伝票を書いてもらった。ところが、伝票と通帳を窓口に渡すとすぐ戻された。行員が、ガラス越しに言った。

「あなたの通帳には、そんなにはお金がありませんよ」

「そんな馬鹿な。新年の六日に来て預けたのよ。預けたの千元よ」

春草は通帳を開いた。上に1とあり続いて0が三個あった。数字は分かるので言った。

「ここに書いてあるじゃない？」

「それ、十元です。あなたの通帳には十元しかありません」

春草には到底信じられず、無理に笑顔で言った。

「ようく見てくださいな。お金がないなんてありえないんです。これ、子供二人の学費を納めるための専門の通帳なの。ちゃんと預けてからしまっておいたのよ。自分じゃ下ろしてないわ。それがどうしてなくなるの？」

営業員はもう一度通帳を見てから教えた。

「ここにはっきり書いてありますが、一週間前、人が来て、お金を引き出していますよ。九百五十元下ろされています」

春草は大声で言った。

「それ、私の金なのに、どうして人にお金が渡せるの？　暗証番号も分からないのに」

「その方、通帳を持ってらして、暗証番号も合っていたので、私たち、渡さないわけにはいきません。

もしかして、お家《うち》の方が引き出されたとか、ありませんか？」

春草は瞬時に理解した。何水遠だ！　きっとそうだ。あの野郎、この死に損ないめ！

春草は突き進むように家に帰ると、何水遠を部屋から引きずり出し、大声で怒鳴った。

「あんただろう！　さあ言え、あんただろう！」

「何するんだよ！　朝早くからかんしゃくおこして？」

春草は通帳を手ひどく彼の顔に投げつけた。

「とんでもないことをしてくれたね。あんた、私を殺そうって言うの？」

何水遠はうなだれたまま黙っていた。

その表情を見て確信した。彼がやったんだ。通帳をどうしてもっと厳重にしまわなかったのだ。暗証番号をもっと分かりにくいのに何故変えなかったのか。二人は所詮夫婦だ。何水遠が探す気になったら、分からないわけがない。以前、仕事がうまく行っていた頃、春草は通帳を米袋の中に隠す習慣だったが、今もそうだ。その頃の暗証番号は元元の誕生日だったが、今は万万のだ。何水遠が引き出そうと思えば、簡単ではないか。もっと悔しいのは、何水遠が二人の子供の学費まで残さずさらったことだ！

話していると、鼻血が又流れてきて、ぽたぽたと落ちた。

「あれは子供たちの学費よ。何処へ持って行った。明日から学校が始まるのよ！　この死に損ないのろくでなしが！　酒が飲みたけりゃ買ってあげる。何も子供の学費を盗むことはないじゃないか。子供のを盗むくらいなら、私を殺してよ！」

何水遠は顔向けできない様子で、起き上がり、上着をはおって行こうとした。春草はさっと引き止め、彼のポケットを探り、しわくちゃになったお金を探り出したが、十元そこらしかなかった。春草はぺたんとベッドに座り込んだ。心底、絶望だった。何水遠はこっそり家を逃げ出した。

春草は一人ぼんやり座っていた。鼻血は乾き、涙もかれていた。こうしていても仕方がない。泣いたりわめいたりしていても、何にもならない。とりあえずお金を借りる手立てを考えて、学費の手続きを済ませることだ。何がなんでも子供が勉強を続けられるようにしなくては。

春草は顔を洗い、鼻血をきれいにふき取って、あたふたと家を出た。いつものように、林校長のところへ行って、いつも同様掃除をし飯を炊いた。林校長は学校が始まるので忙しく、正午になっても帰宅しなかった。学費のことを校長になんと説明しようかと考えた末、頼めるのは楼兄さんしかいなかった。

春草は家事をしながら、お金のことばかりが頭にあった。小さい時から、お金が欲しかったが、今日ほどさし迫って、具体的に、お金を思ったことはなかった。道に出ると、無意識に下を向いて、お金が落ちていないかと、もどかしい思いで歩くのだった。頭の中は、金の一字で一杯だった。

正午、林校長の家を出て、楼兄さんのところへ急いだ。道々春草は、どう話すか腹を決めた。何水遠が金を盗んだとは言えない。自分たちの名折れだ。定期にしたお金が満期になったらお返しします、というしかない。唐突な感じを与えないため、彼女は果物を一袋買った。

だが行ってみると、楼兄さんのお母さんが小さな子供といるだけで、夫婦二人は出かけているという。母親がそんな大金を持っているはずもなく、考えてきた言葉を母親に伝えても、仕方がなかった。母親は春草が訳ありげなようすなので、もうすぐ帰ってくると思うから、暫く待ったらいかが、と言った。

昼寝から目覚めた子供が泣き出したので、母親があやしに向こうの部屋に行った。

春草は熱い鍋に乗っかった蟻のように、部屋の中をじっとしておれず、立ったり座ったりしていたが、そのうちに、自分でも分からぬうちに、楼兄さんの寝室に入っていた。ふと、鏡台の上にきらりと光るものが見えた。あれはきっとネックレスだ、思わずどきんと胸が鳴った。きっと何百元かはするものだ。この日の春草にとって、「お金」という言葉は正にあの大空と同じで、彼女をすっぽりと覆い、他の考えが入りこむ余地がなかった…もしかして、これで学費が払えるかもしれない…春草の胸は高鳴り、瞬間、他人《ひと》様のものという意識がぽっかり抜け落ちた。

近寄って、ネックレスを手にとった。ほんとに素晴らしく、高価なものに違いなかった。彼女はそれをごく自然にポケットに入れて、部屋を出た。別にどきどきもせず、自分の持ち物でもあるように落着いていた。

春草は子供の部屋の前に来て、母親に言った。

「私、用事が出来たので、待てません。帰ります。今から直ぐ学費を払いに……」

……ネックレス……と言いかけて、はっと我に返った。

母親は孫の世話で忙しく、気にも留めなかったが、春草は急に現実に戻って足ががくがく震えだした。これは私のじゃない。他人《ひと》の物を持ち出そうとしている。なんてことをしてるんだ！　早く返さなくては。急いで鏡台まで戻ろうとしたが、足がふるえてままならない。とそのとき、戸が開いて、折悪しく楼兄さんと奥さんが帰ってきた。春草はとっさにネックレスを、そばにあった花台の隅に置いた。

楼兄さんは春草を見ると嬉しそうに言った。

「君、今日は仕事ないの？」

春草は頭が真っ白になったが、出まかせを言った。

「あの子にちょっと会いに来たの、暫く会っていないので、とても会いたくて」

「急いで帰らなくても良いじゃない。も一度座ろうよ」

「だめなの、私帰って子供の食事をつくらなくっちゃならないの」

楼兄さんは、春草が何か頼みごとがあって来たに違いないと、うすうす感じ、奥さんが部屋へ引っ込んだ時に小声で言った。

「何か僕に用事があるんじゃない？　何水遠が又君を怒らしたの？」

それを聞いて、春草は涙ぐみ、目に丸くためたまま、無理に笑った。

「いや、まあ。子供の学校が始まるんですけど、お金が下ろせないんです。学費を少し貸してもらえないかと思って来たの」

自分でも思いがけなく、すらすらと言葉が口をついた。

楼兄さんは、少し意外そうな顔をした。

「どのくらい欲しいの？」

「子供二人なので、千元借りられれば。引き出せたらすぐお返しするわ」

楼兄さんは小声で言った。

「ちょっと待ってね。とってくるから」

春草は、楼兄さんと、この話をしているとき、プラチナのネックレスのことは忘れてしまっていた。突然部屋の中から奥さんのけたたましい声が聞こえた。

「あなたー、ちょっと来てよ！」

楼兄さんは、奥さんが待っている部屋へ入って行った。

春草の頭に一瞬不安がよぎったが、本能的に自分は帰ったが良いと思った。ネックレスのことなら、いずれ奥さんは花台にあるのに気が付いて、自分が置き忘れたと考えるだろう。その時自分は居ない方が良い。立ち上がって出口まで行った時、後ろからあの甲高い声がした。

「行っちゃだめ、春草！　あなたに聞きたいことがあるわ！」

春草が振り向くと、奥さんは抑えた、しかし冷ややかな声でいった。

「あなた、私の化粧台の上に置いてた、ネックレスを見たでしょう？」

春草は、頭から冷水を浴びせられたように、突然自分の置かれた立場がはっきりと意識され、急に心臓がどきどきしてきた。はなから自分が疑われているんだ。とんだことをしてしまった！

だが、本能的に言った。

「見ていません。知りません」

彼女は取り乱し、やましくてびくびくしていて、その様子は相手にすべて見すかされているようだった。奥さんは依然冷ややかに言った。

「ほんとに？　服のポケットの中、見せてもらってもいい？」

そばにいた楼兄さんは、慌てて奥さんを遮って、彼女の服を引っ張った。

「何てこと言うんだ。そんなこと、どうして出来る？　春草は僕の妹だぞ」

「はっきりさせたいだけよ！　この人じゃなかったら、詫びるわ」

「春草は絶対にそんなことをする人じゃない。この人がここに来たのは一回二回じゃない、何度も来ていて、僕は始めっから知ってるが、この人が……」

春草の頭はがーんとなって、聞いていられなかった。彼女はぶるぶる震え、無意識に花台の方を指さした。

部屋の中は、しんとなった。

楼兄さんは、何か言いかけていたが、驚きのあまり口を開けたままで、知らない人を見ているような目で春草を眺めていた。春草が兄さんの目の中に見たのは、驚きと、失望と、つらさと、沈痛と、恨みと、恥ずかしさと、悲しみと、そして哀れみだった。

奥さんは、花台からネックレスを拾い上げて楼兄さんの目の前にぶらぶらさせた。

「私、なんと言ったっけ？　間違ってた？　家にはいった時すぐ、なんだかおかしいと思ったのよ。あんた、この人の肩を持ってたけど、まだ何か言うことありますか？」

そして、春草の方を向いて言った。

「もしもし、あんた大した目利きだね。これ、プラチナで、三千元の値打ち物だけど、これ持って行ってどうするおつもりだった？」

そのネックレスを、春草の目の前で、首吊り縄のようにぶらぶらさせて、ほんと、首吊りにぴったりだと言った。

楼兄さんは大声を上げた。

「お前、言いすぎじゃないか！」

奥さんはびくっとしてネックレスの手をおろし、ぶつぶつ言いながら寝室に入った。

楼兄さんは春草を振り返って、「君、お帰り」といって自分も書斎に入った。

春草は何の言い訳もせず、一人そこに立っていた。皮をはがれたように、全身の血が滴《したた》っていた。どうしてなんだ。どうしてこんなことになったんだ。盗っ人になったも同じじゃないか。ずっと苦労してきて、死に物狂いで働いてきて、一日だって怠けたことはない。一日だって手を休めたこともない。私のお金は一銭といえど自分の血と汗に換えたものだ……一回だって良心に背くことはやってない。一番悪いことでも、市場の野菜の余りものを雇い主用の食材に少し加えたくらいのことだ……誰にでもにこにこ接し、仲良くし、涙や、恨みや、不満や、悲しみなど全ては胸にしまい、耐えに耐えて仕事をしてきた。ただ、良い暮らし向きになりたい一心だった……小さい頃小学校に行けなかったが、我慢した。母さんに嫌われたがそれも耐えた。意地でも自分で男性を見つけ、嫁入り道具をそろえ、何とかやって見せた……やっと何とかやり始めると火事に遭い、その上流産し、それでも耐えた……家を出て商売を始め、一生懸命仕事をし、ようやく何日か良い暮らしができたが、それも束の間で、借金のかたに家はすっかりなくなった。が、それも我慢した。あちこちさまよって、町で売り歩き朝早くから暗くなるまで、懸命に働いた。人にだまされ、無実の罪を着せられもしたが、良い人たちにもめぐり合った。

孫社長、張姐さん……あの人たちにはお返しすると約束した。が、今まで自分の暮らしは少しも良くならない……血尿が出、足を骨折し、世の中の全ての苦難を背負って、ただ良い日々を送るために耐え忍んできた。子供たちに良い暮らしをさせたい、とだけ考えてきた……苦労を重ね、忙しく働いてきたが、瓜を植えても瓜はならず、豆を植えても豆は出来ず、これは一体どうしたことか?! 曹主任のような人を見ていると、座っているだけでお金が舞い込み、蔡姐さんなんかはお金があって、自分の家のご飯さえ作らないで済む！ ところが私は、死に物狂いで働いても、お金がたまらない。私は欲張りじゃない！ 私は学校に行けなかった。子供には是非行かせたい、私は街で成長できなかった。子供には街に住まわせてやりたい……私の気力がまだ足りないんだろうか？ 苦難の受け方がまだ不足なのか？私の真心がまだ少ないのか？ 春草は花を咲かせることが出来ないのだろうか？ ……どうしてこうなんだろう？ ……これで終った。全てが終った。二人の子供の学費はどうしよう？ これからの生活はどうしよう？

楼兄さんはどうするのか？　もう二度と会えないのだろうか？　きっと私を嫌がるだろう。きっと私を、悪い女になったと思うだろう。でも、違う！　ほんとはそうじゃない。私は、私は模範従業員にもなった。

母さんの手術代も私が払った。そうだ、もし母さんの手術がなかったら、今でも学費が払えないなんてありっこない。いや、違う。母さんが手術しても、学費は十分払えるほど私はお金を貯めた。何水遠だ。彼が学費を盗んだのだ。にっちもさっちもいかないように私を追い込んだのだ。始めは私のを盗んで……酒を飲んで暴れても我慢した。なのに子供の学費を盗むなんて！　罰当たりめが！　私は毎日彼が帰ってくるのを待った。いつも帰ってきてと願った。なのに、帰ってきたのは別の何水遠だった！　私は彼を愛した、可愛がった。許した。だが逆に私の心を踏みにじった。思う存分ぼろぼろにした……あいつを恨む！　恨み殺してやる！　でも、恨んでも何にもならない。自分から嫁に行ったんだ。母さんが最初から、後悔するよといっていた……私は後悔しない。後悔しない。後悔してなんになる？　私の元元は、とても勉強が出来る。あの子、昔の私に似ているわ。きっとあの子を勉強させて大学に行かせなくちゃならない。私のようにはさせない。

私は自分を売ってでも、あの子に勉強させたい……でも今日の私はどうしてこんなことになったんだ？　あろうことか楼兄さんちで何故？　端午の節句で、局長のかみさんから物を盗んだと濡れ衣を着せられたあのときは、死ぬほど辛かったじゃないか。今度は濡れ衣ではない。一度は無意識にでもほんとにポケットに入れたんだ。盗んだと思われても仕方がないじゃないか……魔がさしたのか……いいや、違う。あれは私じゃない。別の春草だ。私は顔を何処へ向けたら良い？　楼兄さんの信用を取り戻すには、どうすればよい？　帰って子供たちになんと説明する？　私は、私は……。

春草は突然台所へ走りこんで、菜きり包丁を掴んだかと思うと、ぐいと振り上げ、自分の手指を切り落とした。瞬間、光に鮮血が照り映え、切られた人差し指がすさまじく跳びはねて落下した！

楼兄さんは不愉快な気分で書斎に座り煙草を吸っていたが、突然悲鳴が聞こえたので慌てて飛び出した。見ると、血がだらだらと流れる指を高く差し上げて入口に立っていた春草が、声を震わせて言った。

「楼兄さん、あなたへ、春草のお詫びのしるしでございます！」

真紅の鮮血がぽたぽたと床板に滴《したた》り落ちた。

（五十五）**雨水**：二十四節気の一つ、二月十九日前後旧暦正月の中期にあたる

（五十六）**祥林**：魯迅「祝福」の主人公。二度夫に先立たれ、最後は乞食に身をやつす

第三十三章

夢開始

—二〇〇一年、元旦—

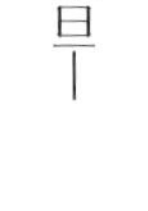

四年が過ぎた。

世紀が変った。

春草はやはり春草だった。指を一つ欠いても、今までどおり毎日苦労しながら懸命に働いた。既に不惑を迎えた春草は依然として毎日街を駆け回った。

この四年の間、春草は何度も仕事を変わった。ホテルの清掃員もやったし、新聞売りもした。靴磨きも弁当運びもやったが、最後に落着いたのはやはり家政婦で、それも概ねパートタイマーだった。二人の子供を養える仕事はこれしかなかった。

今、彼女は八軒のパートタイマーをやっている。勿論、或る家は週に一回、別の家は二日に一回という具合だが、林校長のところだけは毎日で、もう四年続けている。林校長は月三百元を彼女に渡す。隔日の二軒は一軒につき二百元、週に一度の五軒は毎月二十元だ。それで、稼ぎは一ヶ月で八百元そこらになるのだった。

春草を一番安堵させたのは、何水遠がすっかり悔い改め、お酒も絶ち、心を入れ替えて仕事を始めたことだった。彼自身の言葉を借りれば、「只今ゼロから歩き始めた」——何水遠はもう四文字熟語をあまり使わなくなっていた。この何年かで相次いで職種を変わった。ガスボンベの配達、水の配達、三輪車の運転、自転車拭きなど。守衛もやった。最後に落着いたのは、ある学校給食のコックだ。この仕事は矢張り楼兄さんの紹介だった。始めは月給三百元しかなかったが、そのうち四百元となり、更に五百元となった。今ではもう一般のコックではなくコック長だ。上司は、彼に、春節が過ぎたら給料を八百元に増やしてやると言った。そうなれば春草と同じだ。

自分が指を切ったために、何水遠は改心し、楼兄さんも許してくれたのだと春草は思っている。子供たちは学校に行けるし、一家も街に居続けられる。無駄じゃなかった。現在二人で毎月千元あまりの収入がある。衣食住も子供たちの学校も一応保証された形だ。

万万と元元は五年生になった。元元の成績はクラスでは飛び抜けて良く、万万は少し劣る、が先生は、万万も聡明だ、少し落ち着きがないが大きくなったら良くなるだろうと言ってくれる。春草も根気強く彼の成長を待つことにした。

春草の父母は依然健在だった。春草を一番安心させたのは、母親だ。術後の経過はよく、すでに八年がたった。ここ当分は問題なさそうだ。これもやった甲斐があった。兄さんや弟達も前より状況は良くなっていた。特に弟の春雨は家も買い、春節には父母を呼んで年を越したそうだ。

この四年の間に、記すべき事は当然ほかにもある。春草は血尿のため二度ほど通いで点滴をした。住居は七回、多いときは月二回も転居したが、みんなは耐え忍んだ。ただ、子供たちは、度重なる移動で勉強がままならずに苦労した。だから、目下の目標は家を手に入れることだった。これまでは遠い夢だったことでも、あえて挑戦するのだ。ある場所で、頭金一万元、月五百元の家の広告が目に止まった。春草は何水遠に言った。

「私たちの預金が一万元になったら、こういう物件も考えられるわね」

まああの生活で、少しゆとりが出来た。

春草の秘密箱はもう一杯になっていた。彼女の前半生には、記念すべき品々が実にたくさんあった。初めに入れた一番の賞状のほかに、抜けた髪の毛、何水遠がくれたただ一通の手紙、始めて乗った汽車の切符、模範従業員に選ばれた時貰ったコップ、家族全員の記念写真、三十才の時病院で看護をしていて拾った体温計、母親への送金の控え、そのほか、尿感染症を患ったときの赤血球検査報告書、何水遠が帰省時にくれた、故郷の様子が載っている新聞、それから、二人の子供が赤いスカーフをつけて写っている写真などだ。

ほかに小箱に入れなかったものも、勿論ある。たとえば、自分で切り落とした手指、何度も押しつぶされた心、それから、幾晩も眠れなかった夜、寒風で身を切られるような朝、汗みどろになった無数の昼、すきっ腹を抱えた数限りないたそがれ。

元旦の朝、まだ暗いうちに起きた。習慣になっていて、何も用事がなくてもぐっすり眠れないのだった。マーケットで餅を買って来て、子供たちと何水遠に食べさせようと思案した。新聞もテレビも、今年の元旦は今までの元旦とは違う。新世紀の始まりだ。だから盛大に迎えようと、書き立てている。だが春草にとって、時間は新世紀とか旧世紀とかで区切るものではない。人生の節目で区切るものだ。例えば結婚の年、母親が手術した年、大火に遭った年、或いは、商売を広げた年、何水遠が出て行った年、子供たち入学の年、指を切り落とした年……今年は彼女によれば、家を買う年でありたい。

一歩外へ出るとたちまち寒風にさらされた。みんなコートにくるまっている。空は薄暗く、もしかしたら雨や雪が潜んでいるのかも知れない。神様は、新世紀だからといって、別に微笑んだりはしないのだ。神様にもまた、自分なりの時間の区切り方があるのかもしれない。春がまだやってこないのに、神様は微笑むわけにはいかないのだ。

春草はマーケットへ急いだ。路地の入口まで来た時、弱弱しい赤ん坊の泣き声が聞こえてきた。こんな寒い日に赤ん坊を抱えて、誰だろう？　何となく泣き声のする方に行ってみると、「あ、あ」という声はなんと路地のゴミ捨て場から聞こえてくる。

春草は、あたりを見回したが人影はなく、地面に男物のコートにくるんだ風呂敷包みが置いてある。泣き声はその中から聞こえていた。急いで駆け寄り抱きかかえると、果たして生まれたばかりの赤ん坊だ！　中には書付があった。

春草は大声で叫んだ。「誰の赤ん坊ですか？　誰の赤ん坊？」

応える者はなく、周囲は静まり返っていた。

これはきっと誰かがここに捨てたのだ。このままにしておくと、この赤ん坊はきっと凍え死ぬ。春草はそのまま抱いて帰り、何水遠を呼び起こした。風呂敷包みに入っていた書付を読んでもらうと、紙にはこう書いてあった。

『二〇〇〇年十一月二十八日生まれ、親が養うことが出来ないので、拾ってくださった心優しき方は、どうかこの子の命の恩人になってください。心からお礼申し上げます』

誰かが捨てたのだ。

女の嬰児だった。

「どうしよう？」と何水遠が言った。

赤ん坊は弱弱しく、あおあおと泣いていた。春草は自分の綿入れのボタンを外し、暖かく包みこんだ。

「私たちで育てましょう」

「俺たちで？　俺たちが……」

赤ん坊が大声で泣き出した。

「まさか、もう一度通りに抱いていって捨てて来いとでも言うの？　あなた早く行って粉ミルク買ってらっしゃいな、この子腹すかして死んでしまう」

元元と万万が起きてきて可愛い赤ん坊を見つけると、興奮し、我先に抱っこしようとした。春草は二人に言った。

「分かってる？　この妹はね、新年のお年玉にと、神様が私たちに下さったのよ。あなたたち、これから好いお兄さんお姉さんでいるのよ」

夜、一家全員で、天から降ってきた赤ん坊を取り囲んだ。赤ん坊は、おなかも満ち足り、ぬくぬくと着て、すやすやと眠っていた。何水遠が聞いた。

「ほんとに育てたいの？」

「勿論、私が拾ったから私がこの子の母さんよ！　紙切れには何て書いてあるの？」

「命の恩人って書いてある」

「違うわ。私たち、今からこの子の実の親よ。ほら、きれいでしょ。とても可愛いわ。元元の小さい時にそっくり」

「僕にも似てるよ！」

「お前は男の子だろ、万万。これからは兄さんなんだ。兄さんなら兄さんらしくしなくっちゃ。兄さんのくせにもし試験に受からなかったら、妹にからかわれるわよ」

万万はてれくさそうに笑った。何水遠が言った。

「それじゃ、この子に名前をつけなくちゃね。君が付けたらどう？」

「よしてよ。万万と元元の名、私の付け方が良くないって、あなた言ったじゃない」

「毛毛頭」と元元
「阿妹」と万万
「将来学校に上がっても使えるように、正式のを付けなくてはね。毛毛として、幼名を阿妹にしたら」

春草が言うと
「いいんじゃないの、そして俺考えたんだけど、この子には君の孟姓を付けなよ」

「ほんと？」春草は目を輝かせた。

「本当だとも。君のような素敵な母さんの姓を貰えば、この子、果報者だよ」

春草は顔を赤らめた。何水遠と一緒になって永いが、このように大げさに褒められたことはなかった。

彼女はも一度よく考えて言いなおした。

「それでは開始と付けましょう。今日は新年の開始でしょ。しかも新世紀の開始でしょう。それに思うの、私って、一生涯、いつも何か始めてるわ。次から次に新しい見せ場がやってくる。ね、この子が来たでしょ。私また、母さんを始めなくちゃならない。お乳やったり、おしっこさせたり、赤ん坊を育てるところから、いざ開始よ。私四十歳になったのよ！」

何水遠はちょっと考えてにっこりした。

「開始か？　孟開始？　うん、夢開始(五十七)とってもいいね。詩の味わいがあるよ。口に出せば君、分かるだろう？」

春草に抱かれた孟開始はぐっすり眠っていたが、突然にこっとした。

春草も笑った。目にじわっと浮いた涙が、目じりの小皺を伝って無数の細い流れとなり、移ろいの激しい大地の上を縦横無尽に流れていった。

（完）

（五十七）**「孟」と「夢」**：中国語ではどちらも「まん」と発音

不滅の春草

中国の女性作家、裘山山の小説「春草」を読むと、私は唐の詩人白居易の次の詩句を思い出します。

离离原上草　（生い茂る野原の草）
一岁一枯荣　（一年に一度、枯れてはまた生える）
野火烧不尽　（野火に焼かれても、根は残り）
春风吹又生　（春風が吹けば、また生える）

二〇一〇年三月からの一年間、私は海外派遣研究員として、米国オハイオ州立大学に滞在しました。この大学は語学教育法の研究分野において全米トップレベルとされ、オハイオ州立教育法博士号を授与している唯一の大学でもあるというのが、その動機でした。

学生達の中国語レベルはもとより、私が最も感銘を受けたのは、中級クラスの教材に、中国で著名な女性作家、裘山山の小説「春草」を使っていることでした。

この時幸運にも、アナウンサー出身の私に、この小説の録音の仕事が舞い込んできたのです。私は、その任務を快諾し、すぐに小説を読み始めました。

するとどうでしょう。頁をめくる手が止まらなくなり一気に三日間で読み終えてしまいました。

この時、主人公春草の波乱万丈の運命、その不屈の精神に強い感動を覚えたのです。

折しも、帰国直後の日本は、あの未曾有の大震災に見舞われました。最愛の親族を亡くし再起不能と思われる絶望的な状況の中でも、取り乱すことなく懸命に復興を果たそうとする被害者の皆さまの生き様を目の当たりにした時、この小説を日本の読者にも読んでもらいたい、という強い思いが芽生えたのです。

そこで私は、著者裘山山の同意を得て翻訳作業を開始することにしました。翻訳作業を主に担当いただいたのは徳田好美さんと隅田和行さんのお二人です。他にも、中国語勉強会「你好会」のメンバーの皆さんとも中国語教材として、勉強しながら翻訳のチェックなどを協力して頂きました。

徳田さんと隅田さんは二十年近くも中国語を勉強し、中国語はもとより、中国文化にも深く精通されています。それを「春草」の翻訳に生かしつつ、三年かけて漸く日本語の小説「春草」の完成に漕ぎつけました。

日本の読者の皆様が日本語版「春草」を読み、どんな困難にもめげない、前向きで不屈の精神に触れていただくことで、閉塞気味の日本の未来に明るい希望の光を当てることが叶うなら、これに勝る喜びはありません。

于　暁飛（監修者）

「春草」翻訳を終えて

この小説で描かれているのは、一九六〇年から二〇〇一年まで——二十世紀後半の中国社会に生きる農村出身女性の苦労話です。主人公「春草」の一途なそして健気な生き様に、いじらしさや愛着を覚えると同時に、都市と農村の貧富格差の大きさには、目を見張ります。日本の読者には、日本との違いに驚きながら、現代中国社会の深層を知る一助にもなるものと信じています。

この本は于教授の指導のもとに完成しました。また、翻訳途次、中国の友人宗益燕氏の助言を得、また中野昌紀氏の協力を得ましたこと、ここに厚く御礼申し上げます。

徳田好美、隅田和行（訳者）

■著者紹介

裘山山（チウ　シャンシャン）

1958年、浙江杭州出身。1983年四川師範大学中国語学部卒業。
中国作家協会全国委員会委員、四川省作家協会副主席。
著作：
長編小説『我在天堂等你』、『到处都是寂寞的心』
小説集『裘山山小说精选』、『白罂粟』、『落花时节』、『一路有树』
散文集『女人心情』、『五月的树』、『一个人的远行』、『百分之百纯棉』
長編伝記文学『隆莲法师传』、『从白衣天使到女将军』
映画脚本『遥望查里拉』、『我的格桑梅朵』
テレビ脚本『女装甲团长』、『走进赵雪芳』等。

■訳者紹介

于　暁飛（監修）

元NHK「中国語講座」ゲスト。NHK国際放送局中国語アナウンサー。

2002年、千葉大学博士号を取得。現在、日本大学法学部教授。

著作：『消滅の危機に瀕した中国少数民族の言語と文化』、『バッチリ話せる中国語』など多数。

徳田好美（共訳）

1958年、東京大学法学部卒業後日立金属入社、勤労部長、会長等を歴任。

2001年より于暁飛教授に師事。

著作：『和彊の人事』

隅田和行（共訳）

1961年、九州大学経済部卒業後日立金属入社、経理課長、システムセンター長等を歴任。2001年より于暁飛教授に師事。
著作：（監修）『SEのためのMRP』

The Duan Press
おかげさまで20周年
since1996

春草
—道なき道を歩み続ける中国女性の半生記—

2015年5月15日　初版第1刷発行

著　者　裘山山（チウ　シャンシャン）

訳　者　于暁飛（監修）
徳田好美（共訳）
隅田和行（共訳）

発行者　段 景子

発売所　株式会社 日本僑報社
〒171-0021 東京都豊島区西池袋 3-17-15
TEL 03-5956-2808　FAX 03-5956-2809
info@duan.jp
http://jp.duan.jp
中国研究書店 http://duan.jp
http://weibo.com/duanjp

2015 Printed in Japan
ISBN978-4-86185-181-0 C0036

装丁・レイアウト／小熊未央

日本図書館協会選定図書

日中対立を超える「発信力」
中国報道最前線　総局長・特派員たちの声

段 躍中 編

未曾有の日中関係の悪化。そのとき記者たちは…。日中双方の国民感情の悪化も懸念される 2013 年夏、中国報道の最前線の声を緊急発信すべく、ジャーナリストたちが集まった！

四六判 240 頁 並製　定価 1350 円＋税
2013 年刊　ISBN 978-4-86185-158-2

新版 中国の歴史教科書問題
―偏狭なナショナリズムの危険性―

袁偉時（中山大学教授）著
武吉次朗 訳

『氷点週刊』停刊の契機になった論文『近代化と中国の歴史教科書問題』の執筆者である袁偉時・中山大学教授の関連論文集。

A5 判 190 頁 並製　定価 3800 円＋税
2012 年刊　ISBN 978-4-86185-141-4

日中外交交流回想録

林祐一 著

林元大使九十年の人生をまとめた本書は、官と民の日中交流の歴史を知る上で大変重要な一冊であり、読者各位、特に若い方々に推薦します。
衆議院議員 日中協会会長 野田毅 推薦

四六判 212 頁 上製　定価 1900 円＋税
2008 年刊　ISBN 978-4-86185-082-0

わが人生の日本語

劉 徳有 著

大江健三郎氏推薦の話題作『日本語と中国語』（講談社）の著者・劉徳有氏が世に送る日本語シリーズ第 4 作！日本語の学習と探求を通して日本文化と日本人のこころに迫る好著。是非ご一読を！

A5 判 332 頁 並製　定価 2500 円＋税
2007 年刊　ISBN 978-4-86185-039-4

『氷点』事件と歴史教科書論争
日本人学者が読み解く中国の歴史論争

佐藤公彦（東京外語大学教授）著

「氷点」シリーズ・第四弾！
中山大学教授・袁偉時の教科書批判の問題点はどこにあるか、張海鵬論文は批判に答え得たか、日本の歴史学者は自演と歴史認識論争をどう読んだか…。

A5 判 454 頁 並製　定価 2500 円＋税
2007 年刊　ISBN 978-4-93149-052-3

『氷点』停刊の舞台裏
問われる中国の言論の自由

李大同 著
三潴正道 監訳　而立会 訳

世界に先がけて日本のみで刊行！！
先鋭な話題を提供し続けてきた『氷点』の前編集主幹・李大同氏が、停刊事件の経緯を赤裸々に語る！

A5 判 507 頁 並製　定価 2500 円＋税
2006 年刊　ISBN 978-4-86185-037-0

中国東南地域の民俗誌的研究
漢族の葬儀・死後祭祀と墓地

第十六回華人学術賞受賞作品
何彬（首都大学東京教授）著

経済開放で激変する地域社会の「墓地に着目し、漢族の深層に潜む他界観・祖先観・霊魂観を解明。

A5 判 320 頁 上製　定価 9800 円＋税
2013 年刊　ISBN 978-4-86185-157-5

移行期における中国郷村政治構造の変遷 - 岳村政治 -

于建嶸（中国社会科学院教授）著
徐一睿 訳　寺出道雄 監修

中国農村の政治発展プロセスを実証的に明らかにし、「現代化」の真髄に迫る！
中国社会政治学の第一人者が世に問う自信の書！

A5 判 450 頁 上製　定価 6800 円＋税
2012 年刊　ISBN 978-4-86185-119-3

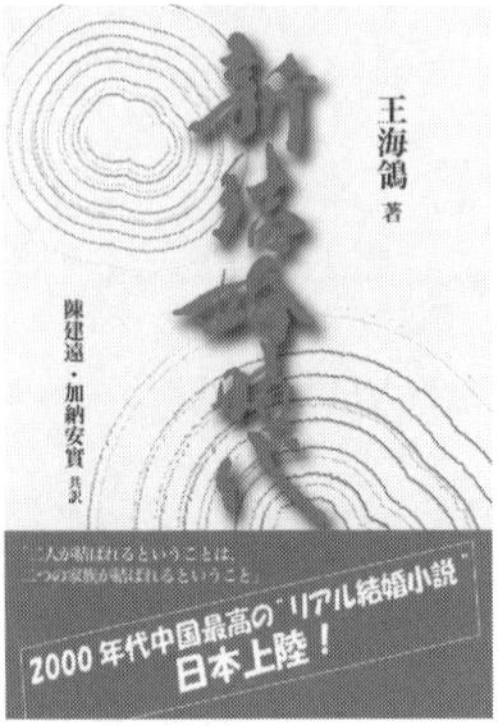

著者：王海鴒
共訳：陳建遠、加納安實
判型：A5 判 368 頁 並製
定価：2200 円＋税
発行：2013 年 8 月
ISBN：978-4-86185-150-6

著者：岩城浩幸・岩城敦子
判型：四六判 264 頁 上製
定価：2000 円＋税
発行：2005 年 5 月 27 日
ISBN：4-86185-007-X

著者：許旭文
訳者：千葉明
判型：A5 判 342 頁 並製
定価：2300 円＋税
発行：2006 年 3 月 28 日
ISBN：4-86185-026-6

既刊書籍のご案内

http://duan.jp/

著者：古野浩昭
判型：四六判 232 頁 上製
定価：2200 円＋税
発行：2008 年 10 月 15 日
ISBN：978-4-86185-071-4

著者：駱為龍・陳耐軒
監訳：三潴正道
訳者：大場悦子・清本美智子・野村和子
判型：四六判 240 頁 並製
定価：2000 円＋税
発行：2005 年 9 月 28 日
ISBN：4-86185-010-X

著者：渡辺明次
判型：A5 判 536 頁 並製
定価：3800 円＋税
発行：2008 年 4 月 18 日
ISBN：978-4-86185-074-5